D1668944

Die Sonne über Berlin

Nebelwände

Carla Kalkbrenner

Die Sonne über Berlin

Nebelwände

MARTINI & LOERSCH VERLAG

Lektorat: Angelika Klammer / Wien
Layout und Satz: Datagrafix GmbH / Berlin

Umschlaggestaltung: Gilberto Giardini
Produziert in Deutschland

ISBN 978-3-9816107-3-4

Kriminalhauptkommissar Eberhard Dahlberg, mittelgroß, mittelschwer, mittelblond, genannt Hardy, stand unter der Markise des Cafés RECHT SICHER und rauchte. Der straßenlange Kasten des Kriminalgerichts gegenüber war hinter dem Regenvorhang kaum zu erkennen. Bis zu seinem Termin waren es noch zehn Minuten. Er musste zu einer Messerattacke aussagen, einer eher schrägen als wirklich brutalen, wie sie sich seit zwei Jahren häuften. Die Polizei erwog jetzt Stichschutzwesten für jeden Uniformierten, das hatte es noch nie gegeben.

Eine Limousine hielt mit Schmackes am überfluteten Rinnstein. Die Türen gingen auf und wieder zu, vielleicht beratschlagte man über den besten Weg, trockenen Fußes an einen Latte Macchiato zu kommen. Die Wagenbesatzung stieg aus, kurzer Mantel überm Anzug, schmaler Schuh, dicker Aktenkoffer, sah nach Jurastudenten oder Anwaltsgehilfen aus. Dahlberg betrachtete die rasanten Frisuren, hinten kurz, vorne lang, gewissermaßen hikuvola. Die Männer tuschelten und ließen ihre Blicke zwischen den Schuhen und der gurgelnden Turmstraße hin und her wandern. In dem Falle konnte Dahlberg Gedanken lesen, er war rechtzeitig auf Gummischuh umgestiegen. Er ertränkte die Zigarette in einem vollgelaufenen Aschenbecher und stapfte rüber zum Gericht.

Im Verhandlungsraum schilderte er den Vorfall so knapp und sachlich er angesichts der unfreiwilligen Komik konnte. Wie er an der Kreuzung Badstraße/Pankstraße auf Grün gewartet hatte, als im Rückspiegel ein Mann mit einem Messer in der Hand und einem überglücklichen Lachen im Gesicht auftauchte, gefolgt von einem anderen Mann, der nicht so glücklich aussah und wie am Spieß schrie: ‚Haltet ihn, haltet ihn.' Der Fußgängerstrom war schlagartig zum Stillstand gekommen, die Passanten, manche staunend, manche grinsend, bildeten eine Gasse und ließen die beiden durch. Dahlberg hatte gerade noch gesehen, dass der schreiende Verfolger einen blutigen Hintern hatte.

„Und da haben Sie zwei und zwei zusammengezählt", sagte der Richter mit belustigt-genervtem Gesichtsausdruck und musterte die beiden Kontrahenten, das heißt den Täter und das Opfer.

„Richtig, Herr Richter", gab Dahlberg zurück. „Dazu war ich trotz des Anblicks noch in der Lage. Der Angeklagte hatte den Geschädigten in den Hintern gestochen, einfach so, aus heiterem Himmel."

Dann beschrieb er die Festnahme des Messermannes. Sowie die Mühe, das Opfer von der Rache mittels eines Werbeaufstellers abzuhalten.

Alexander Taub sah aus dem Fenster. Wieder ein dunkler Tag mit dicken, grauen Wolken, aus denen dicke, graue Regentropfen fielen. In seinem Spiegelbild schwammen die Lichter der Stadt, überragt von den blinkenden Signalen des Fernsehturms. Das hatte die Verantwortlichen beim BND sicher zu Witzen animiert, Alexander Taub, zwischengeparkt in einem Apartment am Alexanderplatz. Er durfte sich draußen nicht blicken lassen und zu niemandem Kontakt aufnehmen, schon gar nicht mit Dahlberg.

Vor vier Wochen hatten sie zum letzten Mal geskypt, er, immer darauf bedacht, dass nichts im Hintergrund seinen wahren Aufenthaltsort verriet, und Dahlberg stolz, die ersten Schritte seines Sprösslings vorzuführen.

Kein Kontakt, hatte Kielbaum, der ihn seit seinem Weggang aus Berlin betreute, gesagt und dabei schräg auf der Tischkante gesessen. Geheimdienstler nehmen oft die Tischkante, könnte ja sein, dass sie sofort aufspringen und umgehend die Welt retten müssen. Dabei hatte er ausgesehen, als müsste er sich überwinden, überhaupt noch mit Alexander zu sprechen. Er konnte es Kielbaum nicht verdenken, nach dem Malheur in Ägypten. Von seiner Warte aus hatte der Mann natürlich recht. Da hatten sie Alexander langfristig als gebürtigen Russen aufgebaut, ihn in das Moskauer Security-Unternehmen eingeschleust und erreicht, dass die ihn in der russischen Botschaft in Kairo einsetzten. Und dann war alles schiefgegangen. In Kielbaums Augen hatte Alexander es vermasselt.

Er lehnte den Kopf an die Scheibe und sah nach unten. Auf dem Platz waren Aufbauarbeiten im Gange. Schwere Trucks fuhren vor, Zäune, Bretter und ganze Buden wurden abgeladen, wahrscheinlich für ein Volksfest. Fast eine Woche wartete er schon auf den neuen, seinen letzten Auftrag. Warten können, die mit Abstand wichtigste Fähigkeit in der Branche. Er hatte in Kairo gewartet. Gewartet und gewartet. Und war vor Langeweile fast umgekommen, so hatte er sich den Außeneinsatz nicht vorgestellt. Als der Wirtschaftsattaché bat, ihn zu den Gasfeldern in der Katterasenke zu begleiten, hatte er zugegriffen und sich eingeredet, dass keine Zeit mehr war, Berlin zu informieren.

Alexander stieß sich vom Fensterbrett ab und landete direkt auf dem Bett. In dem winzigen Apartment war es still wie in einem Grab, nicht das leiseste Geräusch. Die Stadt da unten schien nicht zu existieren. Und auch auf dem Flur kein akustisches Lebenszeichen. Die Arme hinterm Kopf verschränkt, starrte er an die Decke. Es hätte tatsächlich schlimmer ausgehen können, viel schlimmer. Der ungedeckte Ausflug in die Wüste war unbestreitbar ein Sicherheitsrisiko gewesen. Aber was hätte er denn sagen sollen, nein danke, ist mir zu heiß und zu salzig?

Er ließ sich neben das Bett fallen und machte ein paar Liegestütze, Bewegung half gegen den Koller. Außerdem musste er wieder zu Kräften kommen. Nach zwanzig Wiederholungen war er fix und fertig. War auch kein Wunder nach wochenlangem Stillsitzen oder Stehen oder Liegen. Auf einer Strohmatte, aus der Sand rieselte, wenn er sie früh zusammenrollte, damit er tagsüber eine Sitzgelegenheit hatte. Als einzige Bewegung alle vier Stunden der Gang zur Toilette, genauer zu dem Raum, in dessen Mitte ein Loch zur Bedürfnisbefriedigung einlud. Sie wurden einzeln zu dem Hilfsabort geführt, als wenn sie gemeinsam die Flucht planen könnten. Hinaus in die Freiheit, die keine war, die aus nichts anderem bestand als Sand, Sand und nochmals Sand. Und Salz. Er und der Attaché, gekidnappt in der Kattarasenke, festgehalten, um Lösegeld zu erpressen. Durch das löchrige Strohdach der Lehmhütte hatte am Tage die Sonne herein gezischt und nachts kaltes, schwarzes Nichts geblickt. Seine Kräfte waren so schnell geschwunden wie die Barthaare gewachsen.

Alexander zog das durchgeschwitzte T-Shirt und die Turnhose aus, ging ins Bad und duschte. Er trocknete sich umständlich ab und setzte sich nackt aufs Bett. Dann wälzte er sich Richtung Fenster, stand auf und sah wieder hinaus. Auf dem Alex war Ruhe eingekehrt, die Trucks waren verschwunden, die Gitterstapel in einen Zaun verwandelt. Die Bretterbuden hockten dicht gedrängt wie finstere Tiere zwischen den blau leuchtenden U-Bahn-Eingängen. Eine Regenschirmarmee bewegte sich wie ferngesteuert um das abgesperrte Festareal herum. Jedenfalls konnte er demnächst aussteigen, natürlich unter strengsten Geheimhaltungsauflagen. Auch wenn Kielbaum zuvor gemosert hatte, dass der Dienst kein Zug sei, den man nach Belieben verlässt, wenn man einmal zugestiegen war.

Der Tagesrapport war zu Ende, die Runde aufgelöst. Karl Wertstein, Chef der Abteilung Organisierte Kriminalität beim Berliner Landeskriminalamt, war auf einen Wink hin sitzen geblieben. Der Oberste, wie der Leiter des LKA Delikte am Menschen allgemein genannt wurde, stand am Fenster und zögerte. Er musste die Sache geschickt einfädeln, wenn es um Dahlberg, seinen Wahlsohn ging, war Karl empfindlich. Und es ging um Dahlberg, beziehungsweise um einen endgültigen Nachfolger für Alexander Taub, seinen früheren Partner. Der hatte vor drei Jahren gekündigt und ward seitdem nicht mehr gesehen. Und nichts deutete darauf hin, dass sich das ändern würde. Immer wieder war er Dahlbergs Wunsch nachgekommen und hatte die feste Stelle nicht besetzt, sondern dem Team Springer zugeordnet. Das ging nicht so weiter.

Karl wartete. Er hatte die pfannengroßen Hände vor dem Bauch verschränkt und den mächtigen Schädel schräg gelegt. In seinem Bulldoggengesicht stand die Frage: Kommt hier noch was?

Erst mal rantasten, dachte der Oberste und wandte sich um.

„Wie geht's eigentlich Dahlberg in der neuen Rolle? Kommt er klar als Vater? Braucht man Nerven in dem Alter."

„Wie schon", brummte Karl. „Mal so, mal so."

„Und du? Bist du stolz, dass er den Nachwuchs nach dir genannt hat?"

„Das fragst du jetzt? Der Junge ist anderthalb! Was willst du?"

Mit einem Seufzer ließ der Oberste sich in den Schreibtischstuhl fallen.

„Also gut. Du weißt doch, dass Mahlmann den Gesamtpersonalrat verlässt?"

Wertstein antwortete nicht, schon gar nicht auf rhetorische Fragen. Er brummte nur etwas Unverständliches. Der Oberste nahm erneut Anlauf.

„Mahlmann kommt also zurück, seine alte Stelle in der Mord Vier ist aber längst besetzt und ich habe immer noch die freie in Dahlbergs Team."

Karl kniff die Augen zusammen und runzelte die Stirn.

„Und? Weiter?" Sein gutmütiges Hundegesicht wurde ein wenig hart.

„Nichts weiter", sagte der Oberste. Es klang sicher so erschöpft, wie er sich fühlte. Und hoffentlich zugleich nach einer ausgemachten Sache. Er fuhr sich durch die Haare und schlug auf den Aktendeckel, der vor ihm lag. „Was würdest du denn machen?"

„Tu nicht so", sagte Karl und stemmte seine Masse mühsam aus dem Sessel. „Ich soll dir doch nur den Segen für etwas geben, das du schon längst entschieden hast."

Der Oberste sah zu dem Berg auf, der auf ihn herabsah. Sie kannten sich schon eine Ewigkeit. Aber nahe gekommen waren sie sich erst bei der Trauerfeier für Tara, Karls halbindischer Frau. Sie war vor zwei Jahren gestorben. Wortlos waren sie über den Friedhof gegangen, wortlos hatten sie an Taras Grab gestanden, wortlos hatten sie beim Leichenschmaus, den seine Kinder trotz Karls Widerstand ausgerichtet hatten, nebeneinander gesessen. Seitdem gab es ein Band zwischen ihnen. Irgendwann hatte er dann auf eine Frage geantwortet. Auf die Frage, wie es ihm geht, hatte er gesagt: ‚Und dir?' So war ihre Freundschaft entstanden, die mit wenigen Worten auskam. Auch bei Streitfragen.

„Horst", kam es tief aus Karls Mund. „Tu, was du tun musst."

„Lass das." Der Oberste mochte es nicht, wenn jemand seinen Vornamen benutzte, aber um so etwas scherte Karl sich natürlich nicht. „Ich sag dir, Kollege Mahlmann ist bei der Dahlbergtruppe bestens aufgehoben. Die werden ihn schon ordentlich rannehmen, ehrlich."

„Ehrlich?" In Karls gefälteltes Gesicht schlich sich ein ironischer Ausdruck. „Nicht Rache für Dahlbergs Starrsinn?"

Der Oberste wackelte halb bestätigend, halb verneinend mit dem Kopf. Karl schob sich schnaufend durch die Tür.

Gabriel Troost saß seitlich auf dem Esstisch, ein Bein auf das Parkett aus Raucheiche gestemmt, das andere schwang nervös auf und nieder. In zwei Stunden begann das Meeting. Die Entwickler hatten ihre Arbeit getan, jetzt waren die Grafikdesigner dran. Jeder von ihnen wollte den Auftrag für seine Agentur an Land ziehen, die würden bei dem Wettrennen alles aus sich rausholen. Wenn denn was drin war.

Die Espressomaschine röhrte, dann das Gurgeln und Fauchen der Milchschaumdüse. Die Haushälterin, Frau Häberle, reichte ihm die Tasse. Ihr Mann war vor einem Jahr gestorben und sie war dem Ehepaar Troost in die Hauptstadt gefolgt.

„Und, haben Sie sich schon etwas eingelebt in Berlin?", fragte Troost und lächelte ihr aufmunternd zu, er wusste um die einnehmende Kraft seines Lächelns.

„Es geht so, Herr Troost, wenn es bloß sauberer wäre." Frau Häberle verzog das Gesicht.

„Da haben Sie recht, Frau Häberle, da haben Sie recht." Er ließ sein Lächeln noch breiter und herzlicher werden.

„Oh, Mister Big beim vertrauensbildenden Angestelltengespräch", kam es von der Wendeltreppe. „Was für ein Anblick."

Vanessa war noch im Morgenmantel, aber schon biestiger Stimmung, das Pendel war heute also in Richtung Provokation ausgeschlagen. „Musst du nicht weg, euer neues Superprodukt auf den rechten marketingtechnischen Weg bringen?"

Frau Häberle schlug die Augen nieder. Gabriel Troost nippte an seinem Kaffee, er zwang sich zur Ruhe. Wie immer, wenn seine Frau darauf aus war, ihn zu reizen.

„Und du denkst daran, dass wir für heute Abend eine Einladung ins SEEHAUS haben?"

„Wie könnte ich das vergessen", gab Vanessa zurück und stieg die Treppe wieder hinauf.

Gabriel Troost schluckte einen Kommentar herunter, hoffentlich hatte sie sich bis zum Abend wieder eingekriegt. Wenn nicht, würde sie schon sehen, was sie davon hatte. Er griff Mantel und Autoschlüssel, fuhr in die Tiefgarage und bestieg den Wagen.

Es regnete in Strömen, aber wenigstens ging es zügig stadtauswärts. Stadteinwärts staute sich wie jeden Morgen der Verkehr. Er kam langsam wieder runter, er konnte sich jetzt nicht mit Vanessas Launen beschäftigen, er musste die neue Anti-Cellulite-Creme auf den Markt bringen, und das rechtzeitig vor dem Weihnachtsgeschäft. Hinter der Kleingartensparte bog er Richtung Spree ab, das Firmengelände grenzte direkt ans Ufer. Trotz des Regendunstes waren die Begrenzungslichter des Backsteinturmes zu sehen, aus der Führungsetage im zehnten Stock fiel schwaches Licht.

Als Troost den Konferenzraum betrat, kamen die Werbeleute blitzartig aus ihrer lässigen Haltung, mit der sie in den Stühlen gehangen und gelangweilt ihre Tätowierungen studiert hatten.

Von der Forschungsabteilung war nur Gerald Winkler als Chefentwickler dabei, einen siegessicheren Ausdruck im Gesicht. Troost nahm Platz, drehte sich mit dem Sessel zu den Aufstellern und betrachtete die Verpackungsentwürfe. Hinter ihm breitete sich angespannte Stille aus. Das war nichts, dachte er, das war kalt, computergeneriert, ohne Seele. Und zugleich viel zu marktschreierisch. Er wandte sich um und ließ fein gezügelte Wut sehen.

„Kennen Sie das erste Gebot eines Malers?" Die Kreativen wirkten, als wären ihnen Eisbrocken vor die Füße gefallen. Sie schienen zu schrumpfen, Ratlosigkeit und zugleich das Bemühen um Coolness in den Augen.

„Du sollst den Kitsch riskieren." Seine Gegenüber blickten ungläubig. „Riskieren, nicht machen", fuhr er fort, setzte wieder sein einnehmendes Gesicht auf und sah die Herren freundlich an, Schock und Zuwendung, immer schön im Wechsel. „Fahren Sie Ihre Antennen aus, nehmen Sie Schwingungen auf, fangen

Sie den Zeitgeist ein. Was ich erwarte: Ein emotionales Hohelied ohne die üblichen Übertreibungen."

Winkler sah ihn scheinheilig an. „Also die Quadratur des Kreises."

Troost unterdrückte das Verlangen, die Krawatte zu lockern, bloß keine Reaktion zeigen. Denn Winkler hielt das Patent auf den Hauptwirkstoff, die Firma hatte nur den Produktschutz auf JUNGBRUNNEN.

„Oder das Einfache, das so schwer zu machen ist, lieber Doktor Winkler."

Der Chefentwickler machte unbeeindruckt weiter.

„Die Formel ist revolutionär. Und dann das Wort Revolution vermeiden – eine echte Herausforderung."

Halt bloß die Fresse, verdammte Laborratte, dachte Troost, hast doch auch nur deine Unterratten schuften lassen und dann den Entdeckerruhm eingestrichen. Gabriel Troost, wusste, dass er ungerecht war, der Mann war ein begnadeter Entwickler. Und dass er mit dem Menschen überkreuz war, dass der Typ sich innerlich über ihn totlachen musste, dass der Oberchemiker die Oberhand hatte, das alles musste er im Moment beiseite schieben.

„Sie haben ja so recht, Herr Kollege, eine echte Herausforderung für unsere Kreativen. Und Sie dürfen sich jetzt wieder Ihrer verdienstvollen Forschungsarbeit zuwenden."

Winkler verschwand, nicht ohne ihm einen hämischen Blick zuzuwerfen.

Vanessa Troost betrachtete ihren Mann von der Seite, starker Nacken, ausgeprägtes Kinn, hohe Stirn. Eindeutig gutaussehend, beeindruckend sowieso. Stattlich, so nannte er es, auch heute wieder, als sie sich für die Abendeinladung fertig machten und Gabriel sich vor dem Spiegel drehte und wendete. Mit unübersehbarer Neigung zur Korpulenz, ergänzte sie dann im Stillen. Sie kannte seinen Kampf und seine Eitelkeit. Gerade hatte er die Keine-Kohlenhydrate-Phase. Früh Rührei, mittags Fisch, abends Fleisch, zubereitet von Frau Häberle, ihrer Haushälterin.

Das Dinner im SEEHAUS hatte ihn beflügelt. Wie immer, wenn er ausreichend Publikum gehabt hatte, das er beeindrucken, erschrecken, bezaubern und an die Wand quatschen konnte. Und kaum jemand ahnte, dass es vor allem um die Rettung vor dem Gewäsch der anderen ging, also dem, was Gabriel für Gewäsch hielt.

Vanessa sah aus dem Seitenfenster, auf der Potsdamer Straße trotzten zwei dienstbare Damen der Witterung. Die hautengen Leggings glänzten hell, ihre Gesichter waren durch Regenschirme verdeckt. Vanessa schlug die Beine übereinander, der Stoff raschelte. Gabriel legte seine rechte Hand auf ihr linkes Knie, das aus dem Schlitz im Kleid ragte. Sie ließ es geschehen. Umso tiefer würde nachher der Fall sein. Denn sie hatte fast den ganzen Abend nur Gabriels Rücken gesehen. Nach dem Essen hatte er quer über den Tisch hinweg die ersten Opfer ausgemacht, ein älteres Paar, das seit Jahrzehnten eine Fabrik für Emailwaren am Leben erhielt. Und sie war abgemeldet, was natürlich jeder mitbekam. Beate, die Frau des Firmenerben, diese Trutsche mit Perlenbehang, hatte ihr mild-verlogen zugelächelt. Und Manfred sich bemüht, seinen gierigen Blick in Vanessas Ausschnitt zu verbergen. Zugleich hatte er gelangweilt getan, die Überlegenheit seines Geschäftsführers war für den Firmeninhaber schwer zu verkraften. Denn die Tischgesellschaft hatte hingegeben Gabriels Vortrag über die neuesten Erkenntnisse der Werbepsychologie gelauscht, Anmutung, emotionaler Gewinn, innere Bilder. Das innere Bild eines Emaillekochtopfs, eigentlich war es zum Brüllen.

Vanessa nahm die Beine auseinander, Gabriels Hand wanderte höher. Sie legte ihren linken Arm um seine Schultern und strich ihm über den Nacken. Die erotische Spannung war gewissermaßen mit Händen zu greifen.

Später am Abend war das Thema gewaltfreie Kommunikation aufs Tapet gekommen, unverzichtbar in der heutigen Unternehmensführung. Diesmal ausgeführt oder vielmehr vorgeführt am Beispiel einer alteingesessenen Westberliner Werbefirma, die gerade am Abkacken war. Die beiden Chefs, ein schwules Paar um die sechzig in abgestimmten Outfits, befanden sich nullkommanichts in der Rolle von Zuhörern, die subtile Ohrfeigen einzustecken hatten. Und sie fanden es toll, sie waren begeistert, obwohl die Kommunikation keineswegs gewaltfrei und äußerst einseitig gewesen war. Und Vanessa hatte den versteckt-verschämten Ausdruck in den Augen der beiden gesehen, dieses Unwohlsein während des Wortgewitters, das die Begeisterung und das Entzücken begleitete. Das war so, seit sie Gabriel kannte. Und seit er die Firma auf Vordermann gebracht hatte, seit er die besten Fachleute angeworben, die erfolgreichsten Werbekampagnen auf den Weg gebracht und die Familie Arnheim einen Rekordgewinn nach dem anderen eingefahren hatte, war sein Selbstbewusstsein nicht mehr zu toppen. Als sie Gabriel im Leipziger Hochschullabor kennenlernte, war sie sofort fasziniert von seinem Auftreten, der Redegewandtheit, der funkelnden Intelligenz. Und seinem Charme. Bei ihrem ersten richtigen Date hatte er drei Stunden am Stück geredet, über seine Diplomarbeit, über die Wende und die Chancen, die sie bot und die man ergreifen müsse. Zwischendurch hatte er feine, kleine Komplimente eingeflochten, sie war Gabriel bald ganz verfallen.

Die Neue Nationalgalerie mit ihrem riesigen dunklen Dach zog vorüber, dann das Goldgezacke der Philharmonie. Über dem Potsdamer Platz thronte der Fujiyama von Berlin in geisterhaftem Licht, das Dach des Sony-Centers. Vor dem Haus im

Prenzlauer Berg angekommen, ratterte das Gittertor der Tiefgarage in die Höhe, der Wagen fuhr auf den Parkplatz. Der Lift führte direkt in das Loft.

„Willst du vorher noch einen schönen Schluck?", fragte Gabriel beim Verlassen des Fahrstuhls. Vanessa nickte und ging ins Ankleidezimmer. Er würde jetzt eine Flasche Whisky nach der anderen aus der Bar nehmen, sie gegen das Licht halten, sie öffnen und daran riechen, die Etiketten lesen und dann die Wahl treffen, welche Sorte jetzt die richtige sei, sie hatte also eine halbe Stunde Zeit. Taghell flammten die Strahler auf und beleuchteten mehrere Regalmeter Klamotten, links ihre, rechts seine, dazwischen verschiebbare Spiegel. Sie ließ sich auf die Polsterbank in der Mitte fallen, streifte mit heftigen Fußbewegungen die High Heels ab und betrachtete ihre mageren Füße und die knochigen Knie, der Preis für Modelmaße. Dann gab sie sich einen Ruck, stand auf und öffnete den Reißverschluss, das Seidenkleid fiel raschelnd zu Boden. Aus dem Kaminzimmer war das Klingeln von Eis zu hören, die Entscheidung war also gefallen. Ihre auch. Sie zog eine der Wäscheschubladen auf und nahm den schwarzen elastischen Anzug heraus, eigentlich ein medizinisches Kleidungsstück, mit dem die Wirkung der neuen Körpercreme verstärkt werden sollte. Seltsam, dass das heute nicht das Hauptthema gewesen war. Das Mittel sollte doch der Durchbruch auf dem weltweiten Anti-Cellulite-Markt sein, Gabriels und Manfreds neuester Coup.

Vanessa Troost streifte den straffen Anzug über, der Brüste und Schritt freiließ, das Zuhaken dauerte. Gabriel würde sich noch wundern, wozu sie in der Lage war, dachte sie, das Fürchten würde sie ihn lehren. Sie schlüpfte wieder in die hohen Pumps, warf einen Blick auf ihr bizarres Spiegelbild und stolzierte in Richtung des Eiswürfelklirrens.

Gabriel saß vor seinem Whisky, lässige Haltung, wachsamer Blick, beherrschter, kontrollierter Gesichtsausdruck. Kontrolle und Selbstbeherrschung waren für ihn das Wichtigste. Auch bei den Shows, die er für die Öffentlichkeit abzog. Dabei würde er es nie aussprechen. Sätze wie ‚Alles unter Kontrolle' überließ er Wichtigtuern und anderen Wichten.

Vanessa durchmaß in aufreizendem Wiegeschritt die Wohnlandschaft und drehte sich kunstvoll um die eigene Achse.

Gabriels Augen weiteten sich unmerklich. Sie spürte seine Anziehungskraft und ihr Verlangen. Aber trotzdem. Sie warf ihm eine Kusshand zu, ging schnell zur Garderobe, nahm den erstbesten Mantel, schnappte die Autoschlüssel, öffnete die Tür und schloss sie betont leise.

Kielbaum hatte vor einer halben Stunde angerufen, er werde abgeholt, in genau einer halben Stunde. Auf die Minute glitt ein Wagen mit getönten Scheiben durch das feuchte Laub im Rinnstein und hielt. Alexander verließ die Deckung des Eingangs, huschte über den Bürgersteig und stieg ein. Nach einer halben Stunde waren sie in der Chausseestraße, früher Grenzrandniemandsland, jetzt eine einzige Baustelle. Ein gewaltiger Gebäudekomplex tauchte auf. Donnerwetter, das war sie also, die neue BND-Zentrale. Riesenarme, die in die Stadt hineinragten. Datenkrake, dachte Alexander und sah zu den Fenstern in einem endlosen Raster hoch. Raster, Raster, Rasterfahndung, mit so einer Assoziation hatten die Baumeister bestimmt nicht gerechnet.

In einem kleinen Raum mit zwei schmalen Fenstern warteten zwei Herren in Schlips und Kragen. Kielbaum, sein Betreuer mit der Bodybuilderfigur und der winzigen Goldrandbrille, stellte den anderen Mann vor. Er hieß Meier und war auch so unscheinbar. Die beiden standen jeder vor einem der

Rasterfenster, im Gegenlicht waren ihre Gesichter schattig, Meier schien eine Palme aus dem Kopf zu ragen. Alexanders Gesichtsausdruck musste Bände gesprochen haben, denn Kielbaum trat beiseite.

„Darf ich vorstellen: Die Palme, Stahl, zehn Stockwerke hoch, grüner Tarnanstrich. Wir wissen auch nicht, was der Künstler damit ausdrücken will."

Alexander trat ans Fenster, das war der Wahnsinn, zwei Riesenpalmen im Hinterhof des Geheimdienstes, vielleicht als Trost bei Fernweh gedacht. Er drehte sich um, er hatte keine Sehnsucht nach Palmenland.

„Also, worum geht's?"

Die beiden sahen einander an, als wenn sie sich überwinden müssten. Hört schon auf mit dem Getue, dachte Alexander.

„Wir wären nicht noch einmal an Sie herangetreten", begann Meier, „wenn es nicht wirklich wichtig wäre."

„Wir müssen auf Sie zurückgreifen, vielmehr auf Ihre speziellen Fähigkeiten", ergänzte Kielbaum scheinheilig. „Wir haben damals ja auch ordentlich in Sie investiert."

Nicht so viel wie ich, du Pfeifenheini, trichter du dir mal so schnell eine fremde Sprache ein. Aber Kielbaum hatte ihn von Anfang an nicht gemocht. Dass er plötzlich unverzichtbar sein sollte, musste ihm mächtig gegen den Strich gehen. Meier warf seinem Mitstreiter einen tadelnden Blick zu. Offensichtlich hielt er dessen Ton für kontraproduktiv.

„Wie dem auch sei", übernahm er die Gesprächsführung, „Sie müssen sich auf einige Risiken einstellen."

Risiken beim Außeneinsatz, echt überraschend.

„Auf ein besonderes Risiko." Meier senkte die Stimme, dabei war hier alles sowas von abhörsicher. „Jemand könnte Sie wiedererkennen."

Die beiden nahmen an ihren Schreibtischen Platz. Alexander sah sich um, es gab keine weitere Sitzgelegenheit. Er lehnte sich an die Wand zwischen den Fenstern. Meier schlug eine Mappe auf und machte eine auffordernde Handbewegung.

„Kommen Sie schon her."

Alexander stieß sich ab und trat an den Tisch.

„Kennen Sie diesen Mann?" Meier drehte ein Foto in Alexanders Richtung. Es zeigte einen Herren im Anzug, gepflegter Bart, Hornbrille, sanfter Blick.

„Kennen ist zu viel gesagt" sagte Alexander. „Er war öfter in der Botschaft beim Wirtschaftsattaché. Was ist mit ihm?"

„Das." Meier nahm das Bild und wedelte damit. „Das ist Abu Bashir, Abteilungsleiter im ägyptischen Landwirtschaftsministerium."

Wieder Kairo, fragte sich Alexander, wie sollte das gehen, seine Legende war doch verbrannt.

„Soweit wir wissen", fuhr Meier fort, „hat er von Landwirtschaft keine Ahnung. Aber er war Ende der Achtziger Mitglied der Volksmudschahedin im Irak, einer marxistisch-religiösen Organisation, die Kommunismus und Islam zusammenbringen wollte. Während des letzten Irakkrieges wurde deren militärischer Arm zerschlagen und ihm gelang 2003 die Flucht nach Ägypten."

„Und warum interessiert sich der BND dafür?", warf Alexander ein.

„Weil diese Leute weiter aktiv sind, auch in Deutschland. Sie wurden zwar von der EU-Terrorliste gestrichen ... Aber bei einem Vermögen von insgesamt fünfhundert Millionen Euro ..."

„Also wieder Kairo?", fragte Alexander.

„Nicht Kairo", sagte Kielbaum. „Sie gehen noch einmal nach Moskau."

Dahlberg war mit Claudia auf dem Weg nach Oberschöneweide, wo die Kosmetikfirma JUNGBRUNNEN ihren Sitz hatte. In einem Labor hatte es eine Explosion mit einem Toten gegeben, dem Leiter der Forschungsabteilung Gerald Winkler, das klang interessant.

Sein Handy klingelte, die Sekretärin des Obersten war dran.

„Der Chef will dich sehen, übermorgen um zehn", schmetterte sie laut und heiter wie immer.

„Worum geht's?", fragte Dahlberg pro forma. Er ahnte, dass es wieder um einen Ersatz für Alexander ging.

„Du weißt schon", lautete die Antwort auch prompt.

„Klar, warum frag' ich überhaupt?"

Dahlberg drückte das Gespräch weg, Claudia atmete schicksalsergeben aus. Seit Alexanders Abgang ging das so, immer wieder wechselnde Kollegen. Weil Dahlberg den Obersten überzeugt hatte, die Stelle nicht fest zu besetzen. Alexander würde es seiner Meinung nach bei dem Moskauer Wachschutz auf Dauer nicht aushalten und bestimmt zurückkehren.

„Lange macht der Oberste das nicht mehr mit", murmelte sie.

„Ich weiß", sagte Dahlberg.

Rechter Hand zogen Neubauten vorbei, dahinter war die Spree zu erahnen. Eine dunkle Straßenschlucht führte mitten durch das Kraftwerk Rummelsburg. Dann zog Niemandsland vorüber, Tankstellen, Baustellen, Leerstellen, kümmerlicher Wald. Das Navi befahl, rechts abzubiegen. Sie passierten eine Tankstelle und einen Metallzaun, hinter dem aufgeworfene Erdhügel bevorstehende Bauarbeiten ankündigten. In der Ferne rumorte ein Bagger, der Greifarm führte ein abgezirkeltes Ballett auf, beim Rückwärtsfahren ertönte ein durchdringendes Piepen. Unversehens befanden sie sich in einer Kleingartenanlage, Hecken hinter Maschendraht, Schmiedeeisen oder hölzernen Staketen, Parzellen mit Obstbäumen und Dahlien. Im Schritttempo ging es durch waschwannentiefe Bodenwellen, das Sand-Kies-Gemisch knirschte in Zeitlupe. Die Fahrt endete an einem Fähranleger der Spree, sie hatten sich verfahren.

„Die Ermittlungswege sind unerforschlich", murmelte Claudia. Dahlberg wendete, nahm auf Anweisung des Navis den nächsten Sandweg und landete wieder an der Spree, an einer Marina. Segelboote und Motorjachten lagen dicht aneinander vor Anker. Dahlberg schaltete das Navi aus, es war offensichtlich überfordert. Es dauerte noch eine ganze Weile, bis sie sich aus dem Wegewirrwarr herausgewunden und das Firmengelände erreicht hatten. Der Schlagbaum stand senkrecht. Der Wagen rumpelte über eine unebene Betonfläche. Sie stellten sich neben die Batterie Einsatzfahrzeuge von Polizei und Feuerwehr und stiegen aus. Vor ihnen ein langgestrecktes, flaches Gebäude, dunkelbrauner Backstein, getönte Scheiben. Daneben ein Hochhausturm mit Fenstern wie in einem Kloster. Beides verbunden durch einen gläsernen Gang in luftiger Höhe. Der Uniformierte, der den Eingang des Flachbaus bewachte, nickte ihnen zu.

„Zweiter Stock, dann links, immer dem Geruch nach."

Claudia Gerlinger warf einen Blick auf das Chaos. Der gesamte Boden war von Splittern bedeckt. Hier und da stiegen Rauchfähnchen auf, da reagierte wohl noch etwas miteinander. Es roch scharf und chemisch. In der Mitte stand ein langer geschlossener Stahltisch, ebenfalls von Scherben übersät. Mittendrin Bunsenbrenner und verbogene Metallgestelle, sicher die Halterungen der zersprungenen Glaskolben. Ein leises Summen erfüllte den Raum. Es kam von zwei großen Kühlschränken, nicht von den Neonröhren, die waren ebenfalls geplatzt. Die Fensterscheiben zum Flur hin hatten gehalten, wahrscheinlich Sicherheitsglas, waren aber halb blind von Splittern. Die

Displays zweier Computerbildschirme sahen aus, als hätten sie Ausschlag, es waren Einschläge. Die Computer selbst schienen intakt. Die Festplatte würde hoffentlich Auskunft über das Experiment geben, das hier schief gelaufen war. Oder was auch immer passiert war.

Die Spurensicherung war schon da. Einer staubte die Tasten des Schließsystems ab. Ein anderer kniete vor der offenen Tür und fotografierte. In seinem weißen Ganzkörperanzug ähnelte er einer Riesenmade. Er sah zu ihnen hoch.

„Ihr könnt erst rein, wenn ich alles durchfotografiert habe." Hinter ihnen ertönten eilige Schritte. Sie drehten sich um, der Gerichtsmediziner Friedbert Saalbach nahte mit Dienstkoffer und Fliege.

„Tach, Leute." Er blieb auf der Schwelle stehen und beugte sich vor. „Was ist das denn?"

„Viel Glas", sagte Dahlberg.

„Und wie ist das passiert?"

„Wissen wir noch nicht."

„Und wo ist der Tote?"

„Wahrscheinlich hinter dem Tisch." Claudia deutete auf den Fotografen, der mit seiner behandschuhten Hand vorsichtig die Scherben beiseite schob, auf Knien weiter voran rutschte und sich bis hinter den Tisch vorarbeitete. Sein Kopf tauchte auf, das Oval des Gesichts rot vor Anstrengung.

„Ihr könnt jetzt."

Friedbert ging auf der frei geschaufelten Schneise voran. Dahlberg und Claudia folgten im Gänsemarsch. Es sah ungefähr so aus, wie sie befürchtet hatte. Inmitten unzähliger Glasscherben lag ein Mann, dessen Kittel vor einigen Stunden sicher blütenweiß gewesen, jetzt aber blutdurchtränkt war. Um Kopf und Oberkörper war eine große Blutlache dabei einzutrocknen. Das Gesicht war übersät mit Wunden. In einigen steckten Splitter. Aus dem Hals ragte eine rote Scherbe, es war mit Abstand die größte. Ausgerechnet die größte hatte ausgerechnet die Halsschlagader getroffen, dachte Claudia, das war zumindest bemerkenswert.

Der Gerichtsmediziner stellte den Koffer ab, klappte ihn auf und nahm ein Paar Gummihandschuhe heraus.

„Das kommt raus, wenn zusammenkommt, was nicht zusammengehört."

„Friedbert", sagte Dahlberg. „Wir wissen, dass du ein ganz Abgebrühter bist."

Saalbach kniete sich hin.

„Verbluten aufgrund der Durchtrennung der Halsschlagader, ziemlich klare Sache." Der Rechtsmediziner griff nach seiner Fliege und schob sie ein Stück höher, als wenn er seinen Hals schützen wollte. Klassische Übersprungshandlung, dachte Claudia, von wegen hartgesotten.

Friedbert stand auf. „So etwas hatte ich noch nie. Die Partnerin eines Messerwerfers schon."

Claudia sparte sich einen Kommentar und winkte einem der Vermummten. „Die Scherbe aus dem Hals muss in eine Extratüte."

Der Chef der Spurensicherung näherte sich.

„Sieht alles nach einer chemischen Kettenreaktion aus, die in einer Explosion gemündet ist. Ob der Mann selbst einen Fehler gemacht hat oder jemand nachgeholfen hat?" Er hob die Schultern. „Beides ist möglich. Nach der Untersuchung der Scherben und der Rückstandsanalyse wissen wir mehr."

„Danke", sagte Dahlberg und ließ seinen Blick durch den Raum schweifen. „Sagt mal, Jungs, wo ist denn sein Handy?"

„Fehlanzeige. Vielleicht hatte er keins, diese Forschertypen sind ja manchmal komisch."

Dahlberg und Claudia folgten dem Pathologen auf den Flur. Friedbert verabschiedete sich und eilte davon. Zwei Männer mit einer Trage näherten sich.

„Können wir ihn mitnehmen?", fragte einer der beiden. Claudia nickte. Dahlberg zog eine Packung Zigaretten hervor.

„Erstmal Luft schnappen."

„Luft ist gut." Claudia deutete auf die Schachtel. Sie stiegen die Treppe zum Erdgeschoss hinunter. Vor der Tür steckte Dahlberg sich eine Zigarette an. Claudia hielt einen Meter Abstand.

„Auf den ersten Blick sieht es nach einem Unfall aus", sagte sie und wedelte zusätzlich den Rauch von sich weg.

„Aber dich stört, dass die größte Glasscherbe direkt die Halsschlagader getroffen hat, stimmt's?"

Sie nickte. Dann wandte sie sich zu dem Polizisten um, der stoisch vor dem Laborgebäude ausharrte.

„Die Wachleute und die Reinigungstruppe? Wo können wir die sprechen?"

„In der Kantine." Der Mann zeigte in Richtung Spree. „Links hinter dem Verwaltungshochhaus. Ich schicke die Laborkollegen dann auch dahin."

Dahlberg warf die Kippe auf den Boden und trat sie aus.

Sie gingen unter der Glasbrücke hindurch Richtung Spree. Zwischen hohen Bäumen in der Nähe des Ufers tauchte ein Bauwerk wie aus einem Sience-Fiction-Film auf. Von weitem sah es aus, als hätte ein Riese mit dem Dach Karate geübt. Es war eingeknickt, ein Teil ragte steil in die Höhe, der andere nur ein bisschen. Die Wände waren von oben bis unten und rundherum verglast.

„Man gönnt sich ja sonst nichts", murmelte Claudia, als sie den schrägen Bau betraten. Dahlberg sah zu der schiefen Decke hinauf, die aus riesigen Waben wie bei einem überdimensionalen Bienenstock bestand. Durch einige sah man den Himmel, andere waren mit hellem Holz ausgelegt, manche mit Lichtquellen bestückt. Es war trotz des trüben Tages unglaublich hell.

Die Reinigungstruppe hatte am Ende eines langen Tischs Stellung bezogen. Sie bestand aus fünf Personen in roten Overalls. Zwei ältere Frauen mit Kopftüchern, ein schmaler Mann mit zerfurchtem Gesicht, ein stämmiger Junger und ein dicker Glatzkopf. Am anderen Ende saßen zwei Wachleute in Uniform und unterhielten sich leise.

„Hallo zusammen", sagte Dahlberg. „Kriminalhauptkommissar Dahlberg, LKA Berlin. Das ist meine Kollegin Kriminalhauptkommissarin Gerlinger."

Er griff sich einen Stuhl und setzte sich rittlings darauf. Claudia nahm neben ihm Platz. Sie sah zwischen den beiden Gruppen hin und her.

„Hat jemand die Explosion mitbekommen? Muss ziemlich laut gewesen sein."

„Dit könn'se laut sagen", berlinerte einer der Securityleute, der einen goldenen Ohrring trug.

„Um wieviel Uhr war das?"

„So gegen vier Uhr früh."

Dahlberg wandte sich dem Reinigungsteam zu.

„Wann beginnen Sie, hier sauberzumachen?"

„Um vier", antwortete der Dicke, der der Chef zu sein schien.

Zufall oder Zusammenhang, dachte Dahlberg. Könnte einer aus der Putztruppe ein Motiv gehabt haben, den Chefchemiker umzubringen? Hatten diese Leute das Wissen und den Mumm, so eine Sache zu inszenieren?

Er musterte die Kopftuchfrauen, die scheu auf die Tischplatte starrten, genau wie der ältere Mann. Der junge Kräftige blickte eher ängstlich drein, was nicht zu ihm passte, aber sonstwas bedeuten konnte. Der Dicke zeigte auf ihn.

„Der da, Milo, der war gerade auf der Etage, zum Glück am anderen Ende."

„Der Kollege kann sicher für sich selbst sprechen", sagte Claudia.

„Kann er nicht", meinte der Glatzkopf. „Der hat nicht mal Ihre Frage verstanden. Ist gerade aus Bulgarien gekommen."

Die Reinigungsbrigade erschien Dahlberg wenig ergiebig. Trotzdem würden sie der Firma einen Besuch abstatten und den jeweiligen Hintergrund der Angestellten checken.

„Okay, Sie und Ihre Leute können gehen. Der uniformierte Kollege draußen nimmt Ihre Personalien auf."

Die Saubermänner und -frauen verschwanden.

„Und ab wann hatten Sie Dienst?", wandte Claudia sich an die Wachschützer.

„Ab dreiundzwanzich Uhr. Um zweie war nur noch Doktor Winkler da. Alle anderen waren ausjetragen. Hab ihm durch die Scheibe noch zujewunken. Da hat's schon janz schön jeblubbert."

„War er allein?"

„Klar, wie immer nachts."

„Ist das normal, nachts allein zu experimentieren?"

„Eijentlich nich, aber als Chefchemiker darf der dit."

„Sie haben also niemanden gesehen außer Doktor Winkler?"

„Nein, und an uns kommt keiner ungesehen vorbei", antwortete jetzt der andere Mann auf Hochdeutsch. „Und alle zwei Stunden macht einer von uns einen Rundgang durch alle Gebäude."

„Das Firmengelände grenzt doch an die Spree. Könnte von dort jemand hereinkommen?"

„Das hätten wir gemerkt. Das Ufer gehen wir auch regelmäßig ab. Außerdem ist da keine Anlegemöglichkeit."

„Wenn Sie doch mal eine Runde ausgelassen hätten, würden Sie uns das doch sagen, nicht wahr?"

„Würden wir, haben wir aber nicht."

„Das wär's für's Erste", sagte Dahlberg. „Bitte ebenfalls die Personalien hinterlassen."

Die Männer entfernten sich in wiegendem Bodybuilder-Gang.

Eine achtköpfige Gruppe in weißen Kitteln trudelte ein, die Häupter mit einer Art Duschhaube bedeckt, darunter eine Asiatin, die wie eine Abiturientin wirkte.

„Sie sind die Kollegen von Doktor Winkler, wenn ich das richtig sehe", empfing Dahlberg die weiße Wolke. Die Hauben nickten und nahmen nacheinander in einer Reihe Platz. Sie schienen nicht sehr erschüttert zu sein.

„Doktor Winkler hat also nachts allein Experimente durchgeführt", begann Dahlberg. „Das haben uns die Wachleute gesagt. Und dass das normalerweise nicht üblich ist."

„Ist es auch nicht, normalerweise arbeiten wir in Teams", sagte ein älterer Gesetzter, dessen Kittel über dem Bauch spannte. „Aber seit einer Weile hatte der Doktor Narrenfreiheit."

„Warum das?"

„Er hat eine neue Formel synthetisiert und patentieren lassen, die der Firma viel Geld einbringen dürfte."

„Der Durchbruch auf dem internationalen Anti-Cellulite-Markt", warf die Asiatin ein.

„Winkler war also ein hervorragender Chemiker und Forscher", machte Claudia weiter. „Und wie war er als Vorgesetzter?"

„Zuarbeiten konnte er gut verteilen", ertönte eine schneidende Stimme. Sie gehörte einem Herrn, der zumindest von der Haube abwärts elegant wirkte. Über dem Kittel sahen ein gestreifter Hemdkragen und ein perfekter Krawattenknoten hervor.

„Zum Beispiel die Testreihen auf uns abwälzen. Er war nicht wirklich teamfähig, Punkt", schloss der Schneidige entschieden.

Dahlberg konnte ihn sich gut als neuen Chef vorstellen. Steckte hier ein Motiv, wenn es denn Mord gewesen war? Die Nachfolge auf solche Weise zu beschleunigen, kam heutzutage zwar nicht mehr oft vor. Aber nicht oft hieß nicht nie. Er betrachtete den Mann. Aber würde ein Täter seine Abneigung so deutlich zeigen? Natürlich, antwortete er sich selbst. Alles andere würde die Kollegen stutzig machen.

„Und Sie sind wer?"

„Doktor Schlecht", antwortete er. „Stellvertretender Forschungsleiter."

Doktor Schlecht kam auf Dahlbergs innere Liste, falls es sich nicht um einen Unfall handelte.

„Tja", sagte ein Mitarbeiter, dessen Zopf unter der Kopfbedeckung hervorlugte. „Mit Ratten ist er besser klargekommen."

Das war ja richtig gehässig, dachte Dahlberg.

„Und der Kollege und Mensch Gerald Winkler?", fragte er.

„Ziemlich verklemmt", sagte die junge Frau „Obwohl er eigentlich ganz gut aussah."

„Echt jetzt?" Der bezopfte Nachbar lehnte den Oberkörper zurück und sah sie an wie ein Alien. „Ist nicht dein Ernst?"

„Ja doch. Außerdem ist er seit einer Weile anders gewesen, irgendwie gelöster."

„Kollegen, bitte." Ein Älterer beugte sich vor und sah die Reihe entlang, was ihn wegen des Bauches etwas Mühe kostete. „Etwas Pietät, wenn ich bitten darf."

„Danke." Dahlberg holte Luft. „Und weiß jemand, warum Winkler neuerdings gelöster war, wie die Kollegin meint?"

„Wegen des Cellulite-Patents?", schnarrte der Krawattenträger. „Das ist doch eine Lizenz zum Gelddrucken, wenn der Jugendwahn weiter anhält. Und das wird er."

„Okay, noch mal zurück zu den nächtlichen Experimenten. Wenn dieses Celludings schon patentiert ist, dann hat er also an etwas Neuem gearbeitet."

„Schön geschlussfolgert." Wieder der Schicke mit der scharfen Stimme.

Gabriel Troost saß an seinem Schreibtisch. Die Kriminalisten würden gleich eintreffen, hatte seine Sekretärin mitgeteilt. Sein Blick verlor sich auf der matt schimmernden Platte aus Wurzelholz, Muster wie quellende Wolken oder urzeitliche Muschelablagerungen. Manche sahen auch wie Fettgrübchen aus, aber da spielte Freud ihm wohl einen Streich. Er drehte sich auf dem Stuhl um die eigene Achse und hatte die Weltkarte vor sich. In Berlin steckte eine große rote Nadel, mittelgroße verteilten sich über Europa, Russland, beide Amerikas und Südostasien. Jeweils eine kleine ragte aus Saudi-Arabien, Kuwait und Qatar, die neuen Märkte im Nahen Osten, besonders für das neue Produkt, Cellulite war bei reichen Ehefrauen ein Thema.

Von der Baustelle hinter den Kleingärten drang Baggerlärm. Gabriel Troost stand auf und trat ans Fenster. Die Aussicht war trostlos. Über den Spreearm zogen Nebelschwaden. Der Plänterwald war voller schmutzigbrauner Bäume, die Uferkante grau, die Spree wie Blei. Leicht würde das nicht werden ohne Winkler, dachte er. Zuerst musste geklärt werden, wer das Patent erbte, denn der Produktschutz galt nur für zwei Jahre. Wahrscheinlich war die Mutter die Alleinerbin. Verheiratet war der Mann nicht, kein Wunder, so verdruckst wie der Typ war. Das hatte sich erst in letzter Zeit geändert, auch kein Wunder.

Ein Schubschiff pflügte durch die Nebelschwaden über dem Wasser. Nur die Positionslichter brachten ein wenig Farbe ins Bild. Am gegenüber liegenden Ufer war ein Angler auszumachen, reglos, geduldig. Er würde der Polizei jedenfalls nicht aufs Butterbrot schmieren, dass er Winkler nicht leiden konnte. Der Angler bewegte sich, lehnte sich zurück, kurbelte wie wild und schaffte es, den Fang aus dem Wasser zu ziehen. Trotz des Dunstes konnte man den Fischleib aufblitzen sehen.

Sie hatten die Weißkittel verabschiedet und die Kantine verlassen.

„Guck mal, da." Claudia deutete auf das gegenüber liegende Spreeufer, wo ein Angler gerade einen Fang machte.

„Der hat seinen Fisch an der Angel", sagte Dahlberg. „Na los, komm, die Chefetage wartet."

Sie befand sich in dem historischen Hochhaus. In einem altmodischen, vergitterten Lift fuhren sie in die zehnte Etage. Beim Verlassen sahen sie sich einem ungewöhnlichen Empfangstresen gegenüber. Er leuchtete, gold, ocker, fahlgelb, rotorange. Eine gepflegte Frau trat hinter der exklusiven Festung hervor.

„Bevor Sie fragen, das sind dünn geschliffene, von hinten beleuchtete Achatplatten." Es klang, als hätte sie das schon öfter erklärt. „Der Firmeninhaber, Herr Arnheim, ist übrigens außer Haus, Messe in Zürich. Der Geschäftsführer, Herr Troost, erwartet Sie." Dann schritt sie auf abenteuerlich hohen Schuhen voran, klopfte und steckte den Kopf durch den Türspalt.

„Die Herrschaften vom Landeskriminalamt sind jetzt da."

„Na dann, herein mit ihnen", ertönte eine sympathische Stimme von drinnen. Sie gehörte einem breitschultrigen Mann in einem perfekt sitzenden Anzug. Er streckte ihnen mit besorgtem Gesichtsausdruck die Hand entgegen.

„Gabriel Troost, ich bin hier der Geschäftsführer."

„Kriminalhauptkommissarin Gerlinger, LKA Berlin, Mordkommission", sagte Claudia und nahm die Hand, die stark und warm war und sich Vertrauen erweckend anfühlte. „Das ist mein Kollege Dahlberg."

Der Mann wies mit einer einladenden Geste auf eine Sitzgruppe im Retrolook, schmale Armlehnen, Bouclébezug, schräge Beine mit Messingfüßen.

„Mordkommission? Sie gehen von Mord aus?"

„Wir ermitteln in allen unnatürlichen Todesfällen", sagte Claudia.

Sie nahmen Platz. Troost knöpfte das Jacket
die Hände auf die Lehnen. Er sah Dahlberg un
einander in die Augen. „Auf jeden Fall eine Tra
Troost verschränkte die Hände und sah na
sie hinweg. „Ich verstehe das nicht. Doktor Winkler war imme
sehr umsichtig. Meist sogar übertrieben vorsichtig. Und vor allem genau, Grundstoffe, Mischungsverhältnisse, Temperaturen. Und wir hatten noch viel mit ihm vor."

Unvermittelt senkte er den Kopf und wirkte plötzlich beschämt. Weil er angesichts des Todes ans Geschäft dachte, fragte Claudia sich.

„Nachts allein Versuchsreihen durchzuführen sei in der Regel nicht üblich", sagte Dahlberg. „Aber Winkler durfte, warum?"

„Weil er der Chefchemiker war. Und ein Genie", antwortete Troost.

„Aber das ist er ja nicht erst seit gestern. Und er hätte das erst seit kurzem gedurft, sagen die Kollegen. Was ist passiert?"

„Er hat eine völlig neue Anti-Cellulite-Formel synthetisiert. Und daraufhin diese Forderung gestellt, er ließ sich bei der Grundlagenforschung nicht gerne in die Karten gucken."

„Und wie war Winklers Verhältnis zu seinen Kollegen?", fragte Claudia. „Gab es Neider, Konkurrenten, Feinde? War jemand auf seine Stellung scharf?"

„Ach, wissen Sie, Frau Gerlinger", antwortete Troost in einer Mischung aus Müdigkeit und Genervtsein. „Dann gäbe es bald keine Wissenschaftler mehr."

„Haben Sie denn schon einen Nachfolger im Auge?"

Troost sah sie mit einem wissenden Blick an.

„Wahrscheinlich Doktor Schlecht. Der hat ihn gehasst, ein schönes Motiv, nicht wahr?" Er lächelte nachsichtig, sie fühlte sich ein bisschen auf den Arm genommen. „Doch der würde sich die manikürten Finger nicht schmutzig machen. Sie haben ja sicher kennengelernt, immer in Schlips und Kragen. Aber man weiß ja nie."

„Richtig, man weiß nie", sagte Dahlberg. „Dieser sensationelle Anti-Cellulite-Stoff. Könnte es jemand darauf abgesehen haben? Oder auf Winklers neueste Forschungen?"

„Ja, aber ..." Troosts Stimme blieb in der Luft hängen. Er nahm die Beine auseinander und beugte sich angespannt vor. „In welchem Zustand ist sein Laptop?"

„Laptop? Was für ein Laptop?" Claudia und Dahlberg sahen sich verwundert an.

Troost wirkte wie vom Blitz getroffen. „Sein Laptop, auf dem er seine Experimente dokumentiert hat." Er sprang auf und rannte vor ihnen auf und ab. Plötzlich blieb er stehen und blickte zum Fenster hinaus. „Sie haben ihn also nicht gefunden", sagte er mehr zu sich selbst als zu seinen Besuchern.

„Nein, haben wir nicht", sagte Claudia langsam. Das sah nun nicht mehr nach einem Experiment aus, das aus dem Ruder gelaufen war. Ein inszenierter Unfall, um an den Laptop heranzukommen, also Mord? Oder doch Unfall und jemand hatte die Gunst der Stunde genutzt und das Gerät mitgehen lassen?

„Wir haben angenommen, dass er die beiden Computer im Labor benutzt hat."

Troost nahm wieder Platz. Die Unterarme auf die Knie gestützt sah er sie sorgenvoll, aber gefasst an.

„Wissen Sie, was das bedeutet? Was da alles drauf ist? Die Anti-Cellulite-Formel und wer weiß was noch. Bei einer Stimulans für Haarfollikel war er angeblich schon ziemlich weit. Und Sie wissen, dass man es in manchen Weltgegenden mit geistigem Eigentum nicht so genau nimmt. Dort interessiert Patentschutz niemanden."

„Noch wissen wir nicht, ob es sich um Wirtschaftsspionage handelt", sagte Dahlberg.

Troost blickte zur Decke.

„Gebe Gott, dass er wenigstens ein Backup bei sich zu Hause hat."

„Aber die Daten sind doch sicher auf Ihrem Hauptrechner", wandte Dahlberg ein.

„Eben nicht." Troost sah zwischen Ihnen hindurch auf eine Weltkarte, die über dem Schreibtisch hing. „Winklers Laptop war nicht mit dem Firmennetzwerk verbunden. Und er hat natürlich nur offline gearbeitet."

„Wer wusste davon?", fragte Dahlberg, seine Stimme hatte den dringlichen Klang, den sie immer bekam, wenn er Witterung aufnahm.

„Jeder, der an seinem Labor vorbei kam. Und bestimmt hat er sich auch vor internationalen Fachkollegen damit gebrüstet, mit dieser Sonderregelung." Troost erhob sich wieder und knöpfte die Anzugsjacke zu. „Wenn es das war, würde ich jetzt gern an die Arbeit gehen."

Sie standen ebenfalls auf.

„Das war es, vorerst", sagte Dahlberg. „Wir brauchen noch den Kontakt zu den nächsten Angehörigen."

„Das ist die Mutter. In Friedenau, glaube ich. Und Sie wollen sich sicher auch in Winklers Wohnung umsehen." Troost war schon wieder ganz der umsichtige Chef, der Fragen erkannte, bevor sie gestellt wurden. „Meine Sekretärin kann Ihnen die Adresse geben. Und könnten Sie gleich mal nach einer externen Festplatte Ausschau halten?"

Sie verabschiedeten sich. Troost mit freundschaftlichem Händeschütteln und einem konzentrierten Ausdruck in den Augen. Sie waren fast draußen, da fiel Claudia die Handyfrage ein.

„Übrigens. Wissen Sie, ob Doktor Winkler ein Handy hatte?"

„Selbstverständlich, meine Sekretärin gibt Ihnen die Nummer."

Sie ließen sich Adresse und Handynummer geben, fuhren mit dem alten Fahrstuhl nach unten und betraten das nasse

Kopfsteinpflaster. Die Polizeiautos und Feuerwehren waren verschwunden, nur ihr Einsatzfahrzeug war übrig. Ein paar Weißkittel gingen Richtung Kantine, es war Mittagszeit.

„Komisch", sagte Claudia, als sie einstiegen, „dass zugleich der Laptop mit Forschungsdaten und das private Handy verschwinden."

„Wieso komisch?", entgegnete Dahlberg. „Ist doch logisch, der Dieb oder Mörder hat gleich die richtigen Kontakte, wem er die Daten anbieten kann."

Claudia zuckte mit den Schultern und rief Jo an, der heute Innendienst hatte. Kurz und knapp umriss sie den Fall und gab Winklers Telefonnummer durch.

„Besorg mal die Verbindungsdaten. Und schick uns die Adresse von Frau Sieglinde Winkler. Das ist die Mutter. Wir fahren schon mal los Richtung Friedenau."

„Ich denk mal laut", sagte Dahlberg und startete den Wagen. „Nach den Aussagen und den Anwesenheitslisten war niemand anderes als Winkler auf dem Gelände. Ungesehen kommt angeblich niemand an den Wachleuten vorbei. Es sei denn, ein Fachmann für Tarnen und Täuschen. Heißt, wir hätten es mit Industriespionage zu tun."

„Oder jemand aus der Firma", wandte Claudia ein, „der die Rundgangzeiten kennt."

„Unwahrscheinlich, ein Firmenmitglied könnte die Forschungsergebnisse nicht offen verwenden."

„Oder der Diebstahl ist ein Ablenkungsmanöver von etwas Persönlichem für den Mord, wenn's einer war."

Ihre Handys piepten, sie zog ihrs hervor.

„Das ist jetzt nicht wahr. Die Mutter hat die gleiche Adresse wie der Sohn. Mannomann, in dem Alter."

Die Gegend wirkte, als sei die Zeit stehengeblieben. In den Achtzigern oder sogar in den Siebzigern, ein Handwerker neben dem anderen, Gas-Wasser-Scheiße, Fliesenleger, Elektriker, Tischler. Ein Schaufenster voller aufgeplusterter Kissen und dilettantisch drapierter Decken warb für BETTENWERNER. Der Name stand auf einem einfachen Blatt Papier und war von innen gegen die Scheibe geklebt. Daneben eine Kneipe mit einem Schild an einer Eisenstange: UNFILTRIERT WIRD NICHT SERVIERT, noch so ein Überbleibsel. In der Seitenstraße, in der sich der Wohnort von Mutter und Sohn befand, bestimmten Vorgärten hinter schmiedeeisernen Gittern, in denen Hortensien und andere Schattenpflanzen gerade ihr Leben beendeten, das Bild. Vor der Adresse angekommen, musterte Claudia das Klingelschild aus verstaubtem Plastik, suchte den Namen und drückte den ehemals weißen Knopf, erster Stock links.

„Ja? Wer ist da?", fragte eine hohe weibliche Stimme.

„Die Polizei, würden Sie uns bitte hereinlassen?"

Ein Schnarren ertönte, sie betraten das Treppenhaus, das nach Sauberkeit und Pflichtbewusstsein roch, und stiegen die schwarz-weiß gesprenkelte Terazzotreppe empor. Im dritten Stock, hinter vorgelegter Kette spähte ihnen ein breites, rötliches Gesicht entgegen.

„Was gibt es denn?"

Sie zeigten ihre Ausweise und stellten sich vor.

Die Kette scharrte, die Wohnungstür öffnete sich. Frau Winkler stand vor ihnen, die fleischigen Arme vor der Blusenbrust verschränkt, sie musste um die achtzig sein, der Sohn also ein spätes Kind.

„Vielleicht gehen wir erst einmal rein und setzen uns", sagte Dahlberg.

Ohne etwas zu sagen, rieb die Frau sich die nackten Oberarme und ging vor ihnen her ins Wohnzimmer. Dahlberg registrierte eine Couchgarnitur mit Gobelinbezug und Kordelumrahmung und eine Schrankwand, in der Sammeltassen die Hauptrolle spielten. Sie setzten sich nebeneinander auf das Sofa, Winklers Mutter sank ächzend in einen der Sessel.

„Es gab eine Explosion im Labor", begann er vorsichtig.

Frau Winkler sah ihn erschrocken an.

„Ist Gerald verletzt?"

„Ja", antwortete er und blickte hilfesuchend zu Claudia, man wusste nie, wie Angehörige reagierten. Er hatte schon alles erlebt, von scheinbarer Teilnahmslosigkeit und seltsamen Übersprunghandlungen wie plötzlicher Putzsucht bis zu Schreikrämpfen und Ohnmachtsanfällen. Und niemals sollten die Kinder vor den Eltern sterben. Die Frau zog den Ausschnitt krampfhaft vor der Brust zusammen. „Ist ... ist es schlimm?"

„Es tut uns so leid", sagte Claudia. „Ihr Sohn ist bei dem Unglück ums Leben gekommen."

Winklers Mutter erstarrte. Wie bei einer Magenkolik beugte sie sich vor, kam wieder hoch, wieder vor, wieder hoch und gab keinen Laut von sich. So ging es eine Weile. Dahlberg sah die ganze Zeit zu Boden, er konnte mit dem Schmerz von Hinterbliebenen noch nie gut umgehen. Ohne hinzusehen kramte Frau Winkler ein Taschentuch aus der Sesselritze und stopfte es wieder zurück. Danach begann sie, mit dem Oberkörper von rechts nach links zu schwenken, wie man es von Bären im Zoo kennt. Claudia stand auf, kniete sich neben sie und nahm ihre Hände. Das Schaukeln kam zum Stillstand und ein fast unmenschlicher Schrei durchschnitt die Luft, die sich mit Trauer und Ausweglosigkeit gefüllt zu haben schien.

Dahlberg gab Claudia ein Zeichen. Sie ließ Frau Winklers Hände los, die jetzt unaufhörlich zitterten.

„Frau Winkler?" Dahlberg beugte sich zu ihr hinunter. „Frau Winkler, hören Sie mich?" Die Frau sah ihn an, ohne ihn anzusehen, Tränen liefen aus den aufgerissenen Augen. „Fühlen Sie sich in der Lage, einige Fragen beantworten?"

Sie nickte mechanisch.

„Wissen Sie, ob Ihr Sohn Streit mit jemandem hatte?"

„Warum ... warum fragen Sie das?", fragte sie. Dann schüttelte sie den Kopf. „Nicht mein Gerald."

Sie wusste offenbar nichts von den Reibereien in der Firma.

„Wie ist es mit Freunden oder Freundinnen?"

Wieder Kopfschütteln.

„Könnten wir uns bei Ihrem Sohn umsehen?"

Nicken. Sieglinde Winkler versuchte aufzustehen, schaffte es aber nicht. Dahlberg half der alten Frau aus dem Sessel. An der Garderobe drückte sie ihm wortlos einen Schlüssel in die Hand und zeigte noch oben.

Die Wohnung ihres Sohnes befand sich eine Etage höher. Schon im Flur roch es sehr sauber. Auch das Wohnzimmer glänzte. Die Schrankwand mit dem eingepassten Flachbildfernseher sah teuer aus. Genau wie die graue Couch mit silbrig schimmernden Kissen und der Tisch, auf dem silberne Leuchter standen. Der Teppich war dick und einfarbig rot, eine Farbe, die sich in den Glasschirmen der Lampen wiederholte. Dahlberg kam sich vor wie in einer Musterwohnung. Er öffnete die Schranktüren. Die Fächer enthielten VHS-Kassetten und DVDs, ordentlich aufgereiht und ordentlich beschriftet. Es waren Mitschnitte von Wissenschaftssendungen.

In einem anderen Raum, der nach Arbeitszimmer aussah, hingen Rollbilder mit chemischen Formeln an den Wänden. In einem Regal stand neben Fachliteratur eine Batterie Glaskolben, der Größe nach geordnet wie Orgelpfeifen, was seltsam humoristisch wirkte.

Der Schreibtisch war bis auf Computer und Drucker leer. Dahlberg zog den Rollcontainer darunter hervor. Die Schubkästen waren mit Kabeln, Steckern und Büromaterial gefüllt.

In der untersten Lade befand sich eine verschlossene Stahlkassette. Claudia zückte ihr Besteck und öffnete sie. Unter anderem enthielt sie eine Festplatte, hoffentlich die mit den Forschungsdaten. Dahlberg steckte sie ein und sah sich weiter um. Nirgendwo fand sich etwas Persönliches, keine Fotos oder Andenken, Winklers eigentliches Zuhause war wohl das Labor gewesen.

„Den Computer sollen die Kollegen später abholen. Jetzt noch das Schlafzimmer und das Bad. Dann sind wir durch."

Beide waren ebenfalls exquisit ausgestattet, aufgeräumt, blitzsauber und ohne persönliche Note.

„Ganz schön heimlich, unser Toter", sagte Claudia, als sie sich von Winklers Mutter verabschiedet hatten und wieder im Wagen saßen. „Wahrscheinlich hat seine Mutter da sauber gemacht und er hat deswegen nichts rumliegen lassen."

„Apropos Mutter und Sohn", murmelte Dahlberg. „Heute ist Vatergroßeinkauftag. Kannst du die Reinigungsfirma übernehmen? Wir treffen uns dann bei Herrmännsche."

Es war acht Uhr. Niesel stäubte aus dem Morgenhimmel. Kielbaum zog ein Putztuch aus der Manteltasche, nahm die Brille ab und rieb vorsichtig die Gläser trocken, eine Herausforderung für seine breiten Hände, vielleicht sollte er doch auf ein robusteres Gestell umsteigen. Aber das dachte er jedesmal und änderte doch nichts, er mochte die Irritation, die seine Gegenüber erfasste, wenn sie seine enorme Gestalt mit dem zierlichen Exemplar – eine goldgefasste Schubertbrille mit winzigen ovalen Gläsern – in Einklang zu bringen suchten.

Er wartete auf Alexander Taub, sie hatten sich im Invalidenpark hinter der neuen Zentrale verabredet. Er war zum ersten

Mal hier, seit dem Umzug von Pullach nach Berlin. Der Park entpuppte sich als mäßig große Freifläche, mittendrin eine Art Rampe, von der Wasser in ein flaches Bassin floss. Eine Messingtafel gab Auskunft, dass der sogenannte Park einen Preis für hervorragende Landschaftsgestaltung bekommen hatte. Rampe, Beckenumrandung, Bodenplatten waren aus dem gleichen hell schimmernden Stein. Die äußerst sparsam aufgereihten Bäumchen waren Ginko, wie ein Schild ihn belehrte, seltsame Landschaftsgestaltung.

Alexander Taub kam aus Richtung Hauptbahnhof. Der kahle Kopf glänzte feucht, die Barthaare waren schon ordentlich gewachsen, bald würden sie eine altrussische Länge haben. Ein Schal verdeckte die Tätowierungen.

„Tut's noch weh?" Kielbaum deutete auf Taubs Hals. Keine Antwort.

Der Typ mochte ihn nicht besonders und das beruhte auf Gegenseitigkeit. Aber der aktuelle Einsatz würde wahrscheinlich nicht lange dauern, es war hoffentlich ihr letzter direkter Kontakt. Die Eigenständigkeit im Außendienst mit der Lizenz zur Eigenmächtigkeit verwechseln, hatte man ja gesehen, wohin das führt, nämlich dahin, entführt zu werden. Er merkte, dass er sich schon wieder aufregte. Ohne Rücksprache und Rückendeckung eine Fahrt in die Salzwüste mitmachen. Wenn er an die Aufregung dachte, als der GPS-Tracker kurz vor der Oase Siwa den Geist auf-, beziehungsweise kein Signal mehr von sich gab. Sie mussten Taub natürlich auslösen, die russische Regierung bezahlte Lösegeld nur für ihren Botschaftsattaché. Für Taub blechte die deutsche Regierung, womit seine Legende im Eimer war.

„Gehen wir ein Stück", sagte er trotz allem verbindlich, als der Mann vor ihm stand. Sie schlenderten den neuen Uferweg entlang. Auf der anderen Seite des Kanals stand ein helles Gebäude. Lilafarbene Fahnen hingen schlapp über den beiden eckigen Türmen.

„Wissen Sie, was das da drüben ist?"

„Museum Hamburger Bahnhof", lautete Taubs Auskunft. Komischer Name für ein Museum, dachte Kielbaum.

Sie passierten ein niedriges Gittertor. Dahinter sah es eher nach Park aus, war aber wohl ein ehemaliger Friedhof, verwitterte Grabsteine und angerostete Kreuze unter hohen Bäumen, die schwarz vor Nässe in matschig-gelbem Gras standen. Er zog einige zusammengefaltete DIN-A4-Blätter aus der Brusttasche.

„Das Allerneueste, Schreibmaschine statt Computer." Er reichte Taub die Papiere. „Ihre neue Legende. Lesen, lernen, vernichten."

„Zu Befehl, Genosse Führungsoffizier. Lesen, lernen, vernichten."

Wollte der ihn verscheißern? Naja, man würde ja sehen, wie es diesmal lief. Taub steckte die Papiere weg. Dann ging er mit gesenkten Kopf neben ihm her, die Ellbogen angewinkelt, die Hände tief in die Seitentaschen der dunkelblauen Jacke gebohrt.

Kielbaum hätte liebend gern auf den unsicheren Kantonisten verzichtet. Aber Meier hatte in den oberen Etagen alle Bedenken ausgeräumt. Im Gegenteil, in höchsten Tönen hatte er sich über Taubs unbezahlbare und unentbehrliche Fähigkeiten ausgelassen. Und leider Gottes hatte er Recht. Es gab im ganzen BND niemanden, der Russisch wie seine Muttersprache sprach und zugleich Arabisch.

Claudia stand vor der Passage in Lichtenberg und studierte die vorgefertigte Schilderwand an der glänzenden Steinfassade. Es gab drei Mieter. Einen Computervertrieb, die Brandenburgische Bäckerinnung und die Reinigungsfirma. Sechs weitere Flächen waren leer. Claudia kannte mittlerweile einige dieser Nachwendegeburten an Büroneubauten. Es gab sie überall im ehemaligen Berliner Osten und viele erwachten nur ganz langsam zum Leben. PICOBELLO residierte im zweiten Stock des Vorderhauses, in den Räumen sah es nicht so aus. Schon im Eingang stapelten sich eingerissene Packungen, aus denen Lappen und Gummihandschuhe quollen. In den Ecken standen fusselige Mopps und Besen mit abgearbeiteten Borsten. Dafür war der Inhaber in Schale und gut vorbereitet.

„Bitte sehr", sagte er nach der gegenseitigen Vorstellung und wies schwungvoll auf fünf kleine Stapel, die nebeneinander auf einem niedrigen, runden Tisch lagen. Claudia setzte sich und ging die Bewerbungsschreiben, Lebensläufe, Arbeitsverträge und Vertraulichkeitsvereinbarungen durch. Da war nichts, das Verdacht erweckte. Der Truppführer und der schmächtige Ältere waren schon zwanzig Jahre dabei. Die beiden türkischen Frauen konnten kaum deutsch. Und der Bulgare Milo Meschdunarodschki, der erst seit einem Monat angestellt war, offensichtlich gar nicht. Es könnte natürlich sein, dass das nicht stimmte, dass ihn eine interessierte Seite in die Putztruppe geschmuggelt hatte, um an das Opfer heranzukommen, was zuerst einem ausländischen Spionagedienst zuzutrauen wäre.

Claudia verabschiedete sich und verließ das trostlose Gebäude.

Sie lief Richtung S-Bahn Frankfurter Allee, vorbei an einem Kirchlein, wie extra aufgestellt zwischen zwei Fahrspuren, wie zur Erinnerung an alte Zeiten. Danach passierte sie das rote Rathaus Lichtenberg und eine Grünanlage mit einem runden Brunnen, über dessen schlierigem Grund sich der Regen der letzten Tage sammelte. Am Ringcenter, das wie ein Schiffsbug in die Kreuzung ragte, kamen Claudia ein paar Mädels entgegen, die den gesamten Bürgersteig einnahmen und sich auf einen bestimmten Look geeinigt zu haben schienen, taillierte Steppwesten, interessant gemusterte Strickhosen und neonstrahlende Turnschuhe. Die Haare so straff nach hinten gezurrt, dass es schon beim Hinsehen wehtat, sollte wohl irgendwie elegant wirken. An den Händen, die Zigaretten hielten, blitzten lange, schreiend bunte Fingernägel. Claudia trat beiseite, um das Geschwader vorbeizulassen.

Die Ausdrucke mit Winklers Telefondaten unterm Arm, stieg Jo von Gotthaus vorsichtig die feuchten Stufen zum Kellerlokal hinunter, deren Kanten von hundertjährigem Gebrauch rundgeschliffen waren. Er musste den Kopf einziehen, um nicht an den Türsturz zu stoßen. Die Stammkneipe war gut gefüllt, Stimmengesumm wie in einem Bienenstock. Manchmal kam ihm der Laden mit seiner niedrigen verräucherten Decke wie ein Versteck vor, in dem Jäger sich auf die Jagd vorbereiteten, was ja irgendwie stimmte. Das Mobiliar hatte sich, seit er beim LKA war, nicht verändert. Nur die Messingstange, die den Tresen umgab, wurde immer glänzender. Dafür dunkelten die Fotos von Ernst Gennat, dem ersten wirklichen Kriminalisten Berlins, weiter vor sich hin. Aber man konnte seinen ungeheurem Körperumfang noch erkennen. Das ist der volle Ernst, auch Buddha genannt, hatte Claudia gesagt, als Jo zum ersten Mal hier unten war. Der Kneipenwirt versuchte gerade, den Glasturm für Soleier vom Tresen zu heben.

„Was, keine Soleier mehr?“, hörte Jo Dahlbergs Stimme von der Treppe.

„Willscht's letzte?“, rief der Hesse, der so hieß wie sein Laden, vielmehr so genannt wurde, nämlich Herrmännsche.

„Nee, danke, nicht mein Fall.“

„Sischst, deschwege, koa Nachfrag. Kann vielleicht mal jemand helfe von dene Herrschafte", maulte Herrmännsche. „Sonscht steh ich morsche noch hier."

Dahlberg ging zum Tresen und umarmte den Glaszylinder mit der milchigen Flüssigkeit, in der ein einsames Ei umhertrieb.

„Was jetzt, wohin mit dem Ding?"

„Eifach kippe, in de Spüle. Das Zeusch muss naus."

Ein heftiges Plätschern zeigte an, dass der Behälter in ausreichender Schräglage war. Dahlberg griff in den Ausguss und hielt ein bläulichweißes Ei hoch. „Von euch jemand?"

Claudia, die schon am Stammtisch saß, schüttelte sich. Jo ließ den Packen Papier neben sie fallen.

„Die Telefondaten. Ein Haufen Verbindungen mit 00-Nummern, USA, Japan, Großbritannien."

Dahlberg kam an den Tisch, stützte sich mit einer Hand darauf, mit der anderen blätterte er in den Ausdrucken.

„Kein Wunder. Der Mann war eine Kapazität und stand bestimmt mit anderen Kapazitäten in Austausch."

„Könnte aber auch heißen, dass er sich beruflich verändern und die Firma verlassen wollte", meinte Claudia. „Wenn man bedenkt, wie toll ihn die Kollegen leiden konnten. Dann hätte er seine Forschungen mitgenommen. Und die Firma ein Motiv, das zu verhindern."

„Aber dafür ihren besten Mann umbringen?", wandte Jo zweifelnd ein.

„Ich weiß auch nicht", unterstützte Dahlberg ihn. „Sieht eher nach Industriespionage aus. Ist denn in Lichtenberg was rausgekommen?"

„Nicht viel. Die einzige Möglichkeit sehe ich bei dem Bulgaren, Milo Meschdunarodschki. Da bräuchten wir einen Hintergrundcheck der dortigen Kollegen."

„Okay", sagte Dahlberg und stand auf. „Leiert das schon mal an. Ich muss jetzt mit den Einkäufen nach Hause."

„Also ich wette, die Chinesen haben einen Schlangenmenschen durch die Lüftungsschächte geschickt", flüsterte Jo laut, als Dahlberg gegangen war. Er verschränkte die langen Arme hinter dem Kopf und setzte ein verträumtes Gesicht auf. „So einen Fachmann für spurloses Auf- und Abtauchen und Scherbenwerfen."

Die Straßenlaternen warfen scharf abgegrenzte Lichtstreifen auf den dunklen Boden. Der Stahlrahmen, der die Schieferplatte des Esstisches hielt, glänzte matt. Gabriel Troost saß im Halbdunkel. Er legte die Füße auf den Tisch, der Automatiksessel gab nach und der Bauch drückte nicht mehr so. Die Kripo hatte also eine externe Festplatte gefunden. Hoffentlich konnten die anderen Mitarbeiter etwas mit Winklers neuesten Experimenten anfangen. Aber jetzt rief erst einmal eine unangenehme Pflicht, er musste Manfred Arnheim informieren. Troost gab sich einen Ruck, schwang nach vorn und griff nach dem Handy. Nach ein paar Mal Klingeln ging sein Kompagnon ran. Troost räusperte sich.

„Es hat in der Nacht eine Explosion im Labor gegeben."

Am anderen Ende herrschte einen Moment lang Schweigen.

„Wie groß ist der Schaden?"

„Sehr groß. Winkler ist tot." Troost hörte, wie sich Manfred ein Stöhnen entrang.

„Und das ist noch nicht alles", fuhr er fort. „Der Laptop ist verschwunden."

Jetzt kam ein Schrei durch die Leitung. „Scheiße, Scheiße, Scheiße."

Troost nahm das Handy vom Ohr. Er konnte Arnheims Tirade auch so hören. Gabriel hätte Winkler nicht gestatten dürfen, allein zu experimentieren. Und dass er die Trennung seines Laptops vom Firmennetzwerk erlaubt hatte, sei auch ein Fehler gewesen. Natürlich seiner. Dabei hatte Manfred zugestimmt. Dann kehrte Ruhe ein. Troost nahm das Gerät wieder hoch.

„Was für eine Scheiße", hörte er Manfred bellen. „Ein Glück, dass die Formel schon im Patentamt liegt. Da kann man Plagiate wenigstens vor den Kadi zerren."

Troost schwieg.

„Was ist denn los? Haben sie dir die Wörter geklaut?", tönte die gereizte Stimme weiter.

„Sei doch froh", gab Troost zurück. „Sonst quatsch ich dir doch immer zu viel."

„Jedenfalls gehst du nach dem ersten Schock zur Mutter und kondolierst in unser aller Namen. Und dann schwatzt du ihr das Patent ab, das ist doch deine Spezialität."

„Zu Befehl!"

„Hör auf damit, verdammt nochmal."

Sie legten auf. Gabriel Troost erhob sich und trat an das Sideboard, auf dem der Whisky stand, er brauchte jetzt einen oder zwei. Er musste runterkommen, abschalten, an etwas anderes denken. Mit dem achtzig Jahre alten Malt im Glas ging er Richtung Arbeitszimmer. Müde und schwer ließ er sich vor dem Computer nieder, drückte die Entertaste und nahm einen winzigen Schluck. Der Bildschirm ploppte auf und das Startbild erschien, eine Weltkugel, die sich in einem Erlenmeyerkolben drehte. Arschloch, dachte Troost wütend. Ohne ihn wäre ARNHEIM CHEMIE baden gegangen. Als er Anfang der Neunziger dazu stieß, stand die Klitsche im Schwäbischen kurz vor der Insolvenz. Und er war die Rettung. Kurz vor der Wende hatte er an der Leipziger Fakultät für Chemie und Mineralogie seine Diplomarbeit verteidigt. ‚Zum Verhältnis von Grundlagenforschung und Produktentwicklung in der Entwickelten Sozialistischen Gesellschaft am Beispiel der Kosmetikindustrie der Deutschen

Demokratischen Republik.' Entwickelte Gesellschaft, Troost gab einen höhnischen Laut von sich, Sprachkosmetik für ein bankrottes Land. Jedenfalls war er an alles herangekommen, was im Hochschullabor so lief, und hatte fleißig Unterlagen kopiert. Zu der Zeit kümmerte sich kaum jemand um Chemie und was man damit machen konnte. Oder nur dafür dafür, dass sie stank. Die Stadt stand kopf, alle Welt demonstrierte und diskutierte. Sinnloserweise, denn der Weg lag offen vor allen, die sehen wollten. Er wollte. Er hatte sich umgesehen und Manfred Arnheim kennengelernt, der gerade sein Betriebswirtschaftsstudium beendet hatte. Ohne ihn wär der längst weg vom Fenster, dachte Troost. Oder würde gerade noch Melkfett und Antischuppenpuder herstellen.

Manfred Arnheim schlich die Predigergasse entlang Richtung Limmat. Der Turm der Fraumünsterkirche über der Stadt war angestrahlt, er stach spitz und grün in den Zürcher Nachthimmel.

Was für ein Desaster, dachte er. Gerade noch tolle Abschlüsse gemacht, und jetzt das. Mögliche Patentverletzungen waren das Eine. Da konnte man wenigstens vor dem Europäischen Patentgericht klagen. Etwas Anderes waren Winklers neueste Forschungsergebnisse. Auch wenn er die Festplatte tausendmal kopiert hatte, niemand, auch nicht Doktor Schlecht, würde so einfach daran anknüpfen können. Niedergeschlagen sah er in die Fluten der Limmat, die unter dem alten Rathaus hindurchströmten. Der Fluss der Generationen, dachte er plötzlich. Was du ererbt bla bla bla. Wenn sie ihn nur gelassen hätten. Eine gefühlte Ewigkeit aber hatte er im Schatten des Vaters, des Großvaters, des Urgroßvaters gestanden. Auch das erfolgreich abgeschlossene BWL-Studium änderte daran nichts. Zu der Zeit befand sich ARNHEIM CHEMIE schon eine Weile im Sturzflug, natürlich unbemerkt vom Aufsichtsrat, der aus verdienstvollen Herren höheren Alters bestand. Erst als Gabriel in Unterhausen auftauchte, seine Ideen und seine Unterlagen mitbrachte, die Altherrenriege so sehr betörte und beeindruckte, dass sie ihn machen ließen, erst da kam er zum Zuge, bei den Altvorderen und bei Frauen. Wie hieß die Polin nochmal, die er hier kennengelernt oder vielmehr, die Gabriel ihm zugeführt hatte? Egal, jedenfalls hatte sie ihm bei hundertfünfzig auf der Autobahn einen geblasen, eine Premiere. Und dank Gabriel war auch der Abwärtstrend der Firma gestoppt.

Was hatten sie alles durchgestanden in den Anfangsjahren in Unterhausen, dachte Manfred Arnheim, Produkte längst untergegangener Firmen aus der Versenkung geholt und unter neuem Namen reaktiviert, Rezepte für diverse Hausmittel aufgespürt und auf einem dankbaren Markt eingeführt, unter wohlwollendem Beifall der durchgrünten Öffentlichkeit. Und Fachleute abgeworben, darin war Gabriel unschlagbar.

Er überquerte die Münsterbrücke und tauchte in die Gassen der Altstadt ein. Vor dem Schaufenster seines Lieblingsantiquitätenhändlers blieb er stehen, die Frau Gattin hatte bald Geburtstag. Die Auslage bestand aus einem einzigen Stück. Die antike Uhr aus schwarzem Marmor war gekrönt von einer bronzenen Figurengruppe, eine Frau, die einen Schwan zwischen den Beinen hatte. Vogel vögelt Frau, dachte Arnheim, sehr schön. Er drückte die Türklinke herunter. Ein silberhelles Glöckchen ertönte. Und noch einmal, als er die Tür schloss. Das Geschäft strahlte so viel samtene Ruhe aus wie nur ging. Der Besitzer kam mit einem wissenden Lächeln hinter einer Portiere hervor, er hatte also etwas im Angebot. Arnheims Frau Beate sammelte Erotica, insbesondere japanische Netsuke, Elfenbeinschnitzereien, die klein und schmeichelnd in der Hand lagen, sehr explizit, sehr alt und sehr teuer. Er hatte keine Ahnung, wie

Beate auf diese Leidenschaft verfallen war, sexuelles Interesse konnte es nicht sein. Da war Vanessa ein anderes Kaliber.

Den historischen Fick hübsch verpackt in der Manteltasche, trat Manfred Arnheim hinaus auf die Gasse mit den kleinen, feinen Geschäften. Vom Zürichsee wehte plötzlich ein kalter Wind. Er wickelte den Schal enger um den Hals, knöpfte den Mantel zu und wandte sich Richtung Bürkli-Terrasse. Den Ruheplatz am See, mit Bänken unter Weidenbäumen besuchte er jedesmal, wenn er in der Stadt war. Eine Gruppe Schwäne strebte vom Ufer weg und verschwand in den Dunstschwaden, die übers Wasser zogen.

Normalerweise würde er die Abschlüsse mit Champagner begießen. Doch nach diesem niederschmetternden Ereignis war ihm nicht danach. Außerdem hatte Vanessa abgesagt, per Textnachricht. Arnheim wollte sich gerade auf eine Bank setzen, da ertönte das Pling einer SMS. Wieder eine Nachricht von Vanessa. Sie schrieb, sie wolle Gabriel verlassen und erwarte, dass er sich zu ihr bekenne und von seiner Frau trenne.

Manfred Arnheim wurde es heiß. Dann kalt. Sein Herz raste und schien in der Kehle zu sitzen. War die jetzt völlig verrückt geworden?

Dahlberg fand einen Parkplatz vor der chinesischen Änderungsschneiderei an der Ecke, in der es außerdem Näh-, Elektro- und Haushaltsbedarf, Perlonschürzen, Glitzer-T-Shirts und Acrylpullover gab. Seit sie dort auch Schuhe und Taschen verkauften, roch es selbst vor der Tür chemisch. Es gibt eben Chemie und Chemie, dachte er. Sie hatten es mit der Edelvariante zu tun. Schon dieser Name, JUNGBRUNNEN. Wie auch immer, wahrscheinlich würden sich damit die Spezialisten für kriminelle Wirtschaftsgebaren herumschlagen.

Er holte die Einkaufstüten mit Windeln und Babynahrung aus dem Kofferraum und machte sich auf den Weg. Das BAKLAVA hatte natürlich noch geöffnet. Cem Datoglu saß an einem der Tische, die er trotz der zunehmenden Kühle jeden Tag rausstellte, rauchte und las im Licht, das aus dem Laden fiel, Zeitung. Drinnen bediente seine Frau Sibel.

Dahlberg machte oft an dem türkischen Bäckereicafé Station. In letzter Zeit sogar noch öfter, immer, wenn er die Heimkehr an den heimischen Herd hinauszögern wollte. Dann plauderten sie bei Kaffee und Zigarette über dies und jenes. Das Wetter, die Wohnungsnot, obwohl gebaut wurde, als wenn es kein Morgen gäbe, den Lehrermangel, der sogar das Gymnasium seiner Tochter erreicht hatte. Aber Cems Lieblingsthema waren die Leute, die ihm das Jobcenter schickte und die nach kürzester Zeit wieder verschwanden. Die einen hatten Rücken, die anderen konnten nicht den ganzen Tag stehen, wieder andere waren nicht bereit, am Samstag zu arbeiten und einige erschienen gar nicht erst zum Vorstellungsgespräch. Cem stemmte den Laden mit Hilfe seiner Frau Sibel. Viel Schlaf kriegten die beiden nicht, denn das BAKLAVA hatte von sechs bis vierundzwanzig Uhr geöffnet. Und Sibel ging in dem bisschen Freizeit auch noch ins Fitnessstudio, das gleiche, das Marthe seit einem Monat besuchte. Sie hatten dort Kinderbetreuung ab einem Jahr. Manchmal half auch die Tochter im Café aus. Den Sohn hatte Dahlberg noch nie gesehen. Einmal hatte er gefragt, was er mache. Cem hatte nur gesagt: ‚Weiß nicht.' Und Dahlberg sich gefragt, ob der Sohn nicht wisse, was er machen soll oder Cem nicht wusste, was sein Sohn machte. Eine Nachfrage hatte er sich verkniffen. Offensichtlich war das eine Wunde und er wollte nicht darin herumstochern.

Trotz der Einkäufe, oder gerade wegen, hatte er auch heute Lust auf einen Plausch und eine Zigarette.

„Tach Cem", sagte er, lud die Last ab und setzte sich.

„Tach", erwiderte Cem die Begrüßung ungewohnt knapp und ließ die Zeitung sinken, er schien nicht die beste Laune zu haben. Dahlberg steckte sich eine Kippe an.

„Was ist los?", fragte er. „Wieder keine Aushilfe bekommen?"

Cem antwortete nicht, sondern tippte nur auf die aufgeschlagene Seite, er wirkte empört.

„Wissen Sie, was hier steht?", fragte er rhetorisch, denn er hatte den Artikel offensichtlich gelesen und antwortete sich auch gleich selbst. „Hier steht." Er schlug erst mit der flachen Hand auf die Zeitung und nahm sie dann hoch. „Hier steht", sagte er in dem Akzent, den besonders die türkischstämmigen Männer lange beibehielten. „Hier steht", las er vor, „dass es nicht tolerierbar ist, wenn Migranten nach Jahren in Deutschland kein Deutsch sprechen."

Worüber regte Cem sich auf, fragte Dahlberg sich, er sprach doch ziemlich gut.

„Aber das betrifft Sie doch gar nicht", sagte er. „Von Sibel und Ihrer Tochter ganz zu schweigen."

„Aber meine Eltern. Also die sollten nach der Rackerei auch noch Deutsch lernen. Nach zwölf Stunden sind die halbtot ins Bett gefallen."

Einerseits verstand Dahlberg Cems Aufregung, sein Vater hatte Anfang der Siebziger als Ungelernter bei Siemens am Band gearbeitet und die Mutter in der gleichen Firma die Büros geputzt. Da war nicht viel Kraft übrig geblieben. Andererseits wusste er, dass Kinder und sogar Enkel der früheren Gastarbeiter Probleme mit der Sprache hatten, sie wurden sogar größer. Das hatte er bei seinen Einsätzen als Streifenpolizist oft genug erlebt.

„Ich glaube nicht", sagte er, „dass deren Generation gemeint ist."

„Egal", beharrte Cem. „Das ist nicht richtig, das ist kein Respekt."

Wieso fing Cem jetzt auch noch mit diesem Pochen auf Respekt an, dachte Dahlberg. Ausgerechnet ihm gegenüber. Er könnte ihn ja mal fragen, wie es mit dem Respekt Polizisten gegenüber stand.

„Wollen Sie einen Espresso?", fragte Cem in einem versöhnlichen Ton, eigentlich war ihm ja klar, dass er mit seiner Beschwerde bei Dahlberg an der falschen Adresse war. Dahlberg nickte, obwohl er vorgehabt hatte, nach der Zigarette zu gehen. Cem stand auf und rief Sibel durch die Ladentür die Bestellung zu. Lachend und nach draußen winkend setzte sie die Profimaschine in Gang. Zwei Minuten später stand die kleine Tasse vor Dahlberg. Sie steckten sich beide noch eine an und betrachteten schweigend dien Feierabendverkehr, der über das Kopfsteinpflaster polterte. Cem schien sich langsam zu beruhigen. Grinsend musterte er die Einkaufsbeutel, eine Packung Windeln sah heraus. Dahlberg hob mit einem ironisch ergebenen Gesichtsausdruck die Schultern – was soll man machen als braver Ehemann und Vater.

„Ab nach Hause", sagte Cem Datoglu.

Dahlberg wandte sich heimwärts. Das Blau des Hauses, in dem sie seit zwei Jahren wohnten, leuchtete beim Näherkommen, sogar in der Dämmerung. Kriegt man ja Augenkrebs von, hatte kürzlich ein Taxifahrer den Fassadenanstrich kommentiert. Dahlberg gefiel er. Er schloss das rot gestrichene Tor auf und betrat die Durchfahrt. Der Kinderwagen stand unter der Treppe. Marthe und Karlchen waren also zu Hause. Eigentlich wäre er jetzt gern allein, würde es aber nicht sein. Das, was sie eigentlich nicht gewollt hatten, worüber sie sich eigentlich einig gewesen waren, keine Kinder, den Kindern zuliebe, das war jetzt Alltag. Er war Vater, ein später Vater, ein Vater mit einer Last auf den Schultern, was kleine Kinder anging. Vor der Wohnungstür angekommen, rüstete Dahlberg sich für den Ansturm der Kleinfamilie und schloss auf. Wider Erwarten war es still. Er zog Jacke und Schuhe aus, stellte die Einkäufe ab und schlich auf Socken ins Wohnzimmer. Marthe saß auf der Couch und las. Karlchen war also schon im Bett.

„Na, Schmittchen Schleicher", sagte sie und legte das Buch weg.

„Wie geht es Karlchen?", fragte Dahlberg.

„Ist grad eingeschlafen, halb so schlimm, bisschen Husten. Wird man sich dran gewöhnen müssen, Bronchitis, Mandelentzündung, gebrochene Arme, Pubertät."

Diese Sorgen, dachte Dahlberg, vielleicht verstand man Eltern erst wirklich, wenn man selber in der Lage war. Er und sein Bruder hatten ihren jedenfalls einige beschert. Einmal hatten sie die Zeit vergessen, waren gedankenverloren durch den Stadtpark getrottet, die Augen auf den Boden gerichtet, sie fanden immer etwas Interessantes. Vater wartete hinter der Tür, die Ohrfeige war so stark, dass er gegen die Garderobe flog und das Bürstenset herunter fegte. Dietrich, der Kleine, blieb verschont.

Dahlberg setzte sich neben Marthe, sie platzierte ihre nackten Füße neben seine und zwickte ihn in den Spann, sie konnte so etwas, mit den Zehen zwicken. Sie konnte auch mit den Ohren wackeln und hervorragend schielen. Und dabei kichern, wie jetzt wieder.

„Wir hatten es heute mit einer Laborexplosion zu tun", sagte Dahlberg. „Das reinste Scherbengericht. Ein Toter, ausgerechnet der leitende Chemiker. War übrigens sowas wie ein Genie. Hat ein Wundermittel gegen Cellulite entdeckt."

„Echt jetzt? Haste 'ne Probe?"

„Nee, haste nicht nötig."

„Noch nicht, also dafür würde ich morden."

„Sehr witzig. War kein schöner Anblick, der Weißkittel von einer Million Glasscherben getroffen."

Er stand auf, ging ins Schlafzimmer und zog Laufklamotten und Sportschuhe an.

„Weißt du übrigens, dass das auch eine Form von Eitelkeit ist", sagte Marthe, als er wieder auftauchte. Sie lehnte mit verschränkten Armen an der Arbeitsplatte und musterte ihn spöttisch.

„Was denn?"

„Nicht aussehen wollen wie frisch eingekleidet bei SPORTPOINT."

Er sah an sich herunter, an seinem zusammengewürfelten Dress. Die grauen Pantalonwaden ragten aus einer knielangen roten Fußballerhose mit weißen Seitenstreifen, die ehemals hellen Laufschuhe hatten die Farbe von Straßendreck angenommen, den Riss in dem abgeriebenen grünen Anorak hatte er selbst geflickt, mit weißem Sternzwirn.

„Ehrlich?" Er sah Marthe mit gesenkten Kopf von unten an, die Oberlippe absichtlich gangsterhaft verzogen. „Also ich bin dann mal weg. Aber freu dich nicht zu früh, ich komme wieder."

Jo hatte Claudia auf ein Bier zu sich eingeladen, in seine neue Bleibe in der Frankfurter Allee, unsanierter Altbau, abgeranzt und irre laut. Aber immerhin zwei Zimmer, Küche und Bad, was brauchte man mehr. Und dank zweier Gasheizkörper aus DDR-Zeiten wenigstens warm. Im Wohnzimmer machte er sich erst einmal daran, Coffee-to-go-Becher, Pizzaschachteln, Zeitschriften und Papiere zusammenzuraffen. Claudia sah ihm grinsend dabei zu. Langsam kamen die Möbel zum Vorschein, die seine Mutter ihm vor kurzem aufgedrängt hatte, ein geschwungenes Sofa, ein ovaler Tisch auf einem einzigen dicken Bein und vier Stühle mit ovalen Lehnen, Biedermeier. Sie hatten sich endlich mit der Berufswahl ihres Sohnes abgefunden. Sein Vater, ein berühmter Weimarer Herzchirurg, hatte ursprünglich gehofft, dass Jo in seine Fußstapfen trat. Er verschwand mit dem Müll in der Küche und nahm zwei Flaschen Bier aus dem Kühlschrank. Zurück im Wohnzimmer warf er sich in das antike Couchgestell, es knarrte bedenklich.

„Keine Angst, die sind stabiler, als man denkt."

Jo öffnete die Kronkorken mit einem Feuerzeug und reichte Claudia eine Flasche. „Meine Mutter hat drauf bestanden, dass ich das Zeug nehme. Möbel kauft man nicht, Möbel erbt man."

Sie prosteten sich zu. Jo straffte den Oberkörper und hob theatralisch die Hand mit der Bierflasche über den Kopf.

„Ein bisschen Stil muss sein", sang er mit krächzender Stimme. „Ein Hoch, ein Hoch auf das, was wir nicht sind."

„Na, du tust ja alles, den ererbten Eindruck zu verwischen", sagte Claudia und setzte sich. „Beziehungsweise zu überdecken." Dann strich sie über die fein gemaserte Tischplatte. „Was ist das für Holz?"

„Kirsche, glaub ich."

„Kirschbäume hatten wir in unserer Baumschule auch. Eine Arbeit, sag ich dir. Schneiden, pfropfen, Erde lockern, sprühen, den schweren Kanister auf dem Rücken. Und das da?" Sie zeigte auf eine Vitrine, mehrere Paar Westernstiefel hinter Glas.

„Schuhschrank." Jo grinste. „Meine Mutter kriegt einen Anfall."

Er setzte die Bierflasche an und nahm ein paar große Schlucke.

„Erinnerst du dich an meine erste Wohnung im Erdgeschoss, wie klamm die im Winter war? Dafür schön kühl im Sommer. Das war aber auch der einzige Vorteil."

Claudia nickte.

„Soko Scherbe." Jo lachte auf. „Da haben wir jede Abkühlung herbeigesehnt. Mann, wenn ich daran denke, Brandsachen bei sowieso schon dreiunddreißig Grad im Schatten. Wie die Feuerfans einfach nur Flaschen zerschlagen und die Scherben auf den Rasen werfen mussten. Der kein Rasen mehr war. Sondern der reinste Zunder. Und die Scherben wie Linsen."

Er trank aus und stand auf. „Jedenfalls ist das 'ne irre Sache mit dem zerschnippelten Chemiker. Was ist denn? Ist dir schlecht?"

Claudia schüttelte den Kopf. „Aber hör auf, irgendwann ist auch mal Feierabend."

Jo holte zwei weitere Biere aus der Küche.

Das Sprühen ging in Niesel über, Feuchtigkeit legte sich als kühler Film auf Dahlbergs Gesicht. Auf dem alten Schlachthofareal war nicht mehr viel los. Vom Supermarkt wehte das Klirren und Rattern der Transportwägelchen herüber, beladen mit den Resten des Verkaufstages, Kisten, Kartons, Folien, Flaschen. In der Dämmerung glühten Feierabendzigaretten auf, rhythmisch wie Minileuchtfeuer. Signale aus der Arbeitswelt, wenn man so wollte. Die S-Bahn fuhr in die Station Storkower Straße ein, eine leuchtende Schlange. Dahinter lag der Stadtteil Lichtenberg, eine Schallgrenze, die Dahlberg aus unerfindlichen Gründen nie überschritt. Er drehte ab Richtung Süden, er fühlte sich plötzlich einsam auf dem riesigen, dunklen Gelände. Die Eldenaer Straße kreuzte, die Bänsch, die Rigaer. An der Frankfurter Allee stand die Ampel auf Rot. Er nutzte den Stop, stützte sich gegen den Mast, um die Waden zu dehnen, und blickte in strahlende Autoreihen, die noch anonymer waren als am Tage, die Insassen verborgen, von drinnen spähend.

Im Kiez war die Hölle los, ein Treiben wie anderswo mittags um zwölf, eine Kneipe ging in die nächste über. Man hatte den Ruf aus Friedrichshain vernommen und veranstaltete hier tagtäglich und vor allem nachtnächtlich Weltjugendfestspiele. Unter den feuchten Markisen fingen sich allerlei Sprachen, die Heizpilze glühten. Dahlberg wich auf die Fahrbahn aus. Am Boxhagener Platz warfen die Lokale – echte Vietnamesen, getürkte Italiener, Shisha- und Falafelläden, Spätshops mit Bierbänken davor – ihr anheimelndes Licht auf die dunkel aufragenden Bäume in der Platzmitte. In der Nähe hatte Alexander zuletzt gewohnt, in einer WG, zusammen mit Pauline, einer Mathematikstudentin, und Halbundhalb, der schlauen Mischlingshündin, die so aussah wie sie hieß, das Gesicht samt Ohren in der Mitte geteilt, die eine Hälfte weiß, die andere schwarz.

Gruß an den ganzen Alexander und den halbierten Hund, war Marthes Spruch gewesen, wenn er Bescheid sagte, dass es wieder spät werden könnte. Dahlberg selbst war sich in seiner Anhänglichkeit oft komisch vorgekommen. Einmal hatte er Alexander ein heißes Bad eingelassen, nach einem eisigen Einsatz im Winter. Alexander wohnte damals in einer anderen Altbau-WG mit Ofenheizung. Die Mitbewohner hatten anfangs falsche Schlüsse gezogen, als er nach dem Anheizen des Badeofens auch noch heißen Tee in die schlauchartige Kammer brachte. Später gewöhnten sie sich an seine Fürsorge. Tief im Inneren wusste Dahlberg, woher die kam, Alexander war der Bruder geworden, den er verloren hatte.

Der Junge hat immer noch diese überschießenden Bewegungen, dachte Claudia und traf endlich das Schlüsselloch. Als Jo zum ersten Mal im LKA aufgetaucht, beziehungsweise ins Zimmer gestürmt und äußerst knapp vor Dahlbergs Schreibtisch zum Stehen gekommen war, hatte Alexander etwas von Roadrunner geflüstert und sie selbst auf ADHS getippt. Claudia zog sich am

Treppengeländer hoch. Der reinste Greifroboter auf Speed. Und außerdem ein Schlamperich, jawoll. Im Flur schüttelte sie ihre Jacke von den Schultern und die Schuhe von den Füßen. Dann ließ sie sich auf den Flurhocker sinken. Die Echsen, Schlangen und Skorpione, die sich auf der Scheuerleiste gegenüber tummelten, schienen sich zu bewegen. Und ihre Frau Freundin wollte demnächst die ganze Wohnung mit solchen Sachen ausmalen, in einer Badezimmerecke wuchs schon ein Korallenriff heran. Prima, dachte Claudia, ich mach mir die Welt, wie sie mir gefällt, Pippi Langstrumpf im 21. Jahrhundert.

Der Flashback, der sie ereilt hatte, als Jo seine Witze über Scherben und Zerschnippeln gemacht hatte, meldete sich schon wieder. Wieder sah sie sich selbst, wie sie die Stuttgarter Bar verlässt und überlegt, was sie mit der angerissenen Undercovernacht anfangen könnte. Und den Kerl, der wie aus dem Nichts auftaucht, eine Flasche an der Bordsteinkante zerschlägt und auf sie zukommt. Zum Glück war er betrunken. Sie hatte einen Fuß hoch gerissen und ihm mit einem Kick die Flasche aus der Hand geschlagen. Dann einen Tritt mit dem anderen Stöckelschuh vor die Brust. Der Typ war zwei Meter weit geflogen.

Aus dem großen Zimmer, in dem Sibylle ihre Nähwerkstatt hatte, ertönte das Ritschratsch einer Schere, begleitet von Mädchengeplapper. Ach Gott, heute war ja Mittwoch, Nähabend mit Aylin, Aygül und Alev. Die Töchter Öztürk aus dem ersten Stock kamen jeden Mittwochabend her, um nähen zu lernen. Die Mutter betrieb gemeinsam mit ihrem Mann nicht weit von hier eine Fladenbrotbäckerei.

Claudia kramte ein Pfefferminz aus der Hosentasche, stand auf und ging in Richtung des Geschnatters.

„Na, ihr drei von der Nahtstelle", rief sie beim Eintreten betont heiter. „Was ist heute dran?"

Die drei schielten zu ihrer Lehrmeisterin hinüber.

„Säumen mit Hand", sagte Sibylle, griff nach einem seidigen, dezent hellblaugrau changierenden Stück Stoff und ließ es durch die Finger gleiten. „Ist zu glatt für die Maschine."

Dann hielt sie es an zwei Enden in die Höhe. Es maß ungefähr einen Meter im Quadrat.

„Und was wird das?", fragte Claudia.

„Na, rat mal", sagte Sibylle mit ihrer Angriffsstimme. „Ein Kopftuch natürlich."

„Und für wen?"

„Für Aylin. Sie ist die Älteste."

„Was ist das denn für ein Argument?" Aufgebracht riss Claudia Sibylle den Stoff aus der Hand und wedelte damit vor ihrer Nase herum. Aygül, Alev und Aylin sahen erschrocken zwischen ihnen hin und her. „Sie ist erst zwölf."

„Schon zwölf", erwiderte Sibylle. „Und du bist betrunken."

„Bin ich nicht. Und wenn. Das kann ich immerhin noch verstehen, vielmehr nicht verstehen."

Claudia war von den Socken. Dafür haben wir doch nicht gekämpft, lag ihr auf der Zunge. Fängst du jetzt auch so an, hältst du das Kopftuch plötzlich für einen Akt der Selbstbestimmung, wollte sie sagen. Aber sie schwieg. Sie war zornig und fühlte sich zugleich hilflos. Aylin nach dem Sinn zu fragen erschien ihr zudringlich, es hieß ja, jeder nach seiner Fasson.

„Kleine Mädchen verhüllen, weil sie Sexualobjekte sind, oder was?", schrie sie dann doch. „Hast du sie noch alle?"

Wütend schmiss sie den Stoff auf den Boden, ging in die Küche und warf die Tür hinter sich ins Schloss, so dass die Glasscheibe mit dem Sprung leise klirrte, sie hätte sich nicht träumen lassen, noch einmal in ihrem Leben mit Religionsfragen konfrontiert zu werden. Sie dachte an Frau Öztürk, die Mutter der Mädchen, die sie kannte, seit sie hier wohnten, also seit fünfzehn Jahren. Die ihre Haarpracht immer stolz zur Schau gestellt hatte. Die ihr aber vor kurzem mit Kopftuch begegnet war.

Sie sei auf der Hadj gewesen, hatte sie Claudia erzählt, und da habe die Hand Gottes sie berührt. Aber sie solle sich keine Sorgen machen, sie sei immer noch die alte. Claudia konnte sich das nicht vorstellen. Entweder – oder. Sie hatte oder gesagt und war mit achtzehn aus der Kirche ausgetreten. Die Eltern waren entsetzt gewesen, konnten aber nichts machen.

Im Kühlschrank stapelten sich Tofupakete neben Schalen mit Hummus. Im Gemüsefach, zwischen Okraschoten, Pak Choi und Mangold, lag noch eine Flasche Bier.

Claudia verstand Sibylle nicht. Bei der Ernährung betonte sie immer, dass das Private politisch ist. Also kein Fleisch aus Massentierhaltung, keine Eier aus Legebatterien, keine Milch von überzüchteten Kühen. Zeig mit deinem persönlichen Verhalten der industriellen Landwirtschaft den Mittelfinger.

Sie nahm das Bier heraus und setzte sich an den Küchentisch. Und was war mit dem Islam? Dem Islam, der wollte, dass kleine Mädchen verhüllt wurden? Der in solch private Dinge eingriff? Etwas Politischeres gab es doch nicht. Sie zog die Schublade auf, in der ein großes Durcheinander von Zetteln, Stiften, Teepackungen, Scheren, Nagelknipsern, Kämmen und Haargummis herrschte. Das Private ist verdammt nochmal auch beim Islam politisch, dachte Claudia und kramte nach einem Flaschenöffner. Warum sah Sibylle das nicht? Weil Frau Özoguz so nett und die Mädchen so hübsch waren? So verträumt und naiv konnte man doch nicht sein. Mit immer heftigeren Bewegungen durchwühlte sie das Chaos. Als sie das Ding gefunden hatte, war sie richtig fuchtig. Einerseits wegen Sibylles Art, alles, wofür sie keinen richtigen Platz fand, hier rein zu schmeißen. Nach dem Motto: Aus den Augen aus dem Sinn. Andererseits musste sie an ihre ehemaligen Weggefährten denken, die ihr mittlerweile ähnlich blind erschienen wie Sibylle. Wollten sie nicht sehen, fragte sie sich. Warum? Hatten sie Angst, dass ihr Weltbild sich in Luft auflöste? Das Weltbild, in dem Fremdenliebe mehr zählte als alles andere? Claudia erinnerte sich gut an den Spruch: ‚Lasst uns mit den Deutschen nicht allein.' So dachten die Freunde, damals, auf dem Stuttgarter Gymnasium, die später studierten, viele von ihnen Soziologie, Sprachen, Literatur-, Kultur- oder Medienwissenschaften. So dachte sie lange Zeit auch.

Aber sahen sie es vielleicht nicht, fragte sich Claudia plötzlich, weil sie es nicht sehen konnten? Weil sie in ihren Kreisen nur mit den Gebildeten zu tun hatten, die natürlich perfekt deutsch sprachen, die genau wie sie studiert hatten, die belesen waren und weltgewandt, mit Frauen, die kein Kopftuch trugen und Männern, die das selbstverständlich respektierten?

Die Wohnungstür klappte. Kurz darauf betrat ihre Tochter die Küche.

„Was ist denn hier los?", fragte Janina. Claudia sah auf die grün umrankte Uhr zwischen den Fenstern, es war elf, eigentlich zu spät für einen Wochentag. Aber sie sagte nichts, sie war zu erschöpft zum Schimpfen. Mit übertrieben fragend aufgerissenen Augen schlich Janina davon. Claudia sah ihr nach. Dann öffnete sie die Flasche und nippte an dem Bier. Jeder sieht, was er sehen will, dachte sie niedergeschlagen, so war das nun mal, konnte man nichts machen. Sie hatte auch studieren wollen, allerdings etwas Handfestes, Landschaftsarchitektur. Aber ihre Noten waren zu schlecht. Lernen, nebenbei in der Baumschule arbeiten und zwischendurch demonstrieren, das konnte nicht klappen. Und so hatte sie sich bei der Polizei beworben. Die Mitschüler, die ähnliche Zensuren wie sie hatten, waren schaffen gegangen, beim Daimler oder bei Trumpf-Werkzeugmaschinen, Kärcher, Stihl, Bauknecht oder Bosch.

Anstandslos passierte Alexander Taub alias Viktor Andrejewitsch Postuchin die Pass- und Zollkontrolle des Flughafens Moskau-Scheremetjewo, die falschen Papiere waren echt. Was für eine aufwendige Legende, dachte er. Geboren in Suchumi, aufgewachsen in Sibirien, Eltern tot, keine Geschwister. Später Arabistikstudent, noch später Tschetschenienkämpfer, für die russische Sache natürlich, verwundet von einem Islamistenschwein, zum Glück konnte er eine Narbe von einem früheren Schusswechsel aufweisen. Er solle sich schon mal daran gewöhnen, solche Ausdrücke zu benutzen, hatte Meier gesagt. Nur so könne er unter den russischen Nationalisten bestehen.

Den Seesack geschultert, folgte Alexander dem Passagierstrom Richtung Ausgang. Versauen Sie es nicht, konnte Kielbaum sich nicht verkneifen, zum Abschied zu mosern. Das ‚wieder' hatte er sich wenigstens gespart. Versauen war gut, dachte Alexander, wenn nicht mal Kielbaum und Meier eine Ahnung hatten, worum es eigentlich ging. Sie wussten nur, dass Abu Bashir demnächst und ganz offiziell verschiedene Landwirtschaftsmessen in Deutschland besuchen wollte. Und dass er inoffiziell, um nicht zu sagen, über sehr verdeckte Kanäle, Kontakt zu Iwan Wladimirowitsch Jerschow, einem DUMA-Abgeordneten der Allrussischen Heimatfront, aufgenommen hatte. Die Rede war von einem geheimen Treffen auf deutschem Boden. Was ein ehemaliger Volksmudschahedin und jetziger Beamter im ägyptischen Landwirtschaftsministerium mit einem russischen Heimatfrontler zu tun haben könnte, war bis jetzt ein Rätsel. Und Alexander sollte es lösen. Dazu musste er an Jerschow herankommen. Mittels seiner angeblichen Vergangenheit. Und mittels seiner Sprachkenntnisse. Kielbaum und Meier hofften, dass Jerschow für das Treffen einen Arabisch-Dolmetscher brauchte, den er in seinen Kreisen nicht so ohne Weiteres finden würde.

Alexander trat durch die Automatiktür ins Freie, es war klar und kalt.

Unter einem futuristischen Spanndach hielt eine Marschrutka, wie die Sammeltaxen hießen. Er stieg ein und quetschte sich auf einen der acht Sitze. Die Spekulationen zwischen Meier und Kielbaum über den Zweck des Treffens waren nur so ins Kraut geschossen. Sie reichten von privater Bereicherung durch unerlaubten Informationsaustausch, agrarwissenschaftliche Forschungen betreffend, über eine nationalrevolutionäre Querfront bis zu der Vermutung, Abu Bashir habe das Marxistische aufgegeben und sich dem Religiösen verschrieben. Was die Verbindung mit Jerschow allerdings noch schleierhafter machte.

Die Marschrutka verließ das Flughafengelände. Auf dem Leninprospekt ging es Richtung Zentrum. Die Wolkenkratzer der neuen Hochhauscity kamen in Sicht, einer schräger als der andere, im wahrsten Sinne, gedreht, gestuft, gerundet, gestapelt. Die Glasfassaden gleißten im Sonnenlicht. Seit seinem letzten Aufenthalt schien ein neuer Turm hinzugekommen zu sein.

Drei Jahre war es her, dass er den Job in der Sicherheitsfirma angetreten hatte, die auch Wachpersonal für Botschaften stellte. Der Gebäudekomplex hatte den Charme eines Knasts gehabt, ringsherum abgewrackte Wohnblocks, zwischen denen weitflächiges Nichts verunkrautete.

An der Station Bjelorusskaja gab Alexander das Zeichen zum Anhalten, bezahlte und stieg aus. Er blickte nach oben, wo sich Elektroleitungen und Werbetransparente von Hauswand zu Hauswand schwangen. Der Moskauer Himmel war zwar schon immer wirr verkabelt, aber das hier, dieser Riesenburger quer über die ganze Breite der Straße und der Name der Fast-Food-Kette in kyrillischen Lettern, das war Kapitulation auf wirklich breiter Front.

Alexander stieg die Treppen zur Metro-Station hinab, die mit gewölbten Kassettendecken, bunten Mosaiken mit viel Hammer und Sichel und wuchtigen vergoldeten Wandlampen ausgestattet war. Am Ende des Bahnsteigs grüßte eine heroische Bronzegruppe.

Als Kind hatten ihn die unterirdischen Paläste schwer beeindruckt. Er war neun, als die Eltern ihren dritten Botschafterposten antraten. Leider wieder im sozialistischen Ausland, denn dass es im Westen Matchbox und Gameboy gab, das wusste er schon. Aber was für ein Glanz, so ein Land musste furchtbar reich sein, hatte er damals gedacht.

Die Bahn kam, Alexander stieg zu und an der Taganskaja aus, hier sollte er seinen Kontaktmann treffen. Eine Weile schlenderte er unter den weißen Bögen mit himmelblauen Reliefs gefallener Helden herum. Vor einem toten Matrosen bezog er Stellung. Kurz darauf ertönte neben ihm ein knarrender Bass.

„Ich fass es nicht, bist du das, Viktor?"

Alexander erblickte einen Militärmantel, brüchige Soldatenstiefel, eine schmutzig-graue Kosakenlocke über schmalen Augen, sein Kontaktmann Gennadi, der nur wusste, dass Alexander sich Jerschow nähern sollte, aber nicht, warum.

„Gennadi", rief Alexander freudig. „Dass ich das noch erlebe."

Der Mann umarmte ihn unter lautem Zungenschnalzen, zwei liebe alte Freunde hatten sich soeben wiedergefunden. Dann hielt er Alexander mit ausgestreckten Armen an den Schultern, betrachtete ihn, schüttelte den Kopf, als könne er es kaum glauben. Was für ein Theater, dachte Alexander, aber seine Beziehung zu Gennadi musste so glaubhaft wie möglich sein. Wer weiß, wessen Interesse er schon auf sich gezogen hatte.

„Viktor Andrejewitsch Postuchin, komm an mein Herz. Wie lange ist das her?"

Die Tätowierungen über den Kragenspiegeln kamen wieder näher, Alexander las links ROSSIJA und rechts MOSKWA, er hatte RUHM und EHRE am Hals, auf Russisch natürlich, zwei frische, auf alt getrimmte Tattoos, es hatte ziemlich weh getan. Dazu trug er Glatze und einen langen altrussischen Bart.

Einerseits sollte das den Eintritt in Jerschows Kreise erleichtern, ihn andererseits so verändern, dass Abu Bashir ihn im Fall des Falles nicht erkannte.

Er erwiderte die Umarmungen und Wangenküsse, umfächelt von der klassischen Geruchskombination, nasse Pferdedecke, Stiefelwichse und Knoblauch. Sie stiegen gemeinsam ans Tageslicht, gingen zum nächsten Kiosk und erstanden nach demonstrativem Abzählen der gemeinsamen Barschaft eine kleine Flasche Wodka. Abwechselnd nahmen sie einen Schluck und Gennadi erzählte dem Kioskmann von ihrem unglaublichen Wiedersehen.

Das Quartier im Stadtteil Lefortowo war besser als erwartet, ein Miniapartment in einem Ameisenbau, Waschbeton, stufig aufgetürmt, auf den Balkonen Möbel, Plastiksäcke, kleine Bäumchen, an deren Zweigen Schnee klebte. In der Nähe war Alexander zur Schule gegangen, eine einheimische. Damals hatte es ihm gestunken, aber die Eltern ließen sich nicht erweichen, er sollte kein dünkelhaftes Diplomatensöhnchen werden. Wurde er nicht, dafür war die russische Erziehung zu konsequent und die Jungs dort zu hart. Nach zwei Jahren sprach er wie ein Ureinwohner.

Gennadi riss ein Fenster auf, der Lärm der Autos, die direkt vor ihrer Nase in einen sechsspurigen Tunnel eintauchten, erfüllte das Zimmer. Alexander warf erst den Seesack und dann sich selbst auf das Bett. Er war erschöpft, von Berlin nach Moskau über Kiew, Almaty und Grosny. Da hätte er tatsächlich leicht verloren gehen können. Was eine freundliche Umschreibung war für Auffliegen, Verhaftetwerden oder Schlimmeres. Er hoffte, seine Betreuer in Berlin hofften, dass ihre Informationen stimmten und der Mann, dessen Namen Alexander jetzt trug, wirklich tot war und keine Anverwandten hatte.

Seine Augen fielen zu. Das Klappern, das Gennadi in der Küche erzeugte, vermischte sich mit dem Autolärm zu einem entfernten Rauschen, Arme und Beine fingen an zu summen, Mattigkeit ergriff Alexander, noch einmal Tarnen und Täuschen, noch einmal eine Rolle spielen, noch einmal das Deutsche beiseite schieben und nur noch Russisch sprechen, denken, träumen.

Irgendwann weckte Gennadi ihn. Sie tranken Tee, Gennadi rauchte zum Fenster hinaus. Alexander beantwortete wie in Trance die Fragen, Vater, Mutter, Geburtsort, Schule, Studium, Kampfgebiete.

Der Kontaktmann ging, Alexander zog sich aus. Die Bettwäsche war sauber und steifgebügelt, müffelte aber ein bisschen, hier hatte lange niemand übernachtet. Einen Arm aufgestützt, aß er die Pirogge, die er am Flughafen gekauft hatte.

Während seiner ersten Geheimmission war er sich einsam, stark und bedeutend vorgekommen. Besonders, als es zu den Ölbohrungen in der Kattarasenke gehen sollte. Er würde schon herausfinden, was die Russen da wollten, hatte er gedacht und sich in Gedanken schon in dem Erfolg gesonnt. Aber dann kamen die Kamelreiter und die ägyptische Gefangenschaft.

Heute fühlte er sich vor allem einsam. Und ein wenig bange vor der Schauspielerei, die ihm bevorstand. Außerdem juckten die Tattoos.

Er streckte sich aus und verschränkte die Arme hinter dem Kopf. Hinter dem Fenster zog die Dämmerung auf. Die Lichter der Autos glitten über die Zimmerdecke. Im Wegdämmern tauchte das Bild des Fitnessraums in der Moskauer Securityfirma auf. Einer der Typen steht vor ihm und ruckt mit dem Kopf in Richtung Reckstange. Die Anderen unterbrechen ihre Übungen, die Visagen erwartungsfroh. Der Typ sagt Zwanzig-auf-Zeit und hebt Alexander hoch, als sei er aus Stroh. Augen zu und durch, denkt er. Beim zehnten Klimmzug beginnt das Herz im Hinterkopf zu schlagen, beim fünfzehnten ein dröhnender Schmerz, sechzehn, die Ohren rauschen, siebzehn, in der Schilddrüse klopft es hart, achtzehn, gekringelte weiße Fädchen tanzen auf den Innenlidern, neunzehn, die Kopfhaut ist ein elektrisches Feld, zwanzig. Er sagt: ‚Ich kann nicht mehr.' Und zwar auf Deutsch. Die Kraftpakete kommen drohend näher. Schweißgebadet erwachte Alexander aus dem Traum.

Das Telefon trommelte. Er nahm ab und hörte Alexander April, April sagen. Es trommelte weiter, dringlich. Dahlberg wachte auf. Es war der Regen, der gegen die Zinkverblendungen der Fensterbrüstungen schlug. Langsam kam er zu sich. Er war todmüde und verstört. Mitten in der Nacht hatte Karlchen losgebrüllt. Irgendwann konnte Marthe das Kind beruhigen. Gegen vier war er wieder eingeschlafen und hatte etwas Furchtbares geträumt. Karlchen schrie und lief rot und blau an. Dann wurde er durchsichtig. Das Herz schwebte in dem gläsernen Kind, es schlug schnell und hektisch. Dann zersprang beides, das Herz und das Kind, ein Glasregen prasselte herab. Die Scherben schmolzen und gefroren wieder. Und er stand wie gelähmt in dem Eisloch, in dem sein kleiner Bruder verschwunden war.

Dahlberg griff neben sich, Marthes Seite war leer. Jetzt bemerkte er auch, wie still es war. Mist, wenn Mutter und Kind ihren Morgenspaziergang absolvierten, war es nach neun. Mannomann, der Termin beim Obersten. Er sprang auf, zog sich an und machte sich ohne Frühstück auf den Weg. Unter dem Vorsprung vor dem roten Tor rauchte er eine schnelle Zigarette. Dann sprintete er los, umkurvte Pfützen, matschige Blätterinseln und schief stehende Gehwegplatten. Und war schon nass, als er den Wagen erreichte.

Er war gerade dabei, sein Handy mit der Freisprechanlage zu koppeln, als ein Anruf reinkam, es war seine Mutter. Was hatte Vater heute wieder angestellt, fragte Dahlberg sich sofort. Einen Nachbarn gestellt, der Unerlaubtes verbrannte? Einen Hundebesitzer unter Gewaltandrohung vom Spielplatz vertrieben? Die Biertrinker vor dem Supermarkt provoziert, versucht's doch mal mit Arbeit, ihr Schmarotzer? Dahlberg senior war immer noch Polizist mit Leib und Seele, wie man so sagt, ein Gerechtigkeitsfanatiker, Aufpasser und Sturkopf. Und ein leidender alter Mann, der zu viel trank.

„Komm her, Junge", sagte seine Mutter. „Ich krieg ihn da allein nicht runter."

Dahlberg fragte nicht, wovon runter, legte auf und rief Cordula, die Sekretärin des Obersten, an. Ob der Termin verschoben werden könne, so auf elf, Drama im Elternhaus. Sie stöhnte, versprach aber, sich darum zu kümmern. Dahlberg fuhr los. Auf der Brücke über den Teltowkanal, der kaum zu erkennen war, wehten Regenböen. An einem Minikreisverkehr in Marienfelde blickte eine Rentnerin mit Hackenporsche verunsichert auf die Fluten. Dahlberg hielt an und zeigte mit überdeutlicher Geste, dass der Weg von seiner Seite frei war. Die alte Dame mit durchsichtiger Falthaube überm ondulierten Haar und Regenumhang in Blassblau zögerte einen Moment und machte dann den größtmöglichen Schritt, trotzdem mitten hinein in das gurgelnde Regenwasser.

Als er vor dem Gartentor hielt, wurde die Haustür aufgerissen und seine Mutter winkte ihn herein. Mit wenigen Schritten war Dahlberg durch den Flur, das Wohnzimmer und die überglaste Veranda. Im Garten stand Vater Dahlberg auf der Leiter, die Leiter am Walnussbaum, der Walnussbaum und die Leiter in einem kleinen See. Sein alter Herr wollte offensichtlich Walnüsse ernten, obwohl der Baum schon seit Jahren nicht mehr trug.

„Vor uns die Sintflut", murmelte Dahlberg.

„Was hast du gesagt, Junge?" Seine Mutter sah ihn aus rotgeweinten Augen an.

„Der Regen hat ja den ganzen Garten geflutet." Dahlberg legte Bedauern in seine Stimme, obwohl ihm nach Sarkasmus war.

„Ja, und der Baum trägt doch gar nicht mehr."

„Weiß Vadder das auch?"

„Natürlich nicht, siehst du doch."

„Wieviel hat er intus?"

„Ich schätze eine." Sie blickte leer zur Seite. Nach Dietrichs Tod vor vierzig Jahren hatte sein Vater begonnen zu trinken. Anfangs zwar nur Bier und nur am Wochenende, aber dafür reichlich. Irgendwann gab seine Frau auf und beteiligte sich auf ihre Weise, mit Kirschlikör, selbst angesetztem, wie sie immer betonte, als wenn das etwas änderte. Später kam Wodka dazu, am Anfang heimlich. Bei jedem Gang zur Toilette nahm Vater Dahlberg einen oder mehrere Schlucke aus der Flasche hinter dem Spülkasten. Und jetzt, ohne seine geliebte Polizeiarbeit, gab es kein Halten mehr.

Dahlberg betrachtete den überschwemmten Rasen. In der Brühe schwammen Grasbatzen, Blätter und Küchenabfälle, die es aus dem Komposthaufen gespült hatte. Er setzte einen Fuß hinein. Am Walnussbaum erklomm sein Vater zitternd eine weitere Sprosse. Dahlberg erreichte die Leiter und hielt sie fest.

„Na, Vadder. Sind da oben Nüsse?"

„Je älter der Baum, desto höher die Frucht", murmelte sein Vater mit schwerer Zunge. Woher er die Weisheit hatte, wusste der Himmel.

„Vadder, ich bin größer als du, ich komm besser ran, lass mich mal."

Es nützte nichts, Vater hielt an seinem Vorhaben fest und sich bis jetzt auch an der Leiter. Und wenn er fallen würde, wäre der Trinkerengel bestimmt zur Stelle. Dahlberg watete zurück.

„Ich mach mal Kaffee", sagte seine Mutter. „Und du hättest ruhig Karlchen mitbringen können."

„Damit er das Drama hier komplettiert? Oder bisschen schwimmen übt?"

Mit Tränen in den Augen verschwand sie in der Küche. Dahlberg wusste, dass sie an den kleinen Dietrich dachte. Er rief ihr ein ‚Entschuldige' hinterher. Sein Vater machte Anstalten, die Leiter hinunterzusteigen.

„Wohl doch nichts dran", schrie Dahlberg und pflügte erneut durch das knöcheltiefe Wasser. Er schaffte es rechtzeitig, sein Vater fiel ihm schwer in die Arme. Wie eine reife Frucht, dachte Dahlberg. Trotz des Gewichts und wider Willen fand er die Situation ziemlich komisch.

„Der Baum ist eben doch zu alt", lallte der alte Mann. „Den haben wir gepflanzt, als ihr noch ganz klein wart, hält das Ungeziefer ab, aber sowas weiß ja heute keiner mehr."

„Ja, Vadder, komm, ich trag dich."

Dahlberg parkte ihn in einem einsamen Gartenstuhl und zog die Gummistiefel aus.

„Jetzt kann ich alleine." Vater stemmte sich hoch. Auffangbereit beobachtete Dahlberg, wie er zur Tür schlurfte und mühsam die Beine über die Schwelle hob. Danach trank er vier Tassen Kaffee, verdrückte zwei Stück Pflaumenkuchen und lauschte voller Anteilnahme Mutters Arztbericht. Er wollte, dass sie wieder lächelte.

Sieglinde Winkler ging über die knarrenden Dielendielen ins Wohnzimmer und schob die Gardine beiseite. Ein Herr in einem schimmernden, dunkelgrauen Anzug stand hinter dem Eisenzaun des Vorgartens mit den geschmiedeten Spitzen und blickte ernst auf die Herbstrabatten, Astern und Heidekraut. Das war sicher Herr Troost, er hatte sich zu einem Kondolenzbesuch angemeldet.

Tränen stiegen wieder die Kehle empor und schossen in die Augen, die wund waren und weh taten. Sie wischte sie mit dem Handrücken weg.

„Mein tief empfundenes Beileid", sagte Herr Troost beim Eintreten, nahm ihre Hand und sah ihr voller Mitgefühl in die Augen. „Ihr Sohn war ein hervorragender Forscher und lieber Kollege. Welch ein Verlust. Haben Sie denn jemanden, auf den Sie sich stützen können?"

„Nein, Gerald ist ..." Sie schluckte. „... war mein einziges Kind."

Sieglinde schlug die Augen nieder, der Mann verwirrte sie, obwohl er nichts anderes tat, als freundlich zu sein.

„Kommen Sie herein, ich habe Kaffee gemacht."

Ein schmerzliches Lächeln im Gesicht, folgte Herr Troost ihr ins Wohnzimmer. „Schön haben Sie es hier." Er ließ seinen Blick über den gedeckten Tisch gleiten. „Gerald muss eine behütete Kindheit gehabt haben."

„Ich habe getan, was ich konnte, als allein erziehende Mutter." Gerald war ein später Sohn gewesen, ihr Ein und Alles. Ein stilles Kind, das lieber allein malte, bastelte und später mit seinem Chemiebaukasten experimentierte als mit anderen Kindern den Spielplatz unsicher zu machen. Natürlich war er nicht sonderlich beliebt. Aber er hatte ja sie, sie war immer für ihn da. Und jetzt war er weg. Früher hatte sie gehofft, dass Gerald Jura studierte, sie wusste, wie viel man in einer Rechtsanwaltskanzlei verdienen konnte. Aber er entschied sich für Chemie. Da passiert wenigstens was, weißt du, wie das manchmal knallt, Mama?

Sie goss Kaffee ein und schob den Teller mit Kuchen in Troosts Richtung, sie selbst konnte nichts essen.

„Das sieht gut aus, aber wenn Sie verzeihen." Er klopfte auf seinen Bauch. „Ich muss leider verzichten, Sie verstehen?" Dann er griff nach der Tasse. Zugleich erschien ein besorgter Ausdruck auf seinem Gesicht.

„Liebe Frau Winkler, es fällt mir nicht leicht, in so einem traurigen Moment darauf zu sprechen zu kommen."

„Worauf denn?", fragte sie verwundert.

„Wie ich annehme, sind Sie die Alleinerbin?" Sie nickte. Herr Troost rückte vor, bis er auf der Sofakante saß und ihre Knie sich fast berührten. „Sie möchten doch sicher auch, dass Geralds Arbeit Früchte trägt." Der Gast nahm ihre Hände und blickte ihr tief in die Augen. „Ihr Sohn hat kürzlich einen phantastischen Wirkstoff entwickelt und ihn patentieren lassen. Sie als Erbin könnten uns die Rechte an der Formel überschreiben. Selbstverständlich gäbe es dann eine Gewinnbeteiligung."

In Sieglinde Winkler erwachte trotz des Kummers die ehemalige Rechtsanwaltsgehilfin.

„Und was heißt das?"

„Sie erhalten einen noch zu verhandelnden Anteil aus dem Gewinn, den unsere Anti-Cellulite-Creme, deren wirksamer Bestandteil die Formel Ihres Sohnes ist, voraussichtlich abwerfen wird."

Das klang genau überlegt, deswegen war der Mann also hier. Sieglinde Winkler überlegte ebenfalls. Ich bin zwar alt, dachte sie plötzlich kampfeslustig, aber nicht blöd.

„Wissen Sie, Herr Troost, mit Voraussicht ist das in meinem Alter so eine Sache. Am besten, Sie kaufen mir das Patent ab."

Herr Troost lächelte beherrscht und ließ ihre Hände los. „Wie Sie wünschen, ganz wie Sie wünschen." Er lehnte sich zurück. „Dann lassen Sie uns darüber sprechen, liebe Frau Winkler, wie wir dem Erbe Ihres Sohnes am besten gerecht werden."

Cordula, die Sekretärin des Obersten, empfing Dahlberg mit einem lauten ‚Er wartet schon.' Er nickte ihr zu und trat ein.

Der LKA-Chef, klein, drahtig und hibbelig, stand auf und streckte ihm die Rechte entgegen. Eine Haarsträhne stand vom Kopf ab, als wenn er sich wieder einmal die Haare gerauft hätte. Er sah wie ein einhörniger Teufel aus. Lächelnd drückte er einen Knopf der Telefonanlage.

„Sagen Sie Mahlmann Bescheid."

Kurz darauf klopfte es und ein Mann trat ein, den Dahlberg natürlich kannte, und zwar als die Quasselstrippe vom Dienst René Mahlmann. Im Personalrat war er mit langen, umständlichen Redebeiträgen aufgefallen. Mit seiner Gesprächigkeit hatte er aber auch manchen Verdächtigen so irre gemacht, dass der sich irgendwann verquatschte. Die Mord Vier war trotzdem nicht böse gewesen, ihn loszuwerden. Seine Stelle dort war natürlich längst wieder besetzt. Dahlberg betete, dass es nicht das war, von dem er dachte, dass es das war. Aber eigentlich wusste er, dass die Zeit der Springer vorbei war.

„Bitte, nehmen Sie Platz." Der Oberste wies auf die Besuchersessel, die vor seinem Schreibtisch standen. Beschwingten Schrittes trat Mahlmann heran, setzte sich hin und war ganz Auge und Ohr. Er war eine seltsame Erscheinung, goldblonde Haare, dicke, tiefschwarze Augenbrauen und ein rotes Mündchen, wie eine bizarre Puppe. Und die Existenz von Jeans, Sweatshirts und Sportschuhen schien spurlos an ihm vorbeigegangen zu sein. Er trug Stoffhosen mit Bügelfalte, einen gemusterten Pullunder über einem weißem Hemd und Mokassins mit Troddeln.

„Sie auch, Dahlberg", schnurrte der LKA-Chef sanft wie ein schlafender Tiger. Dahlberg kannte den Obersten auch anders. Wenn er wollte, konnte er Leute prima zusammenscheißen. Die cholerischen Anfälle dienten der seelischen Entlastung, hatte er ihm bei einer alkoholgetränkten Weihnachtsfeier gestanden. Er würde nicht mehr leben, wenn er nicht ab und zu toben würde. Dahlberg hatte selbst gesehen, wie er in einem Wutanfall zwei Schritte die Wand hoch gelaufen war. Manchmal hatte er allerdings den Eindruck, dass der LKA-Chef seine Anfälle steuerte, nach Sympathie, Stellenwert und Strategie. Ein bisschen, wie Dahlberg es in einer Napoleonbiografie gelesen hatte, weshalb er den Obersten im Stillen manchmal Napoleon nannte. Und er wollte Bonaparte heißen, wenn es diesmal nicht um die endgültige Besetzung von Alexanders Stelle ging. Er schwang sich in den freien Sessel.

„Kollege Mahlmann verlässt den Gesamtpersonalrat", hob der Oberste an. Er versuchte, seiner Stimme einen versöhnlichen Klang zu geben. „Er wird ab heute Ihr Team verstärken. Alexander Taubs Stelle ist damit neu besetzt."

Dahlberg stöhnte innerlich. Mahlmann hing derweil an Napoleons Lippen, als ob der Zehn Neue Gebote verkündete. Womit habe ich das verdient, fragte sich Dahlberg. War das jetzt die Quittung für sein Mauern? Oder dachte der Oberste, er sei der Einzige, der die Quatschtüte aushalten konnte? Er war drauf und dran, den Mund aufzumachen. Doch der LKA-Chef sah ihn warnend an und er ließ es. Es war ernst.

Das Telefon begann zu blinken. Gereizt drückte der Oberste den Knopf unter dem roten Licht. Man sah ihm an, dass er am liebsten losbellen wollte, dass er doch gebeten hatte, ihn bei solch delikaten Personalgesprächen nicht zu stören und ob er eigentlich alles zweimal sagen musste.

„Kein Wort," sagte er, als Mahlmann gegangen war. „Finden Sie sich damit ab, dass Kollege Taub nicht zurückkommt."

Dahlberg stand auf und wandte sich zum Gehen.

„Ach, übrigens", rief der LKA-Chef ihm betont leutselig hinterher. „Die Laborsache übernimmt das Bundeskriminalamt, sieht nach Wirtschaftsspionage aus."

Frau Häberle hatte noch einmal gründlich geputzt, die Raucheiche des Fußbodens gewischt, Sideboards und Tische mit Politur eingerieben, Herrn Troosts Hemden gebügelt, die Anzüge abgebürstet, den Trockner geleert und die Socken zugeordnet.

Es war ihr letzter Tag, es ging zurück in die Heimat. Und das keineswegs freiwillig. Die Troosts zogen um, nach Friedrichshagen, zu Gabriels Mutter, die schon eine Haushälterin hatte. Sie würde sich in Unterhausen nach einer neuen Stelle umsehen müssen.

Und Madam war verreist, hatte die Packerei einfach hinter sich gelassen. Verreisen, wenn ein Umzug ansteht! So etwas hatte nur jemand wie die drauf. Sollten doch andere sehen, wie sie mit allem fertig wurden. Launisch bis zum Gehtnichtmehr, die Dame. Nie wusste man, was als nächstes kam. Andererseits war es gar nicht so schlecht, dass Vanessa nicht da war und ihr auf den Geist gehen konnte. Oder ihrem Mann. Wo es die Aufregung in der Firma gab, da war der Chefchemiker zu Tode gekommen, durch eine Explosion im Labor. Da hatte Herr Troost sicher einiges zu regeln und konnte die Querschläge seiner Gattin bestimmt nicht gebrauchen.

Frau Häberle ging ins Ankleidezimmer. Die Umzugskartons standen schon bereit. Sorgsam legte sie Herrn Troosts Anzüge, Hemden und Pullover zusammen und stapelte sie darin. Danach machte sie sich widerstrebend daran, Vanessas Sachen einzupacken.

Sie seufzte auf. So ein freundlicher, aufmerksamer Mann. Und mit so einer Frau geschlagen. Wahrscheinlich war er sexuell hörig, sowas gab es, das konnte man dauernd irgendwo lesen oder im Fernsehen sehen. Einmal hatte sie ein Schrankteil im Ankleidezimmer, das sonst zugesperrt war, unverschlossen vorgefunden. Darin einen Anzug mit Löchern oben und untenrum, so etwas hatte sie noch nie gesehen. Aber sie konnte sich natürlich denken, wozu die da waren, sie war ja nicht von gestern. Und sie wusste immer, mit wem Madam es gerade trieb. Das bewusste Schrankteil stand offen und der Anzug war weg. Bestimmt hatte Madam ihn mitgenommen auf ihre Reise, na klar, nur kein Abenteuer verpassen.

In der hintersten Ecke befand sich ein Karton. Sie zog ihn hervor, sah hinein und erblickte eine Waage, einen Mörser, Pipetten, Schraubgläser mit etwas darin, das wie Blütenblätter aussah, und Flaschen, in denen ölige Flüssigkeiten schwappten. Die Etiketten waren handgeschrieben. Das Einzige, das ihr bekannt vorkam, waren Calendula und Arnika. Komisch, was wollte Madam denn damit? Frau Häberle wuchtete die Kiste in einen Umzugskarton. Jetzt ein Päuschen und ein Kaffee, dachte sie und ging zurück zu der Wohnlandschaft mit Küchenabteil. Nachdenklich bediente sie die Maschine, lauschte dem Brummen, mit dem der Kaffee aus dem Gerät kam, gab Zucker und Kondensmilch dazu und setzte sich an den riesigen Tisch. Am Ende ist es doch ganz gut heimzukehren, tröstete sie sich. Auf den Berliner Lärm und Dreck konnte sie verzichten. Und auf Vanessa natürlich auch. In drei oder vier Wochen würde sie ja zurück sein und wieder die Atmosphäre vergiften. Ein bisschen freute Frau Häberle sich sogar auf ihr vertrautes Heim. Hier war alles so groß und gradlinig, die Anrichte bestimmt drei Meter lang, Stahl mit Schieferfronten, genau wie die Platte des Tisches mit den weißen Kippsesseln drumherum. Irgendwie sah es immer nach Büro aus. Jetzt, so ganz ohne die Deko, die sie liebevoll immer wieder neu geordnet hatte, fand sie die Möbel noch eintöniger als sonst. Und sie waren offensichtlich zu groß für Herrn Troosts Elternhaus. Jedenfalls waren sie schon verkauft und sollten am Nachmittag abgeholt werden. Nur ein paar Kleinmöbel gingen mit nach Friedrichshagen. Die elegante Einbauküche blieb in der Wohnung. Und natürlich die vielen Einbauschränke, die alles so kahl und kühl gemacht hatten.

Dahlberg wartete auf Jürgen Plopp und Günther Wiesenkraut vom Berliner BKA. Sag Ploppy, hatte Plopp gesagt, als sie sich vor Jahren bei einer gemeinsamen Ermittlung kennenlernten. Machen früher oder später sowieso alle. Und Wiesenkraut hatte dito gesagt und er Wie jetzt dito gefragt. Na Wiese, machen früher oder später sowieso alle. Dazu hatten die beiden bierernste Gesichter gemacht, aber der Bauch von Ploppy und die Schultern von Wiese vor Amüsiertheit vibriert.

Er schlug den Bericht der Kriminaltechnik auf. ‚Ob die tödliche Scherbe durch den Explosionsdruck oder durch einen Täter in den Hals beziehungsweise die Halsschlagader des Opfers gelangte und das Verbluten in die Wege leitete, ist nicht mehr festzustellen.'

Vornehmer ging's nicht. Der Verfasser, ein sehr höflicher, eher schüchterner Kollege, der lieber im Stillen wirkte, war berühmt für diese Art Sprachbemühungen. ‚Fingerabdrücke, die auf ein mögliches Fremdverschulden hinweisen könnten, konnten nicht sichergestellt werden.' Das könnte kompliziert werden, dachte Dahlberg.

Plopp und Wiesenkraut traten ein, beide mit Bauch, Brille und schütterem Haar, bis zu ihrer Pensionierung war es nicht mehr weit.

Nach der Zusammenlegung der Ost- mit der Westberliner Polizei waren sie berüchtigt wegen ihrer offen ausgetragenen Animositäten. Mittlerweile bildeten sie ein ziemlich erfolgreiches Tandem. Und die Kabbeleien zwischen den beiden waren nur noch Show und zugleich Erinnerung an die Nachwendezeit.

„Ist ja ein ganz schöner Scherbenhaufen", sagte Jürgen Plopp und schlug Dahlberg auf die Schulter. „Also meine Angetraute würde dieses Anti-Cellulite-Zeug sofort ausprobieren."

„JUNGBRUNNEN in Oberschweineöde", murmelte Wiese, als Ossi war ihm der Spitzname für Oberschöneweide geläufig. „Darauf muss man erst mal kommen."

„Mensch, Wiese, du kennst wohl alle Spitznamen im Osten." Ploppy grinste.

„Wahrscheinlich, aber Telespargel hat der Fernsehturm nie geheißen", sagte Wiesenkraut mit unbewegtem Gesicht. „Und Jahresendfiguren hat auch keiner gesagt."

„Ich weiß, ihr habt an Weihnachten auch Engel aufgestellt."

„AN Weihnachten, du wieder. Aber der Springbrunnen auf dem Alex, der hieß im Volksmund wirklich Nuttenbrosche."

„Und das hat dann in der Zeitung gestanden, oder was? DDR-Geburtstagsfeier rund um die Nuttenbrosche."

„Jungs, andermal." Dahlberg schob jedem einen Aktendeckel hin.

Die Ermittler vertieften sich in den Bericht. Nach zehn Minuten sah Jürgen Plopp, der Wessi, auf.

„Also ich denk erstmal gar nichts."

„Gar nichts gibt's nicht", entgegnete Wiesenkraut.

„Ich sag Denkpause, solange wir nicht wissen, in welche Richtung das geht."

„Immer schön Gehirnschmalz sparen, so ist das mit den besser dotierten Westkollegen kurz vor der Rente."

„Neidhammel", meinte Plopp ungerührt.

Dahlberg schob ihnen die Liste mit den Telefonverbindungen hin.

Die Umzugsleute waren gerade weg. Genau wie Frau Häberle. Sie hatte sich unter Tränen verabschiedet und viel Glück im neuen Heim gewünscht. Bemerkungen zu Vanessas plötzlicher Reiselust hatte sie sich verkniffen.

Gabriel Troost stierte reglos in die Tiefe des leeren Raumes.

Er vermisste Vanessa jetzt schon, den Wind, den sie machte, wenn sie ihre aufgedrehten Phasen hatte, in denen sie ihn angespornt und inspiriert, fasziniert und bezaubert hatte. Wenn sie über sich selbst spotten konnte. Brett mit Warzen, sagte sie manchmal, wenn sie auf ihm herumturnte. Oder: Hier kommt eine lange Dürre. Allerdings konnte ihre Stimmung von einem Moment auf den anderen umschlagen. Dann war die Luft zwischen ihnen zäh und undurchdringlich. Dann kommandierte sie ihn herum oder ließ ihn in aller Öffentlichkeit links liegen. Dann hatte sie es drauf, während des Sex aufzustehen und zu verschwinden.

Troost öffnete die Suchmaschine in seinem Handy. Es musste etwas Elegantes sein, etwas Niveauvolles. Das hier sah gut aus, schattige Nischen, schönes Licht und schöne Frauen. In Wilmersdorf, guck an, in dieser Nobelstraße. Die Preise passten zur Gegend. Eine halbe Stunde später erreichte Gabriel Troost den Privatparkplatz vor dem Privatclub. Er stieg aus, klingelte an der Stahltür und wurde eingelassen. Kultiviertes Gemurmel empfing ihn. Vor samtschweren Portieren saßen Herren in dunklen Anzügen oder exquisitem Freizeitlook. Die Damen schienen gerade von einem Schönheitswettbewerb gekommen zu sein. Tisch- und Wandlampen verstreuten warmes Licht. An der Bar bestellte Troost eine Flasche Champagner und zog sich in eine Nische zurück, von der aus er den ganzen Raum überblicken konnte.

„Ein neuer Gast?"

Er blickte auf. Vor ihm stand eine attraktive Frau, die dreißig oder fünfzig sein konnte, schwer zu sagen bei dem eurasischen Gesicht mit der kleinen Nase.

„Ich sehe Sie zum ersten Mal hier", sagte sie mit einem so freundlichen wie geschäftsmäßigen Lächeln.

„Weil ich zum ersten Mal hier bin." Ganz Gentleman erhob er sich. „Möchten Sie nicht Platz nehmen und ein Glas mit mir trinken?"

Sie drehte sich gekonnt in den gepolsterten Armlehnstuhl und gab der Barfrau einen kaum merklichen Wink, ein zweites Glas zu bringen. Ihr hautenges Kleid zeigte einen formvollendeten Ausschnitt, diese Eleganz traf man vielleicht nur noch in solchen Etablissements. Aber leider war die Dame schwarzhaarig.

„Ich bin Marisa." Sie gab ihm eine schmale, blasse Hand. „Herzlich Willkommen in meinem Haus."

Das war also die Chefin. Jetzt sah er auch die feinen Gitterfältchen an den Augen und um den exakt geschminkten Mund. Altersmäßig sein Fall, aber eben nicht blond. Die Barfrau brachte das Bestellte, goss Marisa einen winzigen Schluck ein, schenkte ihm einen Blick und drehte mit einem Hüftschwung ab. Marisa sah ihr hinterher und lächelte ihr Betonlächeln.

„Sehen Sie sich um. Sie haben die Wahl."

„Groß, schlank, lange blonde Haare." Troost zeigte mit den Augen auf ein langbeiniges, blondes Wesen. Marisa schickte einen Blick zu der Frau und verabschiedete sich mit einem gnädigen Kopfnicken. Zwei Minuten später saß Olga auf ihrem Platz. Sie trank schnell und konzentriert aus und verzog keine Miene. Dann sagte sie: „Chomm, wollen choch."

Die Treppe war schmal und lud zu Körperkontakt ein. Je höher sie stiegen, desto mehr verdichtete sich die Geruchsmischung aus Parfüm, Tabak und einem undefinierbaren Dunst, der den Teppichen und Wandbespannungen zu entströmen schien. An den Wänden hingen Tuschezeichnungen von Beardsley, halb Porno, halb Satire, Kerle mit Barockperücken und Riesenschwänzen, Damen mit Reifrock und ohne Höschen auf der Flucht vor ihnen, er kannte die Blätter.

Olgas Zimmer war ein richtiges Boudoir. Troost sah sich um. Es war alles so, wie er es erwartet hatte. Ein breites seidiges Bett, eine Polsterbank, die recht benutzt aussah, dicht fallende Vorhänge und ein Frisiertisch mit Tiegeln, Flakons, Kämmen und Schminkutensilien.

Alexander betrat die Baracke. Sie befand sich in der Nähe der Panzerakademie und zeichnete sich durch Unscheinbarkeit und Unauffälligkeit aus. So unscheinbar und unauffällig wie die anderen einstöckigen Gebäude, die sich zwischen Plattenbauten duckten, in Deutschland würde man Vereinslokal sagen.

Bei dem Verein, der sich hier gerade versammelte, handelte es sich nach Gennadis Auskunft um die Fußtruppe von Jerschow. An denen führte kein Weg vorbei, wenn Alexander dem Mann näher kommen wollte. Er schob die Frage nach dem Sinn, die ihn seit Berlin beschäftigte, beiseite und fokussierte sich ganz auf die bevorstehende Befragung. Eine solche hatte Gennadi angekündigt.

Er trug heute eine schwarze Karakulmütze schief über der Locke, fehlten nur noch die gekreuzten Patronengurte. Für einen Augenblick fühlte Alexander sich in seine Kindheitslektüre versetzt, Revolutionsabenteuer für Jungpioniere. Was hatte er damals geheult, diese bösen Konterrevolutionäre, er war acht.

Die Teilnehmer strömten herbei, boxten sich zur Begrüßung gegen die Brust, tauschten Bruderküsse, ruckten Schulter an Schulter. Gennadi gab ihm einen Stoß in den Rücken, sie betraten den Versammlungsraum. Zahlreiche Mannen hatten es sich schon auf ehemals weißen Plastikstühlen bequem gemacht. Es war alles vertreten, von sportlich oder militärisch bis alltäglich und fashionlike. Der Tisch vor den Stuhlreihen war mit rotem Tuch bedeckt. In der Mitte prangte ein zackiges schwarz-weißes Zeichen, das Vorbild war eindeutig. Dahinter der Vorstand, ein Junger mit Stoppelhaarschnitt, bleich und entschlossen, ein Mittelalter, angemessen Verlebter und ein ganz alter Zausel, der musste noch unter Stalin gekämpft haben.

Alexander zog seine Joppe aus und warf sie auf einen Stuhl in der ersten Reihe. Noch den Schal abgewickelt und die Tattoos waren für jedermann sichtbar, RUHM und EHRE, slawa i tschest.

Der kahle Raum füllte sich mit Stühlescharren und heiseren Gesprächen. Alexander stand wie bestellt und nicht abgeholt neben dem Fahnentisch. Der mittlere Jahrgang machte eine gebieterische Geste. Es wurde still. Alexander spürte wohlwollende und prüfende Blicke. Und die gewohnte Anspannung vor einem Rollenspiel. Er war jetzt Viktor Andrejewitsch Postuchin, geboren 1985 in Suchumi, aufgewachsen in Sibirien. Vater Ingenieur für Bohranlagen, Mutter Übersetzerin. Nach dem Abitur, auf ihren Vorschlag hin Studium der Arabistik in Moskau. Später Freiwilliger in Grosny. Und Dolmetscher bei Verhören gefangener Söldner aus Saudi-Arabien, Tunesien oder Jemen. Vor fünf Jahren Tod der Eltern, beide umgekommen bei einem Wohnungsbrand. Die Berliner mussten lange an der Legende gebastelt haben, um etwaige Nachfragen ins Leere laufen zu lassen.

„Tagesordnungspunkt eins", ertönte die Wodkastimme des Vorsitzenden. „Begrüßung eines Kandidaten."

Gennadi stand auf und legte den Arm um Alexander.

„Das ist mein Freund Viktor Andrejewitsch Postuchin", sagte Gennadi mit Pathos, „der in Tschetschenien für die Heimat gekämpft hat."

Beifälliges Murmeln rollte die Stuhlreihen entlang. Der Chef musterte ihn von der Seite.

„Erzähl uns doch ein bisschen aus deinem Leben, Kamerad Postuchin aus Suchumi."

So kühl und zugleich drastisch, wie er es mit Gennadi geübt hatte, begann Alexander, sein falsches Leben zu schildern. Die Kameraden blickten interessiert. Als er zu seinem Arabischstudium kam, wurden die Mienen misstrauisch.

„Einfluss der Eltern", sagte Alexander böse. „Völkerverständigung und dieser ganze Blödsinn." Einige Zuhörer grinsten. „Immerhin konnte man Mitte der Neunziger mit Wirtschaftsübersetzungen ordentlich Kohle machen. Da hab ich die falschen Fuffziger richtig kennengelernt." Alexander musterte das immer noch argwöhnische Publikum. Er senkte den Kopf und sah wieder auf. „Irgendwann hatte ich die Nase voll. Ich wollte etwas gegen die Typen tun. Da kam der Tschetschenienkrieg gerade recht."

„Der Ruf der Heimat", murmelte Gennadi. „Der Ruf des Herzens."

Na hoffentlich war das nicht zu dick aufgetragen, dachte Alexander. Gennadi schlug ihm auf die Schulter.

„Erzähl doch mal, wie die waren, die Verhöre, wenn ihr ein paar mit den grünen Stirnbändern geschnappt habt."

„Ergiebig, sehr ergiebig", sagte Alexander und fixierte die erste Reihe. „Wenn man schlagkräftige Argumente hat."

Die Gesichter hellten sich auf. Die Stimmung wurde geradezu ausgelassen. Die Truppe stand geschlossen auf und reckte den rechten Arm. „Für ein slawisches Russland."

Alexander blickte steinern-männlich und stimmte ein. „Ruhm und Ehre, Ruhm und Ehre, Ruhm und Ehre."

Scheiße, dachte er plötzlich, Ruhm hieß Slawa, tatsächlich der gleiche Wortstamm wie Slawe, früher war ihm das nicht aufgefallen. Und die Scheißer dachten wahrscheinlich, das sei eine göttliche Fügung. Wenn die wüssten, dass ihm die Russland-über-alles-Russen mindestens so unsympathisch waren wie die allislamischen Hilfstruppen. Jedenfalls hatte er die Kurve gekriegt. Jetzt konnte er nur hoffen, dass Jerschow von seinen Heldentaten und seinen Sprachkenntnissen erfuhr und der Kontakt zustande kam.

Die Siedlung endete in einer Sackgasse. Dahinter erstreckte sich der Spandauer Forst. Nackte weibliche Leiche im Unterholz, hatte die Zentrale gesagt. Dahlberg parkte neben zwei Streifenwagen und stieg aus. Claudia, Jo und Mahlmann folgten. Ein blasser, sehr junger Streifenpolizist erwartete sie. Der Schock stand ihm ins Gesicht geschrieben. Am Himmel erschien ein heller Fleck, die Sonne versuchte, den Dunst zu durchdringen. Sonst mochte Dahlberg die geheimnisvolle Stimmung, wenn der Himmel eine riesige Sprühdose zu sein schien, geisterhafte Schwaden am Boden entlang krochen und Pilze wie lustige Gnome auf modrigen Baumstämmen saßen. Jetzt kam ihm die Atmosphäre einfach nur bedrohlich vor.

Sie folgten dem Uniformierten durch das Hundeauslaufgebiet hinein in den Wald. Der feuchte Pfad war von Blättern bedeckt und elastisch, lautlos wippend unter ihren Schritten. Der weiche Untergrund und die wattierte Luft verschluckten jeden Ton. Dahlberg hatte Mahlmanns Pulloverrücken vor sich, er spürte die Anspannung des Neuen. Kurz bevor die Meldung reinkam, hatte er sich wortreich über die Ehre verbreitet, Teil des Dahlberg-Teams sein zu dürfen. Jetzt hielt er die Klappe.

Nach zehn Minuten Fußmarsch erreichten sie die Fundstelle.

Die Spurensicherung war schon vor Ort. Einer fotografierte, ein anderer zog Flatterband um den Leichnam. Drei weitere Polizisten standen mit gesenkten Köpfen in sicherer Entfernung.

„Keine Spuren", rief ein Spusi ihnen entgegen. „Hat bis vor einer Stunde geregnet."

„Ich weiß", sagte Dahlberg und sah sich um. Der Waldboden war durchnässt, der Dauerregen hatte wahrscheinlich auch mögliche Fliegenlarven weggespült. Als der Fotograf fertig war, traten sie an die Absperrung. Claudia würgte hörbar und erbrach sich.

„Mensch Claudia, mein Parka", fluchte Jo absichtsvoll grob, aber seine Stimme zitterte. Und Dahlberg wusste augenblicklich, dass dieses Bild eine Zukunft in seinem Hinterkopf hatte. Die Frau lag auf dem Rücken und hatte kein Gesicht mehr, die Augen leere Höhlen, der Mund eine verschrumpelte Öffnung, die Scham brandiges Fleisch. Mahlmann wankte zu einem Baum und stützte sich dagegen.

Dahlberg zwang seinen Blick zurück auf den Körper, der aufgedunsen und rosa-violett war. Nur die Brüste, der Bauch und die Oberschenkel zeigten helle Aussparungen. Ansonsten war die Frau groß und hatte lange Haare, wahrscheinlich blond, im Moment allerdings nassgrau. Auch die Hände waren verätzt, also nichts mit Fingerabdrücken. Es könnte sich um eine Strafaktion im Milieu handeln, dachte Dahlberg. Oder jemand wollte einfach die Identifizierung erschweren. Oder sie hatten es mit einem gestörten Triebtäter zu tun, alles war möglich.

Er wandte sich um. Ein Polizist reichte Claudia gerade eine Wasserflasche. Sie spülte sich den Mund aus und trank ein paar Schlucke. Jo hatte einen Tannenzweig aufgehoben und versuchte, das Erbrochene von seiner Jacke zu entfernen.

Mahlmann saß zusammengesunken an dem Baum. Neben Dahlberg ertönte ein schnipsendes Geräusch. Friedbert Saalbach stand plötzlich da und zog den zweiten Gummihandschuh an.

„Schon wieder was Ausgefallenes", murmelte der Zyniker aus Not und Berufung. „Säure- statt Glasregen."

Er hob das Absperrband hoch, tauchte darunter durch, kniete sich hin und presste den Daumen mit Kraft in den Bauch. „Die Totenflecken lassen sich nicht mehr wegdrücken." Er stand auf und sah auf den Leichnam hinab. „Ich würde sagen, sie ist seit ungefähr vier Tagen tot. Den Zeitpunkt genauer zu bestimmen wird schwierig. Dafür bräuchten wir das Insektenzeugs. Aber bei dem Regen in den letzten Tagen."

„Könnte das auch der Tatort sein?", fragte Dahlberg.

„Auf keinen Fall", sagte Friedbert. „Sie hat nach Todeseintritt eine Zeitlang auf dem Bauch gelegen, daher die dunkle Vorderseite, da hat sich das Blut gesammelt. Und die hellen Stellen entstehen durch den Gegendruck gegen die Blutstauung. Müsstest du langsam wissen."

„Danke schön", sagte Dahlberg. „Beim nächsten Mal."

Er sah Jo und Claudia an, die sich gerappelt hatten und mit steinernen Gesichtern neben dem Geviert standen.

„Und wie hat der Täter sie hergebracht? Getragen? Nachdem er seelenruhig am Ende der Siedlung geparkt und sie ausgeladen hat? Da, wo jeder alles mitkriegt?"

Jo zog sein Smartphone hervor und wischte darauf herum.

„Gleich nebenan ist das Polizeiübungsgelände", sagte er und zeigte Richtung Norden. „Da kommt man ganz einfach mit dem Auto ran. Nachts ist da in der Regel niemand."

„Also eine ideale Anfahrt und ein passender Ablageort", sagte Dahlberg. „Sehen wir uns das mal an."

Schon nach ein paar Schritten tauchte die Fighting City auf, wie der Trainingsplatz intern genannt wurde, Häuser mit schwarzen Fensterlöchern, zerschossene Dächer und betonierte Wege, dazwischen Kiefern- und Pappelwildwuchs, abgetretene Grasnarben und Sandkuhlen, eine unwirkliche Szenerie. Eine halbe Stunde suchten sie das Gelände nach Reifenspuren ab. Aber der Sand war wie frisch gewaschen und der Beton gab sowieso nichts her. Zurück am Leichenfundort ging Dahlberg auf die Streifenpolizisten zu.

„Wie habt ihr sie eigentlich gefunden?", fragte er in die schweigende Runde. Einer der Uniformierten erwachte zum Leben.

„Wir nicht, ein Spaziergänger, äh, der Hund von einem Spaziergänger. Der hat es gemeldet."

„Und wo ist der jetzt? Der Spaziergänger?"

Die Polizisten sahen sich um.

„Eben war er noch da", murmelte einer. Knallköppe, dachte Dahlberg. Natürlich hatte der Anblick sie erst einmal umgehauen. Aber einen Zeugen unbeaufsichtigt lassen, Mann, Mann.

„Schlau genug, seine Adresse aufzuschreiben, wart ihr hoffentlich."

„Ja, klar." Der Sprecher gab Dahlberg ein Blatt Papier, ein Erwin Kasupke hatte die Tote gefunden. Er reichte es an Claudia weiter.

Claudia und Jo hatten am Rande von Klein-Venedig geparkt und sich den restlichen Weg zu Fuß erarbeitet, über bucklige Grasbüschel, vorbei an Stichgräben mit ölig stehendem Wasser, Laubbergen und bellenden Hunden. Jetzt standen sie vor dem Häuschen des entschwundenen Spaziergängers. Der Garten prahlte mit buchsbaumgesäumten Gehwegen, Spalierobst und Dahlien. Das gepflegte Stück Land fiel zum Wasser ab, am Ufer schaukelte unter einer Persenning ein nicht so kleines Boot.

Jo betätigte den schmiedeeisernen Klopfer. Erst erschien eine mittelalte Frau in der Tür, adrett und misstrauisch, einen sabbernden Boxer am Halsband, dann ein Mann, nicht so adrett und missgelaunt, beide um die fünfzig und offensichtlich nicht durch eine Arbeitsanstellung am Leben gehindert, es war mitten am Tage mitten in der Woche. Die beiden guckten ablehnend, wer störte sie da in der Herbstidylle. Claudia betrachtete das Gesamtpaket Klischee, Sozialschmarotzer mit Häuschen, Garten und Boot. Aber vielleicht hatten die Herrschaften ja geerbt.

„Herr und Frau Kasupke?", fragte Claudia.

Der Mann verschränkte die Arme und trat breitbeinig vor die Frau, die jetzt verhuscht wirkte und samt Hund zurückwich.

„Wer will'n dit wissen?"

„Die Mordkommission." Claudia zückte ihren Ausweis. „Die Kollegen hatten Sie gebeten zu warten. Warum sind Sie weggegangen?"

„Warten, dat die Polente sich ausmehrt?"

Ein echter Sympathieträger, dachte Claudia, Marke Berliner Großschnauze.

„Wann waren Sie das letzte Mal in der Gegend unterwegs?"

„Letztet mal vor zwee Tagen so. Da war da noch nüscht."

Das grenzte zumindest den Ablagezeitraum weiter ein.

„Haben Sie etwas vom Fundort entfernt? Oder die Tote angefasst?"

„Na Sie sind jut, jekotzt hab ick, mir zittern jetzt noch die Beene, nich Nicole."

Nicole Kasupke schielte zu ihrem Mann hinüber und nickte. Claudia zog eine Visitenkarte aus der Brusttasche und gab sie dem Mann.

„Sie melden sich bitte morgen in der Dienststelle."

„Wieso'n ditte?"

„Damit wir Ihre Aussage protokollieren und Sie eine Verschwiegenheitserklärung unterzeichnen können."

Kasupke verzog übellaunig das Gesicht.

„Bis morgen also, neun Uhr", sagte Claudia. „Und noch einen geruhsamen Tag."

Auf weichen Naturpfaden gingen sie zurück zum Wagen. Jetzt war Spandau dran, beziehungsweise die dortigen Bordelle und Laufhäuser.

„Bitte keine Klagen über Mahlmann", sagte der Oberste.

„Um Gottes willen", erwiderte Dahlberg. „Ich freu mich wie Bolle."

Er setzte sich auf die Kante des Besucherstuhls. „Wir hätten gern Thurau als Staatsanwalt."

„Ist das hier ein Wunschkonzert?"

„Manchmal? Könnte sehr kompliziert und langwierig werden. Thurau wäre der Richtige."

„Ich weiß, der ist nicht nur lang, der hat auch einen langen Atem."

Sie sahen sich einen Moment direkt in die Augen. Der Oberste nickte. „Okay, okay. Und halten Sie sich ran, die Zeit läuft."

Ja, die Zeit. Mit der Zeit hatte auch ihren Chef die Chefkrankheit ereilt, Untergebene mit Plattitüden anzuspornen.

„Selbstredend, die Zeit, die läuft im Sauseschritt."

„Dahlberg!!" Napoleons Stimme hob sich, eine Hand fuhr durch die Haare.

„Schon gut Chef, ich sag ja gar nichts. Aber Ihre Haare stehen ab."

„Ehrlich?" Der Oberste zog eine Schreibtischschublade auf und holte Spiegel und Kamm heraus. Er verfügte neben einem schnellen Verstand eben auch über eine ordentliche Portion Eitelkeit. „Sie brauchen gar nicht so zu gucken. Auch AUF dem Kopf sollte Ordnung herrschen."

So viel Selbstironie legte der LKA-Chef nur vor wenigen Leuten an den Tag, Dahlberg war einer von ihnen.

„Gerlinger und Gotthaus hören sich gerade im Milieu um. Könnte sich um eine Bestrafung oder eine Warnung handeln."

Der Chef sah ihn scharf von unten an. „Beziehen Sie auch Mahlmann ordentlich mit ein."

„Klar, der durchforstet gerade die Vermisstenkartei."

Auf dem Weg zum Kriminalgericht rief Dahlberg den Neuen an. Aber es gab keine vermisste Frau, die passte. Als er das Gerichtsgebäude betrat, zeigte die Uhr hoch oben in der Turmkuppel elf Uhr dreiundvierzig, noch siebzehn Minuten bis zur Verhandlungspause.

Thuraus Büro am Ende eines langen langweiligen Ganges war verschlossen. Ein Bein gegen den Ölsockel gestützt lehnte sich Dahlberg an die Wand. Stühle oder Bänke gab es in diesen fernen Winkeln des Riesenbaus nicht. Er stieß sich ab und trat ans Fenster zum Hof, zu einem der Höfe. Bei einem Flügel fehlte der Knauf, ein anderer ließ sich auch nicht öffnen, der uralte Lackanstrich hielt alles fest zusammen. Also nichts mit Rauchen. Eine Arschbacke auf dem Fensterbrett, ein Bein ungeduldig auf und nieder schwingend, wartete Dahlberg auf Thuraus Erscheinen.

Er sah ihn schon von weitem. Von den Schößen seiner Robe umweht eilte er herbei, ein riesiger schwarzer Storch. Die Hornbrille saß auf der Nasenspitze, die Aktentasche stand offen, ein Ledermaul voller Papiere. Kein Wunder, dass ihn manche für einen komischen Vogel hielten. Aber seine Erscheinung täuschte, die Zerstreutheit war rein äußerlich, er war ein scharfer Denker mit Neigung zum Sarkasmus. Angeklagte, die zum x-ten Mal vor ihm auftauchten, nannte er Wiedergänger, die Aussagen mancher Zeugen Showeinlagen, Freisprüche mangels Beweisen

Blankoschecks, was ihm schon einige Ermahnungen der Richter eingebracht hatte.

Dahlberg glitt von seinem unbequemen Sitz. Thurau schloss auf, trat ein, schüttelte den Umhang von den Schultern und warf ihn über den Garderobenständer, an dem schon ein bodenlanger Trenchcoat hing. Mit einem Meter achtzig fühlte Dahlberg sich nicht gerade klein, aber das war wirklich Größe. Manche Kollegen nannten den Staatsanwalt hinter seinem Rücken ‚Säule des Rechts', natürlich ironisch gemeint.

Dahlberg ließ sich auf einen der beiden Besucherstühle fallen und legte die Füße auf den anderen. Thurau stakste zu seinem Schreibtisch und tauchte ab, um den Computer anzuwerfen.

„Also hast du den Obersten wieder breitgeklopft", ertönte es unter dem Tisch. „Als wenn ich nicht genug zu tun hätte."

Dahlberg ignorierte die Beschwerde. Thurau kam wieder hoch, nahm Platz, schob die Aktenstapel, die die Schreibunterlage umgaben wie eine Festung, ein wenig auseinander und zog die Computertastatur heran. Er seufzte.

„Also, was ist?"

Dahlberg ließ die Augenlider herab.

„Guck's dir an. Die Fotos müssten schon im System sein."

Thurau loggte sich ein, die Tastatur klapperte. Dann verstummte sie und dem Staatsanwalt entrang sich ein leises Stöhnen.

„Nicht schön", sagte Dahlberg.

„Nicht schön? Na, du bist gut."

Thurau nahm die Brille ab und legte sie vor sich auf den grünen Filz, so konnte er nichts mehr sehen, so musste er nicht sehen. Dafür sahen die dicken Gläser in ihrem dunklen Rahmen Dahlberg an, was ein bisschen unheimlich war.

„Wo?"

„Spandau, mitten im Forst."

„Spuren?"

„Nichts, alles weggewaschen und -geschwommen."

„Was ist mit Vermisstmeldungen?"

„Noch nicht."

„Zähne?"

„Es gibt über dreitausend Zahnärzte in Berlin. Und sie könnte von überall her sein. Meine Leute hören sich gerade im Milieu um, vielleicht wollte eine Illegale sich davonmachen oder auspacken. Oder es ist was Persönliches und es geht nur um die Verschleierung der Identität. Das Schlimmste wäre ein Triebtäter am Anfang seiner Karriere."

„Nett ausgedrückt", sagte Thurau, er hatte zu seiner sarkastischen Art zurückgefunden. Er setzte die Brille wieder auf und verschränkte seine langen Finger unter dem Kinn.

„Ich kümmere mich darum, dass nichts an die Presse durchsickert. Diese Hysterie können wir nicht auch noch gebrauchen. Und du vergatterst deine Leute. Auch die Streifenpolizisten, die sie gefunden haben. Nicht, dass in den sozialen Netzwerken etwas auftaucht."

Dahlberg nahm die Füße vom Stuhl und Thurau die Hände auseinander.

„Wie ich höre, hat die obere Etage Ernst gemacht, Mahlmann, der große Redner? Hast du den Obersten irgendwie geärgert?"

„Wie man's nimmt." Dahlberg grinste schief und stand auf. Sie winkten sich ein Goodbye zu.

Claudia schritt, ohne nach rechts oder links zu schauen, die Fußgängerzone entlang, es spritzte, wenn sie in eine der Pfützen trat. Die offiziellen Etablissements hatten sie durch, jetzt wollten sie einen Informanten treffen, der die Adressen von Wohnungsbordellen kannte, in denen Illegale arbeiteten.

Die Regenpause hatte die Leute noch einmal nach draußen gelockt. Mütter auf Bänken, die sich einen Coffee-to-Go genehmigten und ohne großen Erfolg ihre Kinder zur Ordnung riefen, vor dem Backshop Männer beim Tee neben älteren Damen, hier hatten Lockenwickler noch eine Aufgabe. Türkische Satzfetzen waren zu hören, dazwischen Berlinisch feinster Art, die Sicke is jetze mit den ollen Sausel von die halbe Treppe susammenjesogn. Eine Gruppe junger Kerle stand im Kreis, sie starrten in ihre Smartphones. Ein Typ in orangefarbener Hose, hellgrünem Pulli und mit einem leeren Bastkörbchen überm Arm kreuzte ihren Weg und sang grimassierend vor sich hin. Ein anderer mit langen Haaren, schmutzstarrendem Mantel und eisern verschmitzter Miene stürmte an ihnen vorbei. Jo sah ihm hinterher.

„Ein Hort der Debilen und Bekloppten, oder?"

„Fang jetzt bloß nicht wieder mit dieser Oder-Nummer an", sagte Claudia. Jo zog den Strohhut, auf den er trotz allgemeiner Feuchtigkeit nicht verzichten wollte, tiefer in die Stirn. Sorry, Tante Claudia, wollte nur ein bisschen ablenken, mir geht's nämlich auch nicht gut. Das Bild ließ sich einfach nicht beiseite schieben. Selbst Dahlberg hatte erschüttert gewirkt. Und den brachte so schnell nichts aus der Ruhe. So hatte Jo ihn lange nicht erlebt. Das letzte Mal eigentlich, als Alexander sich mit Absicht aus dem Polizeidienst katapultiert und Dahlberg nichts davon gesagt hatte. Jo erinnerte sich noch an die gespannte Atmosphäre zwischen den beiden. Wie eine dunkle Wolke hatten Dahlbergs Enttäuschung und Alexanders Schweigen im Raum gestanden.

Vor einem Supermarkt hingen die üblichen Verdächtigen an ihren Bierflaschen und beharkten sich lautstark. Halt doch die Fresse, selber Fresse, willste eens uffs Maul, oder wat? Jo sah, dass Claudia im Vorbeigehen ein Signal in die alkoholisierte Runde schickte, unauffällig aufgefangen von einem Typen, der langes Haar und einen langen Mantel trug und besonders laut grölte. Eine halbe Stunde später saßen sie wieder im Wagen und sammelten den Mann auf. Als er einstieg, verbreitete sich der Geruch nach feuchtem Dreck und altem Bier. Jo musste würgen. Der Mann gab wichtigtuerisch Auskunft und nahm mit einem kumpelhaften Zwinkern seinen Lohn in Form eines Fünfzigeuroscheins entgegen.

Zurück in der Dienststelle ging Jo in die Männertoilette, wusch die übel riechenden Stellen aus und hängte den Parka zum Abtropfen auf. Als er das Büro wieder betrat, starrte Claudia immer noch blicklos vor sich hin. Er setzte sich und rief die Fotogalerie auf, die tote Frau aus allen Himmelsrichtungen, Landschaft mit Leiche sozusagen. Jo sah weg und zu Mahlmann hinüber, der, nachdem er Auskunft über die erfolglose Suche in der Vermisstenkartei gegeben hatte, wieder schwieg.

In den Bordellen fehlte keine groß gewachsene blonde Frau. Und die Besuche in unscheinbaren Mietshäusern und grafittiverzierten Hochhausetagen hatten nichts gebracht außer Ekel und Entsetzen, bleiche Mädchen, manche mit notdürftig überschminkten blauen Flecken, allesamt stumm wie die Fische, Mobiliar vom Sperrmüll und ein durchdringender Geruch nach Chlorbleiche. Erst der stinkende Penner und dann das. Jo war schlecht, auch wenn es nicht nur an den schlechten Gerüchen und den Bildern lag.

Nach einer Weile erschien das Bildschirmschonerbild, eine traumhafte Landschaft, Wiese, Zwiebelturmkirchlein, Schlängelweg, Schlängelbach, Gebirgsmassiv im Lauf des Jahres. Es schneite, der Schnee taute, die Wiese ergrünte, der Bach murmelte drauf los, die Berge glühten. Dahlberg trat ein.

„Wir kriegen Thurau. Und wie weit seid ihr gekommen?"

„In den Bordellen wird niemand vermisst", sagte Claudia. „Die halten ihre Pferdchen ordentlich bei der Stange. In den Wohnungsabsteigen auch nicht. Wir wissen natürlich nicht, ob unser Zottelbär wirklich alle Adressen kennt."

„Der hat vielleicht gestunken", warf Jo ein.

„Und der Besuch bei diesem Kasupke?"

Claudia verdrehte die Augen.

„Nach seiner Aussage war vor zwei Tagen noch alles normal, keine Leiche."

„Wir brauchen eine Gesichtsrekonstruktion", sagte Dahlberg. „Friedbert soll den Schädel zum Institut für Rechtsmedizin nach Frankfurt am Main schicken. Vorher muss er ihn natürlich noch entfleischen."

Jo registrierte, dass Claudia noch blasser wurde.

Sie bestieg die U1, die voll war, wie immer um diese Zeit, überheizt und stickig. Sie stand an der Tür, eingeklemmt zwischen einem Kinderwagen und der Fahrerkabine. Station Kurfürstenstraße, die Passagiere drängten an ihr vorbei auf den Bahnsteig. Claudia huschte auf einen frei gewordenen Sitzplatz am Fenster und lehnte den Kopf an die Scheibe, sie fühlte sich schwach und überreizt.

Am Kottbusser Tor stieg sie aus und die Treppen hinunter, die U1 fuhr hier oberirdisch. An der Ampel warteten Fußgänger und Fahrradfahrer auf Grün. Sie trottete mit dem Pulk mit. Vor ihr schoben sich englisch schwatzende Touristen über die Kreuzung, die Jungs in kurzen Hosen mit offenen Bierflaschen bewaffnet, die Mädels in Flatterkleidchen, Schlabberhosen à la Orient oder Backpackeroutfit in ihre Smartphones vertieft. Gefolgt von einer Gruppe halbwüchsiger Türken mit scharfen Haarschnitten. Jemand trat ihr in die Hacken, eine Lenkstange streifte den rechten Arm.

„Geht's vielleicht noch bisschen langsamer?", ertönte eine Frauenstimme. An der Bordsteinkante wäre sie fast gestolpert. So etwas passierte ihr eigentlich nur, wenn sie zu wenig getrunken hatte und das war an diesem schrecklichen Tag der Fall.

Sie ging auf eins der Lokale zu, die noch Mobiliar draußen hatten, die auf den letzten Freiluftumsatz hofften, und setzte sich an einen freien Tisch. Der Kellner, ein älterer Türke, kam und nahm die Bestellung entgegen, ein Mineralwasser.

Entfleischen, dachte Claudia, das Wort hatte noch gefehlt, damit ihr richtig übel wurde. Das Wasser kam, sie trank die Hälfte. Langsam kam sie zu sich. Wie hieß das nochmal, fragte sie sich, dieses Ent ... Irgendwas mit M, richtig, Mazeration. Die Dinge auf's Sachliche bringen, auf's Wissenschaftliche, auf die Fachausdrücke, das half meist gegen Anfälle von Dünnhäutigkeit. Außerdem lenkte das geräuschvolle Treiben um sie herum ab, die donnernden Züge auf der Hochtrasse, der Lärm auf der mehrspurigen Kreuzung, ratternde Sackkarren voller Getränkekisten und hupende Pizzaboten. Die Reihe Fahrradfahrer, die das leidlich warme Herbstwetter noch einmal nach draußen gelockt hatte, war so lang, dass bei Grün nur zwei Autos rechts abbiegen konnten. Im Rinnstein tummelten sich zerdrückte Bierbüchsen, zerknüllte Zigarettenschachteln und zerfetzte Plastiktüten, die roten Fähnchen mit weißem Halbmond von der letzten Kundgebung pro und kontra Erdogan und zahllose Flyer in Weiß-Rot. Einer klebte noch auf Claudias Tisch. Es stand etwas in Türkisch darauf, darunter Sätze in Deutsch. Der erste Satz sprang sofort ins Auge: ‚Die Demokratie ist nur der Zug...' Neugierig geworden beugte Claudia sich vor und las den ganzen Text. ‚Die Demokratie ist nur der Zug, auf den wir aufsteigen, bis wir am Ziel sind', stand da. ‚Die Moscheen sind unsere Kasernen, die Minarette unsere Bajonette, die Kuppeln unsere Helme und die Gläubigen unsere Soldaten.'

Ziemlich poetisch für eine Kriegserklärung, dachte sie. Und ziemlich deutlich. Fragte sich nur, wie viele so dachten. Hier in

Kreuzberg dürfte es mit der Verehrung oder der Ablehnung des türkischen Präsidenten fifty-fifty stehen, in anderen Ecken sah es anders aus. In Teilen von Wedding und Neukölln nahm die Zahl seiner Anhänger zu, genau wie Zahl der Kopftuch tragenden Frauen und Mädchen.

Claudia pulte das Papier von dem rissigen Holz und zerknüllte es. Dann legte sie zweifünfzig auf den Tisch, stand auf und ging zum Gemüsestand hinüber. Aber Artischocken waren aus, sie kam zu spät. Dann nicht, dachte Claudia und ging wieder zur U-Bahn-Station. Musste Fraufreundin eben ohne auskommen.

Als sie das Wohnarbeitszimmer betrat, saß Sibylle an der Nähmaschine und nähte. An einem Ärmel, soweit Claudia das erkennen konnte. Die Kleiderpuppe neben dem Bügelbrett, inmitten eines Wusts aus Stoffteilen und Schnittmusterbögen trug einen halbfertigen Mantel. Die Ärmel fehlten noch. Dafür hatte der Saum schon abenteuerlich lange Fransen.

„So, jetzt kriegst du noch schöne Ärmel", sagte Sibylle und klappte den Nähfuß hoch, sie hatte die Angewohnheit, mit ihren Schöpfungen zu sprechen. „Warte, ich muss nur die Armkugel ausdämpfen."

Claudia machte eine ausgreifende Armbewegung. Ihre Lebensgefährtin sah auf und zog einen Flunsch. Sie war immer noch beleidigt wegen des Kopftuchstreits.

„Ich geh duschen", sagte Claudia. Im Bad zog sie die verschwitzten Klamotten aus und stellte sich unter die Brause. Das Wasser prasselte heiß auf ihre Schultern, das half meistens. Als sie den dampfenden Glaskasten verließ, lehnte Sibylle mit gekreuzten Armen und Beinen im Türrahmen.

„Schlimm?"

„Kann man so sagen." Claudia begann sich abzutrocknen.

„Du wirst dich noch tot rubbeln", bemerkte Sibylle, was einerseits spitz, andererseits einlenkend klang. „Ist doch auch keine Lösung."

Am Morgen nach dem Leichenfund stattete Dahlberg der Gerichtsmedizin einen Besuch ab. Aus einer offen stehenden Tür war eine monotone Diktatstimme zu hören, gefolgt von einem schweren Klatschen, wie beim Fleischer, wenn der zwei Kilo Rinderbraten auf die Waage knallt. Er stieß die Schwingtür zum Sektionssaal auf. Friedbert Saalbach wartete schon hinter einem der Stahltische. Er deckte den Leichnam auf, der schon wieder zugenäht war. Der Oberkörper zeigte das typische Ypsilon, die Nähte wie eine überdimensionale kindliche Handarbeit. Dahlberg warf einen Blick auf das, was einmal ein Gesicht war. Auf die verätzten Hände, die wie Fremdkörper neben den hellen Oberschenkeln lagen, den brandigen Fleck zwischen den Beinen. Friedbert stützte sich auf die Stahlkante.

„Also, bis auf zwei stinknormale Plomben sind die Zähne unauffällig, Keramik, mitteleuropäische Arbeit. Kein Alkohol im Blut, nix Illegales, Einiges an Schlaf- und Beruhigungsmitteln, also ziemlich normal."

Er deckte den Körper wieder zu und nahm die schmutzigweiße Gummischürze ab. Dann zielte er mit einer Fernbedienung auf einen großen Bildschirm, der über den Gestellen aus gebürstetem Edelstahl, den Rolltischchen mit dem Chirurgenbesteck, den Wannen und Abflussvorrichtungen hing. Ein Röntgenbild erschien, Wirbelsäule, Schädel, Kehlkopf. Mit der freien Hand fuhr Friedbert Saalbach in die Kitteltasche und zog eine Art dünne Taschenlampe hervor, ein Laserpointer, zu dessen Anschaffung er sich schweren Herzens durchgerungen hatte. Und das auch nur, weil sein antiker Zeigestock schlicht zu kurz war. Die Antiquität hatte er einst von seinem Lehrer, der Pathologenlegende Otto Prokop, geerbt, genau wie die Vorliebe für elegante Fliegen und exzentrische Wortspiele. Der rote Punkt traf eine Stelle unterhalb des Kinns.

„Das Zungenbein ist gebrochen, eindeutig."

Dahlberg sah nur schwarzweißgraues Wirrwarr.

„Eindeutig, sieht man auf den ersten Blick."

Dann erschien eine Nahaufnahme des hinteren Halses.

„Hier haben wir Druckstellen gefunden. Könnten von den Fingern des Täters stammen." Der Laserstrahl umkreiste die Stelle auf dem Foto. „Sie ist höchstwahrscheinlich von vorn erwürgt worden."

Der rote Lichtpunkt erlosch. Von vorn, dachte Dahlberg, da ist oft persönliche Wut im Spiel. Aber auch Triebtäter waren wütend, meistens auf den weiblichen Teil der Menschheit.

„Kampfspuren?", fragte Dahlberg.

„Ein paar blaue Flecken an den Unterarmen und auf den Oberschenkeln. Vielleicht hat der Täter da auf ihr gekniet."

„Wurde sie vergewaltigt?", fragte Dahlberg.

„Nein, kein Sperma."

„Andere Fremd-DNA?"

Friedbert schüttelte den Kopf. „Wenn sie den Angreifer gekratzt hat, wären theoretisch Hautfetzen unter den Fingernägeln, sind aber nicht, alles weggeätzt." Er ließ den Arm mit den Demonstrationswaffen sinken, er sah aus wie ein geschlagener Krieger. „Aber bei der Kraft, die man zum Brechen des Zungenbeins braucht, dürfte wenigstens die Hälfte der Menschheit als Täter ausgeschlossen sein."

„Fein, wir suchen einen Mann", sagte Dahlberg. „Dass ich darauf nicht gekommen bin. Es sei denn, es war eine starke Frau. Wie sieht's mit der Todeszeit aus?"

„Erste Oktoberwoche. Lässt sich leider nicht weiter eingrenzen."

„Ich weiß, der Regen."

Friedbert Saalbach legte Pointer und Fernbedienung weg und verschränkte entschlossen die Arme.

„Das ist die Sprache eines gestörten Triebtäters."

Dahlberg zuckte mit den Schultern. „Da weißt du mehr als ich."

Dahlberg hatte nicht die beste Laune. Trotzdem machte er sich auf den Weg zum monatlichen Schachabend mit Karl Wertstein, der war seit Jahren ein Ritual. Er winkte nach einem Taxi, in Karls Straße gab es nie Parkplätze. Ein Wagen hielt, Dahlberg stieg ein und nannte das Fahrtziel in Kreuzberg.

„Muss das sein?", fragte der Mann am Steuer. „Weißt du, wie voll es da jetzt ist?"

Dahlberg wunderte sich nur ein bisschen, Berliner Taxifahrer hatten noch ganz andere Dinger drauf.

„Soll ich dich nicht lieber nach Rom fahren, du weißt doch, alle Wege führen nach Rom."

Dahlberg musste unwillkürlich lachen. „Ne, heute nicht, heute muss ich nur in die Dieffenbachstraße."

„Na gut, weil du es bist", meinte der Schofför, obwohl sie sich überhaupt nicht kannten.

Das Taxi startete und fädelte sich in den Verkehr ein, Petersburger, Warschauer, Skalitzer, Kottbusser, überall war es voll. Trotz vorhandener Fahrradwege jagten ein paar ganz Schnelle zwischen den Autos entlang, mit und ohne Licht. Dahlberg lehnte sich zurück.

Ein gestörter Sexualtäter oder eine Beziehungstat, getarnt als Triebmord, das war die Frage. Zwei Wochen waren seit dem Leichenfund vergangen und sie waren keinen Schritt weiter. Niemand vermisste die Frau und niemand hatte im Umfeld der FIGHTING CITY etwas Verdächtiges bemerkt. Letzte Hoffnung war die Gesichtsrekonstruktion, und die dauerte.

Karl stand in der offenen Wohnungstür, ein Berg, in einen glänzenden Hausmantel gewickelt.

„Ich mach mal Tee", sagte er zur Begrüßung und verschwand in der Küche. Das Brett stand schon auf dem dunklen Esstisch mit den gedrechselten Beinen, daneben die Schachuhr, auf einem runden Messingtablett das Rauchset, Zigarettendose, Streichholzschachtelhalter, Aschenbecher, alles aus getriebenem Messing. Die schweren Möbel machten das Zimmer kleiner als es war und ungeheuer gemütlich. Die Teppiche an den Wänden verstärkten den Eindruck einer Höhle. Wie wohl er sich hier gefühlt hatte. Er musste dreizehn oder vierzehn gewesen sein, als er zum ersten Mal bei den Wertsteins war und die fröhliche Familie anstaunte, vier Kinder, alle laut und selbstbewusst. In der Zweitfamilie lernte er, sich durchzusetzen, ohne zu motzen. Hier kam er anfangs kaum zu Wort, so schnell waren die Wertsteins im Kopf und mit dem Mund. Aber bald steuerte er seinen Teil zu den Gedankenspielen und zum Geräuschpegel bei. Wenn es Karl zu viel wurde, brauchte er bloß mit der Faust auf den Tisch zu hauen, so dass die Schachfiguren hüpften, Buntstifte rollten und die Ganesha-Figur umfiel. Dann war erst mal Ruhe im Schiff. Meist kam Karls Frau Tara nach einer Weile ins Zimmer, rollte verschwörerisch mit den großen schwarzen Augen und stellte einen Teller warmer Samosas auf den Tisch. Von den Teigtaschen konnte Dahlberg damals gar nicht genug kriegen. Über dreißig Jahre war das her. Jetzt war es hier sehr still. Die Kinder ausgeflogen und Tara gestorben, Krebs. Er hatte das Drama in Etappen miterlebt, erlebt, wie aus der hinreißenden Frau ein Bündel aus Schmerz wurde, Karl seine Sprache verlor und sie erst Wochen nach der Beerdigung wiederfand.

Er trat an die dunkle Kommode, auf der die Familienfotos standen.

Tara in der Londoner Polizeiuniform, hochgewachsen und schlank, das Erbe ihrer Vorfahren mütterlicherseits. Daneben ein Jugendfoto ihrer Mutter, die wie viele Frauen in Rajasthan, sehr groß war. Eine dunkle Schönheit und eine Dalit, eine Unberührbare. Die es trotzdem in die Werkstatt eines Silberschmieds geschafft hatte. Dort hatte sie Taras zukünftigen Vater kennengelernt, einen singhalesischen Schmuckhändler mit Mandelaugen und olivfarbener Haut, der schon lange in Großbritannien lebte. Ihm war die Kaste egal, er war Buddhist und Brite. Er heiratete die schöne Handwerkerin gegen alle Widerstände von der Werkbank weg und nahm sie mit nach Großbritannien. Die Geschichte war mittlerweile Familienlegende, wieder und wieder erzählt und ausgeschmückt. Auch Dahlberg hatte sie paarmal gehört, voller Bewunderung für die Willenskraft und den Wagemut des Paares.

Tara wurde in Brighton geboren. Zum Kummer ihrer Eltern blieb sie das einzige Kind. Wenn sie von dieser Zeit erzählte, konnte sie sentimental werden. Und gleich darauf böse. Dann schwankte sie zwischen Erinnerungen an Badeausflüge, ihre Freundinnen, die nette Klassenlehrerin und denen an die Ressentiments, die sie erlebt hatte, an die fetten oder dürren oder muskelbepackten Typen, die sie wegen ihrer Herkunft anpöbelten, in einem Slang, der Tara völlig abging, die Eltern hatten auf gute Aussprache gedrungen.

Das war zum Kotzen, sagte sie dann und sah Dahlberg und Marthe an, aber es waren längst nicht so viele, wie ihr jetzt vielleicht denkt.

Später war die kleine Familie nach London gezogen und Tara hatte sich wie ein Fisch im Wasser gefühlt. Dort hatte Wertstein sie kennengelernt, bei einer internationalen Polizeikonferenz. Sie war Praktikantin bei Scotland Yard und hatte ab und zu Kaffee serviert. Es war Liebe auf auf den ersten Schluck, hatte Karl hin und wieder gebrummt. Taras Tod lag jetzt zwei Jahre zurück und Karl Wertstein war seitdem noch wortkarger geworden.

„Günther und Ingeborg?", fragte er, als er aus der Küche zurück war und Tee in zwei Gläser goss. Kurz und knapp, wie erwartet.

„Alles beim Alten", antwortete Dahlberg. „Vadder unberechenbar, Mutter gottergeben."

„Karlchen?" Karl schien ein bisschen sentimental zu werden, er war immerhin der Namenspate. Aber eigentlich ließ er sich nicht gern zusehen bei Gefühlswallungen und beendete sie auch prompt.

„Freut sich des Lebens", antwortete Dahlberg.

„Und bei dir?"

„Alles im grünen Bereich, sind jetzt anderthalb Jahre."

Seit das Kind auf der Welt war, hatte Dahlberg keinen Tropfen mehr angerührt. Er steckte sich eine Zigarette an und musterte seinen Wahlvater. Er wurde untenrum dicker und oben schmaler. Auch sein Gesicht folgte langsam den Gesetzen der Schwerkraft.

„Mahlmann nervt?", fragte Karl.

Dahlberg zog heftig an der Zigarette. „Geht so." Er blies den Rauch zur Decke und sah ihm nach. „Wir kommen bei der gesichtslosen Leiche einfach nicht weiter. Die Frau scheint nicht existiert zu haben."

„Seltsam", murmelte Karl, schon in Gedanken beim Spiel. Sorgfältig stellte er die Schachfiguren auf. „Weiß fängt an."

Dahlberg saß vor dem Brett und suchte in seinem Kopf nach einer pfiffigen Eröffnung, allerdings vergeblich. Ach, einfach anfangen, dachte er, Bauer voran. Er hob die Hand und ließ sie wieder sinken.

Wenn es ein Triebtäter war, gab es vielleicht bald ein weiteres Opfer.

Alina Klüver rannte über den Campus Richtung U-Bahn-Station Dahlem-Dorf, einerseits, um dem nächsten Regen zu entgehen, andererseits, um nicht zu spät zu kommen, Ramin wartete sicher schon. Heute hatte sie die letzten Bücher zurückgegeben und ihren Spind an der Uni ausgeräumt. Die Vorlesungsmitschriften und Seminararbeiten waren im nächsten Papiercontainer gelandet, sie war raus. Mit welchen Erwartungen sie sich vor zwei Jahren eingeschrieben hatte, Erwartungen, die Ticktackopa geweckt hatte. Als sie klein war, als sie noch nicht lesen und schreiben konnte, war der Urgroßvater für sie der Ticktackopa. Die Uhr machte ticktack, Uropa hatte also etwas mit Uhren zu tun. Die Erkenntnis, dass dem nicht so war, kam in der ersten Klasse, der Name blieb.

Am Gleisdreieck stieg Alina in die U7 um, mit ihr ein Punkerpärchen in Begleitung eines Hundes. Sie hatte die Stampfer in zerfetzte schwarze Strumpfhosen gepresst, die anziehen, ohne mit dem Fuß in einem der Löcher rumzustochern, ein Rätsel, wie das ging. Und wie viel Mühe sich manche gaben, um so auszusehen, als hätten sie sich keine Mühe gegeben. Die grauschwarze Hose des Herrchens hatte Schlitze über den Knien, darüber baumelten schwere Ketten. Das grünliche Frisurwerk war feucht, offensichtlich regnete es wieder. Im Waggon verbreitete sich der Geruch nach nassem Hund und alten Lederjacken.

Als Alina die Bahn am Herrmannplatz verließ, herrschte das übliche Chaos. Unter einer Treppe hockten ein paar Säufer, es stank nach Urin. Daneben hatte sich das polnische Königreich ausgebreitet, wie Ramin die Gruppe obdachloser Polen einmal genannt hatte. So früh schienen sie noch nüchtern zu sein. Gegenüber beschallte laute arabische Musik die Fahrgäste. Prompt tauchten die Bilder auf, die Ticktackopa ihr in den Kopf gepflanzt hatte. Tuareg in strahlend blauen Gewändern, geschmückte Kamele, weite, gewellte Sanddünen, grüne Oasen voller Palmen.

Diese Jungs sahen natürlich städtisch aus, Jeans, Turnschuhe, Blousons. Sie hatten sich auf einer Bank breit gemacht, saßen auf der Lehne, die Füße auf der hölzernen Sitzfläche, rauchten und taxierten grinsend die vorübergehenden Mädchen. Zwei ältere Frauen mit Kopftüchern und langen Mänteln warfen ihnen missbilligende und zugleich scheue Blicke zu.

Oberirdisch schüttete es, das Fußvolk watete durchgeweicht durch die Fluten. Alina gab es auf, sich in der Hoffnung auf Schutz durch die überstehenden Balkone an den Häuserwänden entlang zu drücken und rannte durch die Regenwand, so ein Mist, sie hätte doch besser das Auto nehmen sollen.

Ramin empfing sie mit einem Grinsen und einem Handtuch.

„Übrigens, der ganze heiße Tee ist für dich, heute sind die beiden letzten abgesprungen."

Alina unterbrach ihr Haargerubbele, das konnte doch nicht wahr sein, jetzt waren nur noch Ramin und sie übrig.

„Und was jetzt?" Alina sah zu den Stelltafeln hinüber, die kreuz und quer im Raum standen, dazwischen der Tapeziertisch mit dem Fotoschneidgerät.

„Alina, guck mich mal an." Alina blickte in Ramins verschmitzte Augen, die leicht schräg in seinem schmalen Gesicht standen. „Lass die doch, wenn sie dumm sterben wollen. Schaffen wir auch allein. Ist ja nicht mehr viel."

„Du oller Optimist." Sie schlug mit dem Handtuch nach seiner Schulter und verschwand hinter der Trennwand aus Glasbausteinen, wo sich eine Art Wohnküche mit Wasserkocher, Mikrowelle und Sofa und die Toilette befanden. Da mussten sie sich aber ranhalten, wenn sie es bis zur Eröffnung schaffen wollten. Mit einer Art Hangover vor dem Händetrockner versuchte Alina, sich die Haare zu föhnen, ihr wurde schwindlig. Zusätzlich schoss Ekel in ihr hoch, Ekel vor diesem gierigen Blick, den feuchten Händen, dem ganzen widerwärtigen Menschen. Sie kam hoch und sah in den Spiegel. Sie fühlte sich wie in einem schlechten Film, unglaubwürdiges Drehbuch, miese Regie, miserable Schauspieler.

Was denkst du dir eigentlich, schien ihr Ebenbild zu fragen, wohin soll das führen, bist du verrückt?

Als Alina den Ausstellungsraum wieder betrat, massierte Ramin gerade seine rechte Hand. Die hatten sie ihm zerschlagen, vor dreißig Jahren im Iran.

„Komm, lass mich mal. Ich schneide, du klebst."

Sie legte ein Foto auf den Apparat, zentrierte es und drückte den Schneidearm herunter. Ramins Handy ploppte, eine SMS, er sah nicht nach. Vielleicht sammelte er die Beschimpfungen und musste sich dann nur einmal pro Tag ärgern. Toll, was er so alles war, hatte er einmal zu ihr gesagt. Vor dreißig Jahren im Iran ein linker Liberaler und jetzt ein Rechtspopulist. Prima Totschlagargumente, hatte er gesagt, bei ersterem hätte es fast geklappt. Er war mit einer kaputten Hand, Narben auf dem Rücken und – wie sie annahm – auf der Seele davongekommen.

Vor den Stahlfenstern dämmerte es, gelbliche Düsternis füllte den großen, hohen Raum mit den gusseisernen Säulen und den geweißelten Ziegelwänden. Ramin schaltete die beiden Arbeitslampen an, die Stellwände warfen lange Schatten, der Leimkocher verbreitete seine Dämpfe, Alina arbeitete sich durch die Fotostapel. Die Ausstellung wird Ärger bringen, dachte sie, aber da mussten sie durch.

Gegen acht machten sie Schluss. Sie war gerade zu Hause angekommen, als Torsten anrief. Ob sie nicht etwas essen gehen wollten. Warum nicht, dachte Alina und ging das Klamottenangebot durch. Auf andere Gedanken kommen oder auf gar keine, warum nicht.

Der Sushi-Circle drehte seine Kreise. Alina verfolgte die wandernden Teller. Sie starrte in die Tasse mit grünem Tee, in dem große, dunkle Blätter schwammen. Starker, grüner Tee mit viel Zucker, das war übrig geblieben vom Ticktackopa. Das sei das Hauptgetränk der Wüstennomaden, hatte er erzählt. Der, die Ziegenmilch und die Herzlichkeit der fremden Männer und Frauen hätten ihm das Leben gerettet, als man ihn halb verdurstet fand. Als er nach der Schlacht von El Alamein von seiner Einheit desertiert war, seinen Kompass verloren und sich in der ägyptischen Wüste verlaufen hatte. Aber dann seien die Engländer in die Oase gekommen, hatten ihn gefangen genommen und später in einem englischen Bergwerk arbeiten lassen. Alles Lüge, alles erstunken und erlogen, von wegen desertiert. Das Foto, das sie in einer alten Ausgabe der SIEBEN SÄULEN DER WEISHEIT von T. E. Lawrence gefunden hatte, sprach eine andere Sprache.

Ein Schwall feuchter Luft und das Geräusch prasselnden Regens drangen ins Lokal. Sie drehte sich auf dem Barhocker Richtung Eingang. Torsten stand in der Tür und streifte die nassglänzende Wachstuchjacke von den Schultern. Dabei suchte er sie mit den Augen und als er sie entdeckt hatte, zwinkerte er ihr zu, dieser Charmeur. Sie nahm ihre Tasche vom Nachbarhocker und stellte sie neben den Stuhlbeinen ab. Im Aufrichten spürte sie Torstens Atem im Nacken und gleich darauf einen Kuss, der bis zum Ohrläppchen wanderte. Ein Schauer überrieselte ihren Rücken, es funktionierte nach wie vor. Irgendwie hatte sie an der Mischung aus Bodenständigkeit, Straßenschläue und demonstrativer Männlichkeit einen Narren gefressen. Wenn Torsten von dem anderen Mann wüsste, was wäre dann? Vielleicht gar nichts? Vielleicht eins in die Fresse, wie er sich manchmal ausdrückte? Sie wollte es nicht testen. Er schwang sich neben sie und musterte ihr Outfit, eine Kombi aus Glitzertop, Minirock und schwarzglänzenden Gummistiefeln mit einem Muster aus Totenköpfen und Kreuzen.

„Wow, was hast du vor?"

„Mal sehen." In der Beuteltasche steckten jedenfalls noch die High Heels mit Nieten an den Hacken, für alle Fälle.

Alina deutete auf ein grünes Schälchen, das gerade vorbei kam.

„Sieht aus wie Spaghetti für Marsmännchen."

„Das sind Algen, Süße. Gut für die Potenz."

Sie setzte einen ironischen Schlafzimmerblick auf, Torsten bildete sich einiges auf seine diesbezüglichen Fähigkeiten ein.

„Na, dann hau mal rein."

Er nahm die Algenportion vom Laufband. Alina griff nach etwas Vertrauterem, Lachs auf Reis.

„Und? Schön was studiert heute?", fragte er.

„Als wenn dich das interessieren würde."

„Okay, wir müssen nicht reden, wir können auch saufen." Er rief der Asiatin, die inmitten des Rondells stand, seine Bestellung zu, ebenfalls Rotwein. Das wär's eigentlich, dachte Alina, die Nacht gedankenlos durchbringen, mit Torsten irgendwo versacken, anschließend ausufernder Sex und den nächsten Tag im Koma liegen. Wenn sie nicht an der Ausstellung arbeiten müsste, wenn sie nicht hellwach bleiben, wenn sie nicht bereit sein müsste für das nächste Treffen mit dem Ekel. Sie musterte Torsten, die trainierten Schultern, die wachsamen Augen, den Mund, der vieles konnte, unter anderem schlaue und blöde Bemerkungen machen.

„Komm, wir ziehen weiter", sagte Alina.

Sie zählten ihre Teller, zahlten an der Kasse und traten hinaus auf die Rosenthaler Straße. Der Regen war in Niesel übergegangen.

Autos schlichen dahin und erzeugten in den Riesenpfützen kleine Bugwellen. Unscharf zogen die Schaufenster der Klamotten- und Schuhläden vorüber. Aus dem JAZZTUNNEL drang scharfes Beckengerassel, gefolgt von einem langen schmachtenden Gitarrenton. An der Kreuzung Weinmeisterstraße wechselte ein körperlos schwebendes Rot auf Grün. Dann waren sie am COMER Y BEBER. Draußen glimmten Teelichter und Zigarettenspitzen. Sie enterten zwei Barhocker an einem Tisch mit vier stiernackigen Kerlen, die ein wüstes Englisch sprachen und den leeren Karaffen nach ordentlich geladen hatten. Torsten bestellte einen halben Liter Rotwein. Der Wein kam, er schenkte ein und trank sein Glas auf einen Zug aus. Alina nippte nur.

„In der Irish Bar spielen heute die Schlitzhaimer Rockbuben." Er zeigte Richtung S-Bahn-Bögen.

„Sind das die aus deiner schönen Heimat?", fragte sie.

„Ja, das sind die aus meiner schönen Heimat. Aber keine Angst, die singen nicht auf Fränkisch."

„Und wenn, sind auch Menschen da unten." Sie zog Torsten gern mit seiner Herkunft auf. Am Anfang hatte sie sich vor seinem Dialekt regelrecht erschrocken, mittlerweile hatte sie sich an ihn gewöhnt.

Und dass Torsten in manchen Fragen etwas unterbelichtet war, so what, schlau war sie selber.

„Sagt Prinzessin Oberschlau." Torsten legte den Arm um ihre Taille. „Leck mich doch."

„Aber gern", hauchte Alina und nippte an ihrem Glas. Er grinste anzüglich, goss sich den Rest ein und trank ihn aus. Dann quetschte er sich durch den Stau am Eingang ins Innere des Lokals, um zu zahlen.

„He, Nebelbraut, wie wär's mit uns beiden?", tönte es aus einem alten Daimler, als Alina die Rosenthaler Straße entlang schlenderte. Sie schüttelte erst den Kopf und dann den Hintern. Die Herren ließen ein HoiHoi hören. Torsten, der Alina eingeholt hatte, zeigte ihnen den Stinkefinger.

Unter der Schirmlandschaft auf dem Hackeschen Markt mit ihren Heizstrahlern und heimeligen Lichtern saßen einige Raucher. Das Gros hatte sich nach drinnen verzogen, hinter den riesigen Glasbögen der Restaurants vollbesetzte Tische und flitzende Kellner. Über einem Tresen hingen Riesenschinken von der Decke, der Laden war ein Spanier.

Der Irish-Pub war voll und hatte ein eigenes Mikroklima, Tropen mit einem Schuss Guinness. In einer Ecke räumte gerade ein Pärchen das Feld. Alina wand sich mit einer Schlangenbewegung durch die drängelnde Menge vor der Band, schwang die Riesentasche auf das Sofa und sich selbst daneben. Die Couch war weich und durchgesessen. Torsten wippte im Rhythmus der Musik und versuchte, einen Blick auf die Heimattruppe zu erhaschen.

Sie lehnte den Kopf an den abgeriebenen Samt und betrachtete seinen muskulösen Hintern, der unter der Jeans sonnenbankgebräunt war. Die Rockfiedelei ging ihr auf die Nerven, ihr war nach Beats zumute, die sie in Trance hämmerten. Sie wollte heute mal nicht daran denken, wohin das alles führte. Außerdem war es fast zwölf, der Mann würde wahrscheinlich nicht mehr anrufen. Alina stand auf und lehnte sich von hinten gegen Torsten.

„He, Sonnenbankanbeter", flüsterte sie ihm ins Ohr. „Ich will ins BERGFRIED."

Licht und Schatten abwechselnd auf den Lidern, eine grelle Frauenstimme im Ohr, dann ein Bass. Offensichtlich lief der Fernseher noch. Torsten Großberger überlegte, ob er die Augen öffnen sollte und entschied sich dagegen. Er tastete nach der Fernbedienung und machte die Kiste aus. Die Stimmen verstummten, das Geflackere hörte auf. Er ließ ein Bein aus dem Bett hängen, half bekanntlich bei Schwindelattacken, und so eine hatte er gerade, Achterbahn kombiniert mit Kettenkarussell und Schiffsschaukel. Da hatte er gestern wohl noch ganz schön getankt. Blöde Kuh, dachte er, und Wut schoss in ihm hoch, sich einfach verkrümeln und ihn wie blöd dastehen lassen. Dann wär das auch nicht so ausgeartet. Jedenfalls musste er auf der Arbeit anrufen, er war krank. Torsten blinzelte. Es war noch dunkel. Nur die Standbylämpchen am Computer, Drucker und Lautsprecher waren zu sehen. Er hatte also noch Zeit bis zum Schichtnichtbeginn, bis dahin musste er angerufen haben. Das wäre dann die dritte Krankmeldung in Folge. Sein Chef hatte ihm schon gedroht, dass er das nicht mehr lange mitmachen würde.

Torsten stemmte sich hoch. Erst mal ein Reparaturbembl, Stützbier sagten sie hier dazu. In der Küche sah es wüst aus. Leere Bierflaschen auf dem Boden, auf dem Tisch eine Lache, die aus der umgekippten Flasche Metaxa gelaufen war. Im Spülbecken ein durchweichter Pappteller mit Hühnerknochen. Der Kühlschrank enthielt noch zwei Biere, er trank eine halbe Flasche vor der offen stehenden Tür. Dann schlich er zurück zum Bett und sagte laut vor sich hin: „Könnte ich bitte Herrn Schröder sprechen?"

Nein, das ging noch nicht, seine Stimme war noch nicht in Ordnung. Torsten Großberger ließ sich mit weichen Knien auf der Bettkante nieder und nach hinten fallen. Augenblicklich ging die Rummelfahrt wieder los. Hinter den Lidern tanzten farbige Fäden. Er presste die Handballen in die Augenhöhlen, die Fädchen wurden weiß und kringelten sich. Es wurde langsam hell. Torsten zog die Decke über den Kopf. Himmelarsch, warum war die Tusse einfach abgehauen?

Er sah ihrer beider Rituale vor sich. Wenn sie nach durchtanzter Nacht gemeinsam duschten, das Wasser heiß auf ihre Köpfe prasselte, Alina sich hinkniete und er ihren Hinterkopf umfasste, umhüllt von Dampf. Er mochte das. Aber welcher Mann mochte das nicht? Ich liebe, was du da tust, sagte er dann. Und sie darauf: Na wenigstens was, wenn du mich schon nicht liebst. Und er: Als wenn du das wolltest.

Als er aufwachte, war es hell, viel zu hell. Mist, dachte er, kniff die Augen zusammen und fummelte mit zitternden Händen unterm Kopfkissen nach dem Handy. Den Wählsingsang im Ohr wartete Torsten Großberger auf das telefonische Donnerwetter seines Arbeitgebers.

Keuchend absolvierte Alexander den letzten Liegestütz. Er schwitzte, die Brust war eng, in der Kehle pochte der Puls hart und schnell. Er stemmte sich hoch und wankte zur Dusche. Der Wasserdruck war mau. Den Kopf gesenkt, die Arme gegen die Wand gestützt, stand er unter dem Rinnsal. Eigentlich hätte er es sich denken können, eigentlich war es zu erwarten gewesen. Dass die Typen sich nicht zufrieden gaben mit Kriegsgeschichten, dass sie ihn prüfen, dass sie auf einem Treuebeweis bestehen würden.

Jerschow schien sich gründlich abzusichern. So langwierig hatte Alexander sich die Kontaktaufnahme zur Zielperson nicht vorgestellt.

Vorsichtig trocknete er den Hals ab, die Haut um die blauschwarzen Schriftzüge spannte, RUHM brannte immer noch, EHRE hatte sich beruhigt. Alexander setzte Teewasser auf, stierte blind auf den Kessel und merkte nicht, dass es zu kochen begann. Seine rotbraunen Freunde verlangten nichts weniger als einen Mord. Möglichst an einem Schwarzarsch, wie man in diesen Kreisen Kaukasier nannte. Ein Jude täte es aber auch. Alexander erwachte aus seiner Starrheit und goss das sprudelnde Wasser über den Teebeutel. Wenn die wüssten.

Während der Tee zog, zog er seine paramilitärische Kluft an, steckte das Springmesser in den Stiefelschaft, kontrollierte den GPS-Tracker im Absatz und sah auf die klobige Fallschirmspringeruhr an seinem Handgelenk. Es war noch zu früh, er war erst in einer Stunde mit Gennadi verabredet. Durch die Dämmerung draußen trieben ein paar einsame Schneeflocken. Hinter den Fenstern hatte das tägliche Dauerrauschen begonnen. Ein frostiges Rot stieg im Osten auf. Eine Tasse Tee in der Hand setzte er sich aufs Bett und machte den Fernseher an, um die Zeit liefen die Morgennachrichten.

Auf dem Bildschirm erschien eine rauchende Trümmerlandschaft. Ein kleines Mädchen rannte an der Hand seines Vaters zwischen Schuttbergen hindurch. Es weinte und rief immer wieder. ‚Was hab ich denn gemacht? Was hab ich denn gemacht?' Die Tränen hinterließen helle Spuren auf den rußgeschwärzten Wangen. In Syrien waren die Kämpfe wieder aufgeflammt. Was für eine Tragödie, was für ein Irrsinn, dachte Alexander, nahm dieser Krieg nie ein Ende? Vielleicht erst, wenn er sich selbst aufgezehrt hatte, wie damals im Libanon oder in Tschetschenien. Jedenfalls sah kein Schwein da mehr durch. Selbst er nicht, und er hatte die letzten Jahre gewissermaßen um die Ecke verbracht und die arabischsprachigen Nachrichten verfolgt. Danach ging es um die Flüchtlingsfrage in Deutschland. Man müsse sich eingestehen, sagte der Sprecher, dass auch viele ins Land gekommen seien, von denen man nicht wüsste, wer und wo sie waren. Alexander musste an die Geschichte mit den verstopften Toiletten in den griechischen und italienischen Auffanglagern denken, die vor weggeworfenen Pässen überquollen. Die hatte natürlich auch in der Russischen Botschaft in Kairo die Runde gemacht. Im ersten Moment hatte Alexander sich gewundert, so ein Dokument würde er im Notfall an sich festtackern. Aber dann war ihm die Sache nur logisch erschienen. Als Syrer, der vor dem Krieg floh, hatte man natürlich bessere Chancen auf Asyl. Er hätte es genauso gemacht, wenn er im eigenen Land keine Chance auf Arbeit und Fortkommen gehabt hätte. Und die meisten wollten nach Deutschland, besonders nach dem Selfi der Bundeskanzlerin mit Flüchtlingen. Die Russen hatten damals nur die Köpfe geschüttelt über diese Einladung. Die deutschen Behörden mussten damals kopf gestanden haben, die konnten die arabischen Dialekte und Akzente natürlich nicht auseinanderhalten. Und die Zahl der Dolmetscher hatte schon in seiner Zeit bei der Berliner Kripo für Verhöre und Gerichtsverhandlungen kaum ausgereicht. Alexander schaltete die Kiste aus.

Er verließ den Ameisenbau und wandte sich Richtung Metrostation. Gennadi, heute in Halbpelz und Schaftstiefeln, schlenderte den Bahnsteig entlang, gelangweilt Löcher in die Luft starrend. Dessen Leben inmitten des nationalbewussten Haufens mochte Alexander sich gar nicht vorstellen.

Die Fahrt an den Stadtrand dauerte. Nach zwei Stunden war die Endhaltestelle erreicht. Vom Kiosk auf dem Stationsvorplatz kam ein Mann auf sie zu. Er schwankte und steckte die Hand so unter die Joppe, dass zwei Finger hervorsahen. Das übliche Zeichen, hier wurden noch zwei Investoren in eine Flasche Wodka gesucht. Sie legten zusammen, erstanden den Alkohol und machten sich auf den Weg. In der blassblauen Helligkeit erstreckte sich eine ungeheure Weite, hier und da unterbrochen von Wasserglitzern und hellen Flecken, kleinen Birkenhainen. Sie gingen eine Zeitlang Richtung Horizont und schwiegen. Auf einer Anhöhe hielten sie an und ließen die Flasche einmal herumgehen, den Rest schüttete Gennadi am Rand eines Baches aus. Dann zeigte er mit einer ausholenden Geste auf ihren Trinkbruder, der schon lange nicht mehr schwankte.

„Darf ich vorstellen, unser Spezialist für logistische Problemfälle."

Der Berufsverkehr quälte sich Richtung Innenstadt. Dahlberg fuhr in die Gegenrichtung, freie Bahn bis auf ein paar Laster. Blaulichter kamen in Sicht, gedämpft und geisterhaft. Die Einsatzwagen standen Schlange auf der Standspur, Dahlberg reihte sich ein, Brummis röhrten vorbei. Nackte, weibliche Leiche, hatte die Zentrale gesagt, entdeckt von Grünamtmitarbeitern. In dem kleinen Kiefernwaldstück zwischen drei Abfahrten, wo normalerweise nur einmal im Jahr, im Frühjahr, nach dem Rechten gesehen wurde, sie waren einer Meldung über Äste auf der Fahrbahn nachgegangen.

Dahlberg starrte auf das Armaturenbrett, das musste noch gar nichts heißen, vielleicht hatte sie ja ihr Gesicht noch. Im Innern aber wusste er, dass das nicht so sein würde, dass seine Vorahnung sich erfüllt hatte. Er stieg aus und trat zu den beiden Männern in grüner Arbeitsmontur, die an der Leitplanke lehnten und rauchten. Er steckte sich ebenfalls eine an und gesellte sich zu ihnen. Die beiden gedrungenen Gestalten blickten zu Boden und zogen schweigend an ihren Zigaretten.

Claudia und Jo näherten sich. Jo stakste vorsichtig durch das nasse Gras. Er trug die gleichen Sachen wie gestern. Das Leder seiner Stiefel sah jetzt schon durchgeweicht aus.

„Sag nichts", sagte Claudia müde. „Ich hab ihn gewarnt, besorg dir Gummistiefel, hab ich gesagt, aber nein, wir besitzen ja nur ausgefallenes Schuhwerk." Sie sah sich um. „Wo ist der Neue?"

„Keine Ahnung", sagte Dahlberg. „Na los, kommt."

Die Spurensicherung hatte Scheinwerfer aufgestellt und die Stelle großräumig gesichert. Er trat an die Absperrung. Jo und Claudia hielten sich in seinem Windschatten. Die Frau lag auf dem Rücken im matschigen Laub. Sie hätte ewig hier liegen können, wer kam schon mal auf ein Autobahndreieck, außer Füchse. Und Grünamtmitarbeiter. Das rot-schwarze Gesicht warf Blasen, genau wie die Hände und die Scham. Dahlberg wurde die Kehle eng, sie hatten es mit einem Serientäter zu tun. Trotzdem registrierte sein Verstand frauliche Kurven, kräftige Schultern, kleine Füße, anders als bei der ersten Toten. Und die Haare waren kurz und dunkel. Hatte der Typ keine große Blonde gefunden?

Jo zog den Parka fester um sich und verschränkte die Arme, die feuchte Kälte drang durch alle Knopflöcher. Und er spürte, dass er auch innerlich immer noch vibrierte. Ein Serienkiller, tatsächlich ein Serienkiller, dachte er immer wieder. Jeannette stupste ihn an, sie rückten vor, noch mindestens zwanzig Meter bis zur Tür, die von zwei Typen in Schwarz bewacht wurde. Auf den T-Shirts strahlte in Neonweiß der Schriftzug KEINE NACHT FÜR JEDEN.

Langsam breitete sich in seinem Kopf die erwartete Leichtigkeit aus, sie hatten bei ihm zu Hause schon ein Pfeifchen konsumiert. Und jetzt hatte Jo vor, den Doppelmord mittels doppelter Dröhnung zu vergessen, eine in die Nase, eine auf die Ohren. Dafür wollten sie heute das SCHWARZTON ausprobieren.

KEINE NACHT FÜR JEDEN! Jo musste kichern. Das passte, wenn man das Publikum so betrachtete, in der Schlange massig Bärte, blonde, Marke Wikinger, dunkle nach Art serbischer Bombenleger, Schnurrbärte à la Erster Weltkrieg und fusseliger Salafistenschmuck. Relativ neu waren die Wahljapaner mit einer Haarzwiebel ganz oben auf dem Kopf. Die Mädels in typischen Szeneklamotten, kastige helle Mäntel zu schwarzen Strumpfhosen und Turnschuhe, breit wie Entenfüße oder glänzende Blousons mit Schulterpolstern, geflammte Pantalons und flache Stiefeletten mit abgestoßenen Spitzen. Natürlich war hier keiner ein niemand, jeder ein jemand. Und dabei alle Jedermann oder Jederfrau. Wenn die Rauchware wirkte, wurde Jo philosophisch, das war er schon gewohnt. Und jedesmal wollte er die Gedanken festhalten, doch sie waberten davon, zerstoben wie ein Funkenregen.

„Sag mal, wie heißt eigentlich ein weiblicher Hipster?", fragte Jeannette, sie hatte offensichtlich auch schräge Gedanken.

„Hipsterin? Hipsterine?" Sie kringelte sich vor Lachen.

Die Wartenden bewegten sich zentimeterweise vorwärts. Vorne gab es einen Wortwechsel, Jo sah zwei Jungs abdrehen und in der Dunkelheit verschwinden. Normalojeans und Anorak, so kam man hier nicht rein, die nahmen das Motto ernst.

„War doch klar, Provinzler." Jeannette pustete eine rote Locke aus der Stirn.

„Nichts gegen Provinzler", sagte Jo. „Weimar, Stadt von Welt."

„Na aber", machte sie mit. „Und ganz vorne dran von Goethe und von Gotthaus." Sie stellte sich auf die Spitzen der Fellpuschen und drückte ihm einen Kuss aufs Brustbein. „Und du bist der Größte." Jeannette sah ihn verschmitzt von unten an, sie war mindestens zwanzig Zentimeter kleiner als er.

Der Größte, von wegen. Johannes Julius Eckbert von Gotthaus, dachte Jo in einer Mischung aus Selbstironie und Selbstmitleid, der erste Ausrutscher in einer Dynastie von Herzspezialisten. Polizist, also bitte. Hatte man dem Jungen denn nicht alles geboten? Hatte man nicht sämtliche Kontakte spielen lassen? Konnte man denn nicht ein bisschen mehr Anstrengung verlangen? Verlangen schon, bloß nicht kriegen. Schon wieder so ein Gedanke. Und weg war er.

Nur noch ein Hansel bis zu den Türstehern, die im Moment allerdings saßen, auf Barhockern, mit einer Arschbacke. Als sie dran waren, rutschte einer von seinem Sitz, wischte sich einen Tropfen vom Nasenring und blickte erst Jo tief in die Augen und dann auf Jeannette, die sich kokett drehte, den Saum des karierten Minirocks in den Fingerspitzen.

„Ok, rein mit euch", sagte der Herr über Rein oder Nicht-Rein.

Als sie den Parcours von Stempelstelle, Garderobe und Taschenkontrolle hinter sich hatten, tauchten sie in das dunkle Dröhnen ein. Die Bässe warfen einen förmlich um. Das SCHWARZTON machte seinem Namen auch anderweitig Ehre. Die verschnörkelten Eisensäulen waren genauso schwarz gestrichen wie die niedrigen Decken und die meterdicken Wände, kein Pieps war nach draußen gedrungen.

„Eine irre Hütte", brüllte Jeannette ihm ins Ohr. „Ist das Getreidelager der ehemaligen Heeresbäckerei", las sie aus einem Flyer vor. „Deswegen sind die Wände und Decken so dick, wegen dem Gewicht. Und dann soll's hier noch so Wendelrutschen geben."

Aufs Stichwort fiel ihnen ein kreischendes Pärchen vor die Füße. „Funktioniert nur von oben nach unten, wie früher beim Getreide", beendete Jeannette den Vortrag und drängelte sich zur Bar durch.

Nach ein paar Minuten war sie wieder da.

„Los, komm, ehe das Zeug schlecht wird."

Die Toilettenanlage bestand aus einer Reihe von Stahlkabinen, Männlein und Weiblein zu trennen, hatte man sich gespart. Aus einem Abteil drangen eindeutige Geräusche, rhythmisches Platschen und Stöhnen. Jeanette zerrte Jo in eine freie Kabine, kramte ein Feuchttuch hervor und wischte den Toilettendeckel ab. Wenigstens gab's hier welche, was nicht in allen Clubs der Fall war. Versiert öffnete sie das Tütchen, schüttete den Inhalt auf die Fläche und schob mit einer Scheckkarte zwei Linien zurecht. Nach der Stärkung verschwand sie im Getümmel der Tanzenden. Ihre roten Haare leuchteten auf, wenn der kreiselnde Scheinwerfer sie traf. Jo steuerte eine der Sitz- beziehungsweise Liegegelegenheiten an. Von den tiefen Decken fiel hin und wieder ein Tropfen Kondenswasser auf die Tanzenden und die Liegenden. Jo schloss die Augen und wartete darauf, dass das Zeug knallte. Das tat es, allerdings nicht wie erwartet. Er war im

Wald, ein Wildschwein stapfte vorüber, ohne ihn zu beachten. Zwei Männer in grünen Umhängen nahten, sie hatten eine nackte Frau bei den Händen und Füßen gepackt. Sie holten Schwung und warfen sie in hohem Bogen ins Gebüsch. Er rannte hinterher, doch da war nichts. Nur eine Stelle, die zischte und brodelte und von der ein stechender Geruch ausging. Jo musste husten, stemmte sich hoch, griff zitternd nach der Flasche Wasser, die er am Boden abgestellt hatte, nahm einen Schluck und goss sich den Rest über den Kopf.

Der Oberste hatte zur großen Lage gerufen. Die Internetspezialisten, hängende Schultern, blasse Gesichter, gerötete Augen, und die Zielfahnder, das genaue Gegenteil, sportlich, frisch gelüftet, Restbräune, waren schon da. Genau wie die Spusis, die ohne ihre Ganzkörperanzüge wie Versicherungsvertreter aussahen. Friedbert Saalbach dagegen entsprach nach Kräften, das hieß gepunktete Fliege, Weste und Taschenuhr, seinem eigenen Klischee. Staatsanwalt Thurau mit seinem Monstertrenchcoat und einer neuen Nerdbrille tauchte auf, er passte gerade so unter der Tür durch. Dahlberg, der zum Fenster hinaus rauchte, drehte sich um und lächelte melancholisch. Thurau nahm die Brille ab, fummelte in der Hosentasche nach einem Tuch und begann, umständlich die Gläser zu putzen.

„Wie geht's dir?"

„Großartig, ich liebe ätzende Fälle."

Dahlberg schnipste die Kippe in den Nebel. Thurau setzte die Brille auf, mit der er noch blinder wirkte als er wahrscheinlich war. Seine klugen, durch die Brille vergrößerten Augen blickten zu Claudia.

„Und was sagen eure Bäuche?"

Dahlberg schloss das Fenster.

„Also meiner knurrt."

Die Runde war fast vollständig und es war zehn Uhr. Die Kollegen der Operativen Fallanalyse, wie das Profiling bei ihnen hieß, fehlten, genau wie Jo. Mit einer Miene zwischen gebührendem Ernst und übler Laune erschien der Oberste. Er ließ seinen unruhigen Blick über die Versammelten schweifen und schritt zackig Richtung Magnettafel, an der Fotos der beiden Toten hafteten. Ungehalten schubste er den Stuhl mit den Kniekehlen zurück, zog ihn unter lautem Scharren wieder heran und setzte sich. Jo schlich herein, grau und zerknittert. Er murmelte etwas von Nicht-Schlafen-Können und ließ sich auf den freien Stuhl neben Claudia plumpsen. Sie sah, wie der LKA-Chef pumpte, er hasste Unpünktlichkeit.

„Dann fangen wir schon mal an."

Dahlberg fasste die Leichenfunde und die bisherigen Erkenntnisse kurz und knapp zusammen. Es waren nicht viele. Zwei Frauen zwischen 20 und 40, Gesicht, Hände und Scham mit Säure verätzt, Ablage am oder in der Nähe des Autobahnrings, Strafaktionen im Milieu seien unwahrscheinlich. Zustimmendes Gemurmel ertönte, die meisten Kollegen schätzten Dahlbergs konzentrierte Art.

Ein ernster Mittvierziger und eine blasse junge Frau traten ein, die Profiler. Sie klemmten sich auf zwei übrig gebliebene Stühle neben der Tür. Der Oberste drehte sich mit dem ganzen Oberkörper zu ihnen, sah sie an, als wenn er sich von ihrer Existenz überzeugen wollte, und drehte sich wieder zurück.

„Die Gerichtsmedizin, bitte." Er nickte Friedbert Saalbach zu.

Der Pathologe stand auf, ging zu der Magnettafel und zeigte mit seinem antiken Zeigestock auf die Nahaufnahmen der beiden Toten.

„Fest steht, dass beide erwürgt wurden. Aber, was uns Kopfschmerzen macht ..." Er machte eine bedeutungsschwere Pause.

UNS Kopfschmerzen macht, dachte Claudia, Friedbert im Pluralis Majestatis oder freundliche Einbeziehung der gesamten Gerichtsmedizin, bei ihm wusste man das nie so genau. „Es gibt einen Unterschied", fuhr Friedbert fort und ließ seinen Blick über die Versammlung gleiten. „Beim ersten Opfer haben wir Druckstellen im Nacken entdeckt. Die Frau könnte also von vorn mit den Händen gewürgt worden sein. Bei der zweiten Toten gibt es die nicht. Sie ist unserer Meinung nach von hinten mit einem Seil oder Tuch erdrosselt worden." Friedbert schob den Zeigestock zusammen. „Den Todeszeitpunkt des ersten Opfers konnten wir nur grob einkreisen, ungefähr vor drei Wochen. Diesmal sieht es besser aus, das zweite Opfer ist ziemlich frisch, Todeseintritt vor ein bis zwei Tagen."

Friedbert Saalbach lächelte, schritt zu seinem Platz und ließ sich nieder.

„Nun würden wir gern die Erkenntnisse der Operativen Fallanalyse hören", sagte der Oberste mit Sarkasmus in der Stimme. Die Frau begann, sie hatte eine sanfte Stimme.

„Es geht nicht ums Vergewaltigen."

„Oho", hörte Claudia aus der Ecke der Zivilfahnder.

„Sondern um Entstellen", fuhr die Psychologin etwas brüchig fort, irritiert von der seltsamen Stimmung.

„Und er wird es wieder tun", raunte es im Hintergrund, Bedrückung hinter coolen Sprüchen verstecken, das war hier üblich.

„Was die Kollegin sagen will, hier geht es wahrscheinlich um das Ausleben eines schweren Kindheitstraumas", beendete der leitende Profiler die Rede der jungen Kollegin, ehe sie richtig begonnen hatte. Tut so, als wenn er sie aus einer misslichen Lage befreit, dachte Claudia, dabei will er sie nur vorführen.

„Denken Sie, das könnte der Beginn einer Serie sein?", fuhr der Oberste dazwischen. Er mochte keine Spielchen, nicht bei anderen.

„Mit Sicherheit", sagte der Mann. „Wahrscheinlich handelt es sich um die Folgen eines sexuell konnotierten Kindheitstraumas. Zum Bespiel, wenn der Vater wechselnden Gespielinnen mit Verstümmelung durch Säure drohte, wenn sie ihm nicht zu Willen waren. Im Großen und Ganzen dürfte es sich um einen unstrukturierten Psychopathen handeln. Für ein genaueres Profil brauchen wir noch Zeit."

„Die wir nicht haben." Der LKA-Chef nahm einen Stift und warf ihn gleich wieder auf den Tisch. „Dafür haben wir einen freilaufenden Serienkiller. Sie wissen, was das bedeutet." Er musterte die Runde. „Beunruhigend ist außerdem, dass es keine passenden Vermisstmeldungen gibt. Irgendwelche Ideen?"

„Vielleicht Durchreisende", sagte Claudia. „Wir sollten die Körpermerkmale an Interpol weitergeben."

„Tun Sie das. Weiter."

Der Vertreter der Kriminaltechnik meldete sich.

„Bei der verwendeten Säure handelt es sich übrigens um Batteriesäure. Kriegt man überall."

„Das ist also kein Anhaltspunkt. Weiter." Der Oberste war in Stimmung gekommen.

„Ich würde ältere Fälle prüfen", sagte Dahlberg, „in denen Säure eine Rolle gespielt hat." Er sah den Staatsanwalt an. „Man müsste die Jugendstrafakten öffnen."

„Ohne einen Verdächtigen?", entgegnete Thurau. „Da macht kein Richter mit."

Einen Versuch war es wert, dachte Claudia, aber eigentlich wussten alle im Raum, dass Dahlbergs Vorstoß ins Leere laufen musste.

„Leider", sagte der Oberste. „Ansonsten an die Arbeit. Dahlberg, Sie leiten die SOKO. Nehmen Sie sich, was Sie brauchen. Sie haben freie Hand." Die Lagebesprechung war zu Ende, die Teilnehmer drängten zur Tür. „Steinberg und Donner hierbleiben", ertönte plötzlich die Stimme des Obersten, der sein Handy am Ohr hatte. Die Chefs von Kriminaltechnik und Zielfahndung drehten wieder um. Im Hinausgehen verstand Claudia Übergriff und Flüchtlingsunterkunft. Aber nicht, ob AUF oder IN.

Mahlmann tauchte hinter seinem Computer auf.

„Gerade kommt eine neue Vermisstmeldung rein", sagte er und stützte sich betont cool auf die Tischplatte. „Könnte zum zweiten Opfer passen. Jedenfalls was Haarfarbe, Frisur und Größe betrifft."

„Sie machen es heute aber spannend, Kollege Mahlmann", sagte Dahlberg.

„Ja, also", beeilte sich der Neue. „Es handelt sich um Alina Klüver, wohnhaft in Wedding, Voltastraße. Ihr Freund Torsten Großberger gibt an, dass er sie seit vier Tagen nicht erreichen kann."

„Na endlich, auf geht's."

Mahlmann zeigte ungläubig mit dem Zeigefinger auf sich. „Ich?"

„Ehre, wem Ehre gebührt."

Dahlberg warf Claudia und Jo einen verhangenen Blick zu, nach dem Motto: Ihr kommt auch noch dran mit der Kollegenbetreuung.

Am Rosenthaler Platz war die Hölle los, fünf Straßen kreuzten sich hier. Die Rotphase dauerte ewig, vor ihnen ein brummender Kühlwagen, rechts eine Schlange todesmutiger Radfahrer, links ein freies Taxi, aus dem Orientalpop schallte. Mahlmann gab erneut seiner Freude Ausdruck, in Zukunft mit Dahlberg zusammenzuarbeiten, in der Mord Vier sei es ja ein bisschen schwierig gewesen. Und ein Jahr Personalrat hätte gereicht. Aber immerhin hätten sie einiges erreicht, natürlich mit Rückendeckung der Politik. Der Innensenator wolle eine bedeutende Anzahl neuer Polizisten einstellen.

„Wow", sagte Dahlberg. „Also wenn ich heute nicht schon gelacht hätte ..."

Mahlmann warf ihm einen pikierten Blick zu. Sie überquerten die Kreuzung und fuhren die Brunnenstraße runter. Kurz nach der Wende, als Dahlberg anders als viele Westberliner den Osten erforscht hatte, war er sich hier manchmal wie in einem Nachkriegsfilm vorgekommen, so bröcklig und verschossen waren die Fassaden. Davon war nicht mehr viel zu sehen.

„Hat sich ganz schön verändert", sagte Mahlmann, er konnte einfach nicht längere Zeit die Klappe halten. „Und die alten Mieter werden vertrieben." Und den Sozialmodus konnte er sich auch nicht verkneifen. Die alten Mieter haben ihre ollen Kohleöfen sicher ganz lieb gehabt, dachte Dahlberg. Er erinnerte sich noch gut an das Kohlenschleppen, die zugigen Fenster, das Klo im Treppenhaus. Das dürfte hier nicht anders gewesen sein als in Schöneberg. Anfang der Achtziger war das Haus seiner Kindheit saniert worden, Zentralheizung, ein richtiges Bad, Doppelfenster. Und natürlich mehr Miete. Das stimmte schon.

Die Bernauer Straße kreuzte, einst Mauerstreifen, heute eine lockere, aber vorhandene Grenze, zwischen hip, hipper, hauptstädtischer und arm, ärmer, migrantischer. Aber der Wandel hatte auch hier schon begonnen. Mahlmann kommentierte jeden neuen Modeladen, jede übrig gebliebene Videothek, jeden Dönerimbiss, jede schicke Cafeteria, es war nicht zum Aushalten.

Dahlberg hielt in zweiter Reihe vor Torsten Großbergers Adresse, die Fassade in Siebzigerjahreoliv, die Dreiecke über den Fenstern im dazugehörigen Orange, blass und verdreckt, eins der wenigen unsanierten Gebäude. Die letzte Renovierungswelle war vor einigen Jahrzehnten über das Haus gerollt. Die beiden Läden rechts und links der Toreinfahrt, ein Verein Türkiyespor und ein Laden für Kultür, hatten Schaufenster aus Milchglas, wie bei einem Wettbewerb um die größtmögliche Unsichtbarkeit. Aus dem vierten Stock schrie eine Frau etwas auf Türkisch, auf dem Bürgersteig ein Mann, der zurück schrie. Erst allmählich dämmerte es Dahlberg, dass die beiden sich unterhielten. Sie stiegen aus. Immerhin gab es eine Gegensprechanlage, aus der eine Männerstimme mit süddeutschem Dialekt und dann der Summer ertönte.

Torsten Großberger empfing sie in mattglänzender Freizeithose und Boss-T-Shirt. Er war groß, die Wohnung winzig. Ein Fernsehbildschirm, ein mit Papieren, Kabeln, Lautsprecherboxen und Computern beladener Tisch, ein schmales Regal mit fünf Büchern und ein großes Lümmelsofa füllten das Wohnzimmer.

Dahlberg stellte sie vor, folgte der stumm-einladenden Geste und nahm auf der Tagesdecke Platz, die verwurstelt und voller Flusen war, Mahlmann setzte sich vorsichtig neben ihn und zog ein nagelneues Notizbuch hervor.

„Also, Herr Großberger, Sie können Ihre Freundin seit vier Tagen nicht erreichen? Warum haben Sie sich erst jetzt gemeldet?"

Großberger nahm die Brille ab. „Wir haben uns manchmal länger nicht gesehen, meistens, wenn sie irgendeine Hausarbeit fürs Studium erledigen musste. Deshalb hab' ich mir erst mal nichts gedacht. Aber auf drei Anrufe überhaupt nicht zu reagieren?"

Mahlmann notierte eifrig und hielt die Klappe, na bitte, ging doch. Vielleicht quatschte er nur Kollegen voll und hörte bei Ermittlungen lieber zu.

Großberger begann, an dem Brillengestell herumzudrehen. Ziemlich teuer, diese flexiblen Dinger, dachte Dahlberg, rutschte von der Sprungfeder, die sich gerade in seinen Hintern bohren wollte, und sah sich um. Der Mann setzte finanzielle Prioritäten, die Wohnungseinrichtung gehörte nicht dazu. Mit den Löckchen, die sich im Nacken kringelten, der Sonnenbräune und der exquisiten Brille hatte er etwas von einem verhinderten Porschefahrer, Cabrio natürlich.

„Warum wollten Sie Frau Klüver denn so dringend erreichen?"

„Warum wohl, ich hatte Sehnsucht."

Ein seltsames Wort aus diesem Mund. Dahlberg sah in das rötliche Gesicht, doch weniger Cabrio, eher Sonnenbank, auf jeden Fall einiges an Alkohol.

„Wann und wo haben Sie Alina zum letzten Mal gesehen?"

„Im BERGFRIED, vor vier Tagen."

„Und haben Sie den Club gemeinsam verlassen?"

„Eben nicht." Torsten Großberger warf die Brille auf den Tisch.

„Ich bin früher gegangen, sie wollte noch bleiben. Wenn Alina erstmal auf Touren war, dann gab's kein Halten."

Dann könnte es sein, dachte Dahlberg, dass Alina Klüver dem Killer auf dem Nachhauseweg in die Arme gelaufen ist, wenn sie es denn überhaupt war.

„Wir bräuchten Alinas Telefonnummer. Und ein aktuelles Foto."

„Ich schicke Ihnen beides. Ihre Nummer?"

Dahlberg nannte sie. Großberger wischte und tippte auf seinem Smartphone herum. Sekunden später machte es pling. Dahlberg öffnete den Posteingang. Alina Klüver war von einer seltsam altmodischen Schönheit, hohe Stirn unter kurzen, braunen Locken, weit auseinander stehende Augen, breiter Nasenrücken. Sie blickte ernst und aufmerksam.

„Wie groß ist Frau Klüver?", fragte Dahlberg.

„Einssiebzig oder so, hab nicht nachgemessen."

Großberger drehte sein Handy nervös in den Händen.

Dahlberg holte Luft.

„Hatte Alina Narben oder Muttermale?"

„Eine sichelförmige Narbe auf dem Po", antwortete Großberger zögernd. Dann sah er erschrocken zwischen ihnen hin und her. „Warum ...?"

Dahlberg stand auf, Mahlmann ebenfalls.

„Herr Großberger, Sie müssen uns leider in die Gerichtsmedizin begleiten. Und ein paar Haare oder irgendetwas für einen DNA-Vergleich wären gut."

Der Mann wurde blass, verschwand und tauchte mit einem winzigen Slip in der Hand wieder auf.

Der Kommissar hatte ihn in den Fond zu dem Typen mit dem Puppengesicht beordert. Torsten Großberger sah aus dem Fenster.

Er hätte sich am liebsten die Ohren zugeknöpft, dieser Mahlmann hielt einen Vortrag über die Arbeitsbelastung der Berliner Polizei. Und dass sie jetzt verstärkt Migranten ausbildeten. Das sei doch toll und wichtig für den Kontakt in der jeweiligen Sprache. Und ich werd' dann gefragt, wo mein Haus wohnt, dachte Großberger.

Die Turmstraße war voll, Autoschlangen, Passanten, lange Obst- und Gemüsestände. An einem Backsteingebäude vorbei fuhr der Wagen auf einen Hof. Das kannte er doch aus dem Fernsehen, war das nicht dieses LAGESO, wo die Flüchtlinge angekommen waren, Tausende jeden Tag? Was wollten die alle hier, hatte er sich damals gefragt. Er hatte es auch nicht leicht gehabt, hatte er gedacht. Scheißkindheit in Schlitzbach, erst Schläge, dann Schlägereien, Teile der Verwandtschaft im Knast. War er deswegen in ein anderes Land gegangen, um dort Stütze zu kassieren? Das wollten die doch alle. Krieg, ja Krieg, sollen sie doch keinen Krieg machen und ihre Länder in Ordnung bringen. Er hatte sich ja auch heraus gearbeitet und seine Zukunft selbst in die Hand genommen. Und sowieso: Kriminelle Ausländer raus und die bärtigen Prediger gleich mit. Und Leute, die ihre Töchter nicht zum Schwimmunterricht lassen, auch. Und nix mehr mit Frauen verhüllen und kein Deutsch lernen.

Torsten Großberger merkte, wie er sich schon wieder aufregte. Oh, Ritter Torsten, Retter der Frauen, spöttelte Alina, wenn er so herumschimpfte, meistens im Suff. Wahlweise war er dann auch der Held der westlichen Welt oder der Freund einfacher Lösungen. In dem Gebäude schlug ihm ein süßlich-fauliger Gestank entgegen, gemischt mit dem scharfen Geruch von Reinigungsmitteln. Dahlberg stieß eine Schwingtür auf. Der geflieste Raum dahinter war in grelles Neonlicht getaucht. Es roch jetzt überwältigend. Der Dauerredner verstummte. Ein Mann, grüne Gummischürze, dunkelblauer Kittel, stand an einem der Tische, die im Boden eingemauert waren. Darauf lag ein männlicher Leichnam. Der Brustkorb war aufgeklappt, der Mediziner hob etwas Dunkelrotes heraus und legte es behutsam in eine Metallschale. Ein anderer an einem anderen Tisch nähte gerade eine Leiche zu, das Einstechen der Nadel machte ein widerliches Geräusch.

Ein weiterer Kittelmann tauchte auf und nahm die blutbespritzte Schürze ab. „Ihr wollt sicher das zweite Opfer sehen", sagte er und winkte, ihm zu folgen. Sie betraten einen Raum, dessen Breitseiten aus quadratischen Stahltüren bestanden. Der Totendoktor öffnete eine Tür und zog ein Metallgestell heraus, auf dem ein zugedeckter Körper lag, die Stützen krachten auf den Boden. Torsten Großberger wappnete sich innerlich. Der Doktor und der Kommissar drehten den Körper auf den Bauch. Ein paar Sekunden stand er wie angewurzelt da, das war Alinas Hintern.

„Sie erkennen die Narbe?", fragte Dahlberg. Großberger nickte.

Der Humboldthain zog vorbei. Die Bäume des Parks trugen Herbstfarben, die in der feuchten Luft schimmerten. Wie auf den Gemälden, die Claudia bei ihrem ersten und einzigen Museumsbesuch gesehen hatte: Unscharf, verwischt und stimmungsvoll. Dann folgte eine endlos lange hellrote Fassade. Aus einer Einfahrt kam ein Kleinbus mit der Aufschrift DEUTSCHE WELLE. Vor dem Restaurant daneben standen zwei Raucher unter dem letzten Sonnenschirm der Saison und zogen eine durch. Ein leerer Laster mit Anhänger schepperte übers Katzenkopfpflaster. Vor Alina Klüvers Adresse gab es einen freien Parkplatz. Claudia fuhr in die Lücke und stieg aus. Dahlberg und ein Mann in einer hellbraunen Lederjacke warteten vor der Tür.

„Das ist Herr Großberger, Alina Klüvers Freund", sagte Dahlberg. „Er hat sie identifiziert."

Der Mann nahm zur Begrüßung die Sonnenbrille ab. Seine Augen waren rot.

„Wo hast du Mahlmann gelassen?", fragte Claudia.

„Schreibt den Bericht", antwortete Dahlberg. „Und ich brauchte 'ne Pause."

Die Luft in der Wohnung war abgestanden. Vor den einfachen Fenstern lagen durchfeuchtete Handtücher. Die Pappjalousien hingen schief vor den Oberlichtern. Draußen zerrten Männer in orangefarbenen Kutten Glascontainer über den grindigen Beton des Hinterhofs, Flaschen klirrten, Räder ratterten, der Müllwagen röhrte.

Claudia zog Gummihandschuhe aus der Brusttasche und reichte Dahlberg ein Paar. Beim Überstreifen sah sie sich in dem Raum um, der mit Hochbett, einem Tisch, vier Stühlen und einer Regalwand möbliert war. Statt eines Kleiderschranks gab es eine Stange, die an der Unterseite des Hochbetts hing.

„Sie warten bitte draußen", sagte Dahlberg und verschränkte die Gummihände, so dass es quietschte. Großberger lehnte sich in den Türrahmen. Sein breites Kreuz wirkte verzagt, die Schultern hingen.

Claudia tauchte unter das Hochbett, Bügel voller Glitzertops, Lederjacken und Miniröcke klirrten leise auf dem Metallrohr. Auf dem Boden stand eine Reihe Stöckelschuhe. Sie fühlte sich an ihre Undercoverzeit im Stuttgarter Rotlichtmilieu erinnert. Heute gab es es für sie nur noch Hosen und flache Schuhe, passend zum Blaulichtmilieu.

„Spezieller Geschmack", sagte sie in Großbergers Richtung.

„Wieso?", murmelte er. „Ist doch cool."

„Sie erwähnten, dass Frau Klüver studiert hat", fragte Dahlberg. „Was denn?"

„Irgendwas mit Naher Osten", kam es von der Wohnungstür. „Oder Vorderer Orient. Sie hat es mal so, mal so genannt."

Dahlberg trat ans Bücherregal. Den Kopf geneigt musterte er die Buchrücken. „Die Bibliothek dafür hatte sie jedenfalls."

Claudia nahm sich den Tisch vor. Zwischen einer Schale mit Stiften und einer Ablage mit Papieren lag ein älteres Notebook. Sie klappte es auf, es war passwortgeschützt, da mussten Fachleute ran.

„Guck mal hier", sagte Dahlberg. Claudia drehte sich um. Er hielt das Cover eines Buches in ihre Richtung. Es zeigte Adolf Hitler und einen bärtigen Mann im Kaftan mit einer hohen weißen Kappe auf dem Kopf. Darunter der Titel ‚Adolf Hitler und der Mufti von Jerusalem – eine unterschätzte Freundschaft'.

„Was haben die denn miteinander zu tun?", murmelte er und blätterte darin herum. „Das ist ja ein Ding", entfuhr es ihm.

„Hör dir das mal an: Tretet die Juden auf die Köpfe, um Buraq und Haram zu befreien. Ihr jungen Männer, schließt die Reihen, greift sie zu Tausenden an."

Claudia trat näher und warf einen Blick auf die Seite.

„Eine Terrordrohung in Reimform, mal was Neues."

„Nee, ist von 1933", sagte Dahlberg, Verwunderung in der Stimme. „Aus einer Palästinensischen Zeitung, war dick unterstrichen. Und ich dachte immer, das ging erst mit diesen Intifadas los. Das muss ich Alexander schicken."

Dahlberg fotografierte das Zitat und blätterte weiter. „Ist ja nicht zu fassen, eine Zeitung in Damaskus schreibt 1956: ‚Man darf nicht vergessen, dass Hitler, anders als in Europa, in der arabischen Welt hohe Achtung genießt. Sein Name erweckt in den Herzen unserer Bewegung Sympathie und Begeisterung.'"

Dahlberg sah sie ungläubig an. „Was für eine Bewegung?"

Claudia zog die Schultern hoch. „Keine Ahnung."

Er fotografierte auch diese Seite, klappte das Buch zu und stellte es wieder ins Regal. Sie wandte sich der Zettelwirtschaft zu, Rechnungen, Quittungen und Briefe, darunter ein Schreiben von der Freien Universität, Zahlungsaufforderung für ausstehende Studiengebühren. Es bezog sich auf Frau Klüvers Studienabbruch vor einem Vierteljahr

„Auch bei abgebrochenem Studium sind die ausstehenden Gebühren zu entrichten", las sie vor.

„Was?" Torsten Großberger stieß sich vom Türrahmen ab. „Sie hat hingeschmissen?"

„Wussten Sie das nicht?"

„Nein." Er trat zu Claudia und riss ihr das Papier förmlich aus der Hand. „Sie ist doch dauernd ..." Ratlos ließ er die Arme sinken.

„... auf Achse gewesen?"

Claudia wedelte mit einem kleinen Bündel Kneipenrechnungen.

„Zwei Rotwein, vier Wasser, vier Weißwein in einer Bar namens ZUG DER ZEIT. Vier Riesling, zwei Cabernet Sauvignon, drei Wasser in der BAR 69. Beide in Schöneberg."

Großberger stierte mit hängenden Armen vor sich hin.

„Waren Sie der Weintrinker?", fragte Dahlberg.

„Nein, die Lokalitäten kenne ich nicht. Ist nicht unsere Gegend."

Dahlberg warf Claudia einen langen Blick zu.

„Schwer vorstellbar, dass Sie von diesen Kneipentouren nichts gewusst haben."

„Hab ich nicht", hauchte der Mann, seine Verblüffung wirkte echt.

Karl-Heinz und Oxana Klüver, die Eltern von Alina, schritten vor ihnen her. Die Frau war groß und breitschultrig und hielt sich sehr gerade. Ein messerscharf geschnittener, weißblonder Bob über einem breitflächigen Gesicht vervollständigte das Bild. Ihr Mann, klein und schmächtig, ging schon etwas gebeugt. Er hatte müde, tränende Augen und am Kinn Bartfusseln wie ein alter Chinese.

Jo hatte für das Gespräch das kleine Konferenzzimmer vorgeschlagen. Seiner Empfehlung, auf den Besuch der Pathologie zu verzichten, hatten die beiden oder vielmehr Frau Klüver schnell zugestimmt. Keine Fragen, sieht es so schlimm aus, kein Flehen, wir müssen unser Kind doch noch einmal sehen. Nur ein Nicken und ein ‚Ist wohl besser so'. Der kleine Mann hatte kurz aufgeschluchzt und dann ebenfalls genickt. Vielleicht waren sie einfach nur vernünftig.

Mahlmann hielt die Tür auf. Sie betraten den Besprechungsraum, der an Schäbigkeit kaum zu überbieten war. Graues Tageslicht beschien einen alten Beamer auf einem improvisierten Gestell, die hellblau bezogenen Stühle hatten Kaffeeflecke, holzfolienbeschichtete Tische bildeten eine lange Tafel. Auf Papierservietten standen Mineralwasserflaschen und Gläser.

Wie eine Schlafwandlerin ertastete die Mutter einen der Stühle und setzte sich. Ihr Mann nahm ebenfalls Platz, sein Kinn mit den Barthaaren zitterte und die Augen hatten sich mit noch mehr Tränen gefüllt.

„Möchten Sie etwas trinken?", fragte Jo. „Oder etwas Süßes?"

Frau Klüver schüttelte den Kopf.

„Ich verstehe, wie schwer das für Sie ist", begann er.

„Ach ja?", sagte die Frau. „Verstehen Sie das?"

„Allerdings", entgegnete Jo und spürte sofort Mahlmanns Befriedigung. Grundkurs Psychologie der Gesprächsführung, nie auf Aggressionen reagieren.

„Entschuldigen Sie meinen Kollegen, er ist genauso betroffen wie wir alle." Mahlmann streckte beschwichtigend die Hände aus. „Wir wollen verstehen und Sie wollen das sicher auch", fuhr er fort, Mitgefühl in der Stimme. „Und vor allem wollen wir die Person fassen, die Alina das angetan hat."

Jo musste zugeben, dass der Neue die richtigen Worte fand. Und Wogen glätten, das konnte er auch, das hatte er gelernt im Personalrat.

„Sie hätte in Münster studieren und bei ihren Eltern wohnen können", begann Frau Klüver unvermittelt. Wer wollte das schon, schoss es Jo durch den Kopf, trotz des Familiendramas vor seinen Augen. „Aber sie wollte eben nach Berlin."

„Wann haben Sie Ihre Tochter denn zum letzten Mal gesehen?", fragte Mahlmann.

Frau Klüver schlug die Augen nieder. „Vor einem halben Jahr."

„Oh, das ist lange", meinte er erstaunt. „Gab es einen besonderen Grund?"

„Nein, warum?" Die Eheleute schienen sich ansehen zu wollen, taten es aber nicht.

„War denn etwas passiert?"

„Keine Ahnung. Vielleicht hat sie es mit Drogen zu tun bekommen? Oder mit falschen Freunden?"

Jo klangen die Ohren von Frau Klüvers hartem Hochdeutsch.

Herr Klüver senkte peinlich berührt den Kopf. Jo hatte den Eindruck, eher wegen seiner Frau. Jedenfalls hatten beide keinen Schimmer, was ihre Tochter in den vergangenen zwei Jahren getrieben hatte. Und schon gar nicht, mit wem oder auf welchen Wegen.

In der Metrostation Arbatskaja wimmelte es von Bronzestatuen, denkenden Arbeitern, schreibenden Bäuerinnen und lesenden Jungpionieren. In Gedanken an die bevorstehende Bewährungsprobe schob Alexander sich mit den Massen Richtung Ausgang, vorbei an Bänken mit marmornen Sitzflächen auf goldenen Riesenschnörkeln, auf denen sich dicke Damen in Pelzmänteln ausruhten, die prall gefüllten Einkaufsnetze um sich herum drapiert. Schulmädchen, die eine Hälfte mit riesigen weißen Schleifen im Haar, andere in hautengen Jeans und glänzenden Hightechjacken kicherten über einem Handy und zwei Skater ließen die erhitzten Köpfe hängen und atmeten schwer, die Bretter zwischen den Füßen, in den Stationen war Skaten eigentlich verboten. Er war auf dem Weg zu Walid, der nicht weit von hier wohnte, in der Nähe des Konservatoriums. Lust hatte er keine auf den täglichen Arabisch-Unterricht. Immer wieder fragte er sich, was für ein Szenario Gennadi und sein Logistiker ausknobeln und welche Rolle er konkret darin spielen würde.

Auf dem Arbat war nicht viel los, schwarze Schneehäufchen und gefrorener Matsch säumten die trockenen Schneisen. Im Sommer wimmelte es hier von fliegenden Händlern, Malern mit Staffeleien, Eis- und Kwasverkäufern. Heute hielt nur ein Mann mit Matroschka-Puppen die Stellung.

Als Alexander am Tschaikowski-Denkmal vorbeiging, musste er an die Konzertbesuche mit den Eltern denken, hatte er die zarten Greisinnen vor Augen, die stämmigen Männer in ihren schlecht sitzenden Anzügen und die beseelten jungen Leute, wie sie konzentriert zuhörten oder die Partitur mitlasen.

In der sechsten Etage stand die Wohnungstür offen. Alexander trat ein, schloss hinter sich ab, schob auch die drei zusätzlichen Riegel vor und ging durch den langen Flur. Auf der einen Seite hingen Kalligrafien unter Glas, Koranverse in arabischer Schönschrift.

Auf der anderen Zeugnisse der ägyptisch-sowjetischen Freundschaft wie das Denkmal am Assuan-Staudamm mit seinen vier riesigen Betonfingern, Walid stammte aus einem Dorf in der Nähe. Er war in der Zeit der großen Freundschaft nach Moskau gekommen, hatte an der Militärakademie studiert, eine Russin geheiratet und war hängengeblieben. Jetzt war er Rentner. Und Arabischlehrer für Leute wie Alexander.

Er saß an dem großen, schweren Tisch, vor sich aufgeschlagene Bücher, ein Tablett, auf dem eine ziselierte Messingkanne und zwei Gläser mit Goldrand standen, daneben ein aufgeklapptes Notebook, ein Drucker und eine Lampe mit einem großen gebogenen Schirm.

„Yawmun sa'id mu'allim, Guten Tag, Lehrer", sagte Alexander und verbeugte sich leicht.

„Salam aleikum", erwiderte Walid „Games, setz dich."

Alexander folgte der Aufforderung und nahm gegenüber Platz.

„Schahi, Tee?" Walid griff nach der Kanne und goss ein. Alexander sah in das wulstige Gesicht mit der fleischigen Nase und den tief liegenden Augen, das mittlerweile so vertraut war, das er seit drei Jahren kannte. Wie schwer damals der Anfang gewesen war, als er sich neben dem Security-Job auf seinen Einsatz an der Kairoer Botschaft vorbereitet hatte. Was für eine Sprache, Kehl- und Knacklaute, unzählige Konsonanten, wenige Vokale und eine Horror-Grammatik. Nach einem halben Jahr Basisunterricht hatte Walid ihn mit Wirtschaftsvokabeln getriezt, Ölfeld haql nft, Wüste barria, Gewinn rabh, Bohrturm raafiea, die Deutschen hatten wissen wollen, was die Russen mit den Ägyptern planten. Nach einem weiteren halben Jahr war er soweit gewesen, betreffende Gespräche zu verstehen. Im doppelten Sinne, denn er hatte die Wanze persönlich im Botschaftsgarten installiert, dort, wo der Wirtschaftsattaché mit seinen Gästen zum Rauchen hinging. Und zum Geheimverhandeln.

Jetzt kam Alexander wieder jeden Tag hierher. Für den betagten Mann war er natürlich ein Russe, allerdings einer im besonderen Einsatz. Er nahm an, dass Walid damals wie heute nichts Genaues wusste, nur dass er ihm wieder einiges an Spezialvokabular eintrichtern sollte. Worte, die den Kampf der Volksmudschahedin betreffen könnten, wie Ausbeuter und Ausgebeutete, internationale Solidarität, Organisationsstruktur, Spendentransfer oder Waffenbrüder hatten sie durch. Heute war der religiöse Teil dran.

Draußen begann es zu dunkeln. Walid knipste die Lampe an. Der Lichtkegel kreiste die Bücher ein.

„Zuerst wollen wir uns mit Begriffen beschäftigen, die eine Doppelbedeutung haben", sagte Walid in seinem übertrieben prägnanten Russisch, „beziehungsweise eine religiöse

Farbe bekommen haben." Er schlug ein dickes Wörterbuch auf.

"Aya zum Beispiel heißt Zeichen und Koranvers." Er blätterte weiter.

„Und bid'a Neuerung und Ketzerei, wenn es eine schlechte Neuerung ist."

„Und was ist eine schlechte Neuerung?", fragte Alexander pro forma. Er wusste, was es bedeutete, wenn etwas schon sprachlich identisch war, dazu hatte er lange genug im arabischen Umfeld gelebt. Naja, gelebt war vielleicht übertrieben, mehr gevögelt. Von Selin hatte er jedenfalls eine Menge über Land und Leute erfahren und viele interessante, wenn auch für den damaligen Auftrag unnütze Worte gelernt.

„Eine schlechte Neuerung ist eine, die im Widerspruch zum Koran oder zur Sunna steht", sagte Walid trocken. „Und elim oder eulim bedeutet sowohl Wissen und Wissenschaft als auch tiefes Verständnis des Islam." Er machte ein Gesicht, als hätte er in eine Zitrone gebissen, er wusste natürlich, was diese Identität für das Denken bedeutete. „Und um den Reigen zu Ende zu tanzen. Fitra bedeutet Natur und Schöpfung, vor allem die Tatsache, dass nach dem Koran jeder Mensch bei seiner Geburt und gemäß seiner Natur ein Muslim ist."

„Ach, hab ich gar nicht mitbekommen", sagte Alexander übertrieben ernst, dann musste er trotz seiner inneren Unruhe lachen. Walid machte ein Gesicht zwischen verständnisvoll und pikiert.

„Dschihad hat übrigens auch eine Doppelbedeutung. Einerseits meint es den Kampf gegen die Ungläubigen, andererseits den Kampf mit sich selbst und den eigenen schlechten Eigenschaften, nur zu deiner Information."

„Na, da bin ich ja froh", murmelte Alexander, obwohl er keineswegs froh war, die Ungewissheit zerrte an den Nerven.

Walid schlug einen prächtig verzieren Band auf mit dem Schriftzug Qur'ān auf.

„Nehmen wir Sure 5, Vers 32: ‚Aus diesem Grunde haben Wir den Kindern Israels vorgeschrieben: Wer ein menschliches Wesen tötet, ohne daß es einen Mord begangen oder auf der Erde Unheil gestiftet hat, so ist es, als ob er alle Menschen getötet hätte." Walids arabischer Singsang erfüllte das Studierzimmer. „‚Und wer es am Leben erhält, so ist es, als ob er alle Menschen am Leben erhält.' Schön, nicht?"

Alexander nickte, die Sätze hatte er schon öfter gehört, auf Deutsch und Russisch. Die wurden von Islamvertretern häufig gebracht.

„Gut, weiter, selbe Sure, nächster Vers: ‚Der Lohn derjenigen, die Krieg führen gegen Allah und Seinen Gesandten und sich bemühen, auf der Erde Unheil zu stiften, ist indessen der, dass sie allesamt getötet oder gekreuzigt werden, oder dass ihnen Hände und Füße wechselseitig abgehackt werden, oder dass sie aus dem Land verbannt werden.' Alles klar?"

Alexander schüttelte den Kopf. Walid seufzte und lieferte die Übersetzung. Nanü, dachte Alexander, diesen Teil hatte er noch nie gehört, diesen Teil sparte man sich wohl in der Öffentlichkeit.

Walid schlug das heilige Buch zu, er hatte Alexanders Unruhe und Abgelenktheit mitbekommen. „Also gut, Schluss für heute."

An der Tür legte er die Hände auf Alexanders Schultern und sah ihn eindringlich an.

„Du solltest auch mal einen Blick ins Alte Testament werfen, Auge um Auge und so."

„Hab ich", sagte Alexander.

„Dann weißt du ja, wie blutig es da zu geht."

„Weiß ich", gab Alexander zurück. „Ist aber auch ein bisschen älter." Er sah zur Decke, als wenn der Gott, an den er nicht glaubte, dort die Antwort bereithielt. „So tausend Jahre? Oder sind es tausendfünfhundert?"

Walid wackelte amüsiert-genervt mit dem Kopf, schloss die Schlösser auf und schob Alexander durch die Tür.

„Morgen ist Diplomatensprache dran."

Still lag die Straße vor ihnen, kein Mensch war zu sehen. Wer hier wohnte, war längst weg zur Arbeit oder schlief seinen Rausch aus oder hatte das erste Stützbier intus. So war es jedenfalls früher in der ROTEN INSEL, wie die Gegend nach ihrer Klassenkampfvergangenheit hieß. Hier hatte Dahlberg seine Kindheit verbracht, war mit Freunden durch die Höfe gezogen und die Böschungen zu den Bahngleisen hinunter gerutscht oder hatte mit gebogenen Löffeln, die an lange Stecken gebunden waren, Kleingeld aus den Schmutzgittern vor den Kneipen geholt.

„Ist das nicht ...?" Claudia sah ihn forschend von der Seite an.

„Ist es", sagte Dahlberg und dachte an die Wege zum Westberliner Festland, die er später als Schulkind gehen musste. Und wenn man ins Zentrum wollte, na danke. Jetzt gab es wenigstens eine S-Bahn-Station.

„Ziemlich tot hier", sagte Claudia. „Klar, bei dem Wetter."

„War früher anders", murmelte Dahlberg und bog auf die Julius-Leber-Brücke ein, unter der kreischend ein S-Bahn-Zug hielt. Die Ampel an der Hauptstraße stand ewig lang auf Rot. Sie ließen die hektische Straße hinter sich, bogen in die Akazienstraße ein und parkten vor einer der Anwohnerrabatten, die es hier zuhauf gab und die mit herbstmüden Astern bepflanzt waren. Am Verteilerkasten davor klebten kieztypische Plakate, DANZA GLOBALISTAN, EIN PLATZ FÜR RINDER. Bei GESICHT ZEIGEN GEGEN RECHTS musste Dahlberg grinsen. Der Spruch stand unter dem Foto eines Typen, dessen Gesicht von einer Sturmhaube verdeckt war.

Er zog sein Notizbuch hervor. „Nächste Querstraße rechts." Sie passierten ein Feinkostgeschäft, mehrere Restaurants und Modeläden, einen echten Schuster, eine Hofeinfahrt, die zu Garagen führte, ein Schaufenster mit Heilsteinen, ein anderes, in dem sich Stoffballen stapelten. Ein handgeschriebenes Pappschild listete das Angebot auf, Stoffe aus den 50er, 60er, 70er und 80er Jahren. Claudia blieb stehen.

„Alles Retro", murmelte sie. „Das muss ich Sibylle erzählen."

Die Tür zum ZUG DER ZEIT stand offen, ein erinnerungsträchtiger Geruch nach durchsoffenen Nächten quoll heraus. Dahlberg fand den gemalten Schriftzug, der, wie vom Fahrtwind verwischt, die ganze Hausbreite einnahm, sehr passend.

„Zug der Zeit." Claudia prustete spöttisch. „Möchtest du daran erinnert werden?"

„Etwa Probleme mit dem Alter?" Dahlberg sah sie an und verzog die Oberlippe.

„Keine Sorge", griente Claudia zurück „Man ist so alt, wie man sich anfühlt."

Sie traten ein. In dem fahlen Tageslicht waren zwei Frauen am Saubermachen. Eine riesige Glitzerkugel hing reglos von der Decke. Das Mobiliar entstammte passenderweise Zügen, links die alte Holzklasse der Berliner S-Bahn, rechts ein ganzes D-Zug-Abteil, die flauschige Variante samt Gepäcknetz.

Hinter dem Tresen polierte ein ungeschlachter Glatzkopf Gläser. Die Regale über ihm waren reichlich und hochprozentig bestückt. Dahlberg wandte den Blick ab, zog seinen Ausweis hervor und hielt ihn dem Barmann hin.

„Dahlberg, LKA Berlin, das ist meine Kollegin Gerlinger."

Dann streckte er ihm das Smartphone mit Alina Klüvers Foto entgegen. „Schon mal gesehen?"

„Und ob", sagte der Barkeeper. „Die war öfter hier."

„Ist Ihnen an ihr irgendetwas Ungewöhnliches aufgefallen? Oder hat sie jemand angemacht? Oder ist ihr beim Verlassen des Lokals gefolgt?"

„Nee, die war immer in Begleitung, ein älterer Herr, sah nach Langweiler aus."

„Besondere Merkmale?"

Der Barmann zuckte mit den Schultern. „Eigentlich nicht. Absoluter Durchschnitt. Was ist denn los?"

„Und was hat der Herr getrunken?", fragte Claudia, ohne auf die Neugier einzugehen.

„Weißwein, immer deutschen Riesling", antwortete der Glatzkopf, griff nach dem nächsten Glas und lächelte abfällig. „Der sei der Beste, dass ich nicht lache. Sie hat Rotwein getrunken. Aber mehr Wasser."

Das stimmte mit den Rechnungen überein.

„Können Sie sich erinnern, seit wann das ging?"

Der Barkeeper überlegte, wobei er mechanisch weiter an dem Glas herumrieb. „Drei Monate oder so?"

„War der Mann auch mal mit einer sehr großen, blonden Frau hier?", fragte Claudia.

„Kann mich nicht erinnern." Der Bartender stellte das blitzblanke Glas hinter sich ins Regal.

Claudia schob ihm eine Visitenkarte hin. „Kommen Sie bitte morgen für ein Phantombild in die Dienststelle."

„Wenn's denn der Wahrheitsfindung dient." Er wischte das leere Abtropfrost mit dem Geschirrtuch ab. „Aber nicht vor Mittag."

Dahlberg klopfte auf den Tresen.

„Ja dann. Wenn's der Nachtruhe dient."

Sein Blick fiel auf ein Emailschild, das an der Zapfanlage hing. KEIN TRINKWASSER stand da auf Deutsch, Französisch, Englisch und Italienisch. Auf der Straße kickte er eine fettglänzende Kastanie vor sich her. Es begann wieder zu regnen, träge und durchdringend. Dahlberg schlug die Kapuze seines Anoraks hoch.

„Sag mal, weißt du, warum sich das so hält in den Zügen? Italienisch! Wer spricht heute noch italienisch?"

„Die Italiener, du Banause." Claudia wich einem großen, zotteligen Hund aus, der ohne Nase oder Auge zu heben den Gehweg entlang schnürte. Gedankenverloren schob Dahlberg die Kastanie in den Rinnstein, wo sie weitergespült wurde und im nächsten Abflussgitter hängen blieb.

„Seltsam, diese Klüver. Einerseits diese Bibliothek, andererseits Zeit totschlagen in Nachtbars?"

Die nächste Lokalität befand sich zwei Querstraßen weiter.

Über der Tür lag die Zahl 69 auf dem Rücken. Ach, so ist das gemeint, dachte Dahlberg und betrat hinter Claudia das Dunkel.

Sie erhielten die gleichen Auskünfte und erteilten die gleiche Aufforderung, zwecks Phantombild in der Keithstraße zu erscheinen.

Ihr Mann versuchte auszusteigen. Oxana Klüver ging um den Wagen herum und reichte ihm widerwillig die Hand. Ächzend zog er sich vom Autositz. Das Taxi fuhr davon. Hier hatte ihre Tochter also gewohnt. Erdgeschoss zum Hinterhof, nicht gerade der Traum, wenn man mit Garten und Swimmingpool aufgewachsen war. Und von hier zur Uni in Dahlem, ganz schöner Weg, eine Zeitlang jedenfalls. Nach Auskunft der Polizei hatte sie das Studium geschmissen. Angeblich wusste niemand, warum. Sie konnte es sich denken.

Frau Klüver betrachtete das Klingelschild, die Hälfte der Namen schien türkisch zu sein. Hier war die Welt zu Hause, zumindest dieser Teil. Sie klingelte. Nichts tat sich. Sie stemmte die Hände ins Kreuz und bog den Oberkörper nach hinten, nach rechts, nach links und wieder nach hinten, die Rückenschmerzen gingen gar nicht mehr weg. Und wie Karl-Heinz wieder vor sich hin mümmelte. Und mit dem Kopf wackelte. Und blicklos zu Boden sah. War überhaupt nicht viel übrig von ihrem Mann. Eigentlich schon immer ein Waschlappen, Ticktackopa hatte es von Anfang an gesagt.

Der Summer ertönte, sie drückte das Tor auf. In der Durchfahrt stand ein großer Typ mit breiten Schultern und dicken Augen. Er hatte die Hände in den Hosentaschen. Dieser Proll hatte also Schlüssel zu Alinas Wohnung. Sie hörte Karl-Heinz' Tappern hinter sich.

„Herr Großberger? Wir sind Alinas Eltern."

Der Mann nickte und machte eine undeutliche Geste, ihm zu folgen. In der Durchfahrt stiegen sie zwei Steinstufen hoch, kamen durch einen winzigen Flur und betraten das einzige Zimmer.

„Alles, wie es war", sagte der Kerl, verschränkte die Arme vor der Brust und ließ die Muskeln spielen, was immer er damit sagen wollte. Frau Klüver sah sich um. Über den Rand eines Hochbetts hingen eine geblümte Steppdecke und eine zerrissene Strumpfhose, darunter Kleidung auf einer schwingenden Garderobenstange, Leder und Glitzer. Typisch, aber das interessierte sie im Moment nicht. Karl-Heinz schlich zu dem schlichten Holztisch, ließ sich auf einen der Stühle fallen und starrte auf das Kabel, an dem kein Laptop, kein Notebook, kein Computer hing, Mist.

„Falls Sie den Laptop suchen", meldete sich Torsten Großberger, als hätte er ihre Gedanken gelesen. „Den hat die Polizei mitgenommen."

Das hätte sie sich auch denken können, dachte Oxana Klüver.

Was jetzt? Kühles Blut bewahren und hoffen. Wie sie es schon ihr halbes Leben tat.

„Wenn die Polizei damit fertig ist, kriegen Sie ihn sicher zurück. Da können Sie vielleicht erfahren, womit sich Ihre Tochter in den letzten Jahren beschäftigt hat."

Der nahm sich ja ganz schön was heraus. Und dann dieser Dialekt, schrecklich. Sie konnte sich Alina und den Typen nicht zusammen vorstellen.

„Ich muss doch sehr bitten", sagte sie und quetschte sich an ihm vorbei in die Küche, Minitischchen mit zwei Klappstühlen, Unterschrank, Hängeteil, neben dem Herd eine Dose Nescafé und eine aufgerissene Packung Knäckebrot, die Spüle voll mit schmutzigem Geschirr, hätte er ja mal abwaschen können, der Freund. Im Bad trockneten Slips auf dem Wannenrand, auf dem Glasbord über dem Waschbecken Zahnputzzeug, Schminksachen, eine Batterie Lippenstifte. Großberger stand in der niedrigen Badezimmertür, die erhobenen Arme von außen an die Flurwand gestützt, und sah ihr beim Umsehen zu.

„Dürfte ich?" Sie blickte dem Mann in das gebräunte Gesicht. Er stieß sich ab und machte einen ironischen Kratzfuß.

„Sie war so klug", sagte Karl-Heinz, als sie das Zimmer wieder betrat. Seine Stimme bebte. Die tränenden Augen glitten über die Buchreihen. Und so stur, ergänzte sie im Stillen und hielt den Kopf schräg, um die Titel besser lesen zu können. Aufstand in Arabien, Orient unter der Knute, Palästina im Aufbruch. Die Buchrücken waren verblasst und verstaubt, die Schriften altertümlich, von vor dem Krieg. Da hatte Alina antiquarisch ausgegraben, was Ticktackopa hatte verschwinden lassen.

In der einen Hand einen Becher Kaffee, in der anderen einen Laptop, unterm Arm ein Stapel Papier, wand Mahlmann sich durch die Tür. Er wirkte wie jemand, der tausend Sachen auf einmal erledigen musste, keine Zeit, erstmal Kaffee zu trinken.

„Die Computerforensik hat Alinas Passwort geknackt."

Er setzte das Gerät auf Dahlbergs Schreibtisch ab und legte die Papiere daneben. Dann gönnte er sich einen Schluck.

„Dankeschön", sagte Dahlberg mit einem kleinen Lächeln und klappte den Laptop auf.

„Ist übrigens etwas ziemlich Beziehungsreiches", sagte Mahlmann. „Ich meine, das Passwort: Die Kraniche des Ibykus, alles zusammen geschrieben."

„Das war doch was mit Mord und Totschlag, die ans Tageslicht kommen", meinte Claudia.

„Richtig", bestätigte Mahlmann. „In der Ballade von Friedrich Schiller geht es um Mörder, die durch eine Schar Kraniche entlarvt werden."

Jo hob dramatisch einen Arm hoch.

„Man reißt und schleppt sie vor den Richter,
Die Szene wird zum Tribunal,
Und es gesteh'n die Bösewichter,
Getroffen von der Rache Strahl."

Mit einem Seitenblick auf Mahlmann ließ er den Arm wieder sinken.

„Dreiundzwanzig Strophen, ich sag euch."

„Solche Vögel könnten wir auch gebrauchen." Claudia stellte sich neben Dahlberg. „Dann lass uns mal gucken."

Nach Eingabe der Dichterworte ploppte der elektronische Schreibtisch auf. Er enthielt gerade mal drei Ordner, Vorlesungsmitschriften, eine Aufstellung von Seminarliteratur und Fotos. Dahlberg öffnete den Ordner Fotos. Es war ein ziemliches Durcheinander. Ein paar Aufnahmen von einer Party, mit einer strahlenden Alina, tanzend, trinkend, lachend, ein Selfie mit einem hübschen Mädchen, auf deren Kopf sich blonde Dreadlocks türmten. Auf einem anderen Foto war Alina offensichtlich betrunken. Sie hatte ihren Pullover über den Kopf gezogen, so dass ihr Gesicht durch den Ausschnitt guckte, halsabwärts war sie nackt. Das nächste Foto zeigte Großberger, er trug einen Motorradhelm und sonst ebenfalls nichts, also die beiden, ein Pärchen wie Paul und Klärchen. Es folgten Landschaftsbilder, ein Bach, ein ausgefahrener Feldweg, weite Felder, Dorfimpressionen, einsame Höfe. Nach den Zeitstempeln waren die Bilder Monate alt. Genau wie die Dokumente und Scans in den beiden anderen Ordnern.

Dahlberg klappte den Laptop zu

„Ich seh hier nichts, was uns weiterhelfen könnte. Alles ziemlich unspezifisch. Oder zu alt." Er sah Mahlmann an. „Was sagen die Handyverbindungen?"

„Einige Telefonate mit Torsten Großberger, dann noch mit einem Pizzadienst, der Uni, dem Handy eines Ramin Noury. Und zu einer Prepaid-Nummer."

Als Claudia nach Hause kam, saß Sibylle vor ihrem Laptop und einem Haufen Papiere. Sie stöhnte leise vor sich hin, sie war mit der Umsatzsteuererklärung wieder spät dran. Ganz Dramaqueen ließ sie den gelockten Kopf auf die Tischplatte sinken.

„Das vierteljährliche Steuerdrama", konstatierte Claudia.

Sibylle hob den Kopf, als ob sie gegen ein Tonnengewicht ankämpfen müsste.

„Wenn ja, weiter in Anlage G. Wenn nein, weiter in Anlage H."

Sie stupste ungehalten gegen den Bildschirm. „Ich mag nicht mehr."

„Tja, du wolltest selbständig sein", sagte Claudia ungerührt und fiel in die butterweiche Couch, die vor Kissen überquoll. Sie ließ den Kopf in den Nacken sinken und sah zur Decke hoch, an der sich mittlerweile Sonne, Mond und Sterne tummelten. In gleichmäßigen Abständen ertönte der Tacker, mit dem Sibylle die Belege über den Kauf von Stoffen und Nähzeug, Bankauszüge, Büro- und Versandquittungen zusammenheftete.

Wieder ein langer Tag. Wenigstens hatten sie Ramin Noury erreicht, der in Alinas Verbindungsdaten aufgetaucht war. Sie hatte bei einer Ausstellung in der DENKFABRIK, einem Kulturzentrum geholfen. Er war geschockt von der Todesnachricht, wusste aber auch nichts von ihren privaten Wegen, weder von den Barbesuchen noch ihrer Vorliebe für Technoklubs. Er hätte ihr nur manchmal den Kater angesehen. Bei der Prepaidnummer kamen sie nicht weiter. Hoffentlich kam bei der Recherche im BERGFRIED etwas heraus.

„Sag mal", sagte Sibylle. „Hast du noch Kassenbons von der Tanke, die ich einarbeiten könnte?"

Claudia sagte ‚Betrügerin' und zuckte im nächsten Augenblick zusammen. Plötzlich sah sie es vor sich. Wie sie bei Alina Klüver den Zettelkasten durchging, die Handyrechnungen und Zahlungsaufforderungen, die Bewirtungsquittungen, den Brief von der Uni. Da waren auch Tankbelege gewesen, die hatte sie schlicht vergessen. Das hieß, Alina hatte ein Auto. Im Gegensatz zur ihr, sie hatte ihr's abgeschafft, die abendliche Parkplatzsuche war einfach zu viel gewesen. Claudia wählte Torsten Großbergers Nummer. Vielleicht hatte er die Autoschlüssel. Oder wusste wenigstens, wo das Gefährt war.

„Haben Sie einen Schlüssel für Alinas Wagen?", platzte es aus ihr heraus, kaum dass Großberger seinen Namen gesagt hatte, was allerdings dauerte, denn er schien betrunken zu sein.

„Ja, warum?", fragte er bedächtig.

Claudia kündigte ihr Kommen innerhalb der nächsten dreißig Minuten an. Großberger versprach, vor der Tür zu warten. Sie sprang auf, Sibylle sah auf. „Was ist denn los?"

„Ich muss noch mal weg."

„Jetzt?", rief Sibylle. „Es ist nach elf."

„Ja, jetzt. Warte nicht auf mich." Claudia schlüpfte wieder in die Wanderstiefel und die Regenjacke und stürmte aus der Wohnung.

Die Scheiben der Metrotram 10 waren von innen beschlagen. Dunkel und dunstig zog die Stadt vorüber, die noch erleuchteten Fenster hatten einen unscharfen Rand. Also ein Auto, dachte Claudia. Vielleicht hatte der Psychopath einen auf Anhalter gemacht und Alina ihren Mörder ahnungslos mitgenommen? Ziemlich gewagter Gedanke, bis jetzt kannte sie so etwas nur umgekehrt, naive Tramperinnen stiegen bei unbekannten Männern ein und nie wieder aus.

Ab Haltestelle Greifswalder/Ecke Danziger erfüllten englische und spanische Satzfetzen den Waggon. Claudia kam sich vor wie bei einem internationalen Studententreffen. Als die Straßenbahn die Hochbahn unterquerte, donnerte ein U-Bahn-Zug über sie hinweg. Die Nachtschwärmer waren ausgestiegen und in den Menschenstrom abgetaucht, der sich in die Kastanienallee ergoss. In der Voltastraße kam Torsten Großberger ihr entgegen geschwankt, mit der Rechten hielt er einen Autoschlüssel hoch. „Jetzt müssen wir die Kiste nur noch suchen", sagte er anstelle einer Begrüßung, mühsam um Haltung und verständliche Sprache bemüht.

„Was ist es denn?"

„Ein alter Polo, ohne Funkverriegelung."

Sie zogen los, die Straßenlaternen glimmerten schwach und dunkelrosa unter den fast entlaubten Bäumen, man konnte den Gehweg kaum erkennen. Claudia trat in ein Pflasterloch voller Wasser. Nach einer Stunde, mehreren Querstraßen und unter Einsatz der Handytaschenlampen entdeckten sie den Wagen. Drinnen herrschte Chaos, leere Plastikflaschen, eine Packung Tampons, eine Sporttasche, ein Paar Stöckelschuhe, ein Paar Sandalen. Dazwischen fand sich ein neuer Autoatlas. Er klappte fast von allein auf und zeigte die Gegend östlich von Berlin. Ein Ortsname war eingekreist, Bogenthal.

Es war kurz nach Mitternacht. Der Nissan schnurpste über die nagelneue Asphaltstraße. Jo kannte den Weg und die seltsame Umgebung, Bahnanlagen, Baumarkt, Großhändler und mittendrin das BERGFRIED. Die Fahrt endete an einer sandigen Brache. Sie hielten und stiegen aus. Vor ihnen ragte der Bau hoch und breit in den Berliner Nachthimmel. Er winkte Mahlmann hinter sich her.

Toll, nicht nur, dass er als Polizist hier auftauchte. Auch noch mit Mahlmann in seinem altbackenen Outfit. Er hatte versucht, die Sache abzubiegen, aber Dahlberg hatte ihn nur mit hochgezogenen Augenbrauen gemustert und ‚Keine Diskussion' gesagt.

Es war kurz vor zwölf und die Türsteher, die vor dem Club herumlungerten und rauchten, noch nicht sehr gefragt. Dröhnen und Wummern drangen aus dem Inneren. Die Gruppe musterte sie erst mit verwunderten und dann erkennenden Blicken. Na klar, die erkannten ihn. Um hier an der Tür vorbeizukommen, hatte er jedesmal versucht, Eindruck zu schinden, seine ausgefallensten Stiefel angezogen, eine seiner Westen zur Schau gestellt.

„Hi Cowboy, interessante Begleitung heute."

Auf Mahlmanns Gesicht zeigten sich Staunen, Zweifel und Befriedigung. Wahrscheinlich machte er gerade im Kopf Notizen, Leute, hört mal her, wisst ihr eigentlich schon, wo der Kollege von Gotthaus die Nächte verbringt?

„Kriminaloberkommissar Johannes von Gotthaus, LKA Berlin", sagte Jo und glaubte, das Geräusch herunterfallender Kinnladen zu hören.

„Sieh mal an", sagte der rundum tätowierte und gepiercte Chef. „Ein Polizist." Der Vorsteher der Türsteher grinste.

Jo deutete auf seinen Begleiter. „Das ist mein Kollege, Kriminalkommissar Mahlmann." Die Männer musterten den Neuen. Jo zog sein Handy hervor und tippte darauf.

„Kann sich jemand an diese Frau erinnern?" Er hielt Alinas Foto in die Runde. „Sie war angeblich oft hier, letztens in Highheels mit Nieten."

„Highheels mit Nieten? Na klar." Er tippte sich an die Stirn. „Außerdem beste Gesichtserkennungssoftware hier drin. Was Jungs?" Die Jungs lachten. „Ja, die war oft hier."

„In Begleitung?"

„Mal allein, mal mit einem Typen, Wunschberuf Cabriofahrer. Warum fragen Sie eigentlich? Ist was passiert?"

„Kann man so sagen", wich Jo aus. „Und ist Ihnen mal eine auffallend große, überschlanke Frau mit langen blonden Haaren aufgefallen?"

Die Männer grienten. „Nee, davon gibt's zu viele."

„Wir würden uns gern noch drinnen umhören", sagte Jo.

„Aber immer", lautete die Antwort. „Stets zu Diensten."

Jo tippte ein Danke an die Hutkrempe und schob Mahlmann vor sich her ins Innere. Von hinten drängelte ein ganzer Schwung Feierwilliger.

Der Raum platzte aus allen Nähten, die Sonderkommission hatte sich versammelt und die Luft wurde knapp. Dahlberg öffnete ein Fenster, zog seine Cordjacke aus und hängte sie hinter sich über die Stuhllehne. Am Tisch, an den Wänden, an der Stirnseite zwischen Flipchart und Projektor drängten sich Kollegen mit und ohne Uniform. Mahlmann hatte sich krank gemeldet, war wohl nichts mehr gewohnt. Jo hing in den Sielen und guckte mürrisch, der Nachteinsatz im BERGFRIED hatte nichts gebracht, was sie nicht schon wussten.

„Kollegin Gerlinger, bitte", sagte Dahlberg. Claudia stand auf, wechselte Standbein und Spielbein, was bei ihr nicht kokett wirkte, sondern nur ein Zeichen war für Unwohlsein im Rampenlicht, denn alle Augen waren auf sie gerichtet.

„In dem VW Polo von Alina Klüver befand sich dieser relativ neue Autoatlas." Claudia hielt den schweren Band in die Höhe. „Er klappte fast von allein auf, Seiten 92/93, Land Brandenburg. Eine Stelle war eingekreist, Bogenthal, ein Dorf achtzig Kilometer östlich von Berlin." Sie stockte, ein bisschen verlegen, ein bisschen die Aufmerksamkeit genießend. „Sieht zumindest so aus, als wenn Alina Klüver sich für den Ort interessiert hat. Die Frage ist, war sie mal dort? Und vielleicht auch die erste Tote? Sind beide in diesem Bogenthal vielleicht auf unseren Serientäter gestoßen?"

Claudia setzte sich, Gemurmel erfüllte den stickigen Raum.

Und die beiden Frauen sind extra in dieses Bogenthal gefahren, um dem Irren dort in die Arme zu laufen? Dahlberg konnte sich das nur schwer vorstellen. Aber es gab ja bekanntlich nichts, was es nicht gab unter der Sonne.

„Warum dann die Ablage in Berlin und nicht in der Nähe?", fragte einer der Zielfahnder. „Wenn das verwirren soll, wäre das eine Menge Vorausschau für einen unstrukturierten Psychopathen."

„Unstrukturiert heißt nicht planlos", dozierte der Chef der Operativen Fallanalyse, der diesmal überpünktlich gewesen war.

„Was das Spurenverwischen angeht, laufen manche zu Höchstform auf."

Schlussendlich bekam das Profil den Zusatz, dass der Täter unter Umständen in einem Fuhrpark oder ähnlichem arbeitete, wo man leicht an Batteriesäure herankam und reichlich Leichentransportmittel zu Verfügung hatte. Die Versammlung löste sich auf.

„Vielleicht werden in diesem Bogenthal ja Frauen gefangen gehalten", raunte Jo im Hinausgehen.

„Ja klar", flüsterte Dahlberg zurück. „Wie bei Edgar Wallace, das passende Wetter haben wir ja schon. Kümmer' du dich mal lieber um die Phantombilder. Die Barkeeper kommen gegen zwölf."

Es nieselte aus einem tief hängenden Himmel. Demnächst würde es noch massenhaft Depressionen wegen Sonnenscheinmangel geben, dachte Claudia, denn ein Tiefdruckgebiet jagte das nächste, seit Wochen. Rechts und links erstreckten sich abgeerntete Stoppelfelder, durchsetzt von Wasserflächen, in denen gertenschlanke kahle Bäumchen standen. Klaus Gebhardt, die Amtshilfe von der Polizeidirektion Frankfurt/Oder, hatte kurz hinter der Berliner Stadtgrenze erste Erkenntnisse verkündet. Im weiteren Umkreis von Bogenthal waren zur Zeit drei Sexualstraftäter auf freiem Fuß, die hatten sich seinerzeit allerdings auf Vorzeigen und Fummeln beschränkt. Aber jeder muss ja mal anfangen, hatte er zu verstehen gegeben.

Es hörte auf zu regnen. Hinter einem Pflug stürzte sich eine Wolke Möwen in die frischen Furchen und holte Maden und Regenwürmer heraus. Das Ortsschild Bogenthal tauchte auf. Die Dorfidylle bestand aus einstöckigen Häusern, dazwischen breite Holztore. Neben einem Teich, der von den Blättern zweier knorriger Trauerweiden bedeckt war, stand eine Kirche aus großen grauen Steinen, dick und breit wie eine Glucke.

Dann ein Feuerwehrturm, eine Versicherungsagentur und ein Hinweisschild FRISCHE EIER. Aus einem Gehöft ertönte das Kreischen einer Säge. Sie hielten an der Tankstelle am anderen Ende des Ortes und stiegen aus. Drinnen versuchte eine junge Frau – Struwwelkopf, lila Lippen, tätowierter Hals – unbeteiligt zu tun. Dabei waren drei Ortsfremde auf einen Schlag eine gewisse Neugier wert. Klaus Gebhardt holte ein Blatt mit Alina Klüvers Foto hervor und reichte es dem Wesen.

„Schöne Frau, haben'se diese Person letzte Zeit mal in Bogenthal jesehen."

Dieser mühsam gezügelte Brandenburger Slang, dachte Claudia, immer wieder ein Erlebnis.

„Nee." Das Mädel zuckte mit den Achseln. „Nie jesehn."

Auch an eine große, blonde Fremde konnte sie sich nicht erinnern.

„Gibt es hier noch einen anderen Treffpunkt?", fragte Dahlberg.

„Na ja, dit BIERNOTH im nächsten Ort."

„BIERNOTH???"

„Lustich, wa? Der Inhaber heißt so."

„Bei dem Namen muss man ja Kneipier werden", meinte Claudia, als sie wieder im Wagen saßen.

Nach zehn Minuten Fahrt tauchte die Leuchtschrift auf, das B war beschädigt. Ein bisschen sah es aus wie HIERNOTH. Wäre auch ein passender Name, denn ein neuer Putz könnte nicht schaden. Und eine neue Dachrinne. Und ein paar kräftige Arme zum Aufräumen. Vor der Kneipe stapelten sich Plastikstühle und Bierbänke, von angegammelten Planen notdürftig verdeckt. Die Pflanzschalen aus Splitbeton erinnerten Claudia an zu Hause, in den Achtzigern wurde so etwas auch im Westen gern genommen, ein trostloser Anblick. Trost fand man offensichtlich drinnen. Obwohl es erst fünf war, herrschte schon aufgeräumte Stimmung.

Herrn Biernoth fanden sie höchstselbst hinter dem Tresen, mit dem Zapfen von Bier beschäftigt. Bei mindestens fünfzehn durstigen Kehlen war der Bedarf gegeben. Das Auftauchen der drei Fremden ließ die Gespräche verstummen. Der Wirt musterte sie skeptisch.

„Wenn ihr essen wollt, zwei Dörfer weiter."

Klaus Gebhardt, der als Artverwandter den Erstkontakt übernahm, hielt ihm das Foto von Alina Klüver vors Gesicht und spulte seinen Spruch ab. Herr Biernoth schüttelte den Kopf. Klaus wandte sich dem Gastraum zu, der mit seinem rustikalen Mobiliar fast einladend wirkte. Er ging von Tisch zu Tisch, zeigte das Bild herum und erntete ebenfalls Kopfschütteln.

„Fragen Sie doch mal im Gut nach", dröhnte ein rauer Bass. Er gehörte einem vierschrötigen Typen im ausgebleichten Blaumann.

„Ja, jenau, dit Jut, dit Jut Bogenthal", kam es plötzlich von allen Seiten.

„Das Gut Bogenthal", übersetzte Klaus. „Was ist damit?"

„Die Besserwessis erfinden da grade die Landwirtschaft neu." Wieder die Reibeisenstimme. „Richtig eingemauert haben die sich. Als wenn denen einer was abguckt."

„Wohl eher wegen Landmaschinenklau", flüsterte Klaus. „Ist ein Problem hier. Die Versicherer verlangen die tollsten Maßnahmen, Rundumbeleuchtung in der Nacht, Alarmanlagen, Kameraüberwachung."

Freiherr von Godern machte einen Spaziergang. Die Stille und die feucht-kalte Luft auf der Stirn taten gut. Und die beiden Rauhaarteckel waren eine willkommene Ablenkung. Sie wetzten den schlammigen Weg entlang, hielten an, witterten, rannten zurück. Er holte zwei Leckerli aus der Tasche, für jeden eins, nur nicht verwöhnen, die kleinen Racker. Vor dem Waldessaum wallten Nebel, am Wegesrand späte Apfelbäume, die Frucht harrte der Ernte. Da lernten die Kinder die guten alten Sorten kennen, ohne Chemie und Umweltbelastung. Richtige Entscheidung, die Flächen dazu zu kaufen. Conrad von Godern wandte sich um, die Mauern um das Gut waren dunkel vom Regen, überragt von den mächtigen Kronen uralter Ulmen. Die Hunde sprangen an ihm hoch, er sollte Stöckchen werfen. Der Freiherr hob einen kurzen Knüppel auf und schleuderte ihn Richtung Wald. Die Teckel rannten los, apportierten, er warf, sie rannten, apportierten, treue und gehorsame Gefährten. Zwischen den Bäumen bewegte sich plötzlich etwas, vielleicht ein Fuchs, vielleicht ein Wildschwein. Der Freiherr sagte ‚Fuß!' und ‚Bleib!', aber die Hunde rasten los, da hatte er wohl doch noch einiges zu tun bei der Erziehung. Abgekämpft kamen sie zurückgetrottet, Schlamm an den Bauchzotteln und im Schnauzbart, Zeit zurückzukehren. An dem großen, schweren Eisentor angekommen, öffnete er die kleine Tür, die in einen der Flügel eingelassen war, scheuchte die Hunde hindurch und betrat selbst die Gutsanlage. Sorgfältig schloss er hinter sich ab.

Im Haupthaus stand ein Fenster der Küche offen, Töpfeklappern mischte sich mit den Stimmen der Kinder und Natalies Anweisungen. Von Godern setzte sich auf die Bank zwischen Tür und Knubbelweide und ließ den Blick über seinen Besitz gleiten. Über die dachlose Backsteinruine der einstigen Klosterkirche, die heute als Parkplatz diente, die Reste des Kreuzgangs, den verwitterten Brunnen. Das ehemalige Kloster Bogenthal hatte ihm gleich gefallen, als er einen abgeschiedenen Ort suchte. Zwischen zwei Scheunen, die späteren Datums waren, hatte Kay Gemüsebeete angelegt. In einem verwaschenen, ehemals roten Overall war er dabei, Unkraut zu zupfen. Kay war so etwas wie ihr Faktotum und Mädchen für alles. Vor einem Jahr war er zu ihnen gestoßen, abgerissen, stinkend, voller Wut, äußerlich eine Art Punk, innerlich ein Naturbursche auf der Suche nach Halt. Er stammte aus einem Dorf hundert Kilometer nördlich und war über den Umweg Hamburg nun wieder in der Nähe der Heimat gelandet.

Von Godern stand auf. Die beiden Dackel, die unter der Bank gedöst hatten, schossen erneut los. Einen Fuß vor den anderen setzend ging er zwischen den aufgehäufelten Reihen entlang.

„Der Löwenzahn ist ekelhaft, was Kay?", rief er dem Jungen zu.

Kay richtete sich auf.

„Que-Quecken sind schlimmer, die W-Wurzeln sind richtig lang."

„Aber du kriegst die raus."

„Na-Natürlich."

„Ja, Unkraut reißt man am besten mit Stumpf und Stiel aus." Kay lächelte verlegen, auf die Hacke gestützt, natürlich verstand der Dummkopf nicht wirklich. Conrad von Godern blickte den Hunden nach, die zwischen den sauberen Reihen Rosenkohl, Kartoffeln und Kräutern entlang schnüffelten. „Da kann auch der Bärlauch besser wachsen, nicht wahr. Natalie meint, deine Bärlauchsuppe sei so lecker." Ein Leuchten ging über Kays Gesicht, reden tat er ja nicht viel. Aber ein Pflanzenkenner vor dem Herrn. Und überhaupt nicht arbeitsscheu, wie der Freiherr anfangs vermutet hatte. Er war mit Natalie auf dem Markt in der Kreisstadt gewesen, zu der Zeit mussten sie Gemüse noch kaufen. Damals hatten sie die heruntergekommene Anlage gerade erworben, trotz eingestürzter Klostermauerteile, einem Gerippe von Scheunendach, in dem ausgebleichte Strohfetzen hingen, und einem Dschungel aus Minibirken, Knöterich und Brennnesseln. Am Wagen eines einheimischen Bauern hatte plötzlich eine Gestalt neben ihnen gestanden, den typischen Pennergeruch verbreitet und um einen Apfel gebeten. Natalie behauptete später, sie hätte es sofort gesehen, die treue Seele in der verlorenen. Seitdem war Kay Krumrey regelmäßig aufgetaucht, wenn sie auf dem Markt einkauften. Eines Tages bot er ihnen an, die Einkäufe zum Auto zu tragen. Natalie hatte den stinkenden Kerl mit den verfilzten Haaren betrachtet, alle Autofenster herunter gelassen und Kay geheißen einzusteigen. Dauerte eine ganze Weile, bis der Straßenkötergeruch weg war.

Conrad von Godern betrat die Küche. Frau und Kinder hatten schon begonnen mit dem Mittagessen.

„Wo warst du denn so lange, wir haben schon angefangen", nörgelte Natalie.

„Die Tiere brauchen auch Auslauf und Abwechslung", gab er zurück.

„Ach, so wie du?"

Die Kinder blickten still zwischen ihnen hin und her. Conrad von Godern war gereizt. Eingebildete Schnepfe, dachte die ernsthaft, weil sie ihm ihren Namen und Kinder geschenkt hatte, könnte sie ihn unter Kuratel halten?

„So wie jeder. Dir ist wohl entgangen, wie aufreibend die letzten Wochen waren."

„Und dir, dass du eine Familie hast."

„Aber natürlich nicht. Was ist, Kinder? Wollen wir nachher ein Herbstfeuer machen?"

Die Kinder nickten mäßig begeistert. Natalie erhob ihre hageren Einmeterachtzig. Der schwere Eichenstuhl scharrte laut und übertönte fast den scharfen Ton der Torklingel.

Dahlberg drückte den Klingelknopf zum zweiten Mal, trat ein paar Schritte zurück und erblickte rechts und links Kameras. Außerdem war die hohe Ziegelmauer mit Glasscherben gespickt. Wie die Leute gesagt hatten, das Gut war gut gesichert. Sie standen vor einem zweiflügligen Tor, in das eine kleine Tür eingelassen war, in der sich wiederum eine kleine Klappe befand. Auf dem Messingschild daneben stand: Institut für Ackerbau, Nachhaltigkeit und Heimatpflege, Inhaber Conrad und Natalie von Godern.

Ganz schön hochgestochen, dachte Dahlberg, ob sie hier Antworten bekommen würden? Die Besuche in zwei Autowerkstätten und einem Landmaschinenverleih hatten jedenfalls nichts gebracht. Die Schrauber in ihren ölverschmierten Overalls waren nicht in der Kundenkartei, Polizeisprech für Vorstrafenregister. Die schmutzigen Jungs waren sauber und sie hatten weder Alina Klüver noch eine große Blonde gesehen.

Zum Abschied hatten sie Claudia grinsend die schwer verdreckte Rechte gereicht. Die sie natürlich nahm, ohne mit der Wimper zu zucken und ohne die Stulpen mit den aufgestickten Tulpen hochzuschieben.

Die Klappe öffnete sich und ein Gesicht erschien, schlichter Zopf, herbes Gesicht. Sie zeigten ihre Ausweise.

„Moment", sagte die Frau. Nach einigem Schlüsselklappern öffnete sich die Tür und gab den Blick frei auf eine Ruine mit leeren Spitzbogenfenstern. Daneben breit und flach ein Haus mit tiefem Dach und winzigen Fenstern, rechts und links der grünen Eingangstür zwei beschnittene Weiden wie die Knüppel eines Riesen. Im Hintergrund zwischen Stallungen und Scheunen war Kindergeschrei zu hören.

„Frau von Godern?"

„Ja?" Sie schob die Ärmel des Pullovers hoch, so dass die sehnigen Unterarme sichtbar wurden.

„Gebhardt, Landespolizeidirektion Frankfurt/Oder. Das sind meine Kollegen Gerlinger und Dahlberg vom Berliner Landeskriminalamt."

Sieh an, Klaus bevorzugte Hochdeutsch, wenn es ihm angebracht erschien. Frau von Godern blickte misstrauisch.

„Hat sich einer von den Dorftrotteln beschwert?" Sie warf Klaus Gebhardt einen scheelen Blick zu, sie hatte ihn wahrscheinlich als Eingeborenen identifiziert.

„Wie man's nimmt", sagte Klaus spitz.

Das Ergebnis der Befragung war das gleiche wie in der Kneipe und den Werkstätten. Weder Alina Klüver noch die andere Frau waren hier gesehen worden.

„Mama, der Franz schubst dauernd den Otto", ertönte eine schrille Mädchenstimme. Natalie von Godern sah sich um.

„Tut mir leid, dass ich nicht helfen kann." Sie klapperte ungeduldig mit dem Schlüsselbund. „War's das? Ich muss jetzt wieder, Sie hören ja selbst."

„Gibt es übrigens auch einen Herrn von Godern?" fragte Dahlberg.

„Gibt es." Sie lächelte unbestimmt. „Ist leider nicht da. Aber ich habe sowieso das bessere Gedächtnis für Gesichter." Dann schickte sie sich an, die Tür zu schließen.

„Eine Frage noch", stoppte Dahlberg das Unterfangen. „Die Anlage ist sehr gut gesichert. Gibt es dafür einen besonderen Grund?"

„Und ob", sagte Frau von Godern verdrießlich. „Sie ahnen ja nicht, was hier an Landmaschinen geklaut wird."

„Leuchtet ein." Dahlberg tippte ironisch einen Gruß an die Stirn. „Und danke für Ihre wertvolle Zeit."

Sie sah ihn abschätzig an, schloss die Tür und rief mit scharfer Stimme nach den Kindern, Franz, Otto, Sidonie und Almut, ganz schön traditionsbewusst.

„Wieso hast du nach Herrn von Godern gefragt", fragte Claudia, als sie zum Wagen zurückgingen.

„Warum nicht", antwortete Dahlberg mit einer Gegenfrage. „Wir suchen doch einen Mann, oder nicht?"

„Aber doch nicht hier", entgegnete Claudia. „Bei der Kinderschar?"

Kay Krumrey hatte das Klingeln von der Scheune aus gehört. Und sich still verhalten, bis der unerwartete Besuch weg war. Jetzt öffnete er den Kofferraum, der voll war mit Exemplaren von BLAUER MOHN. Ein paarmal hatte er versucht, etwas davon zu lesen. Aber bei dem verschraubten Zeug kam er nicht mit. Jedenfalls ging es nicht um Mohnanbau, soviel war klar. Und von Anbau verstand er etwas, die Beete, die er innerhalb der Gutsmauern angelegt hatte, machten sich. Einmal allerdings hatte Natalie ihn gefragt, warum er keine Zwiebeln anpflanzte, und er hatte ihr erklärt, dass das nicht gehe, dass die Zwiebeln auf dem Feld verfaulen würden, weil sie hier nämlich richtig fetten Boden hätten, total selten zwischen den Kiefernwäldern und dem Brandenburger Sand. Wie in seinem Heimatdorf, hatte er gesagt und die gelben Rapsfelder vor sich gesehen, die Kornblumen und den Klatschmohn zwischen Hafer und Gerste, das Flüsschen, aufgestaut an einem kleinen Wehr, über dem die Bäume quer wuchsen und im Sommer Libellen ihre Kreise zogen, den weiten See mit seinem dichten Schilfgürtel. Stundenlang saß er früher in dem kleinen schaukelnden Kahn, ging ab und zu mit dem Fernglas unter die Wasseroberfläche und beobachtete Schwärme klitzekleiner junger Barsche. Jedenfalls hatten die Parteioberen damals befohlen, Zwiebeln anzubauen. Auf ihrem schweren Lehmboden. Weil es wieder mal einen Versorgungsengpass gegeben hatte. Eben typisch DDR, hatte Opa gesagt. Zum Himmel hatte es gestunken, als die Zwiebeln in der Erde vergammelten. Kay Krumrey griff nach ein paar Büchern.

„Sag doch was, Kay, die Kinder können doch helfen." Natalie schob ihre beiden Ältesten vor sich her. „Franz, Otto, ihr helft dem Kay jetzt mal reintragen."

Die beiden Jungs trotteten Richtung Auto, Widerspruch zwecklos. Natalie beugte sich zu Kay hinunter, sie war einen Kopf größer.

„Du musst immer sagen, wenn du Hilfe brauchst."

Kay zog die Pulloverenden bis über die Fingerspitzen, Natalie machte ihn verlegen. Franz und Otto trugen einen Stapel Zeitschriften nach dem anderen in den beheizten Anbau. Ihre Kniestrümpfe rutschen bei der Lauferei, die Oberschenkel, die aus graugrünrauen Lederhosen ragten, waren gerötet, in der Scheune war es kalt und klamm. Als sie fertig waren, stellten sie sich neben ihre Mutter und sahen Kay feindselig an. Sie strich beiden über die glatten Haarschöpfe.

„Das habt ihr fein gemacht. Und jetzt raus hier."

Die Jungs trollten sich, Natalie folgte ihnen. Kay schloss den Wagen ab und sah sich in der Scheune um. Am Rand türmten sich Strohballen. Die Luft roch staubig nach den Spelzen, die der Jeep aufgewirbelt hatte. Sie hatten auch so eine Scheune gehabt, voller Stroh bis unters Dach. Dahin, bis unter die Holzbalken, hatte er sich geflüchtet, wenn er allein sein wollte, wenn er das ewige Meckern nicht mehr hören konnte. Ewig meckern, sagte Opa immer, und trotzdem kuschen. Erst vor dem Kommunistenpack, als die das Vaterland im Würgegriff hatten. Und jetzt vor den arschlosen Politikern. Kay trat an das Scheunentor, zog es zu und legte den Balken vor. Es wurde dunkel. Der Jeep, der Deutz-Traktor und die vor den Strohbergen geparkten Gerätschaften verschmolzen mit der Umgebung. Die Zähne des Pflugs standen aufrecht, kaum sichtbar, düster und drohend. Das Vaterland im Würgegriff, das war nicht gut, dachte Kay, da musste man etwas tun.

Der Oberste stand auf und griff nach der Sprühflasche mit extra weichem Wasser. Seinen Ficus Benjamini zu pflegen, das beruhigte ihn. Gründlich benetzte er die dichten grünen Blätter. Auf der Telefonanlage begann die geschützte Leitung zu blinken. Er stellte die Flasche ab, nahm den Hörer und drückte den Knopf.

„Verfassungsschutz Brandenburg, Kleinschmidt", drang eine Stimme an sein Ohr. Eine Pause entstand. Der Oberste wartete. Am anderen Ende war ein Räuspern zu hören.

„Ihre Leute müssen sich von Bogenthal fernhalten", sagte der Mann.

„Wie kommen Sie mir denn vor", blaffte der Oberste, Befehle entgegenzunehmen lag ihm gar nicht. Er spürte, wie er anfing zu kochen. Und das ohne Zuschauer, mit nur einem Zuhörer.

„Ganz ruhig, Chef", ertönte Cordulas Stimme.

Sie war eingetreten, hatte sich vor ihm aufgebaut und sah ihn mit gesenktem Kopf und Augenaufschlag an. In der Leitung war Ruhe, dem Beamten hatte es wohl die Sprache verschlagen.

„Also noch mal von vorn", sagte der LKA-Chef so ruhig es ging.

„Bogenthal, vielmehr das Gut Bogenthal wird von uns beobachtet", gab der Verfassungsschützer Auskunft. „Mehr kann ich Ihnen leider nicht sagen."

„Ich werde sehen, was ich tun kann", lenkte der Oberste ein und drückte das Gespräch weg. Dann lächelte er seiner Vorzimmerlöwin zu, so nannte er Cordula im Stillen. Er konnte es gar nicht mehr überblicken, was sie ihm schon alles vom Leib gehalten hatte und vor allem wen. Irgendwie sah sie es Leuten an der Nasenspitze an, ob sie wirklich etwas Wichtiges hatten oder nur mal wieder vorfühlen wollten oder rumschleimen oder jemanden anschwärzen. Letztere ließ Cordula gnadenlos abprallen, lächelnd, laut und bestimmt.

„Machen Sie mir einen schönen Tee? Bitte!"

„Aber gern, Chef. Soll ich Ihnen auch gleich Ihren Salat aus dem Kühlschrank mitbringen. Ich glaube, Sie haben Hunger."

„Treiben Sie es nicht zu weit, Verehrteste. Wenn Sie jetzt noch anfangen, Gedanken zu lesen, ist es aus mit uns."

Cordula lächelte begütigend, als wenn sie ein wildes Kind vor sich hätte.

„Kein Salat", sagte der Oberste. „Ich geh mit Wertstein essen."

Wertstein stöhnte auf, ein Stechen zog vom Steiß in die Beine, Kreuzdarmbein, inoperabel, der Schmerz als Dauergast. Und bei seinem Gewicht würde das so bleiben. Seit Taras Tod hatte er enorm zugenommen, ohne ihre Gemüsecurrys und Reisgerichte war er dem schnellen Burger hilflos ausgeliefert.

Ach, Tara, Tara, was soll nur aus mir werden, dachte Wertstein und betrachtete das Schwarz-Weiß-Foto, das sie beide zeigte, auf ihrer ersten Indienreise kurz nach der Hochzeit.

Sie stehen vor einer Fahrradrikscha, dahinter ein Bahnhof voller Menschen. Tara guckt tapfer lächelnd in die Kamera, die sie dem Fahrer nach einigem Zögern in die Hand gedrückt hatte, aber ihre Augen blicken ungläubig und erschrocken. Und auch ihm ist der Schock anzusehen, ein Trupp zerlumpter Bettelkinder hatte sie schon auf dem Bahnsteig umzingelt, ihnen schmutzige Hände voller Wunden entgegen gestreckt und nicht lockergelassen, bis ein Polizist auftauchte und sie mit

Stockhieben davon jagte. Eine volle Breitseite Klischee. Und die Realität.

In Pushkar, ihrem Reiseziel, sah es ein bisschen anders aus, das Städtchen war die Heimat von Taras Mutter. In der Mitte ein See, in dem ein paar gläubige Hindus badeten, über den abwechselnd der monotone Singsang eines Brahmanenpriesters und die wehmütigen Klänge aus dem Sikhtempel wehten oder das gnadenlose Scheppern indischer Hochzeitsmusik, dessen Uferpromenade man nur barfuß betreten durfte, auf der Kühe spazieren gingen, Affen herumturnten und Taubenschwärme mit einem Rauschen aufstiegen, wenn sie sich gestört fühlten, der von stufenförmigen weißen oder hellblauen Häusern umgeben war, die sich im Wasser spiegelten und von deren Dächern Saris zum Trocknen herunterhingen, in Farben, wie Wertstein sie nie zuvor gesehen hatte.

Das Stechen wurde stärker. Wertstein erhob sich mühsam, streckte sich so gut er konnte und machte mit erhobenen Armen ein paar Schritte. Es half nicht, überhaupt nicht. Vorsichtig setzte er sich wieder, goss sich ein Glas Wasser ein, das in einer Karaffe immer bereit stand, nahm eine Schmerztablette aus dem Blister daneben und spülte sie herunter. Und Tara sah ihm dabei zu, in Farbe und scharfgestochen. Die Metastasen waren da noch in Lauerstellung. Sie war schön wie eh und je, nur die Augen schienen noch größer, wie eine Vorahnung, dass der Rest von ihr schon bald schrumpfen würde. Hinter ihr das Getümmel auf der Uferpromenade von Pushkar, sie hatte ihre Urheimat noch einmal sehen wollen. Immer noch Kühe und Affen, badende Gläubige und die Töne über dem Wasser, jetzt allerdings mit Lautsprechern verstärkt. Dazu meditierende Touristen, von den Einheimischen mit mitleidigen oder lauernden Blicken bedacht, vielleicht fand sich ja ein neues Opfer für das Karma-Abrakadabra. Die Gassen dahinter hatten sich kaum verändert, bis auf die Menge an Mopeds, die halsbrecherisch zwischen Mensch und Tier, in den meisten Fällen Kühen, hindurch bretterten. Bis auf die Hotels und Cafés, die entstanden waren. Bis auf die Tatsache, dass es kaum noch Bettler gab und niemand mehr zu hungern schien. Zeichen keimenden Wohlstands, hatte er gedacht und gleichzeitig gezweifelt angesichts der Menschenmassen in jeder Stadt, die sie auf der anschließenden Rundreise besuchten. Angesichts des herumliegenden Mülls und des offensichtlichen Desinteresses daran, angesichts der ernsten Menschen, denen sie begegneten und die unter einem gewaltigen Druck zu stehen schienen.

Langsam ließ der äußere Schmerz nach, der innere würde bleiben bis ans Ende seiner Tage. Wertstein riss sich von Taras Anblick los und zog den Aktenstapel zum Schleusergewerbe heran. Verglichen mit dem Flüchtlingsansturm vor zwei Jahren waren die Zahlen rückläufig. Zur Zeit schafften es pro Monat zehn- bis fünfzehntausend. Wertstein seufzte, Deutschland, immer noch das neue Gelobte Land. Und die Banden verdienten sich dumm und dämlich. Er griff nach dem obersten Ordner und schlug ihn auf. Die Aktennotiz bezog sich auf ein Flüchtlingsschiff, das von einer Frontex-Einheit aufgebracht und zurück an die libysche Küste begleitet worden war. Wertstein las die Einzelheiten und fragte sich wieder einmal, warum die Landung in Europa verhindern, wenn jeder Mensch das Recht hatte, vor schlimmen Verhältnissen zu fliehen. Zugleich nagte die Frage in seinem Hinterkopf, warum eigentlich die, die drei- oder fünftausend Euro für die Schlepper aufbringen konnten und nicht die, die das nicht konnten, die richtig elend waren. Also die Fluchtursachen beseitigen, hatte die Kanzlerin gesagt. Das klang gut, das klang nach Kenntnis und Überlegung. Für Wertstein klang es nach Selbstüberschätzung. Und wahrscheinlich würde das Geld wieder nur gewählte Diktatoren mästen, womit nichts gewonnen wäre.

Das Mobiltelefon rutschte summend über den Tisch. Wertstein hörte den Stress in Horsts Stimme schon bei den ersten Worten.

„Reg mich bloß nicht auf", murrte er ins Telefon. „Bin grad selber prima frustriert."

„Wir gehen was essen."

„Zu Befehl, essen", sagte Wertstein mit ironischem Unterton. „Wo?"

„Im KARLSBERG."

„Wann?"

„Gleich."

Das Glasrund des Restaurants war hell erleuchtet, ein UFO, frisch gelandet in einem ehemaligen Berliner Fabrikhof gleich hinterm Potsdamer Platz. Drinnen herrschte Betrieb. Das Angebot war beliebt bei Führungskräften aus den umliegenden Ämtern und Unternehmen. Der Oberste saß schon an einem Zweiertisch an der Fensterfront und blätterte in der Speisekarte. Sein heutiger Aufzug passte zur übrigen Kundschaft, dunkle Anzüge und Kostüme. Wertstein kam sich in seinem ausgeleierten Pullover und der beigefarbenen Cordhose deplatziert vor.

„Du hast heute bestimmt noch nichts Richtiges gegessen", empfing Horst ihn. „Wie siehst du überhaupt aus, na, macht nichts, setz dich."

Meine Güte, was war denn los, fragte sich Wertstein und nahm in dem engen, steifen Stuhl Platz, zum Glück wirkte die Tablette noch. Ein Ober tippelte heran, die bodenlange weiße Schürze verhinderte weites Ausschreiten. Horst bestellte eine Dorade vom Grill mit einem klitzekleinen Salat. Wertstein entschied sich für Lammkarrees mit Speckbohnen und Bratkartoffeln.

„Also, was ist los?", fragte er, als der Kellner entschwunden war.

Der Oberste nahm die Serviette, faltete sie auseinander und legte sie sich auf den Schoß.

„Der Verfassungsschutz funkt wieder mal dazwischen. Ich muss Dahlberg ein Ermittlungsverbot erteilen. Das macht Spaß, sag ich dir."

Wertstein musterte den Freund.

„Guck nicht so", sagte der oberste Horst, so nannte Wertstein ihn manchmal im Stillen. „Ich muss. Und wenn er da trotzdem weiter bohrt ..."

„Kannst du nichts dafür, was aber nicht stimmt, denn du bist der Chef."

„Ist ja gut", murmelte Horst.

Das Essen kam, Wertstein haute rein. Horst stocherte lustlos in seinem Fisch herum. Plötzlich lachte er hysterisch auf.

„Du weißt, wie sein letzter Alleingang ausging."

„Letzten Endes erfolgreich."

„Ja, letzten Endes, aber der Preis. Rückfall, zwei Wochen Arbeitsunfähigkeit und eine interne Untersuchung."

„Aber ein Erfolg", beharrte Wertstein.

„Und du musst immer das letzte Wort haben", knurrte Horst.

„Muss ich nicht."

„Siehst du, der Beweis."

Falls die beiden gesichtslosen Toten etwas mit der Verfassungsschutzsache zu tun haben sollten, was Wertstein sich nicht vorstellen konnte. Also falls, dann würde Dahlberg erstmal gehorchen und versuchen, die Sache anderweitig einzukreisen. Und wenn nichts dabei herauskam, das Verbot umgehen.

Der Oberste reckte den Hals, hob die Hand und machte eine hektische Schreibbewegung in die Luft. Der Ober eilte herbei, man kannte den LKA-Chef als ungeduldigen Gast. Wertstein zog die Brieftasche aus der Hosentasche. Aber Horst übernahm die Rechnung, er steckte die Geldbörse wieder weg. Beim Versuch aufzustehen blieb der Stuhl an ihm hängen. Ärgerlich drückte

Wertstein die Lehnen nach unten und hoffte, dass niemand das seltsame Befreiungsmanöver bemerkt hatte.

Jo stand am Fenster und sah auf die Straße hinunter. Die Dämmerung verwandelte den Tag von eintönig in verwunschen. Das Licht der Straßenlaternen war vom schwarzen Geäst der Bäume durchschnitten. Unten schien es auf Autodächer, geduckte Tiere in Reih und Glied. Lautlos eilten oder schlenderten Passanten den Bürgersteig entlang.

Die Tür klappte, Jo wandte sich um, es war Claudia. Sie schwang sich auf seinen Schreibtisch und verschränkte die Arme. Er trat neben sie, beugte sich vor und betrachtete die Handgelenkwärmer.

„Macht Sibylle das eigentlich mit Absicht, damit alle Welt sagen kann: Oh, Stulpen mit Tulpen."

„Du Gurke." Claudia zog einen aus und schlug nach ihm.

„Wo ist eigentlich Dahlberg?", fragte Jo.

„Beim Obersten. War total dringend."

„Und Bogenthal? Ist was rumgekommen bei eurem Ausflug?"

„Nichts. Weder Alina noch eine große Blonde ist da gesichtet worden, ein Schuss in den Ofen. Und bei dir? Was ist mit den Phantombildern?"

Jo griff in die Ablage und hielt zwei Blätter in die Höhe.

„Ein und derselbe Mann in den Augen zweier Zeugen."

„Die sehen sich ja überhaupt nicht ähnlich."

„Genau", sagte Jo und legte die Papiere weg. „Nur in der Beschreibung der Kleidung war man sich einig, meist Jacken aus Wolle, einer meinte kuschelig, der andere hat was von Tracht gesagt. Würde eigentlich zu einem Dorf passen."

Claudia winkte ab. „Da ist nichts, nur ein Haufen Kinder."

Dahlberg trat ein. Claudia sprang vom Tisch.

„Das hat ja gedauert. Was wollte er?"

„Wir sollen uns von Gut Bogenthal fernhalten, wird vom Verfassungsschutz beobachtet."

„Was?" Claudia sah Dahlberg entgeistert an. „Warum das denn?"

„Sicher nicht wegen geklauter Landmaschinen. Er hat nichts durchblicken lassen. Weiß wahrscheinlich selber nicht mehr, nur, dass es natürlich was Politisches ist."

„Ich glaub's nicht", murmelte Claudia. „Mit Frau und Kindern, ich glaub's nicht."

Drei Querstraßen entfernt vom blauen Haus fand Dahlberg eine Lücke. Er parkte und stieg aus. Die Schritte knirschten, der Bürgersteig war bedeckt von stachligen Fruchtkapseln, Kaffeebechern, feucht gewordenen Hauswurfzeitungen und Scherben. Seit Wochen hatte die Stadtreinigung diesen Teil von Friedrichshain großzügig umrundet.

Er passierte das giftige Pflanzengrün, mit dem die Inhaber des Hanfladens das Erdgeschoss gestrichen hatten, ohne sich um den lockeren Putz zu kümmern. Im Schaufenster lag Kleidung aus Hanf, nachhaltig und legal produziert. Im Hinterzimmer vermutete er andere, eher illegale Produkte. Vielleicht wurde in Gut Bogenthal ja Cannabis angebaut. Vielleicht interessierte sich der Verfassungsschutz neuerdings für so etwas. Blöder Gedankensprung, dachte Dahlberg und umging die Riesenpfütze in der Mitte des Gehwegs, die seit Wochen hier stand und wahrscheinlich nie mehr verschwinden würde. Das war natürlich Unsinn, das Agrarinstitut war eine Tarnung für verfassungsfeindliche Aktivitäten, für ihren Fall war Bogenthal eine

Sackgasse. Ein Kapuzenheini bretterte auf einem Mountainbike durch die Pfütze. Dahlberg murmelte ‚Arschloch'.

Morgen sollte jedenfalls die Gesichtsrekonstruktion fertig sein. Wenn sie wussten, wer die große Blonde war, konnten sie wenigstens nach Gemeinsamkeiten zwischen den beiden Frauen suchen.

Als er die Wohnung betrat, war Karlchens Greinen zu hören. Marthe kam auf einem Bein aus dem Schlafzimmer gehüpft, sie versuchte, in einen engen Schlupfstiefel zu kommen.

„Du hast vergessen, dass ich heute verabredet bin", sagte sie und hüpfte zurück. Dahlberg ging ihr nach und hob das schreiende Kind aus dem Bett. Marthe zog den anderen Stiefel an. Dann stand sie auf und strich das schwarze Minikleid glatt, öffnete den Kleiderschrank, nahm den langen, ebenfalls schwarzen Mantel heraus und warf ihn sich über. Sie sah toll aus so ganz in Schwarz, mit dem dunklen, hochgesteckten Haar und dem dichten Pony.

„Viel Spaß", sagte sie mit einem sarkastischen Unterton und verschwand im Flur. Kurz darauf ging die Tür und Dahlberg war allein mit dem Sohn, was ihm immer zu schaffen machte. Er wusste nie, warum das Kind schrie. Hatte es einen Grund oder nur schlechte Laune? Er musste sich wohl gedulden, bis der Knirps mit der Sprache rausrückte.

„Na, du Mini-Sphinx, was ist los?"

Karlchen sah ihn an, leer und rätselhaft. Der erste Versuch, ihn zum Schlafen zu bewegen, scheiterte grandios. Karlchen brüllte. Wenn du wüsstest, wie schön schlafen ist, dachte Dahlberg, hob ihn wieder hoch und begann zu singen.

„Schlaf, Kindlein, schlaf, am Himmel steht ein Schaf. Das Schaf, das ist aus Wasserdampf und kämpft wie du den Lebenskampf."

Er liebte dieses Gedicht, das man zu der alten Melodie singen konnte. Jahre nach Dietrichs Tod hatte er seltsamen Trost darin gefunden. Entdeckt hatte er das Büchlein mit dem Titel GALGENLIEDER zwischen den Konsaliks und Simmels der Großeltern und den Berlin-Büchern seines Vaters. Irgendwann konnte er die meisten auswendig.

„Die Sonne frisst das Schaf", brummte er weiter. „Sie leckt es weg vom blauen Grund mit langer Zunge wie ein Hund."

Er machte eine Pause und horchte in die Stille. Das Kind hob den Kopf und sah ihn an, scannte ihn förmlich. Also gut, letzte Strophe.

„Nun ist es fort, das Schaf. Es kommt der Mond und schilt sein Weib. Das läuft ihm fort, das Schaf im Leib."

Die Melodie weiter summend näherte sich Dahlberg der Schlafstätte. Auch dieser Versuch misslang. Sobald der Sohn die Schieflage spürte, fing er an zu schreien. Erst nach einer weiteren halben Stunde auf dem Arm war der Kleine wirklich eingeschlafen, das Sauggeräusch erstorben, der Nuckel auf den Boden gefallen. Dahlberg legte ihn ins Bett und sich selbst auf die Couch.

Von einem lauten Knall wachte er auf und knipste die Stehlampe an. Marthe wankte herein, sie hatte die Tür einfach hinter sich zugeworfen. Er setzte sich auf und tippte auf sein Handy. Es war zwei Uhr und Marthe betrunken. Dahlberg hasste es, sie so zu sehen. Es erinnerte ihn an die schlimme Zeit, als Alkohol sein täglicher Begleiter geworden war. Es hatte früh und ganz allmählich angefangen. Seit Dietrichs Tod war er gewohnt, dass zu Hause bei den Eltern jeden Abend Bier und Schnaps auf dem Tisch standen. Hin und wieder trank er mit, redete sich ein, es sei den trauernden Eltern zuliebe. Und wusste, dass er seine Schuldgefühle betäubte. Es hielt sich lange in Grenzen. Und lange hielt er die Trennung von Arbeit und Alkohol durch. Bis zu dem Absturz nach Alexanders Weggang. Da war ihm klar geworden, dass er abhängig war.

„Du findest den Weg?"

Mit einem schuldbewussten Augenaufschlag torkelte Marthe Richtung Schlafzimmer. Dahlberg löschte das Licht. Die Hände im Nacken verschränkt starrte er im Dunkeln an die Decke. Dietrich dreht auf der Stelle Kreise, das weiche Eis spritzt mit jeder Kurve, geschickt spielt er mit dem Puck. Er lacht herausfordernd, holt ihn euch doch. Das Eis gibt nach und sein kleiner Bruder ist verschwunden.

Alexander musterte sich im Spiegel neben der Garderobe. Er hatte den Bart abgenommen, die Glatze geölt und sich in Schale geworfen, perlgrauer Anzug, elegante Halbschuhe. Die Stiefel mit dem GPS-Tracker und der ganze soldatisch-heruntergekommene Aufzug hatten Pause. Ein weißer, silberdurchwirkter Schal verdeckte die kyrillischen Tattoos. Symbole russischer Größe waren hier nicht nur unerwünscht, sie wären eine Gefahr für den Plan. Das sogenannte Opfer war ein Aserbeidschaner namens Dzhokar, platziert und instruiert von Gennadi und seinem Spezialisten. Zwei Riesen versperrten den weiteren Weg, der Kaukasus in Menschengestalt. Nach eingehendem Abklopfen wurde er durchgewunken. Hinter einer metallisch schimmernden Portiere tat sich ein schmaler, voll verspiegelter Gang auf. Die Spiegelwände vervielfachten Alexander ins Unendliche. Eigentlich reichte ihm die Verdopplung beziehungsweise Spaltung seines Ichs. Die Anspannung nahm zu, jeder Muskel war in Bereitschaft, der Geist auf der Lauer. Lautlos, effizient, explosiv, das hatte ihn schon in seiner Jugend fasziniert, als er die ersten Ninja-Filme sah. Selbst die russischen Spezialtruppen in ihrer tiefschwarzen Kluft ohne Rangabzeichen hatten diese geheimnisvolle Aura, allerdings auch einen denkbar schlechten Ruf. Äußerlich gab er sich natürlich gelassen. Mit entspannter Miene betrat er den Klub, der einer Raumstation ähnelte. Der Betrieb ging gerade los. Ein DJ thronte auf einer Kommandobrücke und ließ für den Anfang sphärische Töne in den Raum tröpfeln. Alexander erkannte Dzhokar sofort, Gennadis Beschreibung war perfekt. Dunkles kantiges Gesicht, stolze Hakennase, tiefschwarzes Haar, im Nasslook nach hinten gekämmt. Zu seiner Rechten saß eine attraktive junge Frau. Der Platz zur Linken war frei. Alexander ließ sich mit dramatisch ausgebreiteten Armen in das Halbrund aus gletscherblauem Leder fallen.

„Mensch Dzhokar, hab ich einen Durst."

Dzhokar lächelte weltmännisch und schnipste nach dem Ober. Der Champagner kam, die Begleitung hauchte: „Ich bin Tamara." Ihre Augen blitzten übermütig, sie lachte laut und ohne ersichtlichen Grund. Alexander rutschte an die Sofakante, angelte sich ein gefülltes Glas und drückte die Knie von unten gegen die Tischplatte. Da waren sie, die Werkzeuge, festgeklebt, wie erwartet. Er beugte sich vor, als wäre etwas mit seinen Schuhen. Das Klebeband über dem Springmesser war schnell entfernt und die Sockenhalter, natürlich Spezialanfertigung, wurden zu Messerhaltern. Wenn alles klappte, würde Alexander alias Postuchin endgültig Aufnahme in den rechtsgeleiteten Zirkel finden. Und damit hoffentlich und endlich den Weg zu dem Heimatfrontler Jerschow.

Der Nachtklub füllte sich, Parfümwolken stiegen zur Milchstraße auf, die die Decke zierte. Auf einer Plattform, die an eine Startrampe erinnerte, wand sich gerade ein Pärchen aus Raumanzügen. Ein Trupp angetrunkener Männer und Frauen tauchte auf. Singend, torkelnd und kichernd steuerten sie einen offensichtlich reservierten Tisch an. Die bereit stehenden Ober verdrehten die Augen. Alexander nutzte die Unruhe und fummelte unter dem Tisch nach der Waffe, das Backup, falls etwas schiefgehen sollte. Sie fühlte sich an wie die Walther PPK, die langjährige Pistole der Berliner Polizei, die kannte er gut.

Obwohl er sie insgesamt nur drei Mal abfeuern musste. Einmal auf dem Bahngelände Schöneweide, um einen Drogenkoch an der Flucht zu hindern. Bei der Verfolgungsjagd über das Dach der Baracke hatte allerdings die morsche Pappe an einer Stelle nachgegeben und Dahlberg war drei Meter tief auf den Betonboden geknallt. Danach hatte sein Partner eine Weile im künstlichen Koma gelegen. Ein bisschen wehmütig dachte Alexander an den Besuch im Krankenhaus. Na, wie war's im Koma, hatte er grinsend gefragt. Dussel, hatte Dahlberg geantwortet, kann mich nicht erinnern. Ein anderer war ein Stoppschuss. Ein sogenannter Mehrfachtäter wollte sich der Verhaftung widersetzen, mittels zweier Küchenmesser. Das erste flog dicht an Alexander vorbei, vor dem zweiten Wurf hatte er geschossen. Beim letzten Mal ging es um einen Drogenhändlerring in einer Schrauberwerkstatt in Reinickendorf. Die Räumlichkeiten waren äußerst unübersichtlich, lackierte oder im Aufbau begriffene Autos, schmieriges Werkzeug, Öllachen, ein mit Papieren überhäufter Tisch. Von den Decken hingen Flaschenzüge, auf einer Tribüne wartete eine rostbraune leere Karosserie. Hinter schmuddeligen Streifen aus dicken Plastikplanen führte ein Durchgang zur nächsten Halle. Und plötzlich stand er einem Typen gegenüber, sah in einen Pistolenlauf, warf sich zu Boden, sah das Mündungsfeuer und schoss im Fallen das Magazin leer. Er selbst wurde ebenfalls getroffen, ins Bein, die Narbe ziepte manchmal noch. Die Untersuchungen der Inneren hatten Monate gedauert.

Alexander schob die Waffe in den freien Sockenhalter, sie drückte hart gegen die Wade. Dann sprach er dem Wein zu, scheinbar. Dzhokar mimte den ebenfalls Angeheiterten und warf dieses und jenes Glas um, bis niemand mehr nachzählen konnte. Die Musik wurde lauter, eine eigenwillige Mischung aus coolem Techno und kaukasischer Hitze. Auf der Tanzfläche ging es hoch her. Alexander legte einen Arm um Dzhokars Schultern, langte mit dem anderen über seinen Kumpan hinweg nach

Tamaras Knie und tätschelte es anzüglich. Das war das Zeichen. Alexanders unbekannter Freund sprang auf und schrie ihn an.

„Nimm deine Pfoten von ihr."

Alexander dachte natürlich nicht daran. Er streichelte Tamaras Oberschenkel, sie kicherte. Dzhokar riss ihn an den Revers vom Sitz. Bloß nicht den Schal, dachte Alexander und folgte der Aufforderung, die Sache draußen auszutragen. Aus dem offen stehenden Eingang fiel schwaches Licht auf die beiden Streithähne und eine Handvoll Zuschauer, die frierend und neugierig gefolgt waren. Tamara wiegte sich selbstvergessen in den Hüften und trällerte dabei. „Gib's ihm, gib's ihm." Es war nicht klar, wer wem was geben sollte.

Eine mondlose Nacht stand über den düsteren Gebäuden, die einst eine Getränkefabrik gebildet hatten und jetzt zu einer dunklen Masse verschmolzen waren. Dzhokar schlug zu und traf. Alexander stolperte rückwärts über einen Stein und fiel. Er wälzte sich auf den Bauch und hob den Kopf. Dzhokars helle Beinkleider tänzelten vor ihm hin und her. In der Richtung befand sich auch die Fluchtgasse, schwach erleuchtet von grünen Notlämpchen. Die Zuschauer, so erwartete der Spezialist für logistische Problemfälle, die Zuschauer würden sich nach der Tat einszweifix verdünnisieren, hier hatte niemand Lust auf Polizei, vorsichtig ausgedrückt. Für den Fall, dass doch jemand neugierig sein würde, sollte Alexander einen Warnschuss abgeben. Dann würde sich auch der Rest zerstreuen. Zur Sicherheit käme auch noch eine falsche Ambulanz zum Einsatz, die den angeblich erstochenen Dzhokhar einsacken würde.

Dann hätte Alexander genug Zeit, um zu verschwinden. Würde, hätte, könnte, wenn's nur schon vorbei wäre.

„He, Schlappschwanz, erst meine Freundin anmachen und dann das Echo nicht vertragen." Dzhokar bedeutete ihm mit einer abfällig-provokanten Geste näher zu kommen. Die Damen lachten auf, die Herren grunzten zustimmend. „Los, auf die Beine, ich will dir noch eine verpassen."

Alexander kam in den Kniestand, gespielt mühsam stellte er ein Bein auf und zog das Messer aus dem Sockenhalter. Das würde eine Sauerei geben, wenn die Schweineblutblase unter Dzhokars Jackett platzte. Plötzlich ein Kreischen, dann spürte er spitze Fingernägel im Nacken und ein hartes Knie im Kreuz. Tamara hing halb auf ihm, krallte sich in seinen schönen Anzug und zerrte an ihm herum, sie hatte sich für Dzhokhar entschieden. Da war er, der Webfehler in dem aufwendigen Gespinst, Frauen und Drogen. Denn Tamara hatte wohl einige intus, deswegen hatte sie laut und grundlos gelacht. Alexanders falscher Feind guckte irritiert. Das Geschrei lockte immer mehr Leute aus dem Club. Hinter den nackten Schultern der Damen und den breiten der Herren tauchte die Security auf. Alexander fühlte sich plötzlich nackt, vor allem am Hals. Er sah der zurückweichenden Menge an, dass sie sah, was sie nicht sehen sollte. RUHM und EHRE, in schönster altkyrillischer Schrift.

Tamara kreischte. „Einer von denen."

Was jetzt? Die Sache zu Ende bringen? Würden die jetzt auch noch alle abhauen? Oder sollte er selber abhauen, unverrichteter Dinge?

Die Sekunden dehnten sich, Alexander hatte das Messer in der erhobenen Hand und Dzhokars Bauchmitte mit der Schweineblutblase im Blick. Er ging in aufreizendem Wiegeschritt auf Alexander zu und nickte unmerklich, los Junge, zieh durch. Ein ohrenbetäubender Knall zerriss die Stille. Kaukasus Eins stand mit hoch erhobener Waffe neben seinem Kollegen. Die Schaulustigen hatte es schlagartig zu Boden geworfen, es sah aus wie einstudiert. Die Szene ein Theatertableau, eine riesige Blume, die beiden Kolosse der Fruchtstand, die erschrockenen Menschen zu ihren Füßen die Blütenblätter. Der zweite Schuss von Kaukasus Zwei pfiff an Alexanders Kopf vorbei und er wollte nicht spekulieren, ob es ein Warnschuss oder ein Fehlschuss war. Er bückte sich blitzschnell, zog die Pistole hervor und schoss zweimal, die Ziele waren ja groß genug. Die Männer sanken in sich zusammen. Alexander sprintete in Richtung der Positionslichter. Um Dzhokhar machte er sich keine Sorgen. Der Blutbeutel klebte unberührt und unsichtbar auf dessen Bauch. Als er die Gasse durchquert und das Industriegelände hinter sich gelassen hatte, über eine von Verkehr dröhnende Brücke gerannt und ins Stadtlicht eingetaucht war, hämmerte eine Stimme in seinem Kopf: Zwei Opfer, doppelte Glaubwürdigkeit, zwei Opfer, Bewährungsprobe zweifach bestanden.

Claudia wartete auf Dahlberg und Jo. Sie hüpfte auf der Stelle, ihr wurde langsam kalt. Am Nachmittag sollte die Gesichtsrekonstruktion eintreffen, die Zeit bis dahin wollten sie für eine größere Laufrunde nutzen. An der Ecke tauchte Dahlbergs grüner Anorak auf, neben ihm Jo in schlabbrigen Shorts über schwarzen Pantalons, oben herum ein gemusterter Blouson, an den Füßen etwas Sportschuhähnliches von undefinierbarer Farbe.

„Echt jetzt?" Sie musterte die näher kommende Gestalt. „Immer noch keine richtigen Sportsachen?" Jo zog die Schlauchmütze tiefer über die Ohren.

Der Tiergarten wartete mit entgrünten Grünflächen und schlappen Rhododendronbüschen auf, die Teichufer waren fauliggelb, die Parkwege rutschig, sie wichen auf den laubbedeckten Waldboden aus. Es war nicht angenehm, die Luft feuchtkalt und die Aussicht begrenzt. Jo fiel zurück, Dahlberg hielt gut mit, er war wirklich fit für einen Raucher. Die Summe der Süchte scheint bei manchen Menschen gleich zu bleiben, dachte Claudia. Jedenfalls war rauchen und laufen besser als rauchen und saufen.

Plötzlich sah sie etwas Großes, Helles durch das Unterholz schimmern, weißlicher Körper in modrigem Laub? Der Schreck durchfuhr sie wie beim Stolpern treppab. Sie sah noch, dass Dahlberg den Arm nach ihr ausstreckte, aber es war zu spät. Wenigstens milderte ein Blätterhaufen den Sturz. Mit einem verwunderten Heben der Augenbrauen half Dahlberg ihr auf. Schweigend passierten sie die helle Stelle, es war eine Matratze, entsorgt mitten im Park.

Die Siegessäule kam in Sicht, der Kreisverkehr war voller Autos. Dafür waren kaum Touristen zu sehen. Die Rikschas vor den Torhäuschen warteten vergebens auf Fahrgäste. Sie stoppten und sahen sich um. Jo schien fix und fertig zu sein, mit hochrotem Kopf stützte er seine Arme auf die Knie, ein geknicktes Streichholz in der Landschaft. Dann wankte er auf sie zu.

„Wie machst du das?", stieß er im Näherkommen hervor. „Du rauchst doch auch?"

„Wieso auch? Du rauchst doch gar nicht?", entgegnete Dahlberg verwundert.

Jo schlug keuchend die Augen nieder und schüttelte seine langen Beine aus. Dahlberg steckte sich wie zur Bestätigung eine an, und Claudia machte Hockstrecksprünge. Die Rikschafahrer warfen dem Trio interessierte Blicke zu. Ihre Handys summten, die Gesichtsrekonstruktion war da.

Sein rechtes Ohr glühte. Jo wechselte zum linken. Seit der Veröffentlichung des Konterfeis stand das Telefon nicht still. Die Auskünfte waren vielfältig, mal sollte es sich um eine Frau Niederreuther handeln, die lange nicht gesehen worden war, mal um eine Frau Mommsen, mal um Frau Liebsch und so weiter und so fort. Kein Wunder, das Abbild zeigte ein leidlich hübsches Allerweltsgesicht ohne besondere Merkmale. Die Nachfragen bei den Genannten ergaben dann auch, dass die angeblich Vermissten allesamt wieder aufgetaucht oder nie weg gewesen waren.

Im Moment war eine Frau in der Leitung, die sich mit KRAUSNICKEL&LANGBEHN vorgestellt hatte, Sie wissen schon, kein Topf ohne Deckel. Jo kannte die Werbung, in der es nicht um Partnersuche ging, er besaß selbst einen dieser altmodischen Emaillekochtöpfe, mit denen tatsächlich alles schneller kochte, besonders Wasser.

„Ich glaube, das könnte Vanessa Troost sein, da im Fernsehen", sagte Frau Krausnickel oder Langbehn mit ältlicher, aber wichtigtuerischer Stimme.

Troost, Troost? War der Name nicht im Zusammenhang mit dem tödlichen Laborunfall aufgetaucht? Richtig, der Geschäftsführer hieß so, Zufälle gab's.

Jo stellte das Telefon laut und winkte Claudia und Dahlberg zu.

„Sie glauben also, es könnte sich um Vanessa Troost handeln."

Die beiden machten große Augen und standen auf, als wenn sie so besser hören konnten.

„Naja", schnarrte es aus dem Lautsprecher, die Anruferin klang plötzlich verunsichert. „Das Bild erinnert mich jedenfalls an sie. Und da ich Vanessa eine Weile nicht gesehen habe, auch nicht bei unserem Frisör ..." Sie verstummte.

„Wann haben Sie Vanessa Troost denn zuletzt gesehen?"

„Das war vor drei Wochen. Bei einem Essen im SEEHAUS."

Das könnte passen, dachte Jo. Nach Friedberts Schätzung war die Unbekannte in diesem Zeitraum zu Tode gekommen.

„Ist Ihnen da etwas Ungewöhnliches aufgefallen? Vielleicht jemand, der eigentlich nicht dorthin gehörte? Oder eine männliche Bedienung, die Vanessa beobachtet hat?"

„Nein, nichts dergleichen. Aber Vanessa sah natürlich glänzend aus in ihrem Kleid. Was ist eigentlich passiert?"

„Das wissen wir noch nicht", antworte Jo anweisungsgemäß vage, bedankte sich für den Anruf und legte auf.

Claudia lehnte sich mit verschränkten Armen und verblüfftem Gesicht an die Schreibtischkante.

„Aber der Ehemann würde seine Frau doch vermissen."

„Fragen wir ihn", sagte Dahlberg und nahm seine Jacke von dem schiefen Garderobenständer. „Dann wissen wir's."

In der Friedrichshagener Bölschestraße ging es nur im Schleichgang vorwärts, Stopplichter glühten auf und verloschen, Dunst umgab die Straßenlaternen mit einem geheimnisvollen Hof. Aus kleinen Geschäften kam anheimelnder Schein, Bio-Bäcker, Bio-Fleischer, Bio-Esthetique.

„Sind wir wirklich im armen Osten?", fragte Claudia.

„Nach der Karte eindeutig", antwortete Dahlberg.

Der Stau begann sich aufzulösen, sie bogen in den Müggelseedamm ein, zwischen den Villen spiegelten sich beleuchtete Stege und Plattformen im See. Sie parkten in zweiter Reihe und stiegen aus. Das Haus war zweistöckig, hatte große, oben abgerundete Fenster mit geschwungenen Sprossen. Darüber flache Blumenornamente, alles gut zu erkennen im starken Licht zweier Lampen, die die Haustür flankierten und aufgeflammt waren, als sie das Gartentor passierten.

Dahlberg betätigte zugleich Türklopfer und Klingelknopf. Eine zierliche alte Dame öffnete und musterte sie mit einem Lächeln.

„Ja, bitte?" Sie hatte eine junge Stimme.

Claudia stellte sie vor. „Wir würden gern Herrn Troost sprechen. In der Firma sagte man uns, dass er heute von zu Hause arbeitet."

„Meinen Sohn? Aber gern."

Hinter ihr tauchte Gabriel Troost auf, seine Augen blickten freundlich besorgt. „Guten Tag, haben Sie Neuigkeiten über die Laborexplosion?"

„Leider nicht", sagte Dahlberg. „Wir sind auch nicht mehr zuständig. Es geht um etwas anderes. Wenn wir kurz reinkommen könnten?"

Troost nickte. „Selbstverständlich."

Sie betraten eine geräumige Diele mit Kamin. Ihre Schuhe hinterließen Spuren auf dem glänzenden Parkett.

„Macht nichts, macht nichts", flötete die alte Dame und suchte mit den Augen ihren Sohn. „Soll ich Tee machen?"

Herr Troost schüttelte unmerklich den Kopf.

„Bitte keine Umstände", sagte Claudia.

„Nicht nötig, Mama", rief Troost seiner Mutter hinterher.

„Na, mal sehen, ob sie den Tee findet", murmelte er gutmütig. „Oder den Zucker. Oder überhaupt irgendwas."

Dann ging er voran in ein Wohnzimmer mit Vitrine, Esstisch, Sekretär, alles alt und gediegen. In den Fenstern blinkte Weihnachtsdeko. Etwas vorfristig, dachte Claudia.

„Für meine Mutter ist morgen Weihnachten", sagte Gabriel Troost. Der Mann hatte Antennen, er hatte ihren verwunderten Blick genau verfolgt. „Sie ist ein bisschen desorientiert. Gestern zum Beispiel wollte sie baden gehen."

Er wies auf eine Sitzecke, die aus bodentiefen Holzgestellen bestand, in denen flache Lederkissen lagen. Sie ließen sich hinab. Plötzlich reckte Herr Troost aufhorchend den Kopf. Kaum hörbar klingelten irgendwo im Haus Gläser, begleitet von einem Schlurfen.

„Sie entschuldigen einen Moment."

Er schwang sich aus dem Sitz und verschwand hinter einer verglasten Flügeltür. Mit einem Tablett und einem entschuldigenden Lächeln kam er zurück und verteilte Tassen, Löffel und

Zuckerdose. Zum Schluss stellte er eine blaue, weiß gepunktete Kanne auf den Tisch, der genauso niedrig war wie die Sitzgelegenheiten.

„Sie hat alles gefunden, es geschehen noch Zeichen und Wunder." Er schenkte ein, nahm wieder Platz und verschränkte die Hände.

„Also, worum geht es?", fragte er und sah zwischen ihnen hin und her.

„Möglicherweise um Ihre Frau."

„Um meine Frau? Ist Vanessa etwas passiert? Hatte sie einen Unfall da unten?"

„Wie meinen Sie das?", fragte Dahlberg. „Da unten?"

„In Italien. Vanessa ist auf einer Italientour."

„Aha, nein, von einem Unfall wissen wir nichts. Seit wann ist Ihre Frau denn auf dieser Tour?"

„Seit drei Wochen, warum?"

„Haben Sie Kontakt mit ihr?", fragte Dahlberg weiter.

„Ja und nein." Troost wirkte plötzlich dünnhäutig, irgendwie rührend bei so einem starken Typen. „Wir sprechen im Moment nicht direkt miteinander." Er schlug die Augen nieder, so dass für einen Augenblick so etwas wie Scham sichtbar wurde. „Es hatte sich in letzter Zeit etwas gehäuft." Er stockte. „Mit dem außerhäusigen ... Sie wissen schon."

Fremdgehen, dachte Claudia ein wenig enttäuscht. Nicht, dass sie altbackenen Moralvorstellungen anhing. Sie hatte nur den Eindruck gehabt, dass in Troosts privater Welt alles in Ordnung war. So aufmerksam und zugewandt, wie er wirkte.

Er lehnte sich mit einem Seufzer zurück. „Sie hat jedenfalls Abstand gebraucht. Und die Reise war da eine gute Idee."

Claudia sah Dahlberg an, er nickte ihr zu. Es war Zeit, zur Sache zu kommen. Sie zog das Blatt mit der Gesichtsrekonstruktion hervor und reichte es Troost. Er beugte sich vor, nahm das Papier und betrachtete das Bild.

„Wer, was ist das? Die Frau sieht ja wie Vanessa aus. Was soll das?"

„Das ist die Gesichtsrekonstruktion einer Toten. Sie soll Ihrer Frau ähnlich sehen."

Gabriel Troost runzelte die Stirn, schüttelte unwillig den Kopf und gab Claudia das Blatt zurück. Er stand auf, ging zu dem Sekretär, nahm ein Handy von der Schreibplatte und tippte darauf.

„Hier." Er drehte das Display in ihre Richtung. Zu sehen war eine gut aussehende Frau um die vierzig mit langen, blonden Haaren vor einer weiten hügeligen Landschaft, offensichtlich ein Selfi.

„Das hat Vanessa mir heute aus der Toskana geschickt. Auch wenn wir nicht sprechen, kriege ich jeden Tag Fotos von ihren Stationen. Das haben wir so ausgemacht."

Also nur eine Ähnlichkeit, dachte Claudia erleichtert. Es sei denn, schoss es ihr gleich darauf durch den Kopf, der Täter machte sich einen makabren Spaß und verschickte Fotos an Angehörige. Dann wäre die Frage, warum er das nicht auch bei Alinas Freund tat. Andererseits war bei einem unstrukturierten Psychopaten alles möglich.

„Wir würden Ihre Frau trotzdem gern ausschließen", sagte Dahlberg. „Sie müssten uns in die Gerichtsmedizin begleiten."

Troosts Gesicht versteinerte. „Warum das? Sie hat doch gestern noch ..." Er verstummte, wahrscheinlich beschlich ihn die gleiche unvorstellbare Ahnung.

„Ich muss erst noch in die Firma", sagte er tonlos. „Der Nachfolger von Doktor Winkler wird als neuer Forschungsleiter eingeführt."

„Dann gegen vier." Dahlberg stand auf, Claudia stemmte sich ebenfalls hoch. „Die Adresse ist Turmstraße 21, Haus L."

Troost nickte schwer und erhob sich mühsam. Seine Mutter tauchte auf.

„Ach, noch etwas", sagte Dahlberg. „Um ganz sicherzugehen, bräuchten wir noch etwas für einen DNA-Abgleich, Haare zum Beispiel."

„Ja natürlich", murmelte Troost, er wirkte wie vor den Kopf geschlagen. „Mama, kannst du mal Vanessas Haarbürste aus der Gästetoilette holen?"

Die alte Dame verschwand durch die Flügeltür und kam kurz darauf mit dem Gewünschten wieder.

Manfred Arnheim schritt über die gläserne Verbindungsbrücke zwischen Hochhaus und Entwicklungsgebäude. Der Blick durch den grünlichen Glasboden auf das alte Kopfsteinpflaster zehn Meter darunter erzeugte wie immer einen leichten Schwindel. Hinter ihm ertönte der saugende Schmatz, mit dem die Schleuse am Ende des Ganges sich schloss.

Er wandte sich um, es war Gabriel. In letzter Zeit beschränkte er die Begegnungen mit seinem Kompagnon auf das Nötigste. Diese war nicht zu vermeiden gewesen, Doktor Winklers Nachfolge sollte bekannt gegeben werden.

„Schlechte Laune?", fragte er so beiläufig er konnte, als Gabriel ihn eingeholt hatte.

„Wie würde es dir denn gehen?", entgegnete er. „Wenn die Polizei dir die Zeichnung einer Person unter die Nase hält, die deiner Frau ähnlich sieht?"

„Ganz schön dumm gucken." Arnheim tat, als müsste er lachen. „Und was hat es damit auf sich?"

„Das war die Gesichtsrekonstruktion einer Toten, deren Identität sie suchen."

„Aber Vanessa ist doch in Italien?"

„Hab ich den Polizisten auch gesagt", murmelte Troost.

Im Forschungstrakt kamen sie an Winklers ehemaligem Labor vorbei, das die Ermittler mittlerweile freigegeben hatten.

Die Wand aus Sicherheitsglas war fast undurchsichtig von den Einschlägen explodierter Kolben und scharfkantiger Metallteile.

„Meinst du, Doktor Schlecht packt das?"

Arnheim warf Gabriel einen forschenden Blick zu. „Sind schon ziemlich große Fußstapfen, die unser Genie da hinterlassen hat, fachlich gesehen."

„So groß nun auch wieder nicht", entgegnete Gabriel. „Ich werd' ihm auf die Finger gucken, wollte sowieso wieder mehr im Labor sein."

Wieder im Labor sein? Was sollte das denn? Neuerdings beobachtete Arnheim an Gabriel einen seltsamen Unwillen, als wenn er des Spiels um Marktanteile und Gewinne müde geworden sei. Er hatte sowieso immer den Eindruck gehabt, dass sein Kompagnon das System als eine Rechenaufgabe betrachtete. Die Marktwirtschaft als Versuchsaufbau mit kommunizierenden Röhren, mit dem Blick eines Ingenieurs zu durchschauen, mit den Methoden eines Ingenieurs zu beherrschen. Ein Experiment, das nur dazu da war, die Fähigkeiten eines Gabriel Troost herauszustreichen.

Sie betraten den Aufenthaltsraum. Die Gespräche versickerten. Um einen Tisch, dessen Platte mit dunkelgrünem Linoleum beschichtet war, eine Farbe, die sich in den Bezügen der trendigen Schwedensessel wiederholte, standen die Weißkittel und blickten erwartungsvoll. Gefüllte Sektgläser standen bereit. Gabriel griff nach einem. Die Rede, die folgte, handelte von Schicksal, Dankbarkeit und Zusammenhalt. Und von der Zukunft, in der die Mannschaft sich um ihren neuen Leiter scharen und neue große Leistungen vollbringen würde. Arnheim verdrehte innerlich die Augen. Gabriels Worte kamen ihm vor wie eine Persiflage, staatstragend, beziehungsweise firmentragend.

Doch die Spezialisten zeigten sich unempfindlich gegenüber solchen Feinheiten. Man stieß miteinander an und versicherte sich gegenseitiger Wertschätzung. Doktor Schlecht strahlte. Gabriel Troost trank sein Glas aus. Arnheim war nervös.

Friedbert Saalbach saß in seinem Amtszimmer und rauchte, Sondererlaubnis wegen des Leichengeruchs. Vor sich das Regal mit den historischen Präparaten, Embryos mit bizarren Missbildungen, absurd große Tumore, Gehirne, in Scheiben geschnitten, eingelegt in Formaldehyd, konserviert für die Ewigkeit.

Es klopfte. Dahlberg steckte sich beim Eintreten eine Zigarette an. Kollegin Gerlinger ging schnurstracks zum Fenster, riss es auf und lehnte sich gegen das Fensterbrett. Sie deutete auf die Glasgefäße mit den vergilbten Etiketten.

„Ihr wisst, dass eure Lungen da landen."

„Hoffentlich." Saalbach klopfte auf den Schreibtisch. „Da ist die irdische Hülle noch zu was nütze. Was führt euch her?"

„Identifizierung der Kopflosen," sagte Dahlberg.

Friedbert Saalbach blies den Rauch zur Decke, deren früheres Weiß nur noch zu ahnen war. Dann drückte er die Zigarette in der gelblichen Schale aus, die ihm als Aschenbecher diente und früher jemandes Schädeldecke gewesen war. Etwas, das niemand wusste, aber jeder ahnte. Dahlberg versenkte seine Kippe ebenfalls darin und stand auf.

Als sie den Flur betraten, kam ihnen ein stattlicher Mann in einem exzellenten Maßanzug entgegen. Dahlberg stellte ihn als Gabriel Troost vor. Friedbert nickte ihm zu. Die Lippen aufeinander gepresst, nickte der Mann zurück. Schweigend betraten sie die Kühlkammer. Saalbach öffnete eine der quadratischen Türen und zog die Bahre hervor. Vorsichtig rollte er das Tuch auf, die abgesunkene Stelle über dem Hals und die Scham blieben bedeckt. Der Gast stand in zwei Metern Entfernung und fixierte seine Schuhe, die im übrigen rahmengenäht aussahen.

„Herr Troost, Sie müssten ...", sagte Claudia Gerlinger.

„Ich weiß", sagte der Mann. Er hob Kopf und den Blick, ließ ihn über die freien Körperstellen gleiten und zurück zu der Stelle, wo normalerweise der Kopf saß. Abrupt drehte er sich weg. Eine Hand gegen die benachbarte Stahlklappe gestützt, sah es aus, als müsse er kotzen, musste er aber nicht. Nach einer Weile richtete er sich auf, die Augen wieder auf die roten Hände neben dem bleichen Körper gerichtet.

„Am Handballen, da hat Vanessa eine große Narbe", murmelte er und verstummte. Auch ihm war klar, dass da nichts mehr zu erkennen war. Dann schüttelte er nachdrücklich den Kopf.

„Nein, das ist nicht Vanessa, das kann sie gar nicht sein."

Friedbert deckte den unvollständigen Körper wieder vollständig zu.

Jo hatte Gänsehaut an den Unterarmen. Ihn fröstelte, er hatte kaum geschlafen. Außerdem waren die Ärmel des Bademantels zu kurz. Jeannette saß am Küchentisch und schlürfte Tee. Sie hatte die Haare hoch gebunden, ihr Kopf schien in Flammen zu stehen.

Jo sah sich um. Die Edelstahlgeräte glänzten, auf der Arbeitsplatte stand ein einsamer Wasserkocher und sonst nichts, hier wurde wohl nicht oft gekocht. Trotzdem war die Küche das einzige Normale in der Wohnung.

Jeannette stand auf und umarmte ihn. Er nahm eine Locke und wickelte sie um den Zeigefinger. Sie sah verträumt zu ihm auf. Die grünen Augen waren ein bisschen verschleiert, auf der kleinen, blassen Nase saßen Sommersprossen, der Mund war rot und schien ein bisschen wund zu sein. Kein Wunder bei der Knutscherei. Jo wusste, dass er dabei war, sich zu verlieben.

Um zwei hatten sie das SCHWARZTON verlassen, unschlüssig draußen herum gestanden und zugesehen, wie sich die Technobrüder und -schwestern zerstreuten. Plötzlich hatte Jeannette ihn am Ärmel gepackt. Los komm, wir fahren zu mir, hatte sie gesagt und er sich gewundert, sie hatte ihn noch nie zu sich eingeladen. Sie nahmen eine der Taxen, die wie immer abfahrbereit vor dem Club standen. Es ging nach Charlottenburg, in die Bleibtreustraße, in eine Wohnung, die an ein Museum oder eine Kunstgalerie erinnerte. Aber er hatte nichts gesagt und nichts gefragt, sondern Jeannette die Kleider vom Leib gerissen. Und sie ihm seine. Ineinander verschlungen waren sie danach durch die Zimmer geschlurft, vorbei an Gemälden in Goldrahmen, die bis zur Stuckdecke reichten. Die Wohnung war tatsächlich eine Galerie. Sie gehörte Jeannettes Vater, er war Kunsthändler.

Ein Bild hatte Jo regelrecht erschreckt, eine männliche Figur ohne Haut, rote Muskeln, weiße Sehnen, lidlose Augäpfel in einem brennenden Gesicht, und ein harter, anklagender Blick. Und dann hatten ihn auch noch lauter gemalte Totenschädel angestarrt, mal in Begleitung einer Kerze, mal mit einer Art Eieruhr. Es gab auch Globen, Brillen, Schneckengehäuse, Saiteninstrumente, blühende neben vertrockneten Blumen. Alles Vanitasdarstellungen, wie Jeannette ihm erklärte. Was soviel bedeutete wie leerer Schein und Nichtigkeit. Oder Vergeblichkeit, hatte sie gesagt und er hatte gedacht, was für ein Hohn. Vanessa Troost hätte gepasst wie die Faust aufs Auge. Größe, Körperbau, Haare, alles stimmte. Aber Pustekuchen, sie war es nicht, die DNA stimmte nicht überein. Vielleicht mussten sie warten, bis der Täter zum dritten Mal zuschlug.

Jo zog sein Handy hervor und drückte auf die Hometaste, es war schon neun, er musste endlich los. Im Bad machte er

Katzenwäsche, zog sich an, schnappte Parka, Brieftasche und Handy und drückte Jeannette zum Abschied einen Kuss auf den Schopf. Auf dem Weg checkte er seine Nachrichten. Jeannette hatte ihm noch in der Nacht Bilder von der Nacht geschickt. Sie hatte ihn ausgerechnet beim Tanzen fotografiert, er sah aus wie ein Zirkel, dem die Beine wegbrechen. Jo rief seine Facebook-Seite auf, Scheiße, sie hatte die Fotos schon gepostet. Mann, Jeannette, das geht nie wieder weg. Sie wusste nicht, dass er Polizist war. Angesichts seines Konsums hatte er sie im Unklaren gelassen und sich als Jurastudent ausgegeben. Jo blieb stehen. Postings, dachte er, jedermann postete doch heutzutage Fotos.

Claudia starrte vor sich. Das Labor hatte bestätigt, dass es nicht Vanessa Troost war, keine Übereinstimmung bei der DNA, die Unbekannte blieb weiter unbekannt. Genau wie das Unbehagen blieb, dass sie offensichtlich nicht vermisst wurde. Im Unterschied zu Alina. Ihr Freund hatte sich wenigstens nach vier Tagen gemeldet.

Jo trat ein, er kam schon wieder zu spät.

„Sag mal, geht's noch." Claudia klang gereizt. „Das reicht langsam." Sie schnaufte ärgerlich. „Heute wieder eine Stunde."

Jo grinste hintergründig, zog die Jacke aus und zerrte sich den Pullover über den Kopf. Das T-Shirt darunter hatte Schweißflecken.

Er ließ sich auf einen Stuhl fallen und streifte die Sneaker von den Füßen. Die Duftwolke verschlug Claudia den Atem. Dahlberg trat ein. Ohne sich der Jacke zu entledigen, blieb er mitten im Raum stehen und ließ die Lider herab. Er sah aus, als wenn er in sich hineinhorchte.

„Was?", fragte Claudia. „Was ist los?"

Dahlberg zog langsam den Reißverschluss auf.

„Nichts, das ist es ja." Er lehnte er sich an den Schreibtisch und verschränkte die Arme. „Also alles auf Anfang."

„Vielleicht nicht." Jo hielt in Siegerpose sein Smartphone in die Höhe.

„Ach, hast du die Lösung im Handy gefunden", ätzte Claudia.

„Das nicht, aber ohne Handy geht heute doch gar nichts mehr, oder?"

„War das jetzt eine ernsthafte Frage?", stichelte sie weiter. „Oder ein Rätsel, das keins ist?" Die Rückversicherungsnummer von Jo ging ihr heute besonders auf die Nerven.

„Und Fotos posten ist doch Volkssport, oder?", machte er unbeeindruckt weiter und lächelte bedeutungsvoll, als wenn er genau wüsste, wie sehr sie sich über ihn ärgerte, er ihren Ärger aber gleich vertreiben würde.

„Was ist, wenn jemand Fotos vom ersten Opfer, also der Unbekannten gemacht und die gepostet hat?"

Stille breitete sich aus. Jo setzte sich und streckte zufrieden die langen Haxen aus. Claudia taxierte den Jungen, wie der wohl auf die Idee gekommen war? Dahlberg zog in Zeitlupe seine Jacke aus und legte sie ohne hinzusehen neben sich.

„Zwei verschiedene Frauentypen, die unterschiedliche Tatweise, ein Nachahmer würde das alles erklären."

„Und auch, warum Alina Klüver von hinten stranguliert wurde", warf Jo ein. „Dass die Unbekannte von vorn erwürgt worden ist, hätte ein Trittbrettfahrer auf Fotos nicht ausmachen können."

Claudia stöhnte.

„Wenn das stimmt, haben wir die ganze Zeit in die falsche Richtung gedacht."

Dahlberg stieß sich von der Tischkante ab, steckte die Hände in die Hosentaschen, sah zu Boden und wieder auf.

„Dann gibt es keinen Serienkiller. Sondern ein Original, unsere Unbekannte, und eine Kopie, Alina Klüver."

Jo war stolz. Seine Idee hatte ganz schön was ins Rollen gebracht.

Sie waren auf dem Weg zu Kasupke, er kam als Hobbyfotograf in Frage. Der Mann hatte sich vom Leichenfundort entfernt und seine damalige Behauptung, dass er fast kotzen musste, war Jo und Claudia mit einem Mal seltsam vorgekommen. Der Blick, den er seiner Frau zugeworfen hatte, ließ eher auf Rückversicherung und Drohung schließen, wehe, du sagst was, sonst knallt's. Jedenfalls hatte Staatsanwalt Thurau einen Durchsuchungsbeschluss erwirkt.

Die letzten Meter zu Kasupkes Heim führten wie beim letzten Mal über die wilde Wiese, diesmal pure Novemberödnis, fahlgelbe Grasbüschel, Maulwurfshaufen, hier und da ein kahles Gesträuch. Jo stapfte auf dem matschigen Trampelpfad voran, die uniformierten Kollegen im Gänsemarsch hinterher.

Nach mehrfachem Klingeln erschien der Hausherr höchstselbst, im Trainingsanzug und den Boxer am Halsband. Jo hielt den Durchsuchungsbeschluss hoch.

„Herr Kasupke, wir sind hiermit ermächtigt, Ihre Handys, Computer und Tablets zu beschlagnahmen sowie die dazugehörigen Passwörter zu erlangen." Er machte einen Schritt vorwärts, der Boxer fletschte die Zähne, der Mann lief rot an,

„Dit jeht ja jar nich, ick ruf mein Anwalt an."

„Tun Sie das. Und jetzt treten Sie bitte zur Seite."

„Mit welche Bejründung eijentlich?"

„Vorenthalten von Beweismitteln", sagte Jo.

Hund und Herrchen knurrten, wichen aber zurück. Herr Kasupke hatte schon sein Handy am Ohr und lauschte mit wütendem Gesichtsausdruck. Der angedrohte Anwalt nahm offensichtlich nicht ab.

Jo streckte die Hand aus.

„Das Handy bitte. Sie müssten es dann auf dem Festnetz versuchen."

„Hab ick nich", sagte Kasupke und gab ihm das Gerät.

„Tja, vielleicht finden Sie noch eine Telefonzelle. Und jetzt die Zweit- und Dritthandys."

Mit finsterer Miene verschwand Kasupke. Mit zwei weiteren Smartphones tauchte er wieder auf.

„Wo steht Ihr Computer?"

„Durch den Flur, letzte Tür rechts."

Auf zusammengeschobenen Tischen standen mehrere aufgeklappte Laptops, ein aufgeschraubter Computer und einige Bildschirme, dazwischen Schraubenzieher, Zangen, Lötkolben, Kupferdraht, darunter weitere PCs verschiedenen Alters und Fabrikats samt Kabelsalat.

„Sie sind also vom Fach", stellte Jo fest.

Kasupke stand in der Tür und funkelte ihn bösartig an.

„Von welchet?"

„Ach Herr Kasupke, machen Sie es uns doch nicht so schwer."

„Wenn'set genau wissen woll'n, ick reparier die Dinger."

„Schwarz, nehm ick an", berlinerte einer der Uniformierten und griente. „Welcher oder welche sind Ihre."

„Der große Mac und das Macbook."

Sie kabelten Computer und Laptop ab.

„Die Passwörter bitte", sagte Jo.

„Nö", antwortete Kasupke. „Erst wenn meen Anwalt da is."

Jo wedelte mit dem Schriftstück.

„Möchten Sie noch einmal einen Blick auf die richterliche Anordnung werfen?"

Kasupke riss Jo das Papier aus der Hand und las. Dann trat er an ein Regal, das voller IT-Fachbücher war, zerrte unwirsch einen DIN-A4-Bogen aus einem Stapel Druckerpapier, suchte eine Weile nach einem Stift und begann zu schreiben.

„Na geht doch", hauchte Jo, als der Mann fertig war, und nahm ihm das Blatt ab.

Auf dem Weg zur Computerforensik meldete sich der Polizeifunk. Worte wie Sofortlage, Großschaden und Überrollmuster schnarrten aus dem Lautsprecher. Es hatte einen Anschlag mit acht Toten und vielen Verletzten gegeben. Jetzt fielen Jo auch die vielen Blaulichter auf. Und das Sirenengeheul, das aus allen Himmelsrichtungen zu kommen schien.

In der Polizeizentrale am Tempelhofer Damm herrschte geordnete Hektik. Die Kollegen hatten mittlerweile Erfahrung mit solchen Ereignissen. Die Computerleute und Kommunikationsspezialisten machten ebenfalls einen sehr beschäftigten Eindruck.

„Stellt die Dinger dahinten hin", rief einer im Vorbeigehen. „Kann dauern, sag ich euch gleich."

Dahlberg passierte den nächtlichen Volkspark Friedrichshain. Zwischen Baumriesen hüpften die Lichter der Stirnlampen einsamer Jogger.

Er war auf dem Weg nach Hause. Fast die gesamte Berliner Polizei war den Tag über im Einsatz gewesen. Ein Truck hatte die Warteschlange, die vor einem Geschäft am Ku'damm nach dem neuen Handy anstand, förmlich abrasiert. Der Täter, so Überlebende, war danach aus dem Führerhaus gesprungen und hatte Allahu Akbar gerufen. Ach was, hatten einige Kollegen gelästert, nicht Buddha ist groß? Oder Heil Franziskus? In der Pressemitteilung aus dem Polizeipräsidium hieß es, dass man noch nichts Näheres zu dem Täter und seinen Motiven sagen könne.

Die Sporthalle des SEZ tauchte auf. Hinter der haushohen Glaswand sprangen Badmintonspieler herum. Man sah ihre Schreie, wenn sie einen Schmetterball übers Netz pfefferten, aber man hörte sie nicht, Stummfilm in Farbe. Er hatte die Sirenen der Einsatzfahrzeuge, die Schreie und das Stöhnen gehört. Und die Statements der Politiker, die so allgemein und nichtssagend waren wie jedesmal nach solchen Ereignissen. Menschenverachtende Tat, Angriff auf die westlichen Werte, dicht gefolgt vom Aufruf zur Besonnenheit und der Aufforderung, keinen Generalverdacht gegen Muslime zuzulassen. Ihm musste man das nicht sagen.

In seiner Straße, vor dem erleuchteten Bäckereicafé war ein Parkplatz frei. Cem saß draußen und rauchte. Er wirkte niedergeschlagen. Dahlberg konnte sich vorstellen, wie er sich gerade fühlte. Er stieg aus und setzte sich zu ihm.

„Das, das sind einfach nur Verbrecher", sagte Cem plötzlich. „Das hat nichts mit dem Islam zu tun."

Dahlberg nickte und fragte sich gleichzeitig, womit dann, wenn der Typ sich auf Allah beruft. Sie rauchten schweigend. Cem sog heftig den Rauch ein und stieß ihn schnaubend durch die Nase wieder aus. Er wirkte ratlos, verwirrt und wütend. Als Dahlberg aufgeraucht hatte, drückte er die Kippe aus und zum Abschied Cems Schulter.

Als er das Wohnzimmer betrat, lag Marthe auf der Couch und schlief. Sie hielt ein Buch in der Rechten, zwei Finger zwischen den Seiten. Ihr Kopf war zur Seite gesunken, aus dem Mundwinkel lief Spucke. Sie sah süß und ein bisschen doof aus mit dem halb offenstehenden Mund. Dahlberg öffnete den Kühlschrank und nahm eine Cola Light heraus. Der Kronenkorken knirschte metallisch.

Hinter der Lehne tauchte Marthes Pony auf.

„Im Kühlschrank ist noch was vom Vietnamesen", murmelte sie schlaftrunken. Sie sah müde aus, sie war in der vergangenen Nacht ein paarmal aufgestanden, um nach Karlchen zu sehen.

Dahlberg hatte es nicht mitbekommen. „Scharfe Suppe, siehst aus, als könntest du Suppe vertragen."

Dahlberg holte die Schüssel aus dem Kühlschrank und stellte sie in die Mikrowelle. Nach zwei Minuten machte es pling, Essen war fertig. Sie aßen schweigend.

„Was sich diese Wahnsinnigen dabei denken", sagte Marthe. „Und Leute wie Cem und Sibel müssen es ausbaden."

„Hm", murmelte Dahlberg und rührte nachdenklich in der Suppe herum. „Eine Demo wär vielleicht nicht schlecht, wenn die Religion so missbraucht wird."

Jo wachte auf und zog sein Handy unter dem Kopfkissen hervor. Es war fünf Uhr. Und es wurde langsam laut. Der Berufsverkehr auf der Frankfurter Allee nahm Fahrt auf. Die Scheinwerfer der vorbeifahrenden Autos erhellten das Zimmer zusätzlich zu den Straßenlaternen, zu Vorhängen hatte er es noch nicht gebracht.

Sirenengeheul ertönte, gleich darauf glitt Blaulicht über die Zimmerdecke. Und Jo war wieder mittendrin. Die Bilder des Chaos hatten ihn bis in den Schlaf verfolgt. Der Riesentruck, dessen Auflieger mit dem Ende in der Schaufensterscheibe steckte. Die beiden Toten, die unter dem Fahrerhaus hervorgezogen werden mussten und kaum noch zu erkennen waren. Die anderen, die mit Planen bedeckt verstreut herumlagen. Die schreienden oder stöhnenden Verletzten. Und die Blaulichter von unzähligen Einsatzfahrzeugen, die die Szenerie in gespenstisches Licht tauchten. Es hatte junge Leute wie ihn getroffen, die scharf auf das neue Handy waren, aus allen möglichen Ländern. Jo zog die Decke über den Kopf und hoffte, wieder einzuschlafen. Vergeblich. Er stand auf, Arbeit war jetzt das Beste. Und davon gab es genug.

Als er das Haus verließ, war es noch dunkel. Aber der Bäcker an der Ecke hatte schon auf. Er nahm drei Kaffee und ein paar Plunderstücke und machte sich auf den Weg. Am Tempelhofer Damm herrschte immer noch oder schon wieder Geschäftigkeit. Auch die Computerforensik war besetzt. Jo hielt zweien, die mit dem Rücken zum Tisch saßen, auf dem die beiden konfiszierten Geräte standen, seine Morgengabe entgegen.

„Die Dinger von gestern Abend, habt ihr jetzt Zeit?"

Die beiden nickten, nahmen jeder einen Kaffee und ein Plunder entgegen und machten sich an die Arbeit. Keine zwei Minuten später drehten sich beide fast synchron zu Jo um und sahen an ihm vorbei aus dem Fenster.

„Bitte sehr."

Die Bildschirme zeigten die Tote aus dem Spandauer Forst.

„Du darfst dich selber durchklicken", meinte der eine Kollege, stand auf und ging weg. „Ich muss das nicht sehen."

Jo beugte sich vor und betätigte die Entertaste. Es waren zehn Aufnahmen, auch Close-ups vom Gesicht, den Händen und der Scham. Von wegen, dem Typen hätten die Knie gezittert. Der hatte eiskalt fotografiert. Kurz schoss Jo die Idee durch den Kopf, dass er auch der Täter gewesen sein könnte und die Fotos perverse Erinnerungshilfen. Aber würde er die dann posten?

„Könnt ihr sehen, ob die Fotos gepostet wurden?"

„Sicher", antwortete der verbliebene Kollege, klickte das Bild weg und begann auf die Tastatur einzuhämmern. Jo ging hinter ihm auf und ab.

„Hör auf damit", sagte der Computermann, ohne die Tipperei zu unterbrechen. „Du machst mich nervös."

Jo setzte sich und richtete sich auf längeres Warten ein. Doch es ging schneller als gedacht.

„Bingo", sagte der Kollege nach ein paar Minuten. „Er hat sie im Darknet gepostet, in zwei einschlägigen Chatrooms. Soweit ich sehe, schon tausende Zugriffe aus aller Welt, also Leute gibt's."

Der Verdacht gegen Kasupke fiel zusammen wie ein Soufflee.

„Und die IP-Adressen dieser Leute, kann man die ermitteln?"

„Kann man, dauert aber ewig. Dazu müssten wir jeden einzelnen TOR überwinden."

„Du meinst das Tor."

Der Kollege grinste wissend

„Nee, den TOR, Abkürzung für ‚The Onion Router'."

„Und was heißt das?"

„Dass wir durch viele Zwiebelschichten durchmüssen, um an den ursprünglichen Router ranzukommen." Der Computerforensiker streckte sich und ließ die Schultern kreisen. „Und ohne richterlichen Beschluss geht da gar nichts."

Jo ließ sich Ausdrucke von den Leichenfotos und den Seiten aus dem Deep Web machen. Dann rief er Dahlberg an.

Alexander war mit Gennadi unterwegs zur Zielperson, eine Etappe war geschafft. Jerschow hatte eine Datscha in der Rubljowka am Rande Moskaus. Das passte, dachte Alexander, man musste ordentlich Rubel besitzen, um hier zu wohnen. Von eleganten Neubauten glänzten Schriftzüge herab, FERRARI, MASERATI und GUCCI. Schicke Restaurants, dichte Hecken und skulpturenbewehrte Toreinfahrten zogen vorüber. Am Straßenrand türmte sich Schnee, kahle Birkenstämmchen witschten vorbei. Von hinten näherte sich eine Polizeisirene. Gennadi fuhr rechts ran und hielt, genau wie die übrigen Verkehrsteilnehmer. Ein Kordon schwarzer Limousinen raste durch die Gasse, hohe Tiere auf dem Weg zur Arbeit.

Gennadi und Alexander schwiegen, die Truppe hatte sie gerade mit einem dreifachen HEIL RUSSLAND gefeiert. Der Vorfall in dem Club hatte es zwar nicht auf Seite eins geschafft, aber der Stützpunkt in Lefortowo trotzdem gewackelt vor Begeisterung. Einer der asiatischen Riesen war nur leicht verletzt, der andere tot. So fühlte sich das also an, Kollateralschaden und -nutzen zugleich.

Alexander war nach seiner Flucht ziellos und aufgewühlt durch die leuchtende Stadt gezogen. Das Messer und die Waffe hatte er zuvor in einer schattigen Gasse in einem Gully verschwinden lassen. Und dann in einer Bar ein paar Wodka gekippt. Wenigstens war Dzhokar heil und gesund aus der Sache herausgekommen.

Hinter einer figurengekrönten Mauer ragte eine mehrstöckige Villa empor, eine Mischung aus Barockschloss und Renaissancepalast.

„Noch so ein Geschmacksweltmeister", sagte Gennadi.

Alexander war dankbar für die Ablenkung. Er war angespannt, das Adrenalin wirkte immer noch oder schon wieder. Er sah zu Gennadi hinüber, der die glatte Asphaltstraße fest im Blick hatte, besonders den Rolls Royce, der vor ihnen fuhr.

„Hast du schon mal ...?"

Gennadi schüttelte den Kopf, sein Nein ging im Heulen einiger hochtouriger Dreiräder unter. Wie Riesenspielzeuge zischten die knallbunten Gefährte vorbei. Gennadi schüttelte weiter den Kopf.

„Ich glaub es nicht. Haben die nichts anderes zu tun?"

Allmählich nahm die Villendichte ab. Die Häuser wurden einfacher, die Zäune durchlässiger, Waldstücke wechselten mit gartengroßen Feldern, manche gepflegt und umgepflügt, andere verlassen und verwuchert.

„Komm, was hättest du denn tun sollen?", brummte sein Kontaktmann. „Dich abknallen lassen?"

Die Straße ging in einen sandigen Waldweg über. Am Ende befand sich das baumumstandene Anwesen, es hatte einen eigenen Weiher. Über den Zaunlatten bogen sich blattlose Sträucher, an denen Büschel roter Beeren hingen, verfrorene Stauden hielten sich mit letzter Kraft aufrecht. Dahinter ein klassisches, russisches Holzhaus samt gekreuztem Giebelzierat.

Flankiert von zwei durchtrainierten Typen stand ein rotgesichtiger Mann auf der Veranda und sah ihnen entgegen, Jerschow, der Abgeordnete der Allrussischen Heimatfront.

Claudia war müde, ihre Augen brannten. Sie hatte bis spät in Nacht die Newsticker verfolgt und war dann so aufgedreht, dass sie nicht schlafen konnte. Mit halbem Ohr hörte sie Dahlbergs Gespräch mit Jo zu. Bei dem Wort Zwiebelrouter wurde sie wach. Komm, konzentrier dich mal, ermahnte sie sich.

„Tausende Interessenten haben die Chatrooms schon besucht", kam aus dem Lautsprecher. Na gute Nacht, dachte sie und ließ frustriert den Kopf auf die Brust sinken, wie sollten sie den Mörder von Alina Klüver da finden. „Für eine Tiefenbohrung brauchen wir einen Beschluss", fuhr Jo fort. „Und den kriegen wir nur bei einem begründetem Verdacht."

„Was du nicht sagst", murmelte Dahlberg müde, er schien von den gestrigen Ereignissen ähnlich mitgenommen. Oder er war auch einfach nur gefrustet.

„Bis gleich", sagte Jo, das Freizeichen ertönte.

Dahlberg starrte auf den Hörer, den er immer noch in der Hand hatte. „Wenn wir nur Conrad von Godern hinterher recherchieren könnten ..."

Wie bitte? Was war denn das für en Gedankensprung? Wie kam er denn auf die Idee? Claudia war erstaunt, sie hatte immer noch die anheimelnde Gutsanlage vor Augen und die Kinderstimmen im Ohr.

„Du meinst, der Chef von Gut Bogenthal ...?"

Dahlberg zuckte mit den Schultern und ließ die Lider herab.

„Möglich? Jedenfalls hat Alina Klüver sich mit einem Mann im Trachtenoutfit getroffen. So haben die Barkeeper den Typen doch beschrieben." Ohne hinzusehen, legte er den Telefonhörer ab.

„Und ich finde, dass so jemand zu einem Agrarinstitut passt. Wir hatten damals bloß keinen Anlass, der Beschreibung große Beachtung zu schenken. Da sind wir noch von einem Serienkiller ausgegangen, falls du dich erinnerst."

„Allerdings", gab sie spitz zurück, genauso spitz wie Dahlbergs letzte Bemerkung. Gleichzeitig hätte sie sich in den Hintern treten können, weil sie den Zusammenhang nicht gleich gesehen, weil sie zugelassen hatte, dass ein positives Vorurteil ihr Urteilsvermögen negativ beeinflusste.

„Komm runter", sagte Dahlberg einlenkend „Kann jedem mal passieren. Ist ja nichts angebrannt."

Er begann, wie ein Feldherr kurz vor der Schlacht auf und ab zu schreiten, die Hände hinter dem Rücken, die Augen auf dem Boden.

„Also Alina Klüver. Was haben wir? Ein Agrarinstitut, das vom Verfassungsschutz beobachtet wird, also eine Tarnung für verfassungsfeindliche Umtriebe ist. Einen Mann, mit dem Alina Klüver sich in Schöneberger Bars getroffen hat, dessen Beschreibung auf einen Landadligen wie Conrad von Godern passen würde. Und dann ist da Alinas Interesse an der Verbindung von Nazigrößen und Islamführern in der Vergangenheit ..." Er blieb stehen und fixierte seine Schuhe.

„Keine Ahnung, was das bedeutet."

„Vielleicht kann die Uni weiterhelfen", sagte Claudia. „Immerhin hat sie da zu einem Zeitpunkt aufgehört, als die Barbesuche begannen."

Das Hauptgebäude der Freien Universität mit seiner hohen Glasfront wirkte selbst in der trüben Morgennebligkeit hell und einladend. Auf dem Campus reckte ein Kunstwerk seine rostigen Eisenarme in die diesige Luft. In der Ferne schlichen Grüppchen von Studenten über den bräunlichen Rasen.

Im Foyer hinter der haushohen Glasfront hingen Porträtfotos von der Decke herab und drehten sich sacht in der aufsteigenden Heizungsluft. Die einzigen, die Claudia erkannte, waren Albert Einstein und Rudi Dutschke.

„Henry-Ford-Bau." Dahlberg ging auf eine Gedenktafel zu. „Hier werden also Kapitalisten am Fließband produziert."

Er stieß einen teuflischen Lacher wie in einem billigen Gruselfilm aus oder wie Graf Zahl von der Sesamstraße.

„Eher nicht", sagte Claudia, die FU hatte immer noch den Ruf einer linken Uni.

Ein gedrungener Mann kam auf sie zu. Ein Gewerkschaftsvertreter, wie sich herausstellte und worüber Claudia sich wunderte. Eigentlich waren sie nur mit Alinas früherer Professorin verabredet.

Gemeinsam stiegen sie eine lichte Treppe empor. In einem Raum im ersten Stock wartete eine Dame mittleren Alters. Sie lehnte mit verschränkten Armen an einen Schreibtisch und machte einen ungeduldigen und genervten Eindruck.

„Darf ich vorstellen", sagte der Gewerkschafter. „Frau Professor Lürschen-Rittmannsberger, Arbeitsstelle Vorderer Orient." Es klang wie ein dritter Name. „Alina Klüvers Gruppenleiterin. Und das sind die Kommissare Dahlberg und Gerlinger."

Sie nahmen in einer Sitzecke Platz, der korpulente Mann auf der Sesselkante, die Unterarme auf die Knie gestützt, ein bisschen wie auf dem Sprung. Frau Lürschen-Rittmannsberger schlug die Beine übereinander und verschränkte die Arme. Die Situation schien ihr unangenehm zu sein.

„Was wollen Sie denn wissen? Aber ich sage es Ihnen gleich. Wir haben Frau Klüver seit Monaten nicht mehr gesehen."

„Und in der Zeit davor. Ist Ihnen da etwas aufgefallen?", fragte Dahlberg.

„Sie war müde und abwesend. Auch wenn sie ausnahmsweise mal da war, war sie abwesend. Dabei war Frau Klüver zu Beginn Feuer und Flamme. Ihr Urgroßvater hatte wohl von Wüstenoasen und wilden Beduinen auf Kamelen geschwärmt. Vor einem Vierteljahr hat sie ganz aufgehört."

„Wissen Sie, warum?"

„Warum, warum? Zuviel Ablenkung in der Partyhauptstadt."

Ziemlich gemein, dachte Claudia, diese nachträgliche Ohrfeige für ein Mordopfer.

„Sie ist übrigens nicht die Einzige, die im Feiersumpf untergegangen ist", warf der Gewerkschafter ein. „Davon könnten wir Ihnen ein Lied singen."

Mein Gott, denen war wohl nur wichtig, dass nichts an der Uni hängen blieb.

„Lieber nicht", sagte Dahlberg trocken, er fand die Bemerkungen der beiden offensichtlich auch grenzwertig.

„Stichwort Feiern." Er zog sein Handy hervor und wischte darauf herum. „Alina hat übrigens nicht nur gefeiert. Sie hat sich offensichtlich weiter mit dem Nahen Osten ..." Er nickte der Frau ironisch zu. „Entschuldigung, mit dem Vorderen Orient beschäftigt."

Er tippte auf das Display. „Kennen Sie dieses Zitat? ‚Man darf nicht vergessen, dass Hitler, anders als in Europa, in der arabischen Welt hohe Achtung genießt. Sein Name erweckt in den Herzen unserer Bewegung Sympathie und Begeisterung.' Ist von 1956, aus einer Zeitung in Damaskus. Alina Klüver hat das in einem Buch markiert. Wissen Sie vielleicht, warum?"

Die Professorin sah Dahlberg giftig an.

„Nein, weiß ich nicht. Und Sie wollen doch nicht andeuten, dass Frau Klüvers Tod mit dieser Vergangenheit zu tun hat, das ist lächerlich."

„Auch nicht mit der Tatsache, dass die Öffentlichkeit bis heute kaum etwas weiß über die Hitlerverehrung in der arabischen Welt? Warum eigentlich nicht?"

Frau Lürschen-Rittmannsberger presste die Lippen aufeinander und antwortete nicht.

Er wischte erneut über das Display.

„Auch schön ist dieses Zitat von 1933: ‚Tretet die Juden auf die Köpfe, um Buraq und Haram zu befreien. Ihr jungen Männer, schließt die Reihen, greift sie zu Tausenden an. Oh Gott, wie schön ist der Tod/zur Befreiung von Haram und Buraq!' Alina hat auch das in einem Buch fett markiert."

„Und? Das muss man historisch einordnen."

Die letzten islamistischen Anschläge schienen an der Frau vorbei gegangen zu sein, dachte Claudia.

„Hat Alina vielleicht mal Leute erwähnt", fragte sie, „die so ein historisches Gedicht, wie Sie sagen, heute ernst nehmen?"

„Ach wieder die Polizei, immer schön alle Muslime unter Generalverdacht stellen", sagte Frau Lürschen-Rittmannsberger aggressiv.

„Das haben Sie gesagt", entgegnete Claudia und sah aufgebracht zu Dahlberg hinüber. Er hatte die Lider ganz weit runter gelassen, auch ihn ärgerten solche Unterstellungen maßlos. Einen Moment herrschte Schweigen, aufgeladen mit Missstimmung auf beiden Seiten.

„Noch etwas", rappelte Dahlberg sich. „Alina Klüver hat sich in Bars regelmäßig mit einem Mann getroffen, dessen Identität wir suchen. Zwei Barkeeper haben ihn als um die fünfzig beschrieben. Und dass er kuschlige, beziehungsweise Trachtenjachten trägt. Vielleicht haben Sie die beiden mal zusammen auf dem Campus oder in der Mensa gesehen? So ein Typ würde doch auffallen."

Die Professorin und der Gewerkschafter schüttelten die Köpfe.

„Und wie sieht es mit einem Gut Bogenthal aus? Hat Alina das mal erwähnt? Oder einen Conrad von Godern?"

Wieder Kopfschütteln.

„Also, wir können Ihnen nicht weiterhelfen, wie Sie sehen", sagte Frau Lürschen-Rittmannberger und erhob sich, Dahlberg und Claudia ebenfalls. Schweigend stiegen sie die schwebende Treppe wieder hinunter, vorbei an den leise schwingenden Geistesgrößen. Im Glasfoyer angekommen, eilte Dahlberg mit langen Schritten voraus, als sei der Gottseibeiuns hinter ihm her.

„Bist ja ganz schön geladen", sagte sie, als sie ihn vor dem Wagen eingeholt hatte.

„Du nicht?", fragte er so rhetorisch wie sarkastisch und riss die Autotür auf. „Mal sehen, was diese DENKFABRIK hergibt."

Jo war auf dem Weg nach Neukölln, wo er Manon Tarot, die ehemalige Kommilitonin von Alina Klüver treffen wollte. Vielleicht wusste sie etwas über den Trachtenmann. Sie hatten sich in den Räumen von NEUKÖLLN HILFT in Neukölln verabredet.

Er musste die U-Bahn nehmen, es waren keine Einsatzfahrzeuge frei. Der Zug war gerade weg, der Bahnsteig füllte sich schnell wieder. Neben ihm versuchten zwei Spezialisten des Öffentlichen Nahverkehrs, einem verzweifelten Touristen etwas zu erklären. Mit wichtigen Gesten, in bestem Berlinisch und ohne Erfolg, denn der junge Mann wandte sich entnervt Richtung Ausgang. Die hatten ihren Job auch im Lotto gewonnen, dachte Jo, kein Wort Englisch, aber einen auf dicke Hose machen. Im wahrsten Sinne, denn die Uniformen umschlossen fette Ärsche und Schenkel, über den Kragen feiste Nacken und Gesichter.

NEUKÖLLN HILFT befand sich in einem schlichten Ladengeschäft nicht weit von der U-Bahn-Station Karl-Marx-Straße. Jo trat ein, eine altmodische Glocke ertönte, es war niemand da. Er sah sich um. Ein langer Tisch mit mindestens zwanzig Stühlen unterschiedlichen Fabrikats, ein kleiner mit einer Kaffeemaschine, angerissenen Kaffee- und Würfelzuckerpackungen, mehreren Tetrapacks Milch und Stapeln von Pappbechern. In einem offenen Rollschrank Papiere, darunter Formulare und Quittungsblöcke, so weit er sehen konnte. An der Wand Papiere mit Kontaktdaten zu anderen Flüchtlingshilfevereinen, Dolmetschern und Sozialstationen.

„Hallo", rief Jo. „Kundschaft."

Drei blasse Mädels mit roten, übermüdeten Augen tauchten auf.

Er fummelte nach seinem Ausweis.

„Ich bin Jo, wir haben telefoniert." Er klappte das Dokument kurz auf und gleich wieder zu, sie mussten seinen vollen Namen ja nicht gleich studieren.

„Und ich bin Manon", sagte die Größte der drei. Manon war nicht dunkel, wie Jo gedacht hatte, sondern blond. Über schmalen Augen erhob sich ein Haarturm aus verfilzten, ineinander gewundenen Dreadlocks, es war das Mädchen, das sie auf dem Selfie mit Alina gesehen hatten. Die beiden anderen hießen Laura und Anna und sahen auch so aus, ererbte Frische, versteckt unter Schlabberlook.

Sie musterten ihn neugierig. So hatten sie sich einen Bullen wohl nicht vorgestellt, mit abgetragenem Parka, alter Samtweste und Cowboystiefeln.

Manon wies auf das Kopfende des Tischs. Sie setzten sich.

„Kannten Sie Alina Klüver gut?", begann Jo.

Die Ladenglocke ertönte. Ein Mann trat ein, hinter ihm eine Frau und drei halbwüchsige Mädchen mit Kopftüchern. Sie trugen farbige Anoraks, die neu aussahen und nicht zum Rest der Kleidung passten. Anna und Laura nahmen die Familie in Empfang. Manon sah zu ihren Mitstreiterinnen und den Ankömmlingen hinüber.

„Frau Tarot, bitte", sagte Jo mit Betonung auf dem A und hartem T am Ende, obwohl er sich vorstellen konnte, dass der Name aus dem Französischen kam.

„Taró, wenn's recht ist." Hatte er's doch geahnt.

„Alina war schon schräg", sagte Manon. „Auch ihre Klamotten. Und sie konnte ziemlich aufdrehen. Eigentlich war es ziemlich lustig mit ihr, jedenfalls eine Zeitlang."

„Und dann?" Jo zog sein Notizheft hervor.

„Irgendwann hat sie sich zurückgezogen."

„Wissen Sie, warum?"

Manon zuckte die Schultern. „Keine Ahnung. Einmal habe ich sie darauf angesprochen. Sie hat mich nur verächtlich angesehen und gesagt, wir würden uns blind und taub stellen."

„Und was sollte das bedeuten?", fragte Jo und notierte den Satz.

Manon zupfte an einer Strähne herum, in die viele bunte Perlen eingearbeitet waren. „Keine Ahnung."

Jo hatte den Eindruck, dass sie etwas verschwieg.

„Die spinnt doch", sagte Manon und hielt sich gleich darauf erschrocken den Mund zu. „Sorry, ich wollte nicht ... Jedenfalls hat Alina ihr eigenes Ding gemacht. Soweit ich weiß, hat sie an einer Ausstellung mitgearbeitet."

Okay, dachte Jo, soweit zu einer geplatzten Freundschaft. Und jetzt zum Wesentlichen.

„Haben Sie Alina mal zusammen mit einem älteren Mann gesehen."

„Alina und ältere Männer?" Manon lächelte verhalten und ein wenig anzüglich. „Niemals. Bei ihr musste in der Beziehung die Post abgehen. Sie stand auf junge, kräftige Kerle."

„Kerle wie Torsten Großberger", sagte Jo trocken. Manon nickte mit abfällig verzogenem Mund. Dann war die Frage, warum sie sich immer wieder mit dem alten Trachtenliebhaber getroffen hatte.

„Also niemand in trachtenähnlichem Aufzug?"

Manon sah Jo an, als hätte er ihr gerade einen unsittlichen Antrag gemacht.

„Nein", sagte sie langgezogen. „Niemand in Tracht. Das hätte Alina extrem exotisch gefunden."

„Und den Namen Conrad von Godern, hat Alina den mal erwähnt?"

„Na, Sie stellen Fragen." Manon schüttelte den Kopf. „Nein, kann mich nicht erinnern."

„Und ein Agrarinstitut in dem Ort Bogenthal?"

„Ein Agrarinstitut? Was soll das denn?"

Manon stand auf.

„Da kann ich Ihnen leider nicht helfen. Und jetzt muss ich wieder. Sie sehen ja, wir haben zu tun."

„Na dann", sagte Jo. „Und tausend Dank für Ihre wertvolle Zeit."

Der Leiter der DENKFABRIK Ramin Noury, schmal, schräg stehende Augen, schwarzes Haar mit Silberfäden, begrüßte sie an einer Laderampe, das Gebäude war früher wohl eine richtige Fabrik. Vor dem Eingang stand ein Aufsteller mit einem Plakat. Es zeigte den Mann mit Bart und der seltsamen weißen Haube zusammen mit Adolf Hitler, wie auf dem Buchcover, das Dahlberg bei Alina Klüver gesehen hatte. Darunter der Ausstellungstitel:

‚Das Dritte Reich und die arabische Welt – muslimischer Beifall, rechte Verbindungen und linke Verdrängung'.

Donnerwetter, dachte er. Wenn er das richtig verstand, ging es nicht nur um Vergangenes. Die Ausstellung schien auf die Gegenwart zu zielen. Claudia zog die Augenbrauen hoch.

„Ganz schön mutig", murmelte sie. „Hier will wohl jemand seine letzten Freunde loswerden."

„Ganz schön provokant", flüsterte Dahlberg. „Das gießt nur Öl ins Feuer."

„Leisetreter", zischte Claudia.

„Wollen Sie jetzt reinkommen oder nicht?", rief Ramin Noury und ging voran. Sie folgten ihm in einen hohen, großen Raum. Zwischen gusseisernen, verschnörkelten Säulen standen Tafeln mit Fotos. An einer der rohen Ziegelwände hing ein Flachbildschirm, darunter auf einem Hocker ein Videorecorder. Dahlberg blieb an einer Fotowand stehen. Der Mann mit der Haube schüttelte anderen Männern mit Hakenkreuzarmbinden die Hand, paradierte mit Hitlergruß vor Soldaten, die Kappen mit Quasten trugen. Auf einem weiteren begrüßte er lächelnd einen Uniformierten. Dahlberg beugte sich vor. 4. Juli 1943 stand da, Seiner Exzellenz dem Großmufti zur Erinnerung, H. Himmler.

Warum hatte er eigentlich noch nie davon gehört, fragte er sich erneut. Es war ja nicht so, dass er keine Zeitung las. Oder die Nachrichten nicht guckte. Und Geschichtsdokus gehörten zu seinen Lieblingssendungen. Trotzdem, dachte er, sich damit zu beschäftigen, ist eine Sache, eine andere, es öffentlich auszustellen.

„Ein schwieriges Thema für eine Ausstellung", begann Dahlberg vorsichtig und wandte sich Herrn Noury zu. „Sie wissen, wie aufgeheizt die Stimmung gerade ist."

„Ach, meinen Sie, dass man Muslime nicht reizen dürfe, weil sie sonst ausrasten könnten? Sind Sie auch der Meinung, die Dinge verschwinden, wenn man nicht darüber spricht?", entgegnete Ramin Noury angriffslustig.

„Das habe ich nicht gesagt", widersprach Dahlberg, er hatte natürlich auch die gegenwärtigen Auseinandersetzungen zwischen Links und Rechts gemeint. Gleichzeitig fühlte er sich seltsam ertappt. Er musste nämlich an die Mohammed-Karikaturen denken und die Demonstrationen dagegen. Damals war er noch nicht bei der Kripo. Und abgestellt zum Schutz einer Demo von Muslimen gegen die Verhohnepiepelung des Propheten. Sie verlief friedlich, anders als die in der arabischen Welt. Die wutverzerrten Gesichter der dortigen Demonstranten hatten Dahlberg überrascht und erschreckt.

„Kommen Sie", sagte Noury und ging zu dem Recorder. „Ich zeige Ihnen etwas." Dann drückte er die Starttaste. Das Video zeigte eine Kundgebung, bei der gerade eine israelische Fahne verbrannt wurde. Daneben hielten zwei Frauen ein Transparent in die Höhe ‚We are all Hisbollah'. Daneben ein Schild, auf dem ein Mann mit einem Davidsstern auf der Stirn zu sehen war, er hatte die Zähne gefletscht, von den Zähnen tropfte Blut auf ein Baby, das in die palästinensische Flagge gehüllt war.

„Hübsch, nicht wahr. Der Jude als Kinderblutsäufer, kommt Ihnen das bekannt vor? Jedenfalls finden solche Muslime Hitler heute noch prima, wegen der Judenvernichtung. Und glauben Sie mir, wenn sie behaupten, es ginge nur um Israel, dann lügen sie. Und viele in Deutschland fallen darauf herein. Oder verstecken ihren eigenen Antisemitismus dahinter." Herr Noury stoppte das Video.

„Natürlich möchte man diese Zusammenhänge nicht bloßgestellt sehen. Ich hab' aufgehört, die Drohungen zu zählen, die ich bekommen habe. Von radikalen Muslimen, die sich entlarvt fühlen. Von Rechten, wie ich es wagen kann, große Deutsche wie Hitler auf eine Stufe mit sogenannten Kameltreibern zu stellen. Und – Überraschung – von nicht wenigen Linken. Islamischer Antisemitismus? Aber nicht doch, wir sind nur gegen die Politik Israels. Und schuld sind sowieso nur Deutsche. Außerdem könnten ihnen ja die Unterdrückten der dritten Welt und damit die zukünftigen Wähler abhanden kommen."

Ramin Noury hatte wie aufgezogen gesprochen, als wenn er Angst hätte, nicht alle Gedanken rechtzeitig unterzubringen. Dahlberg schwirrte der Kopf. Aber war das am Ende eine Spur? War Alina jemandem aus diesen aktuellen Dunstkreisen zu nahe gekommen? Wenn, dann konnte es sich eigentlich nur um Conrad von Godern handeln. Dass der etwas mit dem Islam zu tun hatte, erschien Dahlberg unwahrscheinlich. Blieben Links- oder Rechtsextreme. Angesichts der Tracht, der Vorliebe für deutschen Wein und der Namen der Kinder tippte er eher auf Rechts.

„Hat Alina mal die Namen Bogenthal oder Conrad von Godern erwähnt?"

„Nein, was ist damit?"

Wäre ja auch zu schön gewesen, dachte Dahlberg.

„Wie sieht es mit einem älteren Herren aus? Alina hat sich mit so einem Mann regelmäßig in Schöneberger Bars getroffen."

Ramin hob ratlos die Schultern.

„Noch etwas, das wir wissen sollten?"

Herr Noury dachte nach und schüttelte den Kopf.

„Sie sollten Personenschutz beantragen", sagte Dahlberg und reichte Ramin Noury die Hand.

Jo von Gotthaus stand auf dem Treppenabsatz und sah hinab.

„So kann isch net arbeite", ertönte eine Stimme von unten.

„Da, da muschte afasse."

Dahlberg und Herrmännsche waren dabei, den Läufer von der Treppe zu klauben. Es schien schwierig zu sein. Das Ding war offensichtlich feucht und schwer und hatte sich auf den Stufen festgesaugt. Endlich hatten sie es geschafft, das triefende Ding zusammengerollt und weggeschafft. Jo stieg die nackten Stufen hinab.

„Und wer bezahlt mir jetzt einen neuen?" Herrmännsche richtete sich stöhnend auf. „Oder soll es hier noch Knochenbrüche geben?"

Zu Beginn der feuchten Tage war nämlich ein halbes SEK-Kommando auf den glitschigen, noch läuferlosen Stufen ausgerutscht und als schwarzer Haufen gegen den Tresen geschlittert.

Claudia und Dahlberg saßen schon am Stammtisch und studierten die Speisekarte, ein Holzbrett, das in der Tischmitte stand. Es gab Boulette oder Würstchen mit Kartoffelsalat oder Brot. Und wie jeden Tag ein Tagesgericht, Kartoffeln mit Duckefett, Handkäs mit Musik, Fraaß, Salzekuchen, Dippehas oder Grie Sos, Herrmann gab neuerdings seiner hessischen Heimat die Ehre. Jo setzte sich dazu.

„Ist bei Manon Tarot was rausgekommen?", fragte Dahlberg.

„Nichts Handfestes. Nur das Gefühl, dass Alina mit dem Studium und den anderen Kommilitonen über Kreuz war." Er zog sein Notizbuch hervor. „Sie hat mal zu Manon gesagt, dass sie an der Uni keine Ahnung hätten und sich blind und taub stellten. Wisst ihr, was das heißen soll?"

„Und ob", sagte Dahlberg. Der Wirt schob seinen Bauch heran. „Ihr wisst, heute ist Beutelches-Tag, Vogelsberger Kartoffelwurst mit Specksoß."

„Danke", sagte Claudia. „Ich nehm' die Boulette." Die anderen folgten ihrem Beispiel. Hermann nahm die Entscheidungen ungerührt zur Kenntnis.

„Was wollt ihr trinken? Das Übliche?" Sie nickte stellvertretend. Der Wirt brachte die Getränke, zwei Bier und eine Cola Light. Dahlberg goss die Cola auf das Eis und die Zitrone, nahm das Glas und schüttelte es, das Eis klirrte, Kohlensäure stieg nach oben.

Jo nippte am Bier. Nach Dahlbergs Zusammenfassung der Erkenntnisse trank er sein Bier in einem Zug aus und betrachtete den restlichen Schaum im Glas.

„Ihr meint also, dass Alinas politisches Interesse sie auf die Spur des Freiherrn gebracht hat. Sie zieht bewusst seine Aufmerksamkeit auf sich, trifft sich mit ihm und horcht ihn aus? Er kriegt das spitz und legt sie um, weil die Sache, die in dem Gut läuft, auf keinen Fall herauskommen darf. Wobei er sich einer Vorlage aus dem Darknet bedient. So etwa?"

„Ja, so etwa. Oder hast du eine bessere Idee?"

„Nö", grinste Jo.

Ein paar Streifenpolizisten stiegen vorsichtig die Treppe hinunter und klopften im Vorbeigehen auf ihren Tisch. Herrmann kam mit dem Essen. Eine Weile war Ruhe. Im Hintergrund stießen Kollegen lautstark mit Feierabendbier an. In einer anderen Ecke ließ man ein Geburtstagskind hochleben, es war Freitagabend.

„Und wenn es so war", sagte Jo. „Wie beweisen wir das, wenn wir an Bogenthal und von Godern nicht herankommen?"

Dahlberg ließ die Jalousien herunter. Es sah aus, als wenn er schliefe, seine Art, Ärger nicht zu zeigen. Nach einer Weile schlug er die Augen auf und sah ergeben an die Decke.

„Keine Ahnung, vielleicht ist es ja Blödsinn. Bevor wir nicht wissen, ob der Freiherr in den Leichenchatrooms unterwegs war, wissen wir sowieso nichts." Er stand auf. „Okay, Kinder, Wochenende, macht was draus."

Das Abteil spiegelte sich im Zugfenster. Alexander musterte Jerschows Abbild mit dem seitengescheitelten Haar und den glattrasierten, gepolsterten Wangen. Was für ein Unsympath, aber diszipliniert, kein Wodka bis jetzt. Und sie waren schon vierzehn Stunden unterwegs, hatten Kiew und Warschau hinter sich gelassen und näherten sich der deutsch-polnischen Grenze. Es ging nach Berlin, das hatte er noch durchgeben können. Über den Zweck der Reise hatte Jerschow allerdings nichts verlauten lassen. Werden Sie schon früh genug erfahren, hatte er gesagt, polieren Sie einfach Ihr Arabisch auf.

Vor Reiseantritt hatte er Alexanders Handy eingesackt, sie blieben doch ab jetzt zusammen, nicht wahr. Und wenn es etwas mitzuteilen gebe, werde er das tun. Im Zuge einer kompletten Neueinkleidung als Geschäftsmann war Alexander auch die Stiefel und damit den GPS-Tracker losgeworden. Als er halbnackt in der Umkleidekabine stand, war ihm das Herz fast in die nichtvorhandene Hose gerutscht. Was, wenn Iwan Wladimirowitsch an ihm festgeklebte wie ein Kaugummi im Hundefell? Wenn er ihn nicht aus den Augen ließ? Wenn er keine Möglichkeit fand, Kielbaum oder Meier über den weiteren Fortgang zu informieren? Aber er hatte alles kommentarlos über sich ergehen lassen. Keine Neugier zeigen, rankommen lassen, war die Devise, irgendeine Kontaktmöglichkeit würde sich schon finden. Aber jetzt war er erst einmal auf sich allein gestellt. Der Zug überquerte die Oder. Mit dem Flugzeug wären sie längst in Berlin, aber Jerschow wollte offensichtlich verhindern, dass sie in Passagierlisten auftauchten.

Alexander stand auf und nahm die Reisetasche von der Gepäckablage. Das angebliche Insulinbesteck lag obenauf, Jerschow sollte sich an den Anblick gewöhnen, an die Tatsache, dass Postuchin Diabetiker war. Er nahm das Etui heraus und ließ sich stöhnend wieder auf den Sitz fallen.

„Das geht mir vielleicht auf den Geist."

Jetzt eine mit Kochsalzlösung, bloß nichts verwechseln. In den anderen befand sich hochkonzentriertes Rohypnol. Das würde er unter Umständen brauchen, hatte Kielbaum gesagt, falls er jemanden unauffällig außer Gefecht setzten musste. Ansonsten war er völlig nackig, was eine Waffe oder ein Handy anging.

Unter dem interessierten Blick des Russen zog Alexander das Hemd aus der Hose, drückte die Patrone gegen den Bauch und zugleich den Knopf am Ende. Es ziepte kurz. Anfangs war Jerschow ziemlich erstaunt gewesen, einen Diabetiker hätte er noch nie in seinen Reihen gehabt. Stichverletzungen und Schusswunden schon, aber Diabetes? Das war doch eine Alte-Weiber-Krankheit. Zum Glück konnte Alexander die große Narbe von der Schussverletzung und die kreisrunden Brandmale an den Unterarmen aufweisen. Er hatte während des Gastmahls in Jerschows Edeldatscha die Ärmel aufgekrempelt. Folter, hatte er auf Jerschows fragenden Blick hin gemurmelt, was die reine Wahrheit war. Allerdings stammte das Andenken aus seiner Berliner Undercoverzeit in der russischen Ikonenmafia. Die ukrainische Konkurrenz hatte ihn damals erwischt und versucht, Namen, Konten und Vertriebswege aus ihm heraus zu prügeln beziehungsweise zu brennen.

Und Sie haben standgehalten, hatte Jerschow gefragt. Allerdings, hatte er geantwortet und die Tischgesellschaft skeptisch gemustert, nach dem Motto, und was habt ihr diesbezüglich aufzuweisen? Unsere Leute sind jedenfalls rechtzeitig gekommen, hatte er kauend genuschelt, als sei die Sache nicht weiter erwähnenswert. Ein Libyer und ein Saudi seien dabei draufgegangen. Dann hatte er Jerschow und seinen Aufpassern erklärt, dass Diabetes mittlerweile schon bei Kindern vorkomme. Bei ihm sei es vor drei Monaten aufgetreten, Pech musste man haben.

„Gennadi meint, Sie sind richtig gut bei Verhören." Jerschow grinste fies. „Nicht nur sprachlich."

„Meint er das? Danke für die Lorbeeren."

„Erzählen Sie doch mal", sagte Jerschow.

„Andermal", knurrte Alexander und lehnte den Kopf an die Scheibe. Ein Parteibonze, ob nun Heimatfront oder sonst was, hatte ihm, dem verdienten Kämpfer Postuchin, gar nichts zu sagen. Draußen zogen kahle Wälder, abgeerntete Felder und menschenleere Dörfer vorüber. Am Horizont drei Kühltürme, der schneeweiße Dampf unwirklich vor düsteren Wolkenheeren.

Dahlberg hielt direkt vor dem fächerförmigen Vordach aus Stahl und Glas, das den Eingang der Polizeizentrale markierte und auf dem der Berliner Dreck seine Spuren hinterlassen hatte. Wenigstens gab es am Wochenende hier Parkplätze. Er stieg aus, sprang die Stufen empor und stieß die Stahltür auf. Die uniformierten Damen an den schäbigen Tischen, die hier den Empfang darstellten, winkten ihm zu. Er winkte zurück. Mit Verzögerung krachte hinter ihm die Tür ins Schloss. Nach einem längeren Marsch durch Behördengänge in Topfdeckelblau betrat Dahlberg das Reich der Kommunikationsspürhunde. Bildschirme, wohin man sah, auf den Screens sich überlagernde Kreise und wandernde Punkte. Niedliche Symbole standen für Funkmaste, sie sahen aus wie kleine Eiffeltürme. Mehrere Drucker ratterten vor sich hin und spuckten endlose gestanzte Papierbahnen aus.

Ein blasser, junger Mann tauchte auf, es war Mike, ein ehemaliger Praktikant, mit dem Dahlberg sich gut verstanden hatte. Als allein erziehender Vater bevorzugte er Wochenenddienste, dann konnte seine Mutter auf die Kinder aufpassen.

Vielleicht konnte er doch helfen, von Godern unter den Chatroombesuchern zu identifizieren.

„Hardy." Mike rieb sich die Augen. „Was gibt's?"

Dahlberg zog einen Stuhl heran und setzte sich rittlings darauf.

„Du weißt von den Leichenchatrooms im Darknet?"

„Allerdings." Mike verzog angewidert das Gesicht. „War Pausengespräch Nummer zwei, gleich nach der Ku-damm-Sache."

„Könnte man die Standorte der IP-Adressen einkreisen, zum Beispiel auf Deutschland oder sogar auf einen speziellen Ort?"

„Schwierig, sind wahrscheinlich alle über mehrere Stationen geroutet."

Dahlberg sah Mike in die Augen und verzog gespielt listig die linke Oberlippe.

„Kannst du es mal versuchen?"

„Eigentlich nur mit richterlicher Anordnung", stöhnte Mike genauso gespielt. „Außerdem wäre das die Nadel im Misthaufen."

„Komm schon." Dahlberg knuffte ihn auf den Oberarm. „Um der alten Zeiten willen."

„Aber nur, weil du es bist", ergab Mike sich. „Und nicht weitersagen. Wo, nimmst du an, befindet sich der Computer?"

„Bogenthal, ein Dorf bei Berlin."

Mike nahm die Tastatur auf den Schoß und begann zu tippen. Hin und wieder drückte er die Enter-Taste. Farbige Zeichen, Buchstaben, Satzzeichen und Zahlen zogen über den ansonsten schwarzen Bildschirm. Nach einer halben Stunde, in der Dahlberg wie hypnotisiert auf die Kolonnen gestarrt hatte, legte Mike die Tastatur wieder auf den Tisch.

„Leider nichts."

„Bist du sicher?"

„Erstmal ja. Wie gesagt, die Log-Ins gehen verschlungene Wege. Und auf dem Land ist die Geolokalisierung sowieso schwierig."

Die Kleinfamilie bestieg den Zug nach Stuttgart. Ein Wochenende in Blabigen stand auf dem Plan. Sibylle hatte gleich zugestimmt, sie war um gute Stimmung bemüht. Janina hatte gemault, musste aber trotzdem mit. Sie belegten eine Vierersitzgruppe im Großraumwagen. Claudia setzte sich ans Fenster. Die Tochter nahm den Gangplatz schräg gegenüber, streckte die Beine provozierend weit aus und zog ihr Handy hervor. Sibylle ließ sich neben ihr nieder. In ihrem selbst geschneiderten Mantel mit Fransen und Fellkragen, kurzen Lederhosen über dicken Strumpfhosen und zierlichen Schnürstiefeln sah sie aus wie eine Kreuzung zwischen Zigeunerbaron und Bayernbub.

Der Zug fuhr los und verließ nach wenigen Minuten die Tunneltiefen des Hauptbahnhofs. Draußen zog die trübe Berliner Stadtlandschaft vorüber, Claudia starrte in das samstagmorgendliche Grau.

Sie war frustriert, die Ermittlungen stockten. Klar war nur, dass der Mord an Alina auf das Konto eines Nachahmers ging. Der hieß nach ihrer aller Ansicht Conrad von Godern, was sie allerdings nicht beweisen konnten. Mit der Unbekannten waren sie ebenfalls nicht weiter gekommen. Bei ihr standen sie wieder vor der Frage: Gestörter Triebtäter oder Beziehungstat mit Verhinderung der Identifizierung. Im ersten Fall würde es vielleicht noch ein Opfer geben. Im zweiten konnten sie nur weiter warten, dass irgendwann irgendjemand die Frau vermisste. Die einzige Spur, die sie gehabt hatten, war keine. Die Ähnlichkeit der Gesichtsrekonstruktion mit Vanessa Troost war das, was sie war, eine Ähnlichkeit. Bestätigt durch den Ehemann und den DNA-Vergleich.

Bestätigt durch den Ehemann, dachte Claudia, der auch bestätigt hatte, dass seine Frau auf Reisen war. Ein seltsames Gefühl stieg den Hals empor, als wenn die Haut dort elektrisch war, wie immer, wenn etwas in ihrem Hinterkopf feststeckte.

„Ich bin siebzehn", fing Janina schon wieder an. „Niemand fährt mit siebzehn mit den Eltern in Urlaub."

„Oma und Opa freuen sich, Punkt", sagte Claudia.

„Ja, ja, sie haben nach einem langen, arbeitsreichen Leben verdient, ihre Enkelin wieder mal zu Gesicht zu bekommen."

Immer dieser Kampf mit dem Kind, es wurde nicht weniger, im Gegenteil. Ohne Krampf kein Sieg, hatte Claudia über sich selbst gelästert, als sie mit Janina schwanger geworden war. Noch auf natürlichem Wege, künstliche Befruchtung gab es damals noch nicht. Die Schwangerschaft war anstrengend gewesen. Und sie hatte trotz Dauerübelkeit ihr Bestes gegeben in der Berliner Anfangszeit. Claudia machte noch einen halbherzigen Versuch. „Es gibt Maultaschen mit Omas spezieller Zwiebelschmelze."

„Ich esse nicht", kam es dumpf zurück. Janina wickelte sich in ihren Oversizemantel, zog die Schlauchmütze über die Augen und den Monsterschal unters Kinn. Sibylle griente.

„Du wieder", murmelte Claudia, kuschelte sich in die Ecke und schloss die Augen. Die Schienenstöße erzeugten ein monotones Ratatat.

Als sie aufwachte, herrschte schönster Spätherbst, kein Nebel oder Regen weit und breit, hoch oben auf einem Hügel, in milchig mildem Sonnenlicht, thronte eine Burg wie aus dem Märchen oder einem amerikanischen Trickfilm. Wenn nichts dazwischen kam, würden sie in einer Stunde Stuttgart erreichen. Silbriggraue Stämme witschten vorbei. Der Zug fuhr durch einen Buchenwald, elegante graue Säulen, einzelne goldgelbe Blätter. Wenn Claudia eine Baumart mochte, dann war es diese. Mit ihren kerzengeraden Stämmen und der glatten Rinde und wie sie in einer Gemeinschaft von Gleichen standen. So war es Claudia als Kind vorgekommen. Aber da hatte sie ja auch geglaubt, dass die Blätter an den Bäumen den Wind machen.

Der Zug drosselte die Geschwindigkeit und passierte den Bahnhof Unterhausen. Danach folgten langgestreckte, flache Gebäude, die Fertigungshallen von ARNHEIM CHEMIE.

‚Ist die Haut rau wie ein Brett, mit Melkfett wird sie wieder nett.'

Jedesmal, wenn sie hier vorbei fuhren, musste Claudia an den alten Werbespruch denken, die Eltern hatten immer

Melkfett für die Hände genommen. Und jedesmal musste sie lachen.

„Pudre die Schuppen und du gewinnst bei den Puppen", deklamierte Sibylle und kicherte, sie kannte die Sprüche aus Claudias Erzählungen. Das war ein weiterer Slogan gewesen, über den sich das halbe Schwabenland amüsiert hatte.

Claudia beugte sich vor und sah an der Fassade des schicken Glasbaus empor, den sich das Chemieunternehmen kürzlich geleistet hatte. Aber da stand nicht wie erwartet ARNHEIM CHEMIE. Da stand in eleganter Schreibschrift JUNGBRUNNEN. Sie lehnte sich zurück. Ist ja ein Ding, die Nobelfirma stammte also aus ihrer Heimat, von wegen Provinz. Von Unterhausen in die Welt, dachte Claudia, ein ganz schöner Weg, das musste man erstmal schaffen. Brauchte man bestimmt eine Menge Durchsetzungsvermögen und Führungsstärke, wie es heute so schön hieß. Die Arnheims waren dafür nicht bekannt, die hatten eine gefühlte Ewigkeit an Antischuppenpuder und Melkfett festgehalten. Wahrscheinlich war Gabriel Troost die treibende Kraft hinter der neuen Entwicklung und dem Sprung in die Hauptstadt. Claudia musste an den Besuch nach der Laborexplosion denken, so chefmäßig war Troost ihr gar nicht vorgekommen. Freundlich und aufmerksam war er, erkannte Fragen, bevor sie gestellt wurden. Und wie blitzschnell er ihren überraschten Blick auf die vorfristige Weihnachtsdeko registriert hatte, als sie mit der Gesichtsrekonstruktion bei ihm waren.

Der Zug fuhr in den Stuttgarter Hauptbahnhof ein. Janina setzte ihre überdimensionale Sonnenbrille mit den blauen Gläsern auf, Sibylle legte den Pelz um und Claudia schnürte die Wanderschuhe. Sie stiegen aus und stiefelten den Bahnsteig entlang, begleitet von neugierigen oder erheiterten Blicken, sie waren schon ein Trio.

Auf dem Bahnhofsvorplatz schlug ihnen Baulärm entgegen, das Projekt Stuttgart 21 nahm Gestalt an. Der Protest gegen den Bahnhofsneubau hatte die seltsamsten Bündnisse hervorgebracht. Claudia hatte mit eigenen Augen gesehen, wie sich Porschefahrerinnen neben Mädels mit Tattoos und Nasenringen an die Bäume im Schlossgarten ketteten, die dem Tunnelbau weichen mussten. In ihrer Sturm-und-Drang-Zeit waren es die sprichwörtlichen lila Latzhosen gewesen und der schmuddelige Jutebeutel mit durchkreuztem Atompilz, da waren sie noch unter sich beim Demonstrieren und Festketten.

Sibylle winkte nach einem Taxi. Ein Wagen hielt, sie stiegen ein.

Der Samstagsverkehr war heftig. Sie brauchten ewig, um aus dem Talkessel herauszukommen. Dann ging es durch die freundliche Hügellandschaft, die sie von Kindesbeinen auf kannte. Und die Sonne strahlte von einem blauen Himmel.

In Blabigen passierte das Taxi Kirche, Marktplatz und Brunnen sowie drei Kreisverkehre. Im Gewerbegebiet dahinter befand sich die elterliche Baumschule. Hier war Claudia aufgewachsen, zwischen Fertigungshalle, Druckerei, Spritzgussfabrik und Reiterhof. Niemand sonst wohnte hier. An den Wochenenden war es meist still. Manchmal allerdings, wenn die Auftragsbücher am Überlaufen waren, wurde durchgearbeitet. Dann rumste und schallte es ins Tal hinab und störte die Sonntagsruhe der Eigenheimbesitzer.

Als die Berliner ankamen, waren die Eltern natürlich in Arbeitskleidung. Wie immer gab es zur Begrüßung die bewussten Maultaschen. Und nach dem Essen Filterkaffee aus Blechtassen, die Altvorderen waren immerhin im Schaffensmodus. Die letzten Arbeiten vor der Winterruhe standen an, Bäume beschneiden, Reiser aufpfropfen, Geäst lichten, den Boden um die Stämme düngen, die Stämme mit Kalk bestreichen und den ganzen Baum mit einer fünfprozentigen Harnstofflösung einsprühen.

Vater sagte erst lange nichts, dann fragte er Janina, wie es in der Schule lief. Sie gab eine leicht geschönte Antwort. Scheele

Blicke und Bemerkungen wie Dreimädelhaus oder Da-fehlt-doch-ein-Mann verkniff er sich seit einiger Zeit.

Mutter erzählte von der Arbeit im Sterbehospiz. Seit Jahren begleitete sie Menschen auf ihrem letzten Weg. Jeden Sonntag, nach dem Kirchgang, war sie für die Todkranken da, hielt ihre Hand, tupfte die Lippen mit einem feuchten Lappen ab, zu viel trinken dürfen besonders die Alten nicht, weißt du, Kind? Da sammelt sich Wasser in der Lunge, weil sie doch nur noch liegen. Sie brachte Naschwerk für die mit, die noch naschen wollten und konnten, las ihnen vor und sprach mit ihnen, auch wenn sie nicht mehr verstanden. Alles ehrenamtlich, nach der anstrengenden Woche in der Baumschule. Claudia musterte den Spruch, der, seit sie denken konnte, neben dem alten Küchenvertiko hing: ‚Ehre die Alten, verspotte sie nie, sie waren wie du und du wirst wie sie.'

„Vorige Woche ist Frau Mittenhammer gestorben", brachte ihre Mutter mit brechender Stimme hervor. „Es war ..."

Sie verstummte und starrte durch die Verandascheiben nach draußen, wo die viele Arbeit wartete. Dann sah sie Caudia an und Claudia sah, dass ihre Augen entzündet waren. Vom Weinen, vom Schlafmangel, von den Chemikalien? Wahrscheinlich von allem.

„Ich brauch' eine Pause", sagte sie verlegen und entschuldigend. „Ich hab mich bei einer Flüchtlingsunterkunft gemeldet." Sie legte die abgearbeiteten Hände in den Schürzenschoß. „Das sind doch junge Leute, die das Leben noch vor sich haben."

Das wird auch nicht leicht, dachte Claudia gallig, mal sehen, ob die Jungs dir die Hand geben. Mein Gott, bist du fies, meldete sich die andere Claudia, die Claudia, die wusste, dass der ganze Laden ohne Leute wie ihre Mutter zusammenbrechen würde. Hier ließ man eben niemanden im Regen stehen, dachte sie, dafür war man Christ.

Nach dem Essen brach Sibylle auf, sie wollte nach Tübingen zum Handwerkermarkt. Janina machte sich ebenfalls davon, angeblich von Wanderlust gepackt. Mutter und Vater winkten ab, als Claudia ihre Hilfe anbot, lass mal, Kind, wir sind gleich fertig.

Eine Kaffeetasse in der Hand lehnte sie sich an den Rahmen der Verandatür. Ein leichter Wind trieb den Geruch verbrannten Laubes herbei. Sie konnte das Aufheulen der Kreissäge hören, das Rauschen und Platschen, mit dem die überflüssigen Äste zu Boden fielen, das Ächzen ihres Vaters, wenn er sie zum Häcksler schleppte und das Knacken und Splittern, wenn das Holz darin verschwand. Die tief stehende Herbstsonne schien ihr direkt in die Augen. Claudia legte die freie Hand über die Augen. Im Gegenlicht schienen die Baumreihen miteinander zu verschmelzen. Eine unförmige Gestalt wandelte zwischen ihnen. Es war ihre Mutter in der schweren Schutzkleidung. Woher sie die Kraft nahm mit fast siebzig, fragte Claudia sich wieder einmal. Dabei wusste sie die Antwort: Fleiß, Disziplin und Verantwortungsbewusstsein. Auch das bekam man hier in die Wiege gelegt. Zusammen mit der Unfähigkeit, mal alle fünf gerade sein zu lassen, frohe Feste frühestens nach vielen sauren Wochen. Es gab das eine nicht ohne das andere. Jedenfalls nicht in dieser Generation, in der hatte der Pietismus noch etwas zu sagen. Der Flüssigkeitsbehälter auf dem Rücken machte ihrer Mutter einen Buckel. Das dünne lange Rohr mit der Düse an der Spitze war kaum zu erkennen, die Sonne blendete. Claudia kniff die Augen zusammen.

Hatte auch Gabriel Troost sie geblendet, fragte sie sich seit der unerwarteten Begegnung mit dem Schriftzug JUNGBRUNNEN.

Der Mann, der von Berufs wegen strategisch dachte und taktisch handeln musste. Einer, der Mitarbeiter beeinflusste und lenkte, sonst hätte die Firma nicht diesen Erfolg. Der Manager, der Macher, der alles im Blick und im Griff hatte. Der Mann, der sogar nach der Laborexplosion und dem Verlust seines Chefchemikers überlegt und strukturiert geblieben war, der Fragen erkannte, bevor sie gestellt wurden, der jede Regung, jeden Blick zu registrieren schien. Und der sich auf der anderen Seite wie ein gutmütiger Hausvater gab, so warm und herzlich, wie sein Händedruck war, so rücksichtsvoll, wie er mit seiner alten Mutter umging. Oder wie ein zerknirschter Ehemann, der ihnen dünnhäutig und verlegen von seiner Fremdgeherei erzählte, ohne dass sie gefragt hatten. Der für jede Situation das richtige Gesicht, das richtige Wort, die richtige Erklärung parat hatte? Für die Mutter, für die Polizei, für die Abwesenheit seiner Frau. Waren sie darauf hereingefallen? Hatte die Serienkillertheorie ihnen den Blick verstellt? Hatte Troost sie getäuscht?

Er schreckte hoch, bang und bebend. Gabriel Troost griff nach dem Handy auf dem Nachttisch, es war schon neun. Er ließ die Hand mit dem Handy sinken und starrte an die Decke. Die Beklemmung, die sein Herz einschnürte, wich nur langsam. Genau wie das Traumbild, Vanessa in dem schwarzen Elastikanzug, Brüste und Scham leuchten hell. Sie lacht, die umstehenden Unternehmerkollegen und ihre Gattinnen ebenso. Beate Arnheim sieht zu ihrem Mann hinüber, Manfred lockert seine Krawatte. Vanessa tanzt, sie dreht sich um die eigene Achse, schneller und immer schneller. Bis keine Konturen mehr zu erkennen sind. Jede Nacht der gleiche Traum.

Troost wälzte sich aus dem Bett, schlurfte ins Badezimmer und betätigte den Drehschalter aus Porzellan. Die beiden tropfenförmigen Lampen aus Mattglas erstrahlten und die Fliesen mit der zarten Jugendstilbordüre glänzten. In dem fleckigen Spiegel erblickte er einen erschöpften Mann.

Eine Viertelstunde später stieg Gabriel Troost gestiefelt und gespornt die geschwungene Treppe hinab, der Kokosläufer knirschte. Er sah sich plötzlich als Fünfjährigen, barfuß den schmalen Streifen Holz neben dem Läufer hinunter tastend, jedes Geräusch vermeidend. Mit nur einem Ziel, Fernsehen, im Stehen hinter der angelehnten Wohnzimmertür, solange die Eisfüße ihn hielten. Seltsam, warum ihm das gerade jetzt einfiel. Er hatte ewig nicht daran gedacht.

Aus dem Bad im Erdgeschoss drang das Geräusch einlaufenden Wassers. Mutter war also schon auf, für sie spielte die Tageszeit keine Rolle mehr. Und wenn sie baden wollte, ging er in Habachtstellung. Wie schwach sie geworden war in letzter Zeit, Haut und Knochen, viel Haut und schmerzende Knochen, jeder Gang eine größere Unternehmung, Aufstehen ein kräftezehrender Akt. Vor drei Jahren, als Gabriel und Vanessa von Unterhausen nach Berlin und dort in den Prenzlauer Berg zogen, da hatte sie noch Kraft gehabt. Jedenfalls genug, um ihn zusammenzustauchen, ihm ein schlechtes Gewissen zu machen, warum sie denn nicht hier wohnen wollten, am Wasser, in der Ruhe, bei ihr. Er klopfte an die Tür.

„Komm rein." Mutters jugendlicher Tonfall. Sie stand im Morgenmantel über die Badewanne gebeugt und schwenkte ein Kleidungsstück im Wasser hin und her, ihr Lieblingskleid, eigentlich waschmaschinentauglich.

„Mama, das kannst du doch in der Maschine waschen."

Millimeterlangsam kam sie hoch, die Hände auf den Wannenrand gestützt. „Lass mal, ich weiß schon, was ich tue."

Feste Stimme, bestimmt, bestimmend. Das Gehirn löste sich auf, das Wesen war tief verankert, sie machte die Ansagen. Bloß nicht zugeben, dass sie mit den Schaltern und Symbolen des Geräts nicht mehr klarkam, Rückzugskämpfe der Würde.

„Na komm, ich tu es in den Trockner."

„Wie du meinst, aber das kann ich auch selbst."

Konnte sie nicht, besonders der Trockner hatte seine Tücken. Gabriel Troost beförderte das Kleid in die Trommel und drückte ein paar Knöpfe. Er musste an Vanessas rostfarbenes Seidenkleid denken. Wie toll sie darin ausgesehen hatte bei ihrem letzten gemeinsamen Auftritt im SEEHAUS. Ihre Sachen hatte er vorerst in der Dachkammer untergebracht. Mutter hatte gemeint, die könnte man zu einem begehbaren Kleiderschrank machen. Sicher, sicher, hatte er gedacht, bloß jetzt nicht, jetzt hatte er keinen Nerv für solche Dinge.

In der Küche lief das Kofferradio, er machte den Apparat aus. Gertrud, die Haushaltshilfe seit Menschengedenken und mittlerweile Freundin und Vertraute seiner Mutter, tapperte herein. Wer hier allerdings wem half, war noch die Frage, sie stand Mutter in Sachen Senilität in nichts nach.

„Soll ich dir Frühstück machen?", fragte sie mit schwacher Stimme.

Bloß nicht, dachte Gabriel, da konnte er ja bis Mittag warten. Und bei der Klärung so wichtiger Fragen wie der Kochzeit eines Eies dabei zu sein, war bei weitem nicht so komisch, wie es sich anhörte. Genauso wenig wie das Verstecken lebensnotwendiger Dinge wie Brillen, Versicherungspolicen, Medikamenten und Geld und die darauf folgende stundenlange Suche.

„Ne, lass mal, ich hab keinen Hunger."

Troost goss sich einen Becher Kaffee ein und nahm einen Schluck. Er schmeckte, als hätte er schon Stunden auf der Warmhalteplatte gestanden. Aber die Angst vor dauerglühenden Herdplatten und überlaufenden Waschbecken hatte ja bald ein Ende. Der Umzug in ein Heim stand bevor. Frühere Vorstöße waren ins Leere gelaufen, wir doch nicht, wir sind doch nicht plemplem. Doch jetzt hatte er die beiden soweit. Troost schüttete die Plörre weg und goss sich einen löslichen Kaffee auf. Die Tasse in der Hand ging er ins Wohnzimmer. Die Lichtergirlanden und Weihnachtssterne strahlten. Auf dem niedrigen Couchtisch stand ein Adventskranz. Er ließ sich in einen der extra tiefen Sitze fallen und legte die Füße neben das Tannenrund mit den dicken roten Kerzen. In einem geblümten Kleid tauchte Mutter in der Flügeltür auf. Aha, dachte Gabriel Troost, im Moment ist wieder Sommer. Sie wedelte mit einem Stück Papier.

„Kannst du die Überweisungen einwerfen?"

Er stemmte sich hoch, nahm den Schein und das Smartphone vom Tisch, da war Mutters IBAN-Code gespeichert. Natürlich hatte sie einen Zahlendreher. Und natürlich hatte sie vergessen, dass er diese Dinge längst online erledigte.

„Was machst du denn da?", fragte sie hell und dringlich.

„Nach was sieht's denn aus?" Manchmal platzte sein strapaziertes Nervenkostüm eben und ein Stück Ärger quoll heraus. Er spürte ihr Einschnappen und sah sie mit einem milden Lächeln an. „Mama, nur ein kleiner Zahlendreher. Ich erledige das am Computer."

„Wenn du meinst."

Troost stieg die Treppe wieder hinauf. Hier oben hatte er sich einen Arbeitsplatz eingerichtet. Der Tisch stand unter dem Gaubenfenster. Darauf ein Computerbildschirm, eine Tastatur und eine schnurlose Maus. Davor einer der Designerstühle mit der raffinierten Kippvorrichtung. Die übrigen waren verkauft. Wie alles andere, das zu groß war für dieses Haus, für die stinknormalen Zimmer in seinem Elternhaus. Und das war das meiste aus der Riesenwohnung im Prenzlberg, der Tisch mit der Schieferplatte, die raumgreifende Couchlandschaft, das meterlange Sideboard.

Troost setzte sich und berührte eine Taste. Der neue Bildschirmschoner erschien, Vanessa mit ihrem reduzierten Lächeln. Um den Kopf ein rotes Tuch, ein anderes um die schmalen Hüften, Malediven, Traumstrand, Traumurlaub. Sie sah fremd und sexy aus. Die Überweisung war schnell erledigt. Troost verschränkte die Hände im Nacken und sah durch das Minifenster hinaus in den hellgrauen Himmel. Dann gab er sich einen Ruck und stand auf, es half ja alles nichts.

In der Firma war es ruhig, aber seine Sekretärin war da. Die Zeit bis zum Weihnachtsgeschäft wurde langsam knapp und er wollte über die Entwürfe entscheiden. Gabriel Troost betrachtete die Pyramide auf dem Tisch. Die perlmuttweißen Verpackungswürfel waren von gewellten hellblauen Linien überzogen. Auf der Vorderseite ein engelgleiches weibliches Wesen auf dem Rand eines Brunnens, das Gewand umfloss den Körper nur so, ein zartes glattes Bein sah hervor. Blaue Bänder hielten die wildgelockte Haarpracht zusammen, die Enden schienen in einem lauen Lüftchen zu flattern. Großartig, dachte er müde, hatten die Werbeleute ihn letzten Endes doch verstanden. Das Telefon klingelte.

„Schon wieder", lispelte seine Empfangsdame. „Soll ich durchstellen?"

Es ging um den Entwurf für die Anzeigen. Die Grafikdesigner warteten auf seine Entscheidung. Was hieß hier warten, sie drängelten.

„Nö, sollen ruhig ein bisschen zappeln. Sind ja auch ewig nicht in die Puschen gekommen."

Troost legte auf und konnte die vornehm-kalte Auskunft seiner Sekretärin förmlich hören. Er trat an den flachen Tisch inmitten der Couchlandschaft. Der favorisierte Entwurf für die Werbekampagne leuchtete im Kegel der tief hängenden Lampe. Wieder die feenhafte Schönheit mit den schlanken Oberschenkeln. Sie hielt ein Döschen in die Höhe, von dem ein goldenes Strahlen ausging. Die Haarbänder kräuselten sich in einen rosé geschichteten Himmel hinein. Es war so exzessiv kitschig, dass es schon wieder Klasse hatte. Die Jungs hatten an der richtigen Stelle gekramt und waren auf die lieblichen Mädchengestalten alter Märchenbücher gestoßen. Und JUNGBRUNNEN war ein Märchen. Von wegen Zauberhand. Der Wirkungsgrad der Formel lag gerade mal nullkommaeins Prozent über dem der Konkurrenzwirkstoffe. Dafür der ganze Aufriss. Ja, ja, ein paar Fettgrübchen verschwanden. Wenn man jeden Morgen und Abend cremte und zwar reichlich. Und Sport trieb. Und wenig aß. Und gute Gene hatte.

Ungeduldig wartete Claudia auf Helmut, ihren alten Chef und inoffizielle Amtshilfe. Sie wollte bei der Firma in Unterhausen mehr über das Ehepaar Troost herausbekommen. Sie hatte kaum geschlafen, ihr Gehirn fühlte sich wund an von den Spekulationen.

Was, wenn die Kopflose doch Vanessa Troost war und ihr Mann sie absichtlich nicht identifiziert hatte, hatte sie sich immer wieder gefragt. Was, wenn ihre Reise inszeniert war? Was, wenn er ihnen zu allem Überfluss falsche Haare für den DNA-Vergleich untergejubelt hatte?

Es hupte dreimal, das musste Helmut sein. Claudia stürmte aus dem Haus. Sie umarmten einander.

„Okay", sagte Helmut und klopfte aufs Dach seines Honda Aerodeck, den er schon hatte, als Claudia bei der Stuttgarter Sitte anfing. „Wo soll's denn hingehen?"

„Nach Unterhausen."

Sie stiegen ein, Helmut legte einen Kavaliersstart hin. Bis auf ein paar Radrennfahrer in der Ferne war die Straße leer.

„Und du wolltest nicht offiziell um Amtshilfe nachsuchen, weil ...?", fragte Helmut nach einer Weile.

„Weil ich dich hab." Claudia lachte.

„Muss ich etwas wissen?" Er musterte sie von der Seite. „Oder nur meinen Ausweis hinhalten."

Claudia überlegte, wie weit sie Helmut einweihen sollte. Um Troost nicht aufzuschrecken, wollte sie in der Firma vorgeben, wegen Doktor Winkler zu ermitteln. Der Vorwand Laborunfall kam gerade sehr zupass.

„Geht um eine Berliner Kosmetikfirma, das Stammhaus ist in Unterhausen ansässig. Aber eigentlich um den Geschäftsführer und seine Frau."

„Klingt kompliziert", sagte Helmut. „Na dann."

Nach einer Viertelstunde hatten sie das Ziel erreicht. Der Wagen stoppte vor dem Glaspalast. Helmut beugte sich über das Lenkrad und sah nach oben. „Und warum sind die weg hier?"

Claudia zuckte mit den Schultern.

„Bessere Möglichkeiten für Lobbyarbeit?"

Am Empfangstresen lächelte ihnen eine gepflegte ältere Frau entgegen. „Willkommen, wie kann ich Ihnen helfen?"

Helmut zückte seinen Ausweis.

„Helmut Pösslach, Polizei Stuttgart, wir hätten eine Frage."

Schlagartig hatte die Dame einen besorgten Gesichtsausdruck.

„Geht es um den Laborunfall?"

Claudia nickte, Helmut sah unter sich.

„Wir würden gern mit Kollegen und Bekannten von Doktor Winkler sprechen."

Die Dame sah zwischen ihnen hindurch.

„Soweit ich weiß, ist Doktor Winkler erst in Berlin zur Firma gestoßen", sagte sie misstrauisch. Scheiße, dachte Claudia, die Möglichkeit hatte sie nicht einkalkuliert.

„Das wissen wir natürlich, aber solch hochkarätige Wissenschaftler kennen sich doch meist schon lange."

„Da müsste ich in der Personalliste der früheren Forschungsabteilung nachsehen", sagte die Frau. Man sah ihr an, dass sie keine Lust dazu hatte.

„Wenn Sie so liebenswürdig wären", sagte Helmut mit Nachdruck.

Die Dame wandte sich dem Computer zu und tippte etwas ein.

Und jetzt unauffällig auf Troost kommen, dachte Claudia. Als Geschäftsführer hatte er Winkler bestimmt eingestellt.

„Der Tod des Chefchemikers muss ein ziemlicher Schlag gewesen gewesen sein."

„Das können Sie aber glauben", sagte die Frau, ohne den Blick vom Bildschirm zu nehmen. „Besonders Herr Troost war sehr betroffen, er hat Doktor Winkler seinerzeit von der Konkurrenz abgeworben."

„Ja, so ist das", murmelte Claudia gespielt abwesend, „wenn man ganz in der Arbeit aufgeht." Mal sehen, was das brachte.

Die Angestellte drückte mit einer abschließenden Geste eine Taste.

Ein Drucker unter dem Tresen begann zu rattern.

„Sie sagen es, und für Herrn Troost gab es nur die Arbeit", sagte sie und reichte Helmut den Ausdruck. „Er ist hier auch nie heimisch geworden, eben ein richtiger Berliner. Dafür hat es seine Haushälterin, die Frau Häberle, in Berlin nicht ausgehalten."

Haushälterin? Das war mehr, als Claudia erwartet hatte. Die Frage war, ob die Frau bereit war, etwas von ihrem ehemaligen Arbeitgeber preiszugeben. Und wenn ja, was und wieviel?

„Mit der würden wir auch gern sprechen. Haben Sie die Adresse?"

„Sicher. Aber ob die etwas über Doktor Winkler weiß?"

Manfred Arnheim schlenderte zwischen den Oldtimern umher.

Beate stand mit Sektglas und angespannter Miene neben dem Aston Martin, in dem schon einige Geburtstagsgeschenke lagen.

Das nächste Paar trat heran, Küsschen rechts, Küsschen links, lautes Lachen, du bist wieder ein Jahr jünger geworden, wie machst du das bloß. Er wusste es.

Nach und nach trudelten die Gäste ein, alle wie erbeten in Casual Style, passend zur Eventlocation, der riesigen Garage, in der die Oldtimer standen, elf an der Zahl. Die beiden Großen waren aus dem Internat angereist und lehnten gelangweilt an einem Kotflügel, die Kaschmirpullis locker um die Schultern geschlungen, es war gut geheizt. Die Kleinen rannten zusammen mit anderen Kindern zwischen den lackglänzenden Autos herum.

Ein befreundeter Konkurrent näherte sich.

„Manfred! Das ist ja eine tolle Idee, hier zu feiern. Wie viele sind es denn schon?"

Na, zähl doch nach, du Komiker, dachte Arnheim. „Elf. Mit dem Aston Martin jetzt elf."

„Großzügig, großzügig, das muss ich schon sagen. Darf Beate den neuen auch fahren?"

„Es ist ihrer, was denkst du, wird sie damit machen." Arnheim prostete seinem Gesprächspartner zu. „Du entschuldigst mich."

Er ging hinüber zu einer Gruppe Mütter.

„Wie kann man kleinen Kindern nur dieses Billigzeugs anziehen", sagte gerade eine mit einem herausgeputzten Baby auf dem Arm. „Wer weiß, was da alles an Chemie drin ist."

Dem hatte sie, genau wie Beate, mit italienischer Mini-Couture vorgebeugt. Und Manfred Arnheim kannte die Preise. Die anderen Muttertiere murmelten Zustimmung.

Gabriel erschien, als einziger im Businessdress. Manfred ging auf ihn zu.

„Und? Was dabei gewesen?"

„Kann man so sagen", sagte Gabriel. „Hab dir den Entwurf geschickt."

„Gucke ich mir nachher an", gab Arnheim zurück. „Jetzt willst du sicher erst einmal Beate deine Aufwartung machen. Gehen wir rüber zu ihr?"

Mit einem ergebenen Lächeln nahm Beate Gabriels Geschenk entgegen, es sah wieder nach einem Buch aus.

„Dankeschön", sagte sie artig und löste das Geschenkband.

Zum Vorschein kam „Japanische Erotik".

An ihrem Hals zeigten sich Hektikflecken, sie mochte es nicht, dass ihre stille Leidenschaft öffentlich wurde.

„Mit Holzschnitten von Utamaro, Moronobu und Harunobu", sagte Gabriel. „Das Original von 1907."

Beate schlug die Augen nieder und das Buch wieder ins Papier ein. Manfred Arnheim nahm ihre freie Hand und legte das Samtsäckchen, in dem sich die schweinische Elfenbeinschnitzerei befand, hinein.

„Ich hab auch noch eine Kleinigkeit für dich."

Beate öffnete es, warf einen Blick hinein und zog die Kordel wieder zu. „Danke, das passt ja." Beide Gaben an die Brust gepresst, entfernte sie sich.

„Übrigens", Arnheim blickte Beate hinterher, „wann kommt Vanessa eigentlich zurück aus Italien?"

„Wahrscheinlich in einer Woche."

„Tolle Fotos, die sie geschickt hat. Besonders von dieser Papststadt, wie hieß die gleich nochmal?"

„Pienza", sagte Gabriel.

„Genau, Pienza", bestätigte Arnheim die Auskunft.

Er klatschte fröhlich in die Hände, obwohl ihm ganz und gar nicht fröhlich zumute war. Aber jetzt war der Clou des Tages dran.

„Alle mal herhören." Das Tuscheln verstummte.

„Zu eurer Verfügung." Mit einer großen Geste umfing er den gesamten Wagenbestand. „Die Schlüssel stecken."

Er hatte richtig gerechnet. Unter wenig standesgemäßem Gejohle verteilten sich die Geburtstagsgäste auf die Wagen. Das Tor rollte hoch und die Kolonne setzte sich in Bewegung.

„In einer Stunde wieder hier", rief er der begeisterten Fahrgemeinschaft hinterher. „Und nix kaputtmachen."

Claudia hatte sich so bescheiden und rechtschaffen hergerichtet wie möglich, wie sie dachte, dass es passte, zu der Gegend und zu ihrem Besuch bei Troosts ehemaliger Haushälterin. Knielanger Rock, Twinset, Wollmantel, der Kleiderschrank ihrer Mutter gab das her. Alles 80er Jahre, alles kaum getragen, Frau Gerlinger senior bewegte sich seit langem nur noch in Schürze oder Overall durch die Welt. Die Aktion hatte Nerven gekostet, so hatte ihre Mutter sie gelöchert. Was das solle, wohin sie wolle. Und Claudia hatte etwas von Undercover gemurmelt.

Helmut sah ihr erstaunt entgegen

„Was hast du vor? Wo sind die Tausendtaschenhosen und die Schnürstiefel?"

„Reicht doch, wenn du brave Mitbürger erschreckst." Sie deutete auf Helmuts Rockerjacke und den Ohrring, seine Arbeitskleidung im Rotlichtmilieu.

„Unterhausen Ausbau, bitte."

Helmut grinste. „Zu Befehl, Frau Kriminalhauptkommissarin."

Sie stiegen ein und fuhren los. Claudia schwieg angespannt, sie bewegte sich auf dünnem Eis. Am Telefon hatte sie sich als alte Freundin der Troosts vorgestellt, die wieder in die Heimat zurückwollte und eine Haushaltshilfe suchte.

Unterhausen Ausbau bestand aus fünf Häusern, eines hatte einen Sockel aus hellblauen Fliesen und ein dunkelblaues Dach. Eine mittelgroße, schmale Frau stand davor und winkte. Helmut stoppte.

„In einer Stunde bin ich wieder hier." Claudia stieg aus.

„Kommen Sie rein, kommen Sie rein", zwitscherte Frau Häberle nach der Begrüßung und ging voran, ein einziges Rüschenwerk, das veilchenblaue Kleid an allen Ecken und Enden geraffelt. Gewissermaßen jenseits aller Schlichtheit und ein schreiender Gegensatz zu Claudias geborgtem Ensemble.

Sie folgte der Frau in ein Wohnzimmer, in dem noch mehr Rüschen warteten. Die Beine des geblümten Sofas und der Sessel waren von einer Riesenrüsche, die Kerzen in ihren Kerzenständern von einem Rüschenkranz umgeben. Der Tisch mit einer ebenfalls gerüschten Tischdecke war zum Nachmittagskaffee gedeckt.

„Sie suchen also eine Haushälterin und Herr Troost hat mich empfohlen?"

Frau Häberle wies einladend auf einen Sessel und ließ sich auf dem Sofa mit Blumenmuster nieder.

„So isch's", sagte Claudia in ihrem besten Schwäbisch und nahm ebenfalls Platz, ihr freundlichstes Gesicht der Frau inmitten des Blütengewitters zugewandt.

„Sie haben es wohl auch nicht ausgehalten in Berlin?", seufzte Frau Häberle.

Claudia nickte zustimmend. „Zu viele Schwabenwitze."

„Sie sagen es, Sie sagen es, furchtbar."

Daraufhin verschränkte Frau Häberle die Hände, hob sie an und ließ sie in den Schoß fallen.

„Außerdem hatte ich ja ausgedient", sagte sie in einem Ton zwischen Traurig- und Beleidigtsein. „Bloß, weil es in Friedrichshagen schon eine Haushälterin gab."

Claudia verkniff sich eine Nachfrage, als alte Freundin musste sie ja wissen, was es damit auf sich hatte. Hoffentlich kam ihre Gastgeberin noch einmal darauf zurück.

„Dabei hält Gabriel doch so große Stücke auf Sie."

Das war ein Schuss ins Blaue, aber Schmeicheleien wurden ihrer Erfahrung nach nur selten angezweifelt. Wie erwartet fühlte Frau Häberle sich gebauchpinselt. Scheinbar verlegen nestelte sie an einer Rüsche herum.

„Schon, aber vielleicht ist es ja besser so." Sie ließ ihren Blick durch das geschmückte Zimmer schweifen. „Ich bin mit Frau Troost nie richtig klar gekommen. Haben Sie sich denn mit ihr verstanden?"

„So lala", wich Claudia aus.

Frau Häberle griff nach der Kaffeekanne und goss ein. Dabei schüttelte sie die ganze Zeit den Kopf.

„Verreisen, wenn ein Umzug ansteht, das muss man sich mal vorstellen. Die ganze Packerei blieb an mir hängen."

Jetzt ergab die Bemerkung mit der schon vorhandenen Haushälterin Sinn, Troost war umgezogen, nachdem seine Frau auf Reisen gegangen war. Claudia versuchte, ihre Aufregung zu verbergen und langte nach dem Milchkännchen.

„Unmöglich sowas", stimmte sie erst einmal in das Klagelied ein und goss die Milch in den Kaffee, mal sehen, was Frau Häberle noch zu erzählen hatte.

„Der Herr Troost fehlt mir schon." Die Frau sah gedankenverloren in eine Ferne, die man hinter den dicht gerafften Stores nur vermuten konnte. „So ein feiner Mann. Immer aufmerksam und zuvorkommend."

„Wie wahr", gab Claudia ihr Recht und trank in kleinen Schlucken.

Jetzt auf den Busch klopfen und mehr über das Verhältnis der Eheleute erfahren. „Im Gegensatz zu Vanessa", sagte sie aufs Geratewohl. „Die konnte ein ganz schönes Biest sein."

„Das können Sie laut sagen." Frau Häberle senkte verschwörerisch die Stimme, Claudia hatte offensichtlich ins Schwarze getroffen. „Die betrügt ihren Mann nach Strich und Faden. Und er ist treu wie Gold."

„Ich weiß", sagte Claudia so gelassen sie konnte, denn das war das komplette Gegenteil von dem, was Troost ihnen erzählt hatte. Normalerweise wäre es nicht weiter von Interesse, dass Vanessa Affären hatte, hier ging es nicht um Moralapostelei. Aber Troost hatte bei ihrem Besuch in Friedrichshagen übermäßig betont, dass er der große Fremdgeher war. Dafür gab es nur eine Erklärung. Er wollte verhindern, dass sie auf dumme Gedanken kamen, nämlich, dass es genau umgekehrt, dass er der Wütende war.

„Und wissen Sie, mit wem Vanessa es im Moment treibt?", drang Frau Häberles Stimme wieder an Claudias Ohr. Sie schüttelte den Kopf.

„Mit einem Freund ihres Mannes", sagte die ehemalige Haushälterin.

„Das isch ja net zu fasse", bemühte Claudia wieder ihr Schwäbisch, hoffentlich honorierte ihre Gastgeberin den Gleichklang und packte weiter aus. Die Frau nahm die Arme auseinander und zupfte verschämt an einer Rüsche herum.

„Manfred Arnheim."

„Nein." Claudia riss die Augen auf und das musste sie nicht einmal spielen. Manfred Arnheim, der Inhaber von JUNGBRUNNEN, der Geliebte von Troosts Frau?

Einen Moment lang sah es in ihrem Kopf aus, als seien Tränengas- und Blendgranaten zugleich explodiert. Sollte Manfred Arnheim auch ein Motiv gehabt haben, schoss es ihr durch den Kopf, vorausgesetzt, Vanessa lag tot in der Pathologie und gondelte nicht fröhlich durch Italien. Vielleicht hatte Vanessa gedroht, Arnheims Frau von dem Verhältnis zu erzählen, irgendwie ging Claudia davon aus, dass er verheiratet war. Vielleicht hätte sogar deren Ehe auf dem Spiel gestanden? Vielleicht wäre das eine Bedrohung für die Firma gewesen? Aber was war dann mit den falschen Haaren?

Dann sah sie Troost vor sich, einen Mann, der vieles ertragen hatte. Bis das Fass übergelaufen war, bis Vanessa Troost auch noch mit Arnheim anbandeln musste. Hatte er sie in einem Wutanfall erwürgt, das Ganze als Triebmord getarnt und mit der Säure die Identifizierung erschwert? Und auch noch die Fotos von Vanessas Handy an sich selbst geschickt? Aber irgendwann würde ihr Fehlen doch auffallen?

Oder es war, wie Troost gesagt hatte. Seine Frau war tatsächlich auf Reisen und würde bald zurück sein. Und er einfach der fürsorgliche Ehemann, der seiner Frau die Eskapaden verzieh, der die Umzugskisten ausgepackt und alles an seinen Platz gebracht hatte, einschließlich der besagten Haarbürste. Und die Selbstbezichtigung als Frauenheld war nur Zeichen einer komischen Männerehre, nach dem Motto: Lieber Hahn im Korb als Hahnrei. Claudia war verwirrt.

Frau Häberle verschränkte ihre Unterarme und lehnte sich zurück, ganz die empörte Unschuld vom Lande.

„Immer, wenn Madam ein paar Tage weg war, da hat sie angeblich eine Freundin besucht. Hat sie aber nicht. Sie war mit Herrn Arnheim zusammen, auf Messen und so."

Plötzlich rutschte sie unbehaglich hin und her. Vielleicht war ihr klar geworden, dass es ziemlich unfein war, intime Geheimnisse ehemaliger Arbeitgeber auszuplaudern. Sie umschlang ihre Knie und sah Claudia an, die Augen so blau und falsch wie die künstlichen Kornblumenkränze.

„Sie suchen also eine Aufwartung. Ab wann denn?"

„In drei Monaten, oder sechs", beeilte Claudia sich, Auskunft zu geben. „Wenn die Herrschafte mit dere Bau fertig sind. Könnet Sie sich darauf einstelle?"

„Selbstverständlich, rufen Sie einfach an."

Claudia stand auf.

„Sie wollen doch nicht schon gehen." Frau Häberle wirkte enttäuscht, sie hatte bestimmt noch eine Menge auf dem Herzen.

„Ich muss wieder, leider."

Frau Häberle erhob sich ebenfalls. Im Flur angekommen, sah sie Claudia besorgt an.

„Aber Sie sagen ihm doch nicht, was ich über Vanessa denke."

„Niemals." Claudia grinste verschwörerisch. „Wir wollen doch den Männerstolz nicht verletzen. Und Sie erzählen ihm am besten nichts von unserem Gespräch. Am Ende denkt er noch, ich mische mich in Ehefragen ein."

Frau Häberle lächelte kameradschaftlich. „Sie können sich auf mich verlassen."

Claudia verabschiedete sich und ging langsam zur Straße, Helmut war noch nicht da. Sie zog ihr Handy hervor und rief Dahlberg an.

Im Frühstücksraum des anonymen Tagungshotels, in dem sie nach der Ankunft in Berlin Quartier bezogen hatten, herrschte die bemüht gelassene Stimmung, die in solchen Unterkünften für Dienstreisende immer herrscht. Man las Zeitung oder blätterte in Unterlagen, biss geistesabwesend in ein Brötchen oder nahm einen Schluck Kaffee, ohne die Augen von den wichtigen Informationen zu lassen.

Jerschow stand am Heißwasserspender und brühte Tee auf. Alexander musterte das Buffet. Einige der anwesenden Anzugsträger sahen zu ihnen hinüber, kein Wunder bei ihrem Outfit, ein Wildtöter und ein Forstadjunkt. Am Vortag hatten sie einige Zeit in einem Laden namens LODENIA verbracht, es war ein Erlebnis. Als sie das Geschäft in der Friedrichstraße verließen, war Alexander im Besitz einer Hose aus Breitkord mit Aufschlägen und ledergefassten Tascheneingriffen, einer Filzjacke ohne Knöpfe, dafür mit Schlaufen und Hornknebeln. Und eines Hemdes, das am Kragen und an den Manschetten bestickt war, Edelweiß und Tannenzapfen. Er hatte wieder nichts gefragt, nur ironisch und zugleich verständnisinnig gegrinst, als sie sich gegenseitig betrachteten. Jerschow hatte sich für ein Outfit entschieden, das eher an Überlebenstrips denken ließ, tarnmäßig gemusterte Segeltuchhose, passende Weste mit reichlich Taschen, flauschiges, braungrün changierendes Hemd. Die Verkleidung legte eine Fahrt ins Berliner Umland nahe.

Alexander klappte den Deckel auf, unter dem er das Rührei vermutete. Fehlanzeige, alles leer gegessen. Eine Angestellte kam vorbei, klein und kurvig wie eine Sanduhr, kurze Haare, große erstaunte Augen. Es traf ihn wie ein Blitz, Greta war auferstanden. Sofort rollte der Film vor ihm ab. Sie hatten sich gerade erst kennengelernt und kamen während einer Fahrradtour in ein Gewitter, beide nur in Shirts und Shorts. Binnen kürzester Zeit waren sie durchgeweicht, das Wasser quatschte bei jedem Schritt in Gretas Sandalen. Das Lokal, in das sie sich verschwörerisch lachend retteten, hatte Kerzen angezündet, so dunkel war es draußen geworden. Greta griff nach den Papierservietten und trocknete damit sich und die Sandalen ab. Alexander sah die entsetzten Mienen der Restaurantgäste vor sich, als sie die feuchten Treter auch noch über die Kerzenflamme hielt. Damals hatten sie gemeinsam über die Spießer gelacht. Später fragte er sich hin und wieder, ob das die Vorboten der Paranoia gewesen waren. Jedenfalls hatten sie über Alles und Jedes gesprochen, über die letzte Pizza und letzte Dinge. Über seine Verwirrung nach dem Ableben des Kommunismus, über das Durcheinander in seinem Kopf, nach seiner Rückkehr in ein anderes Deutschland. Und über ihre Angst vor dem Leben.

Die Bedienung stand immer noch vor Alexander und sah ihm neugierig in die Augen. Dann ließ sie einen spöttischen Blick über seinen Aufzug gleiten. Alexander sah an sich herunter, hob ironisch hilflos die Arme und schielte zu Jerschow hinüber. Bloß kein Wort auf Deutsch, sicher ist sicher. Er deutete mit den Augen auf das leere Warmhaltedingsda und hoffte, dass die Kleine ihn verstand.

„Kommt sofort." Sie griente kess und verschwand hinternschwenkend Richtung Küche. Alexander sah ihr nach, Greta hätte das niemals drauf gehabt. Selin schon, es war ihr Job.

Zwecks Rettung im sexuellen Notstandsgebiet war Alexander in den Kairoer Stadtteil Mohandessin gefahren und die Haram Avenue rauf und runter spaziert. Was für ein Widersinn, hatte er gedacht, als er die Hauptstraße des Rotlichtviertels entlangging, denn haram hieß illegal oder verboten und Prostitution war natürlich verboten. Aber hier gab es trotzdem alles, was der Schwanz begehrte. Füllige Damen, kokett verschleiert und bauchfrei, dürre junge Mädchen unter blonden Perücken, kurvenreiche Schönheiten in Hotpants, die Haare bis zu den Oberschenkeln, auf Plateauschuhen mit spitzen Absätzen balancierend. Er hatte das Angebot betrachtet und sich gefragt, was er denn erwartet hatte. Dass ihn käuflicher Sex reizen könnte? Er war gegangen und hatte sich ins Nachtleben im besseren Teil des Stadtviertels gestürzt. In einem Club im Untergeschoss eines Viersternehotels stand plötzlich eine Frau neben ihm, Jeans, lockeres hellblaues Kopftuch, schwarze Augen, mit Khol umrandet, ein Sog. Es dauerte eine ganze Weile, bis Alexander klar wurde, dass Selin ebenfalls Prostituierte war, allerdings eine von der edlen Sorte. Sie war Schiitin, womit ihr die MUTʿA-Ehe, die Ehe auf Zeit, wie sie ihm später erklärte, erlaubt war. Recht praktisch in dem Gewerbe, hatte Alexander gedacht und alle Bedenken beiseite geschoben. Nach ausgiebigem Geknutsche in einem abgeschlossenen Separee war er mit Selin in einem der Hotelzimmer verschwunden. Ihre Ehe des Genusses dauerte ein halbes Jahr. Er erfuhr vieles über das Leben in Ägypten, die Hoffnungen während des arabischen Frühlings, die Selin übrigens auch auf die sexuelle Frustration der Jugend zurück führte, unter anderem natürlich. Über den Rückschlag mit der Herrschaft der Muslimbrüder und die Rückkehr der alten Kader nach deren Sturz. Irgendwann reichte Alexanders Geld nicht mehr und Selin verabschiedete ihn, nicht ohne ein paar Tränen zu vergießen.

An der Automatiktränke füllte Alexander ein Glas mit Orangensaft, nippte daran und wartete. Doch es war ein Kellner, der die Rühreiquelle wieder auffüllte.

Er hatte die Rückenlehne so weit wie möglich zurückgestellt. Die Füße auf dem Tisch, lag Dahlberg im Schreibtischstuhl und sah zur Decke. Es war niemand da. Mahlmann war immer noch krankgeschrieben und Jo hatte offensichtlich schon wieder verschlafen. Er wartete auf die Rückmeldung der Mobilfunkortung.

Um den Täter – wenn es denn einen gab – nicht zu alarmieren, hatte er von Anrufen oder Textnachrichten an Vanessa abgesehen und stattdessen die Ortung ihres Handys angefordert.

Mit einem schuldbewussten ‚Moin, Moin' trat Jo ein.

Dahlberg kam um seinen Schreibtisch herum und lehnte sich mit gekreuzten Armen und Beinen gegen die Kante.

„Claudia hat Neuigkeiten. Ich hab dir ihre Mail weitergeleitet."

Jo loggte sich ein. Nach ein paar Tastaturbefehlen wurde es still. Ab und zu war ein Echt-jetzt oder ein Ist-nicht-wahr zu hören.

„Ganz schön was los auf der Chefetage." Er schüttelte ungläubig den Kopf. „Und falls Vanessa Troost nicht wieder auftaucht, bräuchten wir einen neuen DNA-Abgleich, oder?"

„Eins nach dem anderen", sagte Dahlberg. „Die Kollegen von der Funkortung müssten sich gleich melden. Bin gespannt, ob Vanessas Handy in Italien ist. Wenn nicht, sind wir einen Schritt weiter."

Wie auf Bestellung klingelte das Telefon. Dahlberg nahm ab und stellte auf Lautsprecher.

„Die Handy-Daten von Vanessa Troost", kam es vom anderen Ende. „Die Nummer war in den letzten Wochen in Berliner Funkmaste eingeloggt. Mitte, Schöneberg, Treptow, Friedenau, querbeet sozusagen. Seit drei Tagen bewegt es sich nicht mehr. Aber es ist eingeschaltet, befindet sich Im Schwarzen Grund, einer Straße in Dahlem."

Jo machte große Augen. „Sie war also nie weg."

Dahlberg nickte nachdenklich und begann auf und abzugehen, den Blick auf den Boden gerichtet, als wenn dort des Rätsels Lösung verborgen sei.

„Troost oder Arnheim, das ist die Frage."

Er schnappte seine Jacke und wandte sich zum Gehen. „Ich bin beim Staatsanwalt, den Durchsuchungsbeschluss für Vanessas Sachen besorgen. Und du leierst eine Interpol-Fahndung nach ihrem Auto an. Vielleicht hat einer von beiden es nach Italien geschafft. Oder sogar schon im Mittelmeer versenkt."

„Moin, Staatsmacht." Ein schiefes Lächeln im Mundwinkel, Augenlider herabgelassen, trat Dahlberg ein. Thurau kannte den Kriminalhauptkommissar mittlerweile gut. Und er würde jedem raten, sich von der scheinbaren Schläfrigkeit nicht einlullen zu lassen.

„Moin, moin, was verschafft mir die Ehre?"

Dahlberg warf sich in den Besucherstuhl.

„Der Wunsch nach einem Durchsuchungsbeschluss für die Villa des Ehepaars Troost."

„Ach." Das war alles, was Thurau auf die Schnelle einfiel. Dann stützte er die Ellbogen auf, verschränkte die langen Finger und legte den ebenfalls langen Kopf schräg.

„Wie kommst du zu diesem Verlangen? Soviel ich weiß, ist die Tote aus dem Spandauer Forst nicht Vanessa Troost. Die ist bekanntlich in Italien."

„Irrtum." Dahlberg zog eine Schachtel Zigaretten aus der Hosentasche und drehte sie in den Händen. „Ihr Handy hat sich nicht aus Berlin weg bewegt."

„Was?" Thurau nahm die Hände auseinander und die Brille ab, er musste sich erst einmal sammeln. Umständlich putzte er die Gläser, was für eine Wendung. „Dann hat dieser Troost Märchen erzählt, von wegen Reise."

„Das ist noch nicht raus", entgegnete Dahlberg mit einem hintergründigen Lächeln. „Vielleicht ist sie tatsächlich losgefahren. Allerdings nie in Italien angekommen."

„Und die Selfies und Urlaubsfotos?"

„Von vergangenen Reisen? Vom letzten Jahr? Auf jeden Fall vom Täter."

„Und der Täter ist ...? Komm, mach schon."

Dahlberg ruckelte sich zurecht, ein bisschen schien er das Frage-Antwort-Spiel zu genießen.

„Wir wissen jetzt, dass Vanessa Troost ein Verhältnis mit Manfred Arnheim, dem Geschäftspartner ihres Mannes, hat oder hatte. Könnte sein, dass Troost darüber mehr als sauer war. Könnte aber auch sein, dass Arnheim Angst hatte, dass die Liaison herauskommt."

„Die gute alte Eifersucht", murmelte Thurau. „Oder der Schiss vor Entdeckung. Immer wieder schön."

Dahlberg sprang auf, ging zum Fenster, öffnete es und steckte sich die Zigarette an. Thurau nahm seinen roten Schal, der sehr lang und sehr breit war und legte ihn sich um die Schultern. Er fror leicht, und dass er damit aussah wie ein Signalmast, war ihm egal. Eingemummelt gesellte er sich zu seinem Besucher ans offene Fenster.

„Und der negative Genvergleich?"

„Wir denken, einer von beiden hat uns Haare von einer anderen blonden Frau untergeschoben. Troost ist als Hausherr auf Platz eins, aber Arnheim könnte ihn besucht und die Bürste deponiert haben."

Der Staatsanwalt sah in die dunkel spiegelnden Fenster des Innenhofes, hinter denen kubikmeterweise Akten gelesen wurden, Gerichte tagten, Täter und Opfer aufeinander trafen.

„Zwei Verdächtige mit ähnlich starken Motiven. Und das bei der Spurenlage, Prost Mahlzeit."

„Du sagst es. Keine handfesten Beweise, keine genaue Todeszeit, keine Augenzeugen für die Ablage im Spandauer Forst, keine Spuren am Körper, und die verwendete Batteriesäure gibt es überall."

„Und wir können nicht zwei Personen für die gleiche Tat anklagen. Vielleicht ein abgekartetes Spiel und beide wollten die Frau loswerden? Hat's alles schon gegeben."

Dahlberg drückte die Zigarette in dem Aschenbecher aus, der für solche Fälle draußen auf der Brüstung stand, und wandte sich ihm zu, Überraschung und zugleich Skepsis in den Augen.

„Kann ich mir nicht vorstellen. Soweit ich weiß, ist das nur zweimal in der Kriminalgeschichte vorgekommen." Er schloss das Fenster. „Wie auch immer, zuerst müssen wir wissen, ob sie es überhaupt ist."

Sie begaben sich wieder in Ausgangsposition, Dahlberg in den Besucherstuhl, Thurau hinter seinen Schreibtisch mit den Aktenbergen. Er wickelte sich aus seinem Schal und zog die Computertastatur zu sich heran.

„Und die Begründung für den Durchsuchungsbeschluss? Nur für Troosts Haus? Eifersucht reicht nicht."

Dahlberg beugte sich vor.

„Troost hat gelogen. Er hat behauptet, dass er mächtig fremdgegangen sei, und durchblicken lassen, seine Frau sei dagegen ein Engel. Es war aber umgekehrt."

„Und das ist verbürgt?"

Dahlberg linste listig zu ihm hoch.

„Verbürgt und besiegelt, Indianerehrenwort."

„Und worauf basiert das?"

Dahlberg kippelte mit dem Stuhl. „Lange Geschichte."

Thurau entschied, nicht wissen zu wollen, wie die Ermittler an die Informationen gekommen waren, vorerst.

„Okay." Er griff zum Hörer. „Ich seh zu, dass ich gleich einen Richter zu fassen kriege."

Dahlberg stand auf. Thurau wählte die Nummer eines Richters seines Vertrauens, der gerade Dienst hatte.

Dahlberg wartete auf Gabriel Troost. Der DNA-Abgleich mit dem neuen Material – ein schweißdurchtränktes Sportshirt – war positiv, die Kopflose war Vanessa. Das war aber auch die einzige Klarheit. Für das Unternehmen Haarbürste kam in erster Linie der Hausherr in Betracht. Aber falls Arnheim Troost in Friedrichshagen besucht hatte, könnte auch er die falschen Haare hinterlassen haben. Glaub ich nicht, hatte Claudia abgewehrt, auf so etwas kommt der nicht. Kaltblütigkeit und Weitblick bei Arnheim? Niemals. Sie favorisierte Troost als Täter, sie schien von seiner Schuld überzeugt. Deshalb hatte Dahlberg auch entschieden, dass er den Mann verhörte. Außerdem gab es einen deutlichen Hinweis auf Arnheim, Vanessas Handy war auf seinem Grundstück geortet worden. Nach Claudias Meinung natürlich ein zu deutlicher, ein fingierter, inszenierter, manipulierter, um den Verdacht auf Arnheim zu lenken. Das hat Troost ihm untergeschoben, hatte sie beharrt. Und Dahlberg fragte sich auch, wie jemand erst einen so raffinierten Mord begehen, beim Vertuschen zu großer Form auflaufen und sogar auf die Idee mit den Reisefotos kommen kann und dann so blöd ist, das betreffende Handy bei sich zu Hause aufzubewahren.

Dahlberg beugte sich über das Blatt mit der Kurzfassung von Gabriel Troosts Leben. Der Geschäftsführer von JUNGBRUNNEN hatte Grundlagen- und Verfahrenschemie in Leipzig studiert. Er war Beststudent und hatte ein Karl-Marx-Stipendium erhalten, was immer es damit auf sich hatte. 1989 Heirat mit Vanessa Schulze aus Lommatzsch in Sachsen, abgeschlossene Lehre als Laborantin, nebenbei Fotomodell für DDR-Modezeitschriften, fünfzehn Jahre jünger als ihr Mann. Nach der Wende waren sie zusammen nach Unterhausen gegangen. 2001 wurde Troost zweiter Vorstand von ARNHEIM CHEMIE, neben dem Eigentümer, Vergütung auf der Basis von Fünf-Jahres-Verträgen, also eigentlich ein Schleudersitz. Vor drei Jahren Übersiedelung nach Berlin, neuer Firmenname und Kauf einer Eigentumswohnung im Prenzlauer Berg, also trotzdem gut verdient. Vor vier Wochen dann der Umzug in die Friedrichshagener Villa.

Jo steckte den Kopf herein. „Herr Troost ist da."

Mit geschwinden Schritten trat er ein, Sorgenfalten auf der Stirn, Geschäftigkeit und Zeitknappheit ausstrahlend. Dahlberg begrüßte ihn mit Handschlag, setzte sich mit dem Rücken zum Spiegel und wies auf den Stuhl gegenüber. Unsichtbar hinter der verspiegelten Wand stand Jo. Im Vernehmungszimmer nebenan erwartete Claudia Manfred Arnheim. Die beiden Verdächtigen sollten keine Gelegenheit haben, miteinander zu sprechen. Keiner von beiden wusste, dass Vanessa identifiziert worden war. Die Handyortung war ebenfalls noch unter Verschluss.

Gabriel Troost nahm Platz und schlug weltmännisch die Beine übereinander. Dahlberg schaltete das Aufnahmegerät ein, nannte Namen, Dienstgrad, Datum und Uhrzeit und sah Troost an.

„Ich muss Ihnen leider mitteilen", sagte er und umfasste den ganzen Mann mit seinem Blick, er wollte keine Reaktion verpassen, „dass Ihre Frau tot ist."

Troost erstarrte. Jetzt sah Dahlberg auch, wie erschöpft und ausgelaugt er eigentlich war. Wovon, fragte er sich. Vom Stress in der Firma? Oder von den Vernebelungsaktionen, seine Frau betreffend?

Sein Gegenüber rührte sich nicht, er sah durch Dahlberg hindurch. Dann warf er den Kopf in den Nacken, es sah aus, als würde er gleich losheulen wie ein Wolf. Aber es kam nur ein würgender Laut. Für Claudia wäre das eine beeindruckende Vorstellung, auf Dahlberg wirkte die Erschütterung echt. Nach einer Weile brachte Troost sich wieder in eine normale Position, das Gesicht eine steinerne Maske, der Körper ein Block aus Kummer.

„Dann ist sie diese Frau? Dort, in der Gerichtsmedizin?", sagte er heiser, nachdem er den Knoten im Hals weg geräuspert hatte.

Dahlberg gab alles, um sich den Schock nicht anmerken zu lassen, um nicht aufzuspringen und wie eine ratlose Maus im

Labyrinth umherzurennen. Mit dieser Gegenfrage hatte er nicht gerechnet. Was sollte das? Warum sagte Troost so etwas? Er hätte Vanessa doch nur identifizieren müssen. Warum hatte er das nicht getan? Auf die Erklärung war er ja mal gespannt. Troost blickte derweil zusammengesunken auf seine Knie.

„Und der Mörder hat mir Fotos aus Italien geschickt?" Er sah auf und Dahlberg in die Augen. „Ist das so?", fragte er. „Ist das so?", schrie er. „Ist das so?"

„Ja", sagte Dahlberg nur, er war immer noch dabei, sich zu sammeln. Dabei konnte er sehen, wie Troost kleiner wurde, förmlich in seinen Anzug hinein schrumpfte. Er fuhr sich mit beiden Händen über die Augen. Aber danach war Troost immer noch das Häufchen Elend, als das Dahlberg sich den Mann niemals hätte vorstellen können.

Er schlug die neu angelegte Akte Vanessa Troost auf, betrachtete die Fotos und studierte Friedberts Ausführungen. Einerseits, um Zeit zu gewinnen und Troost vielleicht doch noch zu verunsichern.

Andererseits, um sich noch einmal klar zu machen, worum es hier ging. Nämlich um einen so brutalen wie raffinierten Mord. Und einer der Verdächtigen saß vor ihm. Ein Gramgebeugter oder ein Heuchler.

Er nahm ein paar Fotografien und breitete sie vor Troost aus. Der trauernde Witwer oder schauspielernde Mörder warf einen Blick darauf und zuckte mit dem ganzen Körper zurück. Fast wäre er mit dem Stuhl nach hinten gekippt. Das war echt, dachte Dahlberg, echter ging's nicht, Claudia hatte nicht Recht.

„Aber warum, um Himmels willen", fragte er, „haben Sie Ihre Frau damals nicht identifiziert?"

Troost, der immer noch mit dem Anblick seiner toten Frau zu ringen schien, schlug die Augen nieder. Wieder wurde die Scham sichtbar, die aufgeschienen war, als er sich der Fremdgeherei bezichtigt hatte, was, wenn Frau Häberle Recht hatte, eine Lüge war, die allerdings verschiedene Gründe gehabt haben könnte.

„Ich ...", begann Troost, stützte die Hände auf die Stuhlkanten, rückte an die Lehne, schlug ein Bein über das andere, umfasste das Knie, nahm Arme und Beine wieder auseinander, rutschte auf der Sitzfläche herum. Er benahm sich wie jemand, dem etwas peinlich ist.

„Ich kannte Vanessas Körper nicht mehr gut", sagte er und atmete erleichtertet aus. Wie bei einem Geständnis, das es ja auch war.

„Wie bitte?" Dahlberg musste schon wieder schlucken, was für eine Erklärung.

„Ja, wir haben schon lange nicht mehr das Bett geteilt", fuhr Troost fort. „Vanessa hat sich mir entzogen, wo immer es ging. Ich habe sie seit Ewigkeiten nicht mehr ..." Er sah an Dahlberg vorbei in den Spiegel, er schien in die Ferne zu schauen oder in die Vergangenheit, „... seit langem nicht mehr nackt gesehen. Und ohne ..." Troost holte seinen Blick zurück, hob die Hand und deutete verlegen ein Kopf-ab an. „Sie wissen schon, ihr Gesicht. Ohne das und die Narbe auf der Hand? Was sollte ich da erkennen? Außerdem war Vanessa ja in Italien."

Dahlberg war baff. Das war so logisch, passgenau und unwiderlegbar, das die Alarmglocken nur so schrillten. Das war einfach zu viel, dachte er. Aber vielleicht war es auch einfach die Wahrheit? Jetzt den geplanten Schuss vor den Bug, mal sehen, was der hervor kitzelte.

„Lassen wir das mal so stehen. Aber warum haben Sie sich so vehement der Fremdgeherei bezichtigt? Wo sie doch treu wie Gold waren, wie wir jetzt wissen. Warum haben Sie gelogen? Wollten Sie Zeit gewinnen? Wollten Sie uns davon abhalten, tiefer zu bohren? Sollten wir gar nicht erst auf den Gedanken kommen, dass es andersherum war, dass Vanessa Affären hatte und Sie deswegen wütend waren?"

Niedergeschlagen ließ Troost den Frageschwall über sich ergehen.

„Ich habe nicht gelogen", sagte er müde. „Und Frau Häberle, von der haben Sie doch dieses Treu-wie-Gold ..." Er lachte bitter auf. „Frau Häberle glaubt nur, dass sie alles mitkriegt, hat sie aber nicht."

„Sie waren also einfach nur geschickter als Vanessa."

„Wenn Sie so wollen."

Dieser Punkt ging dann auch an Troost, haderte Dahlberg. Also weiter. „Wussten Sie von Vanessas Affäre mit Manfred Arnheim?"

Troost sah ihn erstaunt an und schüttelte den Kopf.

„Sie müssen schon mit Nein antworten", sagte Dahlberg. „Kopfschütteln nimmt das Ding noch nicht auf."

„Nein, das wusste ich nicht."

„Und ich weiß nicht, ob ich Ihnen glauben soll."

„Das ist Ihre Sache."

Dahlberg hob die Lider und musterte Troost eine Weile, ohne etwas zu sagen, auf dem Gesicht war nichts zu sehen außer Müdigkeit und Kummer.

„Sie sind doch jemand, dem nichts entgeht", sagte er, lehnte sich vor und intensivierte seinen forschenden Blick. „Dem nichts entgeht, der alles im Griff hat. So sehen Sie sich doch selbst und alle um Sie herum auch."

„War das ein Kompliment? Dann vielen Dank, das hilft mir aber im Moment nicht viel."

Dahlberg musste sich zusammenreißen, um nicht laut zu werden, der Mann reizte ihn wie lange nichts.

„Ich denke, Sie haben sehr wohl mitbekommen", sagte er leise und bestimmt, „dass Vanessa ein Verhältnis mit Manfred Arnheim hatte. Das konnten Sie nicht ertragen. Die Anderen, die Vorgänger, die waren Vanessas Spielzeug. Aber er? Das war zu viel. Haben Sie sie in einem Wutanfall erwürgt?"

Dahlberg blickte Troost in die traurigen Augen, er zuckte nicht mit der Wimper. Entweder hatte der Mann Nerven wie Stricke, oder er war tatsächlich unschuldig.

„Ist das wirklich Ihre Theorie?"

Dahlberg lehnte sich wieder zurück und tippte auf das Papier mit der Handyauswertung, er musste die Sache anders angehen.

„Wir haben übrigens nachverfolgt, wo das Handy Ihrer Frau in den letzten Wochen eingeloggt war."

Für einen Moment schien sich etwas an Troost zu verändern, aber was, konnte Dahlberg nicht sagen

„In Berlin", sagte er und hoffte auf eine weitere Reaktion. Es kam keine. „Und wissen Sie, wo das Gerät zum Schluss war?"

„Nein, woher denn", murmelte Troost.

„Waren Sie in letzter Zeit mal bei den Arnheims?"

„Ja, war ich", antwortete er erstaunt „Zu Beate Arnheims Geburtstag. Was soll die Frage?"

„Wann war der?"

„Am 12. Dezember."

An diesem Tag hatte Vanessas Handy aufgehört zu senden.

Troost sah an ihm vorbei in den Spiegel, das Gesicht so gramvoll wie undurchdringlich. War ihm klar geworden, dass der Verdacht, er habe das Handy bei den Arnheims deponiert, im Raum stand? Hab ich dich etwa, fragte Dahlberg sich, er fühlte sich mittlerweile wie in einem Zweikampf, Ausgang ungewiss.

„Und was ist jetzt mit Vanessas Handy?", fragte Troost. Und Dahlberg fragte sich wieder, ob der Typ unschuldig war. Wenn nicht, war er nicht nur schauspielerisch begabt, sondern auch noch ziemlich dreist.

„Das erfahren Sie schon noch", gab er zurück. „Andere Frage. Hat Manfred Arnheim Sie eigentlich schon in Friedrichshagen besucht?"

„Was soll das denn jetzt?" Troost runzelte die Stirn. Dahinter glaubte Dahlberg etwas wie Erleichterung aufblitzen zu sehen. Oder war es nur Verwunderung?

„Antworten Sie einfach."

„Ja, wir haben uns einen netten Männerabend gemacht."

„Wann war das?"

„Wann?" Troost zuckte mit den Schultern. „Ich weiß es nicht mehr genau. Vor drei oder vier Wochen, denke ich."

„Aber ob es vor oder nach Vanessas Abreise war, wissen Sie doch sicher."

„Danach, ich sagte ja schon, Männerabend, Whiskey und Poker."

Also hätte Arnheim Gelegenheit gehabt, die Bürste mit den falschen Haaren im Gästeklo abzulegen. Andererseits, fielen Dahlberg Claudias Worte ein, wäre das eine Menge Weitblick gewesen.

Außerdem erschien es Dahlberg seltsam, dass ein Mann wie Troost wartete, bis er sturmfreie Bude hatte, um mit seinem Kumpel einen auf die Lampe zu gießen.

Einerseits, andererseits, es war zum Verrücktwerden, er kam sich vor wie in einem durchgeknallten Kreuzworträtsel. Dahlberg schaltete den Recorder aus. Er musste Troost ziehen lassen. Die Indizien waren zu vage, um ihn in Untersuchungshaft zu nehmen.

„Sie können gehen. Verlassen Sie auf keinen Fall die Stadt."

„Das hatte ich nicht vor." Troost stand auf. „Ich muss ein Produkt an den Start bringen."

Dahlberg drückte den Knopf unter dem Tisch. Jo trat ein.

„Begleite Herrn Troost zur Abnahme der Fingerabdrücke."

Es musste nur einer sein oder nur ein Teil davon, einer, den Troost nicht weggewischt hatte, einer auf einem ansonsten blankgeputzten Handy.

Ein anderer Mann als der, der vor zwei Stunden das Verhörzimmer betreten hatte, verließ den Raum. Dieser Mann schien erschüttert, verzweifelt, geschockt, entblößt, am Ende. Und trotzdem hatte Dahlberg das Gefühl, einer Show beigewohnt zu haben, mit ihm als Stichwortgeber und Sparringpartner.

Während Claudia den Hintergrundcheck durchlas, zupfte Arnheim nervös an den Manschetten und richtete immer wieder den Krawattenknoten. Er hatte Betriebswirtschaft studiert und danach in der väterlichen Firma angefangen. ARNHEIM CHEMIE war zu der Zeit fast pleite, klar. Wie Claudia vermutet hatte, ging es erst als Troost dazu stieß, bergauf. Vor drei Jahren neuer Name und Umzug nach Berlin, mitsamt der Familie, Frau Beate und zwei der Kinder, die beiden Größeren waren auf einem Internat. Die Arnheims wohnten in Dahlem. Die Straße hieß Im Schwarzen Grund. Dort hatte man Vanessas Handy geortet, auf fünf Meter genau. Dort hatte Troost es ihrer Meinung nach abgelegt, dort sollte es gefunden werden. Und dort war es gefunden worden, so wie Gabriel es gewollt hatte. Davon war Claudia überzeugt.

Sie schob das Papier beiseite, schaltete das Aufnahmegerät ein, ratterte die erforderlichen Angaben herunter und sah Arnheim an. Eindringlich und ausgiebig betrachtete sie das etwas verlebte Gesicht mit den schlaffen Wangen, den blassblauen Augen und dem dauerbeleidigt wirkenden Mund.

„Man sagte mir, es ginge um die Klärung eines Sachverhalts", sagte Arnheim in gezwungen geschäftsmäßigem Ton.

„Kann man so sagen", sagte Claudia. „Allerdings betrifft es nicht Doktor Winkler, wie Sie vielleicht glauben, sondern Vanessa Troost. Sie ist tot, ermordet."

Arnheims Gesichtszüge entgleisten, seine Lider begannen zu flattern, er fuhr sich mit der Zunge über die trockenen Lippen.

Was für ein Weichei, dachte Claudia. Aber wer weiß, wozu jemand in bestimmten Situationen fähig war? Zum Beispiel, wenn so eine Affäre Ehe und Finanzlage bedrohte?

„Und was hat das mit mir zu tun?", hauchte er nach einer Weile.

„Eine ganze Menge, würde ich sagen. Oder hatten Sie kein Verhältnis mit Vanessa?"

Er schien die letzten Konturen zu verlieren, sein linkes Auge zuckte.

Die Frage hatte ihn kalt erwischt. Hatte er gedacht, dass sie nichts von dem Verhältnis wussten, fragte Claudia sich. Könnte sein, antwortete sie sich selbst. Außer Gabriel Troost hatte vielleicht nur Frau Häberle von den Techtelmechtelterminen gewusst. Und Arnheim konnte nicht ahnen, dass Claudia zufällig auf die ehemalige Hauswirtschafterin gestoßen war. Er kniff die Lippen zusammen, senkte den Kopf und starrte wie ein ertappter Schuljunge auf seine Hände.

„Sehen Sie mich an", sagte Claudia. Gehorsam hob Arnheim den Blick, in seinen Augen stand Angst. Aber Angst wovor? Dass seine Frau von der Liaison erfuhr? Oder vor der Überführung als Mörder?

Das war nämlich so eine Sache mit Gefühlsausdrücken. Sie zeigten nur die Emotion, nicht den Grund.

„Also", machte Claudia weiter, sie musste Arnheim weiter unter Druck setzen. „Hat Vanessa gedroht, es Ihrer Frau zu sagen? Hat Vanessa Ihnen Feuer unterm Arsch gemacht? Hat sie Sie gedrängt, sich zu ihr zu bekennen? Hatten Sie Angst, dass Beate sich trennen und ihr Geld mitnehmen würde?"

Während die Fragen auf ihn einprasselten, schüttelte Arnheim erst den Kopf, dann nickte er. Und so weiter im Wechsel. Ein seltsames Verhalten.

„Wenn Sie es genau wissen wollen", murmelte er fügsam, ihm war wohl klargeworden, dass er, zumindest was seine Affäre anging, auspacken musste. „Vanessa war unser Arrangement sehr recht. Eigentlich war es gut so, wie es war. Aber plötzlich bekam ich komische Nachrichten von ihr. Erst sagt sie ein Treffen in Zürich ab. Ein paar Tage später verlangt sie, dass ich mich von meiner Frau trenne."

Claudia war elektrisiert. Sollte Troost nicht nur mit den Italienfotos an sich selbst Verwirrung gestiftet, sondern auch noch seinen Nebenbuhler gequält haben?

„Wann war das", fragte sie, „als die Absage kam?"

„Wie gesagt", antwortete Arnheim. „Während einer Messe in Zürich. An dem Abend war auch die Nachricht von Winklers Tod gekommen. Können Sie sich vorstellen, wie es mir ging?"

„Und was haben Sie daraufhin getan?", fragte Claudia, ohne auf die vereinnahmende Frage einzugehen.

„Nichts", antwortete Arnheim. „Was sollte ich denn tun? Ich konnte nur warten, bis Vanessa zurück war, und hoffen, dass ihr Anfall vorbei war. Sie war nämlich sehr sprunghaft und unstet, müssen Sie wissen."

Er sah Claudia bittend an. Sie sagte nichts, sondern musterte ihn nur. Plötzlich sah er erschrocken drein, hilflos und wie betäubt, er konnte einem direkt leid tun.

„Sie denken doch nicht ..." sagte er stockend und sein Blick wurde richtig flehentlich. „Das könnte ich nie. Nie im Leben."

Claudia konnte sich das mittlerweile auch nicht mehr vorstellen, aber da war das Handy in der ganz nahen Umgebung seiner Villa.

„Ich will Ihnen gern glauben", sagte sie. „Aber wir haben Vanessas Handy geortet. Auf Ihrem Grundstück in Dahlem. Wissen Sie, wie es dahin gekommen ist?"

Arnheim riss verdattert die Augen auf, er schien ehrlich überrascht zu sein. Er sprang auf und stützte sich mit beiden Händen auf die Tischplatte.

„Das weiß ich nicht", schrie er verzweifelt und setzte sich wieder.

Natürlich wusste er es nicht, dachte Claudia, weil Troost ihm das Ding untergeschoben hatte

„War Gabriel Troost in den letzten Wochen mal in Ihrer Villa?"

Arnheim ruckte verwundert mit dem Kopf zurück, so dass sein beginnendes Doppelkinn hervortrat.

„Jaaa", sagte er, Verständnislosigkeit in der Stimme. Mann, dachte Claudia, war der Mann begriffsstutzig. „Zu Beates Geburtstag."

„Können Sie sich erinnern, ob er sich längere Zeit von der Gesellschaft entfernt hat?"

„Keine Ahnung, waren zu viele Leute da." Arnheim hob hilflos die Arme und ließ sie wieder auf die Lehnen fallen. Mittlerweile wirkte er total verwirrt. Auf den Verdacht, dass sein Geschäftspartner ihn reingelegt haben könnte, schien er nicht zu kommen.

Jetzt noch die letzte Frage, dachte Claudia, eine Pro-forma-Frage, denn sie war sich jetzt so sicher, wie sie nur sein konnte, dass Arnheim für die falsche Haarspur nicht in Frage kam.

„Und Sie? Haben Sie Gabriel eigentlich schon in Friedrichshagen besucht?"

„Wieso sollte ich? Sie können sich doch vorstellen, dass ich kein Verlangen nach seiner Gesellschaft hatte. Wir haben unsere Begegnungen aufs Geschäftliche beschränkt."

„Sie haben sich also nicht während Vanessas Abwesenheit in Friedrichshagen getroffen, um Whiskey zu trinken und Poker zu spielen?"

„Nein, sag ich doch."

Dahlberg würde sich jetzt fragen, wer an dieser Stelle log oder gelogen hatte, Arnheim oder Troost? Für Claudia stand fest, letzterer. Aber eins interessierte sie noch.

„Hat Herr Troost eigentlich von dem Verhältnis zwischen Ihnen und Vanessa gewusst?"

„Glaube nicht."

Das allerdings glaubte Claudia nicht.

„Und wenn“, fuhr Arnheim fort. „Dann hat er sich nichts anmerken lassen.“

Das konnte sie sich sehr gut vorstellen.

„Außerdem war ich nicht der Einzige“, platzte es plötzlich aus ihm heraus.

Claudia lehnte sich zurück und versuchte, ihr Erstaunen zu verbergen. „Nur weiter.“

„Vanessa hatte zuletzt noch eine andere Affäre.“ Er zupfte eine nichtvorhandene Fluse vom Revers. „Ich meine, äh, neben, also parallel zu mir.“

Claudia schickte einen Blick zum Spiegel.

„Und hat das gewisse Extra auch einen Namen?“

Arnheim sah auf. „Hat Vanessa nie gesagt. Sie hat überhaupt ziemlich geheimnisvoll getan, was den Herren betraf.“

Ein dritter Mann, das klang ja nach ganz großem Kino. Sie wusste nicht, was sie mit der Behauptung anfangen sollte.

„Gut, Herr Arnheim, wir gehen dem nach. Das war's vorerst. Halten Sie sich bitte zu unserer Verfügung.“

Claudia schaltete die Aufnahme ab. Arnheim stand auf.

„Könnten Sie meine Frau da raushalten?“

Claudia zuckte mit den Schultern und sah ihn bedauernd an. „Wahrscheinlich nicht.“

Gabriel Troost sah sich um. Mutters Wollplaid hing ordentlich zusammengefaltet über der Lehne des Ohrensessels. Auf dem runden Tischchen davor Zeitschriften auf Kante. Er ließ den Rollladen vor dem Panoramafenster herunter und zog ihn wieder hoch, sollte hier doch einbrechen, wer wollte. Es war totenstill. Mutter und Gertrud waren im Heim, einem schönen Heim mit hellen Fluren, Balkonen und jahreszeitlicher Dekoration. Die Einzugsermächtigung war erteilt und Gabriel Troost hoffte, dass das Geld für die letzten Jahre der beiden alten Damen reichte.

Die Standuhr in der Diele begann zu schlagen. Unwillkürlich sah er auf die Armbanduhr, halb fünf nachmittags, es wurde langsam Zeit.

Eine wunderbare Leck-mich-am-Arsch-Stimmung erfasste ihn. Kein Streit mehr, keine Kämpfe, kein Zusammenreißen, wenn einem nach Schreien war, nicht mehr den toughen Überflieger geben. Arnheim musste sich einen neuen Botschafter und Wadenbeißer suchen. Viel Erfolg, dachte Troost, denn wo er hindachte, da hatten die meisten und auch Manfred noch nicht mal hingespuckt. Besonders, was die Personalarbeit anging. Niemand konnte Menschen so lesen wie er. Er hatte viel Zeit, Geld und Mühe darauf verwandt, es zu lernen. Die Kindheit war wichtig und die Altlasten in der Familie. Bei den Einstellungsgesprächen fragte er nach Eltern, Großeltern, Beziehungen. Die Bewerber wussten meist nicht, dass das nicht erlaubt war, dass ihn das als Arbeitgeber nichts anging. Die es wussten, gingen ebenfalls nicht zur Gewerkschaft und hoben sich das Geheimnis für später auf. Dieses Später kam nie, denn da hatten sie sich längst in seinem Netz aus Motivation, Kritik, Zuwendung, Lob und Tadel gefangen.

In der Diele verklang der letzte Gongschlag, es war wieder still.

Troost machte die Patek Philippe ab und legte die Uhr auf den flachen Couchtisch. Sollten die Ermittler ruhig grübeln, warum.

Dann stieg er die schmale Treppe hinauf, der Kokosläufer knirschte leise. Aus einer Kiste unter der Dachschräge kramte er seine alten Sportklamotten hervor, entledigte sich des Anzugs und der Budapester Schuhe, stieg in die Jogginghose und die Turnschuhe und setzte sich auf das Stühlchen unter dem Gaubenfenster. Nachdem er jeden Schuh mit einer schönen, festen Schleife versehen hatte, verharrte er regungslos. Er dachte an den Kommissar, der nur schläfrig aussah, es aber offensichtlich nicht war. Und er fragte sich, ob er Vanessas Handy gründlich genug gereinigt hatte.

Gabriel Troost stand auf und zog die Jacke an, wie angenehm der Stoff nachgab. Wieder unten im Wohnzimmer, öffnete er die Tür zum Garten, die Luft war eisig. Zwischen den geduckten Koniferen stolzierte eine Krähe herum. Schwere Wolken eilten am Horizont entlang. Troost atmete tief ein und aus. Dann schloss er die Tür, verriegelte sie aber nicht. Auf der Musikanlage drückte er die Play-Taste der Musikanlage, ‚Stille Nacht, Heilige Nacht' erklang.

Den Rucksack geschultert, spähte Troost durch einen Schwibbogen nach draußen. Die Straße lag still und menschenleer da. Die parkenden Autos kannte er, kein fremdes darunter. Aber es würde nicht mehr lange dauern mit der Observation. Der Kommissar hatte ihn nicht einfach so gehen lassen. Der würde ihm für die Zeit, die sie für die Analyse der Fingerabdrücke brauchten, Bewacher auf den Hals schicken.

Vor der Haustür sah Gabriel Troost sich noch einmal um. Die Weihnachtsbeleuchtung blinkte, die Musik spielte. Aus dem Schornstein entwich eine blasse Rauchwolke, die letzten Zuckungen des alten Koksofens im Keller. Vom Dach steigt Rauch, fehlte er, wie trostlos dann wären Haus, Bäume und See. Was fiel ihm denn da ein? Eine Gedichtzeile, irgend etwas aus seiner Abiturzeit. An den Namen des Verfassers konnte er sich nicht erinnern.

Im Schneckentempo kam ihnen der Berufsverkehr stadteinwärts entgegen. Sie waren auf dem Weg nach Friedrichshagen. Mit einem Haftbefehl und Blaulicht. Sie hatten einen Teilabdruck, er stammte von Gabriel Troost. Was für Nebelkerzen, dachte Dahlberg, was für ein Lügengebäude, was für Täuschungsmanöver, Troost hatte sie manipuliert und ausgetrickst.

Er warf Claudia einen Blick zu. Sie sah angespannt schweigend auf die Straße. Ihr Kopf ragte ansatzlos aus dem Rumpf, beim Sitzen schoben sich die Rückenprotektoren in die Höhe. Ihre Weste war zu groß, es hatte keine kleineren gegeben.

Er selbst fühlte sich martialisch. Aber seine Schutzweste passte wenigstens. Dafür reichte die verfügbare Größe bei Jo nur bis zum Zwerchfell. Er war mucksmäuschenstill.

Von einem PKW, der vor Troosts Haus parkte, stakste ihnen der Kollege des Observationsteams entgegen, er hatte seine Beine sicher länger nicht bewegt.

„Alles ruhig." Er deutete auf die blinkenden Fenster. „Bis auf das da."

„Na los", sagte Dahlberg. „Dann wollen wir mal."

Die Klingel schrillte und der Türklopfer war laut. Doch keine Reaktion. Noch ein Klingeln und ein Klopfen. Nichts. Dahlberg zog seine Waffe und deutete auf die Hausecke. Claudia nickte Jo zu. Die Pistole im Anschlag stapften sie um das Gebäude herum. Die hintere Tür war nicht verschlossen, nur zugezogen.

„Vielleicht schläft er den Schlaf des Ungerechten."

Jo grinste und drückte die Tür auf. Drinnen sah es aus wie bei ihrem ersten Besuch. Die Diele, der Schreibsekretär, der Ohrensessel, die seltsame Sitzgarnitur, alles war an seinem Platz. Auf dem niedrigen Tisch, an dem sie gesessen und Troost beim Lügen zugehört hatten, lag eine goldene Armbanduhr, sie sah teuer aus. Bis auf das elektrische Knistern eines Wackelkontakts in der Lichterkette war es still.

Eine halbe Stunde später hatten sie jeden Winkel durchsucht. Niemand war da, keine Mutter, keine Haushälterin, kein Troost.

„Das kann doch nicht wahr sein", sagte Dahlberg, als sie fertig waren und sich mit hängenden Armen gegenüber standen. Jo trat an den Couchtisch und nahm die Uhr in die Hand.

„Eine Patek Philippe. Sowas lässt man doch nicht liegen, wenn man abhauen will, oder? Also ich würde mich nie von so einer Uhr trennen." Er legte sie wieder hin. „Immer ein kleines Startkapital am Handgelenk."

„Könnten Hochwohlgeboren mal die Klappe halten." Dahlberg war sauer und wenn Jo schon wie ein Blitzableiter aussah ...

„Hört auf, beide." Claudia sah hinaus auf den See, an dessen Ostufer es gerade hell wurde. Sie suchten noch in einem Schuppen für Gartengeräte und am Ufer. Nichts. Der Horizont begann zu glühen. Der Zipfel einer roten Sonne tauchte auf. Und Troost war abgetaucht.

Dahlberg stürmte am Haus vorbei zur Straße und sprang den Kollegen vor die Motorhaube. Die beiden sahen ihn an wie einen Wahnsinnigen. Er riss die Fahrertür auf.

„Wann genau habt ihr hier Posten bezogen?"

„Na, kurz nachdem wir den Beschluss hatten."

„Aha, kurz nachdem. Und habt ihr euch von seiner Anwesenheit überzeugt."

„Aber ..." Der Kollege wollte einen Rechtfertigungsversuch starten, ließ es dann aber bleiben.

Wütend schlug Dahlberg die Tür zu. Claudia und Jo, die gerade die Vordertür versiegelten, sahen erschrocken zu ihm hinüber.

Dahlberg schien kurz davor, den Telefonhörer zu zerquetschen, die Knöchel waren schon weiß. Er hatte die Augen geschlossen.

„Bis jetzt keine Spur von Troost", kam es aus dem Telefonlautsprecher. Von wegen, dachte Jo, ein Produkt an den Start bringen. Das waren Troosts letzte Worte nach der Vernehmung gewesen. Und überhaupt die letzten, die sie von ihm zu hören bekommen hatten.

Jo war Troost zum ersten Mal begegnet, als er ihn am Eingang empfing. Ziemlich eindrucksvolle Erscheinung, hatte er gedacht. Während der Anmeldung beim Pförtner hatte er verstohlene Blicke auf den mächtigen Schädel mit der hohen Stirn geworfen. Jedenfalls hatte der Mann sich nicht in die Enge treiben lassen. Seine Antworten waren plausibel und sein Verhalten angesichts der Todesnachricht nachvollziehbar gewesen. Wie man sich irren konnte.

„Seid ihr noch da?", fragte die Stimme.

„Nein", knurrte Dahlberg und knallte den Hörer auf die Gabel.

Claudia schwang sich auf den Tisch, ließ die Beine und den Kopf hängen. Jo nahm den Schreibtischstuhl.

„Der hat uns verarscht." Er rollte in die Zimmermitte und drehte sich um die Achse. „Der hat uns vorgeführt, oder?"

Aus den Augenwinkeln sah er, wie Dahlberg eine Kaffeetasse hochhob, kurz innehielt und sie mit Wucht auf den Boden knallte. Scherben und Kaffeereste sprangen nach allen Seiten. Erschrocken stoppte Jo das Stuhlkarussell, so etwas hatte er bei Dahlberg noch nie erlebt.

„Kannst du mal", begann Dahlberg leise, „mit der Oder-Scheiße aufhören", brüllte er den Satz zu Ende. Eisiges Schweigen breitete sich aus. Jo rollte zurück und verkroch sich hinter seinem Computer.

„Soll ich die Flugpassagierlisten und Autoverleiher checken?", fragte er nach einer Weile und so gelassen, wie es nach dem Ausbruch eben ging.

„Ja, mach das", knurrte Dahlberg. „Hol dir Hilfe bei der Soko, die wartet sowieso auf Arbeit. Und checkt die Kreditkarten." Er bückte sich und sammelte die Tassenteile ein. „Vielleicht benutzt er sie."

„Zeitverschwendung", kommentierte Claudia den Plan kurz und bündig. „Dafür ist der viel zu umsichtig."

Mit Schwung stieß sie sich vom Tisch ab und landete in der Zimmermitte. Dahlberg wickelte die Scherben in Druckerpapier und warf sie in den Papierkorb.

Ein fremder Mann sah ihn an. Und das war gut so. Alexander betrachtete sein Spiegelbild. Der Schädel war frisch rasiert und der Bart seit der Bewährungsprobe wieder ordentlich gewachsen. Er drehte den Kopf und musterte RUHM und EHRE, sie waren von der Hitze gerötet. Dann öffnete er die Glastür und trat ins Freie. Ein heftiger Windstoß fegte über die Dachterrasse. Alexander breitete die Arme aus und legte den Kopf in den Nacken, sein Gesicht brannte, der Körper dampfte. Das Spa im BERLINCENTER war ein beliebter Treffpunkt der russischen Community, ein völlig unverdächtiger Aufenthalt unter Freunden gewissermaßen.

Alexander hatte Meier informiert, als sein aktueller Boss mit der Begrüßung alter Bekannter beschäftigt war, verschwitzter, rotgesichtiger Männer, mehr oder weniger tätowiert, mehr oder weniger beleibt, Schultertatschen, Bruderküsse, kein schöner Anblick. Das Telefonat von einem Apparat, der in der Umkleide an der Wand hing, hatte vielleicht zwanzig Sekunden gedauert. Meier war sofort dran, na klar, die warteten sehnsüchtig auf Informationen. Genaue Angaben über den Treffpunkt konnte er allerdings nicht machen, nur, dass es wahrscheinlich aufs Land raus ging.

Alexander trat ans Geländer, umfasste die kalten Stangen und blickte in die Tiefe. Auf der Terrasse unter ihm zitterte exotisches

Nadelgehölz in meterbreiten glänzenden Kübeln. Zigarettengeruch drang herauf. Er beugte sich vor. Der Mann da unten trug weder Jacke noch Schal, sein weißes Hemd stach scharf aus der Dunkelheit. Und nur einen Steinwurf entfernt hing Dahlberg vielleicht gerade jetzt über einem der breiten Fenstersimse des LKA und versuchte, den Qualm so weit wie möglich wegzupusten. Um die Kippe dann effektvoll in die Ferne zu schnippen und sich wieder seinen Leuten und Fällen zuzuwenden. Alexander wünschte sich einen schönen, bodenständigen Fall, den er mit Dahlberg ganz bodenständig aufklären würde. Bauer erschlägt Frau zum Beispiel. Oder Millionär trifft Frau, mit dem Golfball.

Jetzt wurde ihm doch kalt. Alexander verknotete das Handtuch so fest er konnte, darauf musste er immer achten, und betrat die aufgeheizte Saunalandschaft. Am Whirlpool hatte die Champagnerstunde begonnen. Jerschows Kumpels waren mit Damen beschäftigt, deren Kurven durch Schäumen und Blubbern verdeckt waren. Er selbst hing, die Unterarme rückwärts aufgestützt, am Rand, ein dampfendes Glas Tee in Reichweite. Gackerndes Lachen und spitze Schreie gellten durch die Saunalandschaft. Die übrigen Gäste hatten schon längst die Flucht ergriffen.

„Idti sjuda, maltschik", sagte der Abgeordnete und winkte Alexander heran. „Komm her, Junge. Komm rein."

Das fehlte noch. Das Schamigtun in der Sauna war schon anstrengend genug gewesen. Blöd, dass der Typ ausgerechnet fürs Saunieren so ein Faible hatte. Hätte er sich eigentlich denken können, keine Datscha ohne Banja.

„Nicht mein Ding. Und ich bin nicht Ihr Junge", knurrte Alexander und setzte sich an die Bar, auf der eine frostbeschlagene Flasche Wodka in einem Kühler, ein summender Samowar und ein Minikühlschrank standen.

Die feuchte Hitze und die Nähe des LKA spülten Erinnerungen an seinen letzten Berliner Sommer hoch. Ventilatoren im

Dauereinsatz, bleiche Markisen an glühenden Häuserfassaden, Nächte an der Spree mit vorgekühlten Sixpacks. Und dann die heiße, staubige Luft in Leipzig, als er auf eigene Faust den dicken Tausendsassa beschattet hatte, der ins Drogentransportgeschäft einsteigen wollte beziehungsweise musste, denn er wurde von der 'Ndrangheta erpresst. Wie hieß der gleich, richtig, Warmbrunn, Rudolf Warmbrunn, Träger eines sommerzeitlich passenden Namens und rattenscharfer Schlipse, zum Beispiel Golfschläger auf grünem Grund oder Palmwedel auf Schwarz zur Beerdigung.

Alexander musste trotz Anspannung grinsen. Zwei Tage und zwei Nächte hatte er vor dem Edelitaliener verbracht, bis Warmbrunn mit dem italienischen Kontaktmann herauskam und ihn zum Umschlagplatz an der tschechischen Grenze führte, wo ihn allerdings zwei professionelle Kinnhaken niederstreckten. Aber da hatte er schon gesehen, was er sehen wollte.

Die Poolgemeinschaft wurde immer lauter, eine Welle schwappte über den Rand und traf ein Tablett, Gläser zersplitterten. Idioten, dachte Alexander und drückte den Serviceknopf. Ein junger Mann erschien, fegte alles zusammen und verschwand kommentarlos wieder. Jerschow hatte wohl auch genug. Schwerfällig hievte er seinen verfetteten Körper aus dem Wasser und tapste Richtung Umkleide. Alexander ließ sich vom Hocker gleiten und folgte der Gestalt, deren käsiger Rücken von rötlichen Durchblutungsinseln überzogen war. Im Umkleideraum klappte er die Schranktür auf, entledigte sich dahinter so schnell er konnte des Handtuchs und schlüpfte in die Boxershorts.

Meier und Kielbaum durchquerten die riesige Halle, ihre Schritte hallten auf dem glänzenden Steinboden. Die umlaufenden

Galerien reichten acht Stockwerke hoch bis unter das Glasdach. Seit dem Wechsel von Pullach nach Berlin, seit dem Umzug in die neue BND-Zentrale fühlte Meier sich erdrückt von der Größe und Strenge des Gebäudes. Und er kam sich noch kleiner vor als er war. Kielbaum, der betont lang ausschritt, so dass er kaum mitkam, war zwei Köpfe größer und dreimal so breit, mindestens. Meier wusste, dass sie aussahen wie Asterix und Obelix und vorbeigehende Kollegen ihnen hinterher grinsten.

Der Fahrstuhl kam, schweigend fuhren sie in die siebente Etage.

Den Vormittag hatten sie im Terrorismusabwehrzentrum in Treptow verbracht, gemeinsam mit Bundeskriminalamt, Bundespolizei, Militärischem Abschirmdienst und dem Bundesamt für Migration und Flüchtlinge. Gleich zu Anfang hatte es einen heftigen Schlagabtausch gegeben, es ging um Unregelmäßigkeiten bei Asylbescheiden. Was hätten wir denn machen sollen, hatte eine BAMF-Mitarbeiterin den Vertreter der Bundespolizei angeschrien, wenn ihr alle durchgewunken habt. Und was hätten die machen sollen, hatte Meier sich gefragt, schießen? Dann fing die Frau an zu weinen. Sie seien in Anträgen erstickt, hatte sie unter Tränen hervorgebracht. Sie hätten doch nicht einmal Farsi von Arabisch unterscheiden können, hatte sie weiter geschluchzt, jetzt könnten sie wenigstens das. Aber ob jemand aus Marokko oder Syrien stammt, das feststellen, wenn kein Pass vorliegt, das solle ihr mal jemand vormachen bei dem Bestand an Dolmetschern. Der Bundespolizist hatte die ganze Zeit empört geguckt. Jetzt sollen wir also schuld sein, hatte er ebenfalls losgebrüllt, es war doch die Regierung gewesen, die die Regeln de facto außer Kraft gesetzt hat. Meier hatte die ganze Zeit an die Schlagzeilen im Flüchtlingsherbst denken müssen, wie ‚Die Mär vom eingeschlichenen Terroristen'. Es war leider kein Märchen.

Nach einem längeren Gang durch einen schneeweißen Flur betrat Meier hinter Kielbaum das Büro. Er lockerte die Krawatte, ließ sich auf seinem Hightech-Stuhl nieder und fuhr den Computer hoch. Das Jackett, das so grau war, wie er sich fühlte, hatte er über die Lehne gehängt. Die lange Sitzung steckte ihm in den Knochen und eine interessante Information im Kopf. Der Verfassungsschutz hatte über ein Gut im brandenburgischen Bogenthal berichtet, das im Verdacht stand, eine Art Stützpunkt der Neuen Rechten zu sein. Nach außen firmierte es als ‚Institut für Ackerbau, Nachhaltigkeit und Heimatpflege', Inhaber Conrad und Natalie von Godern.

Das könnte der Treffpunkt sein, dachte er. Bei Jerschow haute die ideologische Schnittmenge übrigens hin. Aber wie Abu Bashir da rein passte, egal, ob er noch bei den Volksmudschahedin war oder ob er das Marxistische abgelegt hatte und jetzt im Namen des Islam unterwegs war, das war immer noch schleierhaft. Jedenfalls war er offiziell seit einigen Tagen in Deutschland und besuchte Veranstaltungen zu Landwirtschaftsfragen. Im Moment weilte er auf der Messe WALD, WILD&WIESE in Bayern. Und in Gut Bogenthal sollte es demnächst um nachhaltige Tier- und Waldpflege gehen.

Taub hatte eben durchgegeben, dass es unter Umständen ins Berliner Umland ging, Genaueres wisse er nicht. Aber er trage jetzt eine Art Tracht, hatte ihr Undercovermann gesagt, ländlich sittlich, was die Vermutung nahelege. Und dass er schnell wieder zurück müsse in die Wellnessoase, bevor der Whirlpool leer und Jershows Gäste voll seien.

Kielbaum schob seine massige Gestalt Richtung Fenster und sah hinaus. Meier drehte sich ebenfalls dem Ausblick zu. Mattgrün stand die Palme vor dem weiten hellgrauen Novemberhimmel. Die Wedel sahen aus wie unheimliche Riesenfinger. Er stand ebenfalls auf und sah hinunter auf die Mauer mit dem Zaun obenauf. Dahinter schlängelte sich ein Bach, die Panke, wie ein Mitarbeiter, der aus Berlin-Pankow stammte, ihm erklärt hatte. Begleitet wurde das Flüsschen von einem Fahrradweg, weiß zwischen sterbendem Rasen.

„Ländlich sittlich." Kielbaum lachte auf. „Die wievielte Verwandlung ist das jetzt? Hoffentlich musste Taub die Unterhose nicht in Gegenwart von Jerschow ausziehen."

Meier mochte diese Anflüge von Gemeinheit nicht. Aber er wusste sofort, was Kielbaum meinte. Und in dem Fall musste er ihm zustimmen. Wenn Jerschow Taub nackt gesehen hätte, wäre er aufgeflogen. Denn kein russischer Nationalist ist beschnitten.

Es klopfte, eine Mitarbeiterin schob einen Aktenwagen herein, schloss ein Fach auf, entnahm einen Umschlag und legte ihn auf den Tisch. „Die Satellitenaufnahmen."

„Wie Sie sehen, sehen Sie nichts", sagte Kielbaum, nachdem die Kollegin gegangen war und er den Inhalt des Umschlags ausgebreitet, die Brille abgenommen und sich einzelne Fotos dicht vor die Augen gehalten hatte. „So eine Scheiße." Er richtete sich wieder zu voller Größe auf und fummelte das zierliche Brillengestell über die Ohren.

„Eine einzige graue Soße. Und das Wetter bleibt so, also nichts mit Drohnen."

Gut Bogenthal war momentan also unsichtbar. Die Fotos daneben stammten aus schöneren Tagen und zeigten eine scharf umgrenzte Anlage mit verschiedenen Gebäuden, Beeten, rötlichen Mauern und großen Bäumen. Die Gegend drumherum bestand aus weiten Feldern, keine Chance, Beobachtungsposten zu installieren.

Bis zur Dämmerung war es noch hin, noch ragten die Kiefern deutlich in den Novemberhimmel, die Lichtung lag hell vor ihnen, das Gitterwerk eines Transformatorenmastes summte vor Spannung. Vom Ansitz aus konnte Conrad von Godern die Schneisen einsehen, die das Waldwiesenstück kreuzten. Über ihren Köpfen schwangen sich Leitungen bis zu den nächsten Eiffeltürmen der Elektrizität.

Kay war wie immer schweigsam, in seinem Mondgesicht Beschränktheit, Sehnsucht, Schiss, die ganze wabernde Mischung. Von Godern stieß den Jungen kumpelhaft in die Seite. Kay nickte krampfhaft und gehemmt. Er schien etwas sagen zu wollen, schluckte dann aber und schlug die Augen nieder.

Ein Fuchs schnürte vorsichtig und so flach er sich machen konnte, quer über die Lichtung, passierte Stubben, Gestrüpp, dunkle, wirre Haufen von Ästen und verschwand im Unterholz auf der anderen Seite. Sie warteten darauf, dass das Rehwild aus der Deckung kam. Deckung ist alles, dachte der Freiherr.

Er löste eine Hand von der Büchse, die quer über seinem Schoß lag, und stopfte die Wolldecke fester unter den Hintern. Es war schon ganz schön kalt, ohne die Wärmepads in den Handschuhen und die beheizbaren Sohlen würde er das hier kaum durchhalten. Kay schien das nichts auszumachen, der war hart verpackt, gehärtet von den Wintern auf der Straße.

Langsam verlor die Umgebung auch das bisschen Farbe, das der Herbst übrig gelassen hatte. Der Waldrand wurde zu einer Schattenlinie zwischen dunkel und noch dunkler. Wenn die Viecher jetzt nicht rauskamen, würde das nichts mehr. Aber sie hatten Glück, plötzlich traten drei Rehe heraus und begannen zu äsen, höchstens zwanzig Meter entfernt. Der Schuss hallte über die freie Fläche. Der Bock fiel, die beiden Ricken verschwanden panisch im Unterholz.

„W-W-Waidmannsheil", stieß Kay hervor und versuchte ein Lächeln.

„Waidmannsdank", gab der Freiherr zurück, die Bewirtung der Gäste war gesichert.

Kay erwies sich wieder als geschickter Jagdhelfer. In Nullkommanichts war das Tier aufgebrochen. Conrad von Godern betrachtete die bläulichblutigen Eingeweide, die wie ein eigenes Wesen im feuchten Moos lagen. Ein Schauer überlief ihn.

Sie schnürten die Beute auf das Dach des Jeeps und fuhren zurück zum Gut. Dort luden sie den Rehbock ab und schleppten ihn in die kalte Scheune zu dem Gestell, das Kay extra für solche Zwecke angefertigt hatte. Im Schein der verdreckten Glühbirne hängten sie das Tier auf, der offene Bauch schimmerte im bleichen Licht, ein unangenehmer Anblick.

Direkt vor dem blauen Haus war ein Parkplatz frei. Die Lampen ließen die Fassade und das Rot des Tores leuchten.

Aber heute hatte Dahlberg keinen Sinn für das Farbspiel. Er stieg aus und sah nach oben, Festbeleuchtung auf ihrer ganzen halben Etage. Bitte keinen Besuch, dachte er niedergeschlagen. Er kam sich vor wie in einem fiesen Puppentheater, auf der Bühne eine Kiste, aus der Figuren ohne Gesichter sprangen. Und er war der Kasper, nur nicht so lustig. Oder der dumme August, der darauf wartete, dass Gabriel Troost auftauchte. Bis jetzt war er unauffindbar. Und er war weder geflogen, noch hatte er eine Fähre gebucht oder ein Auto geliehen. Blieben Bus und Zug. Und wer wusste schon, wie weit er bis jetzt gekommen war.

Er hatte die Wohnungstür kaum geöffnet, da erschien Marthe im Flur, verdrehte die Augen zur Decke und hob die gespreizten Hände wie zum Gebet.

„Elternalarm?", fragte Dahlberg. Sie ließ die Arme sinken und nickte genervt.

„Das wievielte Mal ist das jetzt?"

„Vierte, fünfte? Ich zähl nicht mehr mit."

„Na komm", sagte Dahlberg, obwohl er null Bock auf das Getue hatte. „Das überstehen wir schon."

Marthes Mutter, ihres Zeichens Opernsängerin, präsentierte sich im Sessel hingegossen, ganz Primadonna und zugleich gequälte Kreatur. Auf dem Tisch stand eine halb geleerte Flasche Rotwein. Und Karlchen schlief offensichtlich schon.

„Hey, das wird schon wieder", sagte Dahlberg, trat zu seiner Schwiegermutter und drückte ihre Schulter, er konnte sie nicht umarmen, noch nie. Sie legte den Arm auf die gepolsterte Rückenlehne und die Hand an die Stirn. Dann nickte sie ihm hoheitsvoll zu, seufzte erschöpft und griff zum Glas. Ihr Herz hatte sie hoffentlich schon ausgeschüttet. Vor ein paar Tagen war Marthes Vater da gewesen, um bei seiner Tochter Beschwerde zu führen. Wie er das nur ausgehalten habe all die Jahre, diese Kapriolen und Kapriziositäten. So pflegte er sich auszudrücken, er war auch nicht ohne. Aber jetzt sei Schluss.

Wie gut, dachte Dahlberg, dass Marthe weit weg von diesen Eltern aufgewachsen war, unter dem Neurosenschutzschirm der kleinen Oma im Sauerland. Sie war vor kurzem gestorben, still und ohne Aufhebens, wie sie gelebt hatte, bis zum Schluss wach und lebensklug.

Dahlberg öffnete den Kühlschrank, nahm eine Cola Light heraus und gesellte sich missmutig und nur der Höflichkeit wegen zu den beiden Frauen. Marthe saß schon in der entferntesten Sofaecke. Nach dem rasanten Konsum des Rotweins und weiteren Tiraden gegen ihren Managermann verabschiedete Marthes Mutter sich, ohne nach Karlchen gefragt zu haben.

Als sie verschwunden war, stand Marthe auf, ging zum Herd und begann, in einer Pfanne etwas zusammenzurühren. Dahlberg trat hinter sie, umarmte ihre Rückseite und drückte ihr einen Kuss in den Nacken.

„Also wirklich, deine Eltern. Mal beten sie sich an, mal wollen sie sich umbringen. Das endet noch in einem Kriminalfall."

Marthe klatschte das Endprodukt auf zwei Teller und lachte.

„Schluss mit dem Psychologisieren, sonst bring ich dich um, bei aller Liebe."

Nach dem Essen ging Dahlberg zu Bett und schlief sofort ein. Es war ein unruhiger Schlaf, mit wachen Momenten und Klarträumen.

Er paddelt wie verrückt. Wellen schlagen über ihm zusammen, dazu dröhnt der Walkürenritt in seinen Ohren. Plötzlich treibt das Foto eines altertümlich gekleideten Mannes mit Kneifer vorbei. Robert Koch? Oder Max Planck? Er will nach oben, Luft schnappen, aber er kommt nicht vorwärts. Draußen auf dem Campus scheinen sie nichts zu bemerken. Die Professorin und der Gewerkschafter stehen beieinander und tuscheln. Wieso war dieser Scheißglaskasten von Foyer eigentlich so dicht? Steht da nicht so rum, holt mich hier raus, ihr müsst doch nur die Tür aufmachen. Aber sie sehen nur hintergründig lächelnd zu ihm hinauf und rühren keinen Finger. Das Wasser steigt und steigt. Seine Arme und Beine werden schwer. Warum geht das so schwer? Schweres Wasser? Sein Vater trudelt auf ihn zu. Er macht gurgelnde Geräusche. Dahlberg kann ihn trotzdem verstehen. Guck mal, da kommen Otto Hahn und Lise Meitner, deswegen hast du Schweres Wasser gedacht. Alles Berliner, sozusagen. Ach Vadder, Berlin der Nabel der Welt, hilf mir lieber. Hilf du mir, blubbert Vaddern, ich brauch was Richtiges zu trinken, ich hab schon gebadet. Nur noch eine Handbreit bis zur Decke, es war so weit, er würde ertrinken.

„Du erstickst wohl lieber, als mit dem Schnarchen aufzuhören."

Dahlberg schnappte nach Luft. Marthe nahm ihre Finger von seiner Nase und sah müde auf ihn herunter.

„Ich hab nicht geschnarcht", murmelte er schlaftrunken. „Ich hab geschnorchelt."

Marthe schob ihn mit dem Fuß Richtung Bettkante.

„Dann schnorchel mal rüber auf die Couch. Ich brauch meinen Schönheitsschlaf."

Dahlberg hatte sich gerade eingerichtet, da summte sein Handy, es war die Zentrale.

„Ein Todesopfer bei einem Brand in Kreuzberg."

„Und warum macht das nicht der Kriminaldauerdienst?"

„Weil der Name Alina Klüver aufgetaucht ist."

„Handelt sich also um die DENKFABRIK."

„Exakt, Spusi und Gerichtsmedizin sind schon auf dem Weg."

Er hat also keinen Personenschutz beantragt, dachte Claudia.

Sie reichte Jo ein Paar blaue Plastiküberzieher.

„Sind die nicht eigentlich dazu da, den Tatort nicht zu verunreinigen", versuchte er, die Anspannung wegzuwitzeln.

„Schlaumeier", sagte sie nur.

Zwei Feuerwehrleute tauchten als Schattenbilder im gelblich-rauchigen Gegenlicht auf, Darth Vaders mit Riesenhelmen, aus denen röchelnde Laute drangen.

„Da hinten liegt der Tote", sagte der eine.

Eine Gestalt glitt an ihnen vorüber und verschwand samt einem großen Alu-Koffer in dem glimmrigen Dunst, der diensthabende Gerichtsmediziner. Rauch stand in den Räumen, hellgraue Fetzen verbrannten Papiers trieben über ihren Köpfen, das Löschwasser dampfte. Von den Fotostelltafeln waren nur noch Metallgerippe übrig, die Scheiben der alten Industriefenster gesprungen. Ein Windstoß fuhr herein und legte fast verbranntes oder angesengtes Holz frei. Aus einem kleinen Berg Asche ragte ein Eisenteil. Zwei Scheinwerfer tauchten die Szenerie in dramatisches Licht.

Sie tasteten sich vor, Claudia hörte die Füßlinge reißen.

„Jetzt verunreinigt der Tatort meine guten Stiefel", murmelte Jo. Claudia warf ihm einen gereizten Blick zu und stapfte durch die Pampe aus Asche, Papierfetzen, Löschwasser und Glassplittern, ihre Wanderstiefel waren alt und gezeichnet von vielen Einsätzen. Einige Glasquader der Trennwand waren geplatzt, winzige Splitter lagen davor. Die Spurensicherung, die Schutzanzüge mittlerweile schwarzgrau eingestaubt, verrichtete stumm ihre Arbeit, Scherben einsammeln, wieder einmal. Plötzlich stand Dahlberg neben ihnen. Er rieb sich die Augen. Dann fuhr er sich mit einer ratlosen Geste durch die Haare.

„Er hat also keinen Personenschutz beantragt."

„Sieht so aus", sagte Claudia.

Ein weiterer Feuerwehrmann kam auf sie zu, nahm den Helm ab und stellte sich als der Einsatzleiter vor.

„Ihr könnt durch, keine Brandnester mehr. Die Quelle haben wir noch nicht. Hinter der Glasziegelwand gibt es einen Raum mit Mikrowelle, Wasserkocher und Couch." Er wischte sich mit dem groben Ärmel der Schutzkleidung über das schweißnasse Gesicht und deutete mit seinem Riesenhandschuh hinter sich. „Die Leitungen sind über Putz. Bei der Feuchtigkeit in den letzten Tagen könnte es einen Kurzschluss gegeben haben."

Unwahrscheinlich, dachte Claudia, oder ein Riesenzufall.

Ramin Noury lag auf der besagten Couch, über ihn gebeugt der Gerichtsmediziner, der im Scheinwerferlicht einen unheimlichen Schatten warf.

„Rauchgas", sagte er und richtete sich auf. „Nach dem friedlichen Gesichtsausdruck hat er nicht viel gemerkt, hat wohl tief und fest geschlafen. Wenigstens das."

Dahlberg schien genug gesehen zu haben, er winkte sie nach draußen.

„Eine neue Spur zu Alina", sagte er, als sie vor dem qualmenden Gebäude standen, und steckte sich eine Zigarette an. „Und eine, die nichts mit Bogenthal zu tun hat."

Bitter, dachte Claudia und steckte geistesabwesend die zerfetzten Füßlinge in die Hosentasche, diese Fährte auf Kosten eines Toten. Jo versuchte, seinen Parka von Ascheflocken zu befreien.

Die Aschewassermixtur klebte immer noch an den Sohlen. Jeder Schritt quietschte und knirschte. Sie waren auf dem Weg zum Obersten. Er erwartete sie im Stehen, die Westenbrust gereckt, die Haare zerwuselt. Sein Blick glitt über das Dreiergespann, die eingestaubte Mannschaft bekam ein unruhiges Lächeln.

„Drei Musketiere, den Flammen entkommen." Er sah zwischen ihnen hin und her. „Wo ist eigentlich der Vierte?"

„Wen meinen Sie?", fragte Dahlberg unschuldig.

„Dahlberg!" Die Stimme des Obersten hob sich, er selbst ließ sich nieder. Hinter ihm und der berühmten Grünpflanze dämmerte der Tag herauf.

„Wenn Sie Kollegen Mahlmann meinen? Der ist krank", sagte Dahlberg, ohne die Miene zu verziehen und setzte sich mit einer Arschbacke auf den Chefschreibtisch. „Kommt aber heute wieder."

„Wieso eigentlich ihr?", fragte der Oberste. „Reichen euch die beiden Toten nicht?"

„Alina Klüver, unser zweites Opfer, hatte in dem Kulturzentrum, das abgebrannt ist, an einer Ausstellung mitgearbeitet." Dahlberg zog sein Notizheft hervor. „Titel: ‚Das Dritte Reich und die arabische Welt – muslimischer Beifall, rechte Verbindungen und linke Verdrängung'."

Der Oberste erstarrte. Die Stille, die den Raum füllte, war fast vollkommen, nur das rhythmische Gleiten und Ratschen des Kopierers im Vorzimmer war gedämpft zu hören.

„Was sagen die Brandermittler?"

„Noch nichts. Könnte ein Kurzschluss gewesen sein."

Der Oberste stand auf und marschierte vor der Grünpflanze auf und ab. „Oder ein Anschlag." Er hielt vor seinem Stuhl und stützte sich mit gesenktem Kopf darauf. „Ich ahne es, das wird Ärger geben." Er griff nach einem Stift und begann gedankenverloren, Nikolaushäuschen zu zeichnen. Er schien sich zu etwas durchzuringen. „Mein nervöser Magen sagt mir, dass der Staatsschutz hier bald auf der Matte steht, und der Verfassungsschutz, oder beide." Er warf den Stift auf den Tisch. „Aber macht erst mal. Seht zu, wie weit ihr kommt. Dann sehen wir weiter."

Dahlberg hievte sich vom Tisch.

„Gibt es jetzt eigentlich zwei Sokos?", fragte Claudia.

Der Oberste setzte sich, legte die Fingerspitzen aneinander und küsste sie, so sah es jedenfalls aus.

„Was euren verschwundenen Tausendsassa Troost angeht, das erledigen Zielfahnder und Interpol. Dazu braucht's keine Soko mehr." Er nahm die Finger auseinander, legte wie ein braves Schulkind die Arme übereinander und betrachtete mit gesenktem Kopf die Schreibunterlage.

„Chef?" Dahlberg beugte sich vor. Der Chef hob den Kopf.

„Was Alina Klüver betrifft. Da sollten wir den Kreis der Beteiligten so klein wie möglich halten. Also nein, keine Soko Alina. Ihr berichtet nur mir direkt. Und wenn sich eine Verbindung zwischen Bogenthal und dem Brand auftut, erst recht."

Dahlberg fuhr den Wagen vom Parkplatz. Claudia zog die verdreckten Schuhe aus und stemmte die Füße gegen die Heizungsschlitze. Jo und Mahlmann waren bei den Brandermittlern.

Draußen war es frisch, aber trocken, im Inneren roch es wie in einer Räucherkammer. Claudia sah aus dem Fenster, sie war genauso müde wie er. Kein Wunder bei der kurzen Nacht und der Aussicht auf einen langen Tag. Dahlberg zog einen Zettel aus der Innentasche seines Anoraks und reichte ihn Claudia, ohne den Blick von der Straße zu nehmen.

„Nourys Adresse." Es war eine Anschrift im Viertel ONKEL TOMS HÜTTE tief im Berliner Westen. Die Wohnanlage war berühmt für ihre bunten Reihenhäuser. Dahlberg erinnerte sich sogar an den Namen des Architekten, Bruno Taut. Und an den Vortrag seines Vaters, das waren noch Könner, die haben noch an die kleinen Leute gedacht.

Als sie vor einem grünen Haus hielten, ging die Tür auf, ohne dass sie geklingelt hatten. Eine blasse Frau um die fünfzig mit schwarzem, grau durchwirktem Haar erschien. Sie musste sie durch das kleine Fenster neben der blauen Tür beobachtet haben, vielleicht, weil sie in den letzten Stunden nichts anderes gemacht hatte, als durch die Wohnung zu wandern und aus dem Fenster zu schauen, in der Hoffnung auf ein Wunder. Frau Noury trug weite Hosen, einen fusseligen Pullover und dicke Socken. Nach dem Melderegister hieß sie mit Vornamen Azada und hatte im Wedding eine Praxis für Psychotherapie. Die Feuerwehr hatte sie noch in der Nacht über den Brand und seine Folgen informiert.

Dahlberg stellte sie vor und drückte sein Beileid aus. Azada Noury gab ihm eine eiskalte Hand, die sie gleich wieder im Pulloverärmel verschwinden ließ. Die Arme an den Körper gepresst ging sie voran.

Die Wohnung hatte einen besonderen Touch. Wenn jemand Dahlberg gefragt hätte, skandinavisch-orientalisch. Über der Couchgarnitur aus stumpfem dunkelbraunem Leder hing eine Lampe, wie er sie in Marokko gesehen hatte. An der sandfarbenen Wand ein großes Poster, Dünen und Meer. Vor dem Miniaturpanoramafenster farbige Glassteine, die das Herbstlicht als bunte Flecken im Zimmer verteilten. Dahlberg und Claudia zogen die Jacken aus und nahmen in den Sesseln Platz.

Frau Noury setzte sich auf das Sofa. Sie zog die Beine an, umschlang ihre Knie und senkte den Kopf.

„War es kein Kurzschluss?" Sie räusperte den Kloß im Hals weg. „Wenn die Mordkommission vorbeikommt?"

„Das wissen wir noch nicht", sagte Claudia. „Wir ermitteln in alle Richtungen."

„Da bin ich ja gespannt." Frau Nourys Misstrauen war greifbar. „Erst Alina und jetzt Ramin, da gibt es doch einen Zusammenhang."

Eine Weile herrschte Schweigen.

„Wenn es Brandstiftung war", begann Dahlberg. „Könnte das aktuelle Ausstellungsthema ein Motiv sein?"

„Ich weiß nicht, vielleicht." Ihre Stimme klang bitter. „Vielleicht hat es einigen gereicht."

„Was gereicht?", fragte Claudia. „Wem gereicht? Wie es aussieht, hat Ihr Mann sowohl Linken und Rechten als auch Muslimen auf die Füße getreten."

Statt zu antworten griff Azada Noury nach ein paar Heften, die auf dem Couchtisch lagen, und reichte sie Dahlberg.

„Hier, hier drin sind die Ausstellungen aus den letzten fünf Jahren aufgelistet. Da können Sie sich ein Bild von den früheren Aufregern machen."

Er nahm die Broschüren entgegen und gab eine an Claudia weiter. Die Titel hatten es in sich: Verbrannte Erde – Rückzugsgefechte einer Religion, Das Schweigen der Lämmer – Islam und Islamismus, Das Kopftuch – Die Fahne des Propheten.

„Die hat aber kaum jemand richtig mitbekommen", sagte Azada. „Das waren winzige Wohnzimmerausstellungen, mehr zur Selbstverständigung unter Leuten, die vom Glauben abgefallen waren. Aber diesmal ..." Sie verstummte.

„Diesmal war die Sache größer angelegt, in der DENKFABRIK", warf Claudia ein.

Und die Aufmerksamkeit ist seit der Flüchtlingskrise eine ganz andere, dachte Dahlberg und blätterte weiter. Und es ging weiter: Verstand in Geiselhaft – Rückwärts immer, vorwärts nimmer, Beleidigt bis zum Jüngsten Tag – Muslimische Reaktionen, Tötet sie, wo ihr sie trefft – islamischer Antisemitismus.

Er klappte die Broschüre zu. Damit dürfte Ramin Noury vor allem bei seinen ehemaligen Glaubensbrüdern angeeckt sein. Bei der Ausstellung in der DENKFABRIK schienen die Dinge komplizierter zu sein. Er hätte jetzt gern eine geraucht. Er fummelte eine Zigarette aus der Schachtel in der Brusttasche und steckte sie hinters Ohr.

„Wenn Sie rauchen wollen, in der Tür ist in Ordnung", sagte Frau Noury. Dahlberg stand auf und öffnete die Terrassentür. Davor auf dem Boden stand ein Blumentopf voller Kippen. Er steckte die Zigarette an. In den Rahmen gelehnt blies er den Rauch Richtung Garten, einem kleinen Rasengeviert, an dessen Rand gerade die Herbstastern verblühten. Drinnen herrschte Stille, Claudia musste die Schlagzeilen auch erst mal verdauen.

„Wissen Sie", hörte er Frau Noury sagen. „Im Iran war Ramin ein linker Liberaler. Er ging, als Khomeini kam. Meiner Familie gelang die Flucht erst fünf Jahre später. Wir haben uns dann in Heidelberg kennengelernt. Ramin studierte Jura und ich Psychologie. Danach sind wir nach Westberlin gegangen. Ich habe eine Praxis für Psychotherapie gegründet und Ramin fing in einer Rechtsanwaltskanzlei an."

Nachdem Dahlberg aufgeraucht, die Zigarette an der Schuhsohle ausgedrückt und sie in den Blumentopf geworfen hatte, schloss er die Tür und setzte sich wieder. Frau Noury sprach immer noch, schnell, ohne Punkt und Komma. Es wirkte, als hätte sie einen Text auswendig gelernt und ihn schon x-mal runtergebetet, um ihre Beweggründe und die ihres Mannes verständlich zu machen.

„Irgendwann", sagte sie. „Irgendwann merkten wir, dass etwas schief lief. Dass das, was uns aus unserer Heimat getrieben hatte, in Deutschland beschwiegen und geduldet wurde, wenn es den Islam betraf. Obskurantismus, Religionshörigkeit, Frauenentrechtung, Judenhass, Homophobie."

Sie senkte den Blick, als wenn es ihr plötzlich unangemessen schien, die Polizei in dieser Stunde der Not mit Argumenten zu bombardieren. Aber der Wille, es trotzdem zu tun, stand ihr ins Gesicht geschrieben.

„In unseren Augen wich der deutsche Rechtsstaat vor den Forderungen der Hardcoremoslems zurück. Immer mit dem Hinweis auf kulturelle Eigenarten und Religionsfreiheit."

Sie stand auf, trat an das große Fenster und blickte in den Garten. Dann nahm sie eins der bunten Pendel in die Hand und ließ es hin und her schwingen. Es sah aus wie Selbsthypnose.

Hardcoremoslems, dachte Dahlberg, das war scharf. Aber was war eigentlich Obskurantismus? Frau Noury wandte sich ihnen wieder zu, sah aber über sie hinweg auf den meerumspülten Sandstrand an der Wand.

„Und dann besetzten Populisten, die sowieso gegen jeden Ausländer waren, das Thema. Was wiederum die Linken auf den Plan rief, die meinten, dass Ramins Engagement Wasser auf die Mühlen der Rechten sei."

Azada Noury hob die Schultern und ließ sie wieder fallen. Herausfordernd richtete sie die geröteten Augen auf Dahlberg.

„Von Rechts, Links und Islamisten unter Beschuss, er saß zwischen allen Stühlen", beschloss sie ihren Vortrag. „Sagt man so?"

„Sagt man", sagte Claudia. Sie war während der Rede an die Sofakante gerutscht, die Augen förmlich festgenagelt an Azadas Gesicht. Wie Dahlberg Claudia kannte, mussten ihr die Worte, besonders was Frauenrechte anging, runtergehen wie Öl.

„Soll ich Tee machen?", fragte Frau Noury plötzlich. Ohne eine Antwort abzuwarten, stand sie auf und verschwand.

Dahlberg zog sein Handy vor und gab Obskurantismus in die Suchmaske ein.

Aha, feindselige Haltung gegenüber jeder Art von Aufklärung, sagte das Internet, und die meinten nicht die Aufklärung von Kriminalfällen. Jedenfalls hatte Ramin Noury ganz schön große Geschütze aufgefahren. Und irgendwelche Idioten hatten zurückgeschossen. Hatten die am Ende auch Alina auf dem Gewissen?

„Ich hab auch Kuchen", ertönte es aus der Küche. Wenig später standen eine Kanne, drei Teegläser und ein Berg kleiner, fettglänzender Küchlein vor ihnen. Dahlberg griff zu, sein Gehirn konnte schnellen Zucker gebrauchen.

„Kannten Sie Alina Klüver persönlich?", fragte er.

„Natürlich", antwortete Frau Noury. „Ramins rechte Hand. Eine eigenwillige Schönheit, wie aus der Zeit gefallen, durchgeistigt und leidenschaftlich." Sie griff zur Kanne und goss den Tee in die Gläser. „Manchmal auch ein bisschen provokativ, was ihre Kleidung und die Feierei anging."

„Apropos", sagte Claudia. „Wissen Sie etwas über Barbesuche in Schöneberg?"

Azada schüttelte den Kopf. „Ramin hat sich bloß manchmal gewundert, wenn sie übermüdet in der DENKFABRIK auftauchte."

„Und den Namen Bogenthal", fragte Dahlberg. „Hat Alina den mal erwähnt? Oder einen Conrad von Godern?"

„Nein, was ist damit?"

„Ach, nichts weiter", sagte Claudia.

„Da fällt mir etwas ein", sagte Azada. „Einmal hat Ramin erzählt, dass Alina sich mit ihrem Urgroßvater überworfen hat. Warum, wusste er allerdings nicht."

Warum überworfen, fragte Dahlberg sich, nach den Worten von Alinas Professorin hatte er ihr doch von Wüstenoasen und wilden Reitern auf Kamelen vorgeschwärmt. Wegen dessen Erzählungen hatte sie doch das Studium begonnen. Das wäre eine Frage an die Eltern im Münsterland. Mal sehen, ob er die stellen konnte, bevor sich der Verfassungsschutz einschaltete. Hier war erst einmal alles gesagt. Wie auf eine geheime Verabredung hin erhoben sie sich.

„Wenn Ihnen noch etwas einfällt." Dahlberg reichte Frau Noury seine Karte. „Melden Sie sich, bitte."

„Noch einmal unser herzliches Beileid", sagte Claudia. „Und vielen Dank für Ihre Geduld."

Sie stiegen die drei Stufen hinab und drehten sich noch einmal um. Azada Noury stand in der offenen Haustür. Sie vergrub die Hände in den Pulloverärmeln und zog fröstelnd die Schultern hoch. Das Haar umgab ihr Gesicht wie ein Drahtverhau. Sie kam Dahlberg wie eine Figur aus einem Antikenfilm vor, nur dass sich die Locken nicht wie Schlangen bewegten.

Kay Krumrey kurvte durch Berlin, die vorerst letzte Auslieferung der Zeitschrift BLAUER MOHN. Er war nervös, hatte sich schon ein paar Mal verfahren. Jetzt hielt er vor einer Adresse in der Auguststraße, Bezirk Mitte. Interessenten, die das Zeug lesen wollten, gab es in allen Stadtteilen. Das Haus gefiel ihm, ganz hell mit Dreiecken über den Fenstern und einem großen lackglänzenden Tor. Von der Empfängerin, einer älteren Dame, bekam er sogar einen heißen Tee.

„Trinken Sie und erholen Sie sich, junger Mann", sagte sie „Und denken Sie daran, jeder Mitstreiter zählt."

Das sollte sich der Herr Gutsherr bitte schön mal klarmachen, dachte Kay, als er wieder im Wagen saß und Richtung Osten fuhr.

Das nächste Ziel in der Lichtenberger Siegfriedstraße gehörte zu einem Vertrieb für Gaststättenbedarf. Kay stellte den Jeep auf dem firmeneigenen Parkplatz ab und holte ein größeres Paket aus dem Kofferraum. Eine Frau am Empfang wies ihm den Weg zu einem Büro am Ende eines langen, kahlen Ganges und kündigte sein Kommen per Haustelefon an. Die beiden Männer in dem ebenso kahlen Raum sahen ihn erwartungsvoll an.

„Da sind Sie ja endlich, wir dachten schon, wir müssten hier übernachten."

Der Sprecher, Lederjacke über einem Hertha-Trikot, lehnte mit verschränkten Armen an einem Stahlschrank und grinste. Irgendwie bedrohlich, dachte Kay und spürte eine undefinierbare Furcht.

„Dann mal her damit", sagte der andere, der eine wollig aussehende Jacke und einen Rollkragenpullover trug. Kay entspannte sich ein bisschen, ließ das schwere Paket auf den vollkommen leeren Schreibtisch fallen und zog den Quittungsblock hervor.

„Warum setzen Sie sich nicht einen Moment?", sagte der Hertha-Fan so scheißfreundlich, dass es Kay wieder ganz anders wurde.

„Schön bei der neuen Familie?", fragte der Nette. „In der Natur? Mit den schönen Beeten?"

Was sollte das denn? Kay sah von dem Mann am Schrank zu dem anderen, der gegenüber mit dem Rücken an der Wand zwischen zwei Fenstern lehnte, sich jetzt abstieß und ganz nah an Kay herantrat.

„Besser als auf der Straße, nicht wahr?"

„Ja klar, b-besser", krächzte Kay und wich zurück. Seine Kniekehlen stießen an einen Stuhl, er setzte sich. Woher wussten die, dass er auf der Straße gelebt hatte und jetzt nicht mehr?

„W-Woher wissen Sie d-das?", fragte Kay, als er seine Stimme wiedergefunden hatte.

„Tja, woher wissen wir das? Wir wissen vieles über Kay Krumrey, ist eben ein interessanter Typ."

Die beiden lächelten einander zu. Ihm wurde schwummrig, die wussten seinen Namen. Na klar, wussten die seinen Namen, wenn sie sogar wussten, dass er etwas mit Beeten zu tun hatte.

„Und w-was w-ollen Sie?", brachte er heraus.

„Deine Freundschaft", sagte der in der Lederjacke.

„Wir geben jedenfalls etwas, wenn wir etwas bekommen", meinte der Andere. „Oder vergessen etwas. Zum Beispiel die DENKFABRIK, die kennen Sie doch?"

„Vergiss die Anrichte nicht", sagte Conrad von Godern. „Und der Samowar muss noch geputzt werden."

Der Junge machte weiter, als sei er taub. Er wienerte die Tischplatte, als ginge es um sein Leben. Dabei trug er Handschuhe, offensichtlich eine neue Marotte.

„Hast du gehört?"

Kay richtete sich auf, um den Lappen in die Schale mit der Naturpolitur zu tunken. Hinter seinen zusammengepressten Lippen schien sich eine Antwort bereit zu machen. „J-Ja, k-klar."

„Schon gut, morgen ist jedenfalls Abfahrt."

Natalie, die Kinder und Kay sollten ein paar Tage bei Freunden in Mecklenburg verbringen. Sie war zwar im Prinzip eingeweiht, kannte aber keine Details und keine Namen. Und das sollte so bleiben.

Er ließ seinen Blick durch den Raum mit den dunklen Deckenbalken und dem ausladenden Kamin schweifen. Auf jeder Seite des glänzenden Tisches standen vier dunkle hohe Stühle, hinter einem ein Hocker für den Arabisch-Russisch-Dolmetscher. Die Ruhe vor dem Sturm, dachte der Freiherr, trat an die Anrichte und nahm einen Flyer zur Hand. ‚Nachhaltige Bewirtschaftung von Schonungen' stand da in eleganter Schrift, darunter ‚Koexistenz von Tier- und Waldpflege durch Bejagung'. Das Ganze ergänzt durch die Nahaufnahme eines grünen Halms, der aus goldgelbem Sand ragte. Er brachte den Stapel auf Kante, verließ den Raum und ging den Flur entlang zum Monitorraum. Die Kameras deckten die gesamte Umgebung ab, der Rundblick war perfekt, jede Annäherung würde gesehen werden. Trotzdem beschlich ihn ein mulmiges Gefühl. Was, wenn er etwas übersehen hatte. Unsinn, beruhigte er sich selbst, dann wäre die Polizei längst hier aufgetaucht. Außerdem hatte er keine Wahl gehabt.

„Du musst noch Holz holen vor der Abfahrt", sagte Conrad von Godern in Kays Richtung.

Einen Weidenkorb in der Hand ging Kay Krumrey durch die Scheune zum Holzschuppen. Die sauber geschichteten Scheite nahmen die ganze Stirnseite ein. Er begann, die Kloben einzuladen. Falls sich hier etwas Berichtenswertes tat, würde er es nicht mehr mitbekommen. Das wird denen nicht gefallen, dachte Kay. Ihm wurde die Kehle eng. Wie die ihn abwechselnd in die Zange genommen hatten, der Gemeine und der Nette, der eine grob drohend, der andere sanft und säuselnd. So hatte der Pfarrer in seinem Dorf auch immer gesäuselt, in dieser mistigen Kirche, in der es sommers wie winters eiskalt war. Nach der Wende ging es jeden Sonntag ab zum Gottesdienst, da gab es kein Vertun. Nur Opa blieb zu Hause. Geht nur, geht nur, ihr wiedererweckten Christen, rief er ihnen jedesmal hinterher, so dass das halbe Dorf es hören konnte. Ja, denkst du, Kleiner, die hätten vor der Wende auch nur einen Fuß in eine Kirche gesetzt? Das hatte er oft gesagt und dass die alle total bigott seien, das hieß scheinheilig, Opa war Kreuzworträtselfan.

Kay lud die Kiepe voll und trug sie Richtung Haupthaus.

Aus dem Obergeschoss kam Geschrei. Otto und Franz stritten sich wieder einmal. Natalies scharfe Stimme ging dazwischen. Dann heulten die Mädchen. Seit Stunden ging das so, die Familie war am Packen. Er schichtete das Holz in die Nische neben dem Kamin. Dann nahm er den Schaber vom Kaminbesteck und kratzte die Asche zusammen. Er sah sich um, wo war die Schaufel? Wahrscheinlich hatten die Gören sie versteckt. Sie spielten ihm immer solche Streiche, bei den Eltern trauten sie sich ja nicht.

Auf dem Weg zu dem Nebengebäude, in dem er seine Bude hatte, traf er Natalie mit zwei Koffern.

„Oben ist noch mehr", sagte sie unwirsch und verstaute das Gepäck in dem Jeep, der vor dem offenen Scheunentor stand. Kay drehte um, ging zurück ins Haupthaus und stieg die knarrende Treppe empor. Als er das Zimmer der Jungs betrat, saßen Franz und Otto auf ihren Betten und sahen ihn feindselig an. Sie nickten den Reisetaschen zu, die an der Tür standen. Faule Aasbande, dachte Kay Krumrey, stänkern und sich bedienen lassen. Dachten die, er hätte nicht gemerkt, wie sie ihn immer mehr ausnutzten?

Sogar der Freiherr, der ihn nur noch herumkommandierte. Alle scheinheilig und verlogen, alle. Er nahm das Gepäck auf.

Cordula schmetterte ihm ein fröhliches ‚Guten Morgen' entgegen.

Das hob die Stimmung des Obersten zwar nicht wesentlich, tat aber trotzdem gut.

„Morgen. Wohl wieder mit dem richtigen Bein aufgestanden?"

Sie lächelte schelmisch, ein sehenswerter Kontrast zu dem streng zurückgebundenen Pferdeschwanz und der dunklen Hornbrille. Mit einem ironischen Grinsen nickte sie den beiden dicken Ordnern zu, Unterschriften und Wiedervorlagen, wie jeden Tag. Der LKA-Chef nickte ergeben, ging schnellen Schrittes in sein Zimmer, knallte die Aktentasche auf den

Schreibtisch und drehte sich um. Seine Sekretärin deutete mit den Augen auf die blinkende Rückruftaste und drehte wieder ab.

„Tür zu", rief der Oberste ihr hinterher, griff zum Hörer und drückte den Knopf der geschützten Leitung.

Diesmal tat der Verfassungsschützer verbindlich. Er entschuldigte sich für seinen damaligen Ton, er habe unter großem Druck gestanden. Dann bat er um Verständnis, dass er auch heute die näheren Zusammenhänge nicht erläutern könne.

„Und was kann ich dann für Sie tun?", fragte der Oberste.

„Ich weiß, wie das aussieht", begann sein Gesprächspartner. „Aber sorgen Sie bitte dafür, dass Dahlberg sich auch von der DENKFABRIK fernhält."

„Täglich grüßt das Murmeltier", murmelte der Oberste.

„So ähnlich", sagte der Mann. „Ist alles ziemlich komplex."

Sie verabschiedeten sich und legten auf. Also war es ein Anschlag, dachte der LKA-Chef. Fragte sich, aus welcher Ecke. Links, rechts, islamistisch? Egal, irgendein Ismus oder Gott fand sich immer. So ist es, so war es, wenn Menschen Ideologien zum Opfer fielen, gab es Opfer.

Er drehte den Schreibtischsessel um hundertachtzig Grad und saß seinem Ficus Benjamini gegenüber. Das Bäumchen war mittlerweile zwei Meter groß, grün und buschig, kein einziges gelbes Blatt. Er stand auf, griff nach der Plastikgießkanne und verteilte den Inhalt sorgfältig über der dunklen lockeren Erde. Darauf achtete er, dass die Erde immer locker war, auch eine Pflanze wollte atmen. Wie gut mussten es Gärtner haben oder Köche oder Tischler. Etwas mit den Händen machen, wachsen und entstehen sehen, Ursache und Wirkung, Naturgesetze, Handwerk und am Ende des Tages ein Ergebnis. Oder des Jahres.

Nachdenklich stellte er die Kanne ab. Dann setzte er sich, legte die Arme auf die Schreibunterlage und ließ sie dort liegen.

Erst Bogenthal und jetzt die DENKFABRIK, er wollte einen Besen fressen, wenn das nichts miteinander zu tun hat. Das war so durchsichtig wie Butterbrotpapier. Diese Alina war das Scharnier und er der Verhinderungsbeauftragte, auch eine Rolle.

Was für eine Zwickmühle, dachte der Oberste, zwischen der Aufklärung eines Mordes und den Interessen der Schlapphüte. Ein scheiß Dilemma.

„Rein mit Ihnen, rein."

Der Oberste winkte Thurau hektisch heran, als wenn er kilometerweit entfernt wäre oder die Gefahr bestünde, dass er wegliefe. Er wirkte nervös wie selten und das wollte etwas heißen.

Joachim Thurau zog den Kopf ein, aber nur, um durch die Tür zu kommen.

„Tür zu, Tür zu." Der LKA-Chef wedelte in die entgegengesetzte Richtung. Der Staatsanwalt lächelte. „Zu Befehl, Tür zu." Joachim Thurau schloss die Tür, nahm den Trenchcoat von den Schultern und hängte ihn in aller Ruhe auf einen Bügel des Garderobenständers.

„Thuuuurau, machen Sie schon hinne."

Thurau machte hinne und nahm Platz.

„Also, weshalb ich Sie sprechen wollte." Der Oberste blickte ihm eindringlich in die Augen. „Es gab einen Brandanschlag auf ein Kulturzentrum namens DENKFABRIK. Der Leiter Ramin Noury ist dabei ums Leben gekommen."

Der Staatsanwalt schwieg und wartete ab, er hatte genug Fälle auf dem Tisch.

„Alina Klüver hat dort gearbeitet."

Na gut, das betraf ihn. Aber warum sagte der Oberste ihm das persönlich? Das lief normalerweise über die Ermittler.

„Da war eine Ausstellung geplant." Der Oberste griff nach dem Kugelschreiber vor ihm und drehte ihn in den Händen. „Über die Liebe zwischen Hitler und so einem Mufti."

„Und? Ist doch eher was für Historiker."

„Auf den ersten Blick. Aber die Macher wollten Verbindungslinien in die Gegenwart ziehen."

„Ach, du Scheiße", entfuhr es Joachim Thurau. „Aber dann ist das doch Sache ..."

Der Oberste warf den Stift auf die Schreibunterlage. „Ich weiß."

„Und warum erzählen Sie mir das dann?"

Der Oberste stand auf und umrundete den Schreibtisch und den Besucherstuhl mit Thurau darin.

„Weil Dahlberg auch davon die Finger lassen soll." Der LKA-Chef warf sich wieder in seinen Drehstuhl, der ein Stück zurück glitt und gegen den Topf der Topfpflanze prallte. Dann zog er sich mit einem abschließend wirkenden Ruck wieder heran. „Wenn er der Sache zu nahe kommt, will ich das wissen." Er hob den Zeigefinger. „Ich kenne Dahlberg, und Sie kennen ihn auch. Sie wissen, irgendwann riecht er Zusammenhänge. Und beherrscht die Kunst so zu tun, als ob."

„Als ob was?" Thurau tat überfordert, was er auch ein bisschen war.

„Als ob er von den Zusammenhängen nichts wüsste."

„Welche Zusammenhänge?"

„Thurau, machen Sie mich nicht irre. Natürlich die zwischen der DENKFABRIK, Bogenthal und Alina Klüver."

Der Oberste wandte sich dem Bildschirm zu. Thurau fühlte sich wie zwischen Baum und Borke, wobei der Oberste der Baum war.

Der nächtlich-geheimnisvolle Eindruck war langweiligem Tageslicht gewichen und die DENKFABRIK einfach eine Brandruine, Rußkränze und -zungen an den Wänden, spitze Scheibenscherben in den Eisenrahmen der Fenster. An der Dachkante balancierten zwei Männer und warfen angekokelte Sparren auf den Haufen vor dem Gebäude. Durch das Schwarzgrau der Fassade schimmerten Farbkleckse und Graffiti.

Jo hob das weiß-rote Absperrband an und winkte Mahlmann hinter sich her, der Neue war wieder gesund. Drinnen stocherten zwei weitere Kollegen vorsichtig in den Brandresten herum, Marco und Nils, die kannte er von der SOKO SCHERBE.

„He, der Jo. Wie geht's denn Tante Claudia?"

Die beiden grinsten, klar, dass sie ihn damit aufziehen mussten.

„Soweit ich weiß, gut. Und selbst?"

„Na, siehst ja, mühsam ernährt sich der Brandermittler."

„Das ist übrigens Kollege Mahlmann, kennt ihr vielleicht noch vom Gesamtpersonalrat."

Die beiden guckten nicht so, als wenn ihnen an persönlichem Kontakt gelegen wäre.

„Und? Schon was entdeckt?", fragte Jo.

Nils und Marco stiegen über ihre Untersuchungsgegenstände hinweg. Marco pulte eine Zigarette aus der Brusttasche.

„Haste mal Feuer." Nils verdrehte die Augen, auch Jo kannte den Kalauer, an einer Brandstelle nach Feuer zu fragen.

„Kommt, wir müssen nach draußen, drinnen ist Rauchverbot", witzelte Marco weiter und verschluckte sich beim Anzünden. Nils schlug ihm auf den Rücken und gab Auskunft.

„Wasserkocher und Mikrowelle scheiden aus, die Leitungen auch."

„Und bevor du fragst, was wir drinnen noch so alles gefunden haben", warf Marco unter Kichern und Husten ein. „Seh ich dir doch an der Nasenspitze an, woran du denkst."

Der Witzbold hatte recht, Jo dachte an Molotowcocktails. Er deutete mit den Augen auf Mahlmann und schüttelte unmerklich den Kopf.

Das Stichwort Molotowcocktail hätte die Plaudertasche bestimmt nicht für sich behalten können und die Sache wäre gleich beim Verfassungsschutz. Marco verstand und zeigte mit dem Daumen über die Schulter hinter sich.

„Also, wir müssen erst mal die gesamte Asche durchsieben."

Jo wandte sich zum Gehen. „Ruft mich an, wenn ihr durch seid."

Gegenüber der DENKFABRIK befand sich eine Kneipe. Vielleicht hatte man dort etwas mitbekommen, dachte Jo. Sie überquerten die Straße und betraten den Gastraum. Bis auf zwei Kerle, die ihren Dienst am Bier versahen, war er leer. Jo umrundete den Tresen und warf einen Blick in die Küche, wo ein schnauzbärtiger Mann gerade Tee eingoss.

„Sind Sie der Wirt?" Der Mann nickte und führte das winzige dampfende Glas an die Lippen.

„LKA Berlin, Kriminaloberkommissar Jo von Gotthaus." Jo hielt den Ausweis hoch. „Das ist mein Kollege Mahlmann."

„Haituk, Albaner, Pächter." Der vierschrötige Herr Haituk nahm ein weiteres Schlückchen, das Glas verschwand fast in der beträchtlichen Faust. Der Mann hatte Humor, dachte Jo. Sehr dienlich, wenn man den Eingeborenen tagtäglich bei ihren Saufritualen zugucken musste.

„Ja, ich hören", fing der albanische Wirt an, bevor Jo eine Frage stellen konnte.

„Was haben Sie gehört?" Jo folgte dem Wirt in den Gastraum, in dem sich die Kneipengäste und Mahlmann anschwiegen.

„Nachts viel Glas kaputt."

„Ja?" Jo blickte in Haituks schnauzbärtiges Gesicht.

„Nichts gedacht, oft laut hier."

„Aba dit musste ja passiern", ließ plötzlich einer der Bierfreunde verlauten. „Wer weeß, wat der Typ da vaanstaltet hat."

Sein Kumpel nickte schwer. „Uffläufe hats jejeben. Und mit Farbe hamse jeschmissen."

„Und um was ging es?"

„Um wat, um wat, ihr seid doch die Polissei."

Die beiden Zausel waren den Weg auf die andere Straßenseite aber nie gegangen, wohl zu viele Kopfsteine zum Stolpern.

„Traurig mit Ramin", meldete Haituk sich. „Netter Mann." Er zapfte ein weiteres Bier. „Aber besser, keine Ausstellung. Man muss Muslime nicht so beleidigen."

Jo konnte verstehen, wenn Muslime sich angegriffen fühlten durch die Ausstellung. Aber die Deutschen, ob rechts oder links bekamen nach Dahlbergs Erzählung ja auch ihr Fett ab.

„Und in der Brandnacht?"

Entweder hatte der Wirt gerade sein Deutsch verlernt oder die neuen Gäste, die die Tür mit Schwung aufrissen und sich sehr selbstverständlich an den Tischen verteilten, beeindruckten ihn.

Jedenfalls antwortete er nicht, sondern lächelte der Gruppe entgegen, die vorrangig aus Konsumverzichtern bestand, jedenfalls was die Klamotten betraf. Alkoholverzicht gehörte nicht dazu, denn der Wirt holte unter Scheppern und Klirren Flaschenbiere aus dem Kühlkasten.

„Besser, Sie jetzt gehen", sagte Haituk.

Nö, dachte Jo aufsässig.

„Wir gehen, wenn wir hier fertig sind", sagte er, trat zwischen die Tische und zeigte seinen Ausweis im Kreis herum.

„Jo Gotthaus." Das von ließ er lieber weg. „LKA Berlin. Wie Sie sicher wissen, ist gestern Nacht die DENKFABRIK samt Ausstellung abgebrannt. Haben Sie unter Umständen etwas Verdächtiges beobachtet?"

Die Herren schwiegen und umklammerten die Bierflaschen, einer zog lautstark Rotz hoch.

„Bei dem Brand ist Ramin Noury, der Ausstellungsmacher ums Leben gekommen. In den Wochen zuvor gab es Drohungen gegen ihn. Wissen Sie da etwas?"

„Pech, wenn man sich so aus dem Fenster hängt", murmelte ein Typ mit Piratentuch um den Kopf.

„Bullenschweine, passen euch wohl in den Kram, die ollen Kamellen", zischte ein Dicker. „Dabei seid ihr doch die Nazis."

Jo spürte, wie Mahlmann ihn von hinten am Parka zog, und hörte, wie er dabei flüsterte. „Kollege von Gotthaus, wir sind nicht zum Diskutieren hier."

Jo machte trotzdem einen großen Schritt auf den Sprecher zu und zerrte Mahlmann mit sich, der immer wieder Hören-Sie-auf-damit hauchte.

„Dann würde ich jetzt mal Ihre Personalien aufnehmen, für eine Anzeige wegen Beamtenbeleidigung."

Die Stühle scharrten unangenehm, als die Männer geschlossen aufstanden und in seine Richtung strebten. Jo wich zurück, der beleibte Anführer näherte sich. Herr Haituk hielt den Kopf über das Spülbecken gesenkt, nur die Bewegung der buschigen Augenbrauen verriet, dass der Wirt die Szene beobachtete.

Jo spürte einen Luftzug. Er wandte sich um, zwei der Kerle hielten die Tür auf. Die Hände in den Hosentaschen, nur mit dem Bauch, schubste der Dicke ihn Richtung Ausgang. Jo stolperte rückwärts auf die Straße. Im Fallen sah er, wie Mahlmann dem Fettsack ein Bein stellte, und dann nichts mehr.

Dahlberg betrat das Café, setzte sich an einen halbwegs ruhigen Tisch im hinteren Teil und trocknete mit einer Serviette seine Haare ab. Er konnte zwar kaum noch die Augen offenhalten, aber Frau Noury hatte ihn angerufen, ob sie sich treffen könnten, sie hätte etwas für ihn. Er hatte das Café am Ernst-Reuter-Platz vorgeschlagen, Selbstbedienung, ständiges Kommen und Gehen, ein Ort, an dem vor allem Studenten verkehrten und keine Polizisten. Denn der Oberste war überaus deutlich gewesen. Jetzt hieß es auch Hände weg von der DENKFABRIK. Aber wenn Frau Noury ihn sprechen wollte, was konnte er dagegen tun?

Nach einer Viertelstunde tauchte sie auf und suchte den Raum nach ihm ab.

„Wie geht es Ihnen?", fragte Dahlberg, nachdem sie den Mantel abgelegt und sich gegenüber auf die Polsterbank gesetzt hatte.

„Nicht gut", antwortete sie mit müder Stimme. Das schwarze, grau durchwirkte Haar umrahmte ein bleiches Gesicht, diesmal kam es Dahlberg wie ein Trauerflor vor.

„Waren die Verfassungsschützer schon bei Ihnen?"

Sie nickte, griff in die sackartige Tasche, holte etwas hervor und schob die geschlossene Faust in Dahlbergs Richtung.

„180 Gigabyte, die ganze Ausstellung hat darauf gepasst. Ramin hatte alles auf zwei externen Festplatten. Eine hat der Verfassungsschutz, eine ich und Sie die Kopie. Vielleicht ist etwas dabei, das Ihnen weiterhilft."

Er nahm den Stick und steckte ihn in die Hosentasche. Die Frau schien ihm aus irgendeinem Grund zu vertrauen. Oder sie vertraute dem Verfassungsschutz nicht.

„Ist Ihnen zu Alina Klüver noch etwas eingefallen?"

Frau Noury schüttelte den Kopf, bedrücktes Schweigen breitete sich aus.

„Können Sie unter diesen Umständen eigentlich arbeiten?", fragte Dahlberg. Obwohl der Stick in seiner Hosentasche brannte und er darauf nachzusehen, was er enthielt, wollte er Frau Noury nicht wie eine Lieferantin gehen lassen, oder wie die Informanten, mit denen er sonst zu tun hatte. „Stelle ich mir schwierig vor, nach so einem Verlust."

„Ich muss", antwortete sie. „Meine Mädchen brauchen mich."

„Mädchen?"

„Ja, meine Patientinnen, wenn man das so nennen kann, hauptsächlich junge, muslimische Mädchen, die Probleme mit ihren religiösen Elternhäusern haben. Sie haben wahrscheinlich keine Vorstellung, wie zerrissen da manche sind. Zwischen der Liebe zu den Eltern und der Sehnsucht, frei für sich selbst entscheiden zu können." Frau Noury verzog unfroh das Gesicht. „Kennen Sie das Internetforum BEFORE SHARIA SPOILED EVERYTHING?"

Dahlberg schüttelte den Kopf, er wusste nicht mal, was spoiled hieß, er kannte nur Spoiler, am Auto.

„Übersetzt: Bevor die Scharia alles vermasselt hat", erklärte Azada Noury, sie hatte wohl geahnt, dass ein Polizist es nicht so mit Fremdsprachen hatte. „Da stellen Leute Bilder rein, aus den vierziger, fünfziger, sechziger, siebziger Jahren." Ihre Stimme klang rau, aufgebracht und zugleich traurig. „Frauen und Mädchen in Kleidern mit Taille und Ausschnitt, mit langen oder kurzen Haaren, in Miniröcken, geschminkt bis hinter die Ohren und solchen Augen ..." Sie sah Dahlberg an, ihre waren dunkel und ein bisschen geschwollen.

„... brav oder frech, egal, jedenfalls offen." Azada wandte sich ab und sah durch den lang gestreckten Raum in den undurchsichtigen Tag. „Seitdem, Rückwärtsgang. Auch hier, hier besonders, in einem Land, das individuelle Freiheit ..." Sie sah ihm in die Augen, „und das Recht auf Unglauben hart erkämpft hat."

„Und was ist mit den hiesigen Kirchen?", setzte Dahlberg pro forma dagegen, obwohl er ahnte, worauf Azada hinauswollte. Dazu arbeitete er lange genug mit Claudia zusammen.

„Bestimmt die katholische Kirche Ihr Leben?", antwortete Azada mit einer Gegenfrage, sie klang bissig. „Haben die Evangelen bei Ihrer Partnerwahl mitgeredet? Bekommt man Probleme, wenn man sich über den Papst lustig macht?"

Dahlberg musste alle drei Fragen mit Nein beantworten.

„Im übrigen glaube ich, dass die christlichen Kirchen es sehr gern hätten", fuhr sie mit einem sarkastischen Unterton fort, „wenn viel mehr Gläubige vor ihnen auf dem Bauch liegen würden. So wie die Moslems vor den Imamen. Wollen wir nicht etwas trinken?"

Dahlberg stand auf. Eigentlich wollte er so schnell wie möglich an einen Computer, aber Frau Noury schien jemanden zum Reden zu brauchen.

„Was möchten Sie? Kaffee, Tee?"

„Einen grünen Tee, bitte."

Er ging zur Theke und stellte sich in die Schlange. Das Mahlwerk der Kaffeemaschine röhrte, der Lärm, ergänzt durch das Geräusch des Milchaufschäumers und eines Mixers, war beträchtlich. Auf dem Bauch liegen, noch so ein Hammer. Aber vielleicht war etwas dran. Die Kirchen waren eigentlich nur zu Ostern und Weihnachten voll. Im Gegensatz zu den Moscheen.

Als Dahlberg mit Tee und Kaffee zurück kam, war Frau Noury dabei, eine Serviette zu zerfetzen. Als sie ihn erblickte, knüllte sie die Reste mit einer resoluten Bewegung zusammen und nahm das Teeglas entgegen. Er setzte sich, nahm den Zuckerspender und schüttete zwei Ladungen in seinen Kaffee. Sie riss mit einem Ruck ein Süßstofftütchen auf, ließ das Pulver in den Tee rieseln und rührte ihn mit heftigen Bewegungen um.

„Gerade als Psychologin verstehe ich es nicht."

„Wie meinen Sie das?", fragte Dahlberg, verwundert über den Gedankensprung. Frau Noury umschloss die Tasse mit den Händen und sah ihn dringlich an. Ergeben richtete er sich auf einen weiteren Vortrag ein.

„Genau die Leute", begann sie, „die meinen, dass Lebensumstände, Milieu und Bildungstand entscheidend prägen, genau die setzen das bei Menschen aus islamischen Ländern außer Kraft. Und behaupten, dass es kein Problem sei, die hunderttausende Neuankömmlinge, besonders die vielen jungen Männer zu integrieren."

Dahlberg schwieg. Auch er hatte so seine Zweifel, wenn er bedachte, was bei den Türkischstämmigen alles schief gelaufen war. Bei der letzten Türkeiwahl hatten an die siebzig Prozent der Deutschtürken für Erdogan gestimmt. Allerdings war nur ein Drittel zur Wahl gegangen. Warum, hatte er sich gefragt? Wenn sie anderer Meinung waren, warum hatten sie das nicht gezeigt?

„Aber die geben ihre Sozialisation nicht an der Grenze ab", fuhr Azada fort. Sie blitzte ihn unter dem Drahtverhau von Haaren an. „Und glauben Sie mir, die meisten Jungs dort sind mit vierzehn, fünfzehn Jahren aussozialisiert. Einerseits verzogene Machos, denen niemand etwas verwehren darf. Andererseits mit ganz anderen Ansichten zu Gewalt als hierzulande, von der Einstellung zu Frauen und Sexualität ganz zu schweigen. Ich weiß, wovon ich spreche, ich habe es erlebt, in der ferneren Verwandtschaft. Aber offiziell tut man weiter so", sagte sie, „als würden die Probleme sich von selbst erledigen, wenn die Deutschen nur netter wären, also der Teil, der nicht nett über die Flüchtlingszahlen denkt." Sie verzog ironisch das Gesicht. „Und wenn es diese schreckliche Islamophobie nicht gäbe." Sie klopfte mit dem Zeigerfinger der rechten Hand auf den Tisch. „Wissen Sie, wie und wo der Begriff entstanden ist?"

Dahlberg verneinte ungeduldig, er saß wie auf Kohlen, aber Frau Noury war in Fahrt.

„In meiner Heimat, im Iran, Ende siebziger Jahre, erfunden von Khomeini und Co, abgekupfert vom Begriff Xenophobie, also Fremdenfeindlichkeit, Rassismus." Azadas Stimme wurde scharf, sie schien in Rage zu sein. „Ein toller Trick. Bin ich gegen den Islam – verstehen Sie mich nicht falsch, ich meine immer den politischen Islam als eine alles kontrollierende Rechts- und Staatsdoktrin." Aufgebracht wischte sie nicht vorhandene Krümel vom Tisch. Zwischen den dichten, schwarzen Augenbrauen stand eine steile Falte. „Also, bin ich gegen diesen Islam, halte ich den Koran für überholt und vorgestrig, wie gesagt, immer mit Blick auf die Forderung nach heutiger Anwendung, finde ich die Stellung der Frau katastrophal, auch wenn viele Musliminnen das selber nicht sehen wollen, dann bin ich plötzlich ein Rassist, ich ..." Sie tippte sich gegen das Brustbein. „Ich ..." Plötzlich schien sie in sich zusammenzufallen. „Ich hab' es so satt", flüsterte sie nach einer Weile. „Dieses Gut- und Weggerede, nur um nicht als Nazi dazustehen." Sie hob das Kinn, ihre Augen funkelten. „Bei den Übergriffen auf Frauen wird sich gedreht und gewunden, die Taten sogar mit Fluchttraumata erklärt."

Trotz seiner inneren Unruhe musste Dahlberg an die Pressearbeit der Polizei denken. Die Herkunft der Täter wurde tatsächlich lange gar nicht genannt und später nur erwähnt, wenn es gar nicht anders ging, weil es zu viele Zeugen gab. Den Effekt konnte man dann im Internet besichtigen. Da tauschten sich die Leute aus und äußerten ihre Zweifel und schoben irgendwann jede Messerstecherei, jede Vergewaltigung Flüchtlingen zu. Und die, die sowieso, gewissermaßen von Hause aus, gegen Fremde waren, die sowieso. Die Hetze, die im Internet kursierte, in ein Flugzeug setzen und über dem Meer abwerfen, Schwanz ab, eingraben und Kopf abstolpern, war ekelhaft und Gegenstand vieler Artikel und Fernsehsendungen. Die Kommentare von Flüchtlingen oder Migranten, du Kartoffel, Deutschland, du Stück Scheiße, ich fick deine Mutter, ihr werdet uns noch die Füße lecken, die spielten in der Öffentlichkeit dagegen kaum eine Rolle. Von fremdsprachigen Hassbotschaften ganz zu schweigen, die waren schwer auszumachen. Politik und Medien erreichten mit dem Wegsehen und Verschweigen genau das Gegenteil von dem, was sie erreichen wollten, dachte Dahlberg, nämlich den Rechten das Wasser abzugraben. Aber vielleicht glaubte man in den Redaktionsstuben, das jetzt nur rauskam, was immer drin war, der Deutsche als geborener Nazi.

Mit einem Ruck straffte Azada die Schultern, raffte Tasche und Mantel zusammen und erhob sich

„Ich muss jetzt. Meine Praxis wartet."

Dahlberg stand ebenfalls auf.

„Danke für den Tee", sagte sie und reichte ihm die Hand. „Hoffentlich finden Sie etwas auf dem Stick."

Damit warf sie den Mantel über und eilte davon. Dahlberg trank den Kaffee aus und stand auf. Um zu nachzusehen, was auf dem Stick war, musste er nach Hause. Fremdsoftware war in der Dienststelle untersagt, die Computer könnten infiziert werden. Und die Spezialisten konnte er nicht bemühen, nicht nach dem Machtwort des Obersten.

Er war fast da, als seine Mutter anrief.

„Was ist es diesmal?", fragte er. „Hat er ein Loch in eine Wand geschlagen, um das Wohnzimmer zu vergrößern? Oder sich des Nachbarhunds bemächtigt, damit der endlich mal richtig dressiert wird?"

Vater wurde immer unberechenbarer. In der Geschwindigkeit, in der Alkohol seinen Verstand verschlang, nahmen seine sinnlosen Aktivitäten zu.

„Sprich nicht so über deinen Vater", sagte seine Mutter. „Und komm her, er hört nicht auf mich."

Dahlberg seufzte. „Bis gleich."

Er hörte das Kreischen der Kreissäge schon, als er das Grundstück erreichte. Davor stand ein Polizeiwagen mit stillem Blaulicht. Am Gartenzaun hinter dem Haus die versammelte Nachbarschaft. Es war ein Anblick des Wahnsinns. Vater Dahlberg mit laufender Kreissäge unter dem blattlosen Walnussbaum, den er so geliebt hatte, weil er das Ungeziefer vertrieb und überhaupt. Dazu zwei Uniformierte in Sicherheitsabstand, dahinter Mutter, immer mal wieder ‚Günther' schreiend. Die elektrische Säge war schwer, die rotierende Kette näherte sich Vaters linkem Schienbein. Kurz vor dem Kontakt mit der Hose riss er das Gerät wieder hoch. Ein Vorgang, der sich mehrfach wiederholte. Was für ein Tanz, dachte Dahlberg und überlegte, wie er die Sache beenden konnte.

„Was machst du denn da?" Er machte drei Schritte auf den Tatort zu. „Du willst doch nicht den Walnussbaum fällen."

Dahlberg senior zögerte erkennbar, die Stimme seines Sohnes, Polizist wie er, ein Mann, der ebenfalls wusste, wo es langging.

„Er trägt nicht mehr", sagte er mit der harten Stimme, die wirklich wichtigen Dingen vorbehalten war, wie Nachbarn auf die Sonntagsruhe hinzuweisen oder auf das Verbot, Laub zu verbrennen. Und jetzt das, die Verwandlung vom pensionierten und trotzdem passionierten Gesetzeshüter zum alkoholisierten Rechtsbrecher. Tolle Idee, einen Baum umzulegen, weil er keine Früchte trug. Dabei wusste Dahlberg, dass es nicht darum ging. Es war der verzweifelte Versuch, die Erinnerungen an die schönen Sommer unter dem Walnussbaum loszuwerden, an die Spiele in seinem Schatten, an die Schaukel, die am untersten Ast hing und an das Indianergebrüll, wenn seine beiden Jungs um den Stamm herum tobten oder sich abwechselnd daran fesselten, wie sich das für Indianer gehörte.

Mit den den Händen bildete Dahlberg eine Art Sprachrohr.

„Vadder, wenn der fällt", schrie er aus Leibeskräften. „Dann fällt er ins Nachbargrundstück, vielleicht direkt auf deinen Nachbarn drauf. Das ist dann eine Straftat."

Das wirkte, der Alte stellte die Kreissäge ab. In der plötzlichen Stille hörte man nur das Schluchzen seiner Frau. Dahlberg nahm ihm das Gerät ab und reichte es an einen der Polizisten weiter. Dann umarmte er seine Mutter und ging mit ihr ins Haus. Nach einer Weile kam sein Vater herein geschlurft, sah sie beide aus tränenschwimmenden Augen an und ließ sich auf die Couch fallen.

Die Polizisten verließen das Grundstück. Dahlberg blieb noch. Er setzte sich neben seinen Vater und streichelte ihm die Hand.

Der alte Mann seufzte tief, legte den Kopf an seine Schulter und schlief ein. Vorsichtig stand Dahlberg auf, ging in die Küche und nahm seine Mutter wieder in den Arm, sie weinte immer noch. Er drückte sie noch einmal und verließ den traurigen Ort.

Als er vor dem blauen Haus hielt, kam der Architekt, dem sie den Fassadenanstrich verdankten, gerade aus der Tür, er hatte das Rennrad geschultert. Der Mann war über sechzig, aber er fuhr bei jedem Wetter, ein echt harter Knochen. Normalerweise hielten sie ein Schwätzchen, wenn sie sich begegneten. Aber heute hatte Dahlberg weder Zeit noch Nerven. Er nickte dem Sportsmann zu. Der nickte zurück und schwang sich aufs Rad.

Im Flur empfingen ihn Stille und verstreutes Spielzeug, Marthe und Karlchen waren ausgeflogen. Dahlberg setzte sich mit dem Laptop an den Küchentisch, klappte das Gerät auf und stöpselte den Stick ein. Auf dem Screen erschienen zehn Ordner.

Dahlberg dachte an Alinas Urgroßvater, dessen Erzählungen sie zum Studium animiert hatten und mit dem sie sich nach Azadas Worten überworfen hatte. Er öffnete den Ordner Biografien, klickte aus einem seltsamen Impuls heraus auf den File ‚Nicht identifizierte Person' und begann zu lesen.

Mitten im Abschnitt BABI JAR stand er auf, ging auf den Balkon und rauchte eine Zigarette. Der Satz ‚Wir mussten die Maschinengewehre mit Wasser kühlen' steckte wie ein Eispickel in seinem Kopf, dreiunddreißigtausend Juden hatten die Deutschen in zwei Tagen umgebracht. Der Mann war als ukrainische Hilfskraft beteiligt gewesen. Dahlberg versenkte die Kippe in der matschigen Erde eines Blumenkastens, ging wieder rein und las weiter. Der Ukrainer, so vermuteten Forscher, war später Mitglied der SS-Einsatzgruppe, die in Palästina die Vernichtung der dortigen Juden leiten sollte. Aber das deutsche Afrikakorps wurde in der Schlacht bei El-Alamein gestoppt, der geplante Massenmord verhindert. Nach 1945 wurde der Mann in Algerien gesichtet, doch dann verlor sich seine Spur. War das Alinas Urgroßvater? Hatte sie das irgendwann entdeckt und mit ihm gebrochen? Um daraufhin in der Geschichte zu graben? War sie so irgendwann auf von Godern gestoßen?

Dahlberg schloss das Dokument, öffnete einen Ordner mit dem schlichten Titel ‚Heute', vielleicht enthielt der einen aktuellen Hinweis. Text-, Foto- und Videofiles ploppten auf. Unter einem Video stand ‚TU 2002'. Es war zwar nicht die Uni, an der Alina Klüver studiert hatte, aber Dahlberg war neugierig, was das Thema mit der Technischen Universität zu tun hatte. Er startete den Film. Es handelte sich um den Fernsehbericht über eine Veranstaltung in der TU Berlin. Auf dem Podium saßen drei junge, weiß gekleidete Männer mit Bärten. Der Reporter stellte sie als Mitglieder der Hizb ut-Tahrir, einer radikalislamischen, panarabischen Organisation vor. Dann drückte er seine Verwunderung darüber aus, dass die Universität einem Verein, der vom Verfassungsschutz beobachtet wurde, ihre Räume zur Verfügung stellt. Nach einigen Zitaten aus dem Portfolio der Truppe – böse Juden, böser Westen, gutes Kalifat – kam der Bericht auf zwei Überraschungsgäste zu sprechen. Die Kamera zoomte auf zwei lächelnde Männer in der letzten Reihe. Sie wurden als NPD-Leute vorgestellt, die sich von gewissen Gemeinsamkeiten überzeugen wollten. Dahlberg wäre sicher auf den Arsch gefallen, wenn er nicht gesessen hätte. Einer der Männer war Conrad von Godern.

Bis auf das Summen der Kaffeekapselmaschine war es still. Sibylle bereitete ihren Stand auf dem Weihnachtsmarkt vor, Janina war in der Schule. Claudia holte die Milch aus dem Kühlschrank und gab einen Schuss in den Kaffee. Blicklos starrte sie die gegenüberliegende Wand an, auf der seit einigen Tagen Lavendelfelder und hitzedurchglühte Steinmauern Gestalt annahmen. Die Tasse in der Hand, strich sie durch die Wohnung, durch den sonnengelben Flur, das Schlafzimmer mit dem Sternenhimmel und Janinas Höhle voller Stalagmiten, Fledermäuse und Felszeichnungen, mit der Illusionsmalerei hatte Sibylle sich selbst übertroffen. Im Wohnzimmer blieb sie vor der kopflosen Schneiderpuppe stehen. Und sah Vanessa vor sich, die ihren Mann bis auf's Blut reizt. Und Troost, der sich, blind vor Wut, auf sie stürzt und nach ihrem Hals greift. Wie sie um sich schlägt, wie er zudrückt, bis sie erschlafft. Gabriel Troosts Panzer aus Selbstbeherrschung und Duldsamkeit war geborsten. Dass es wegen Arnheim geschehen war, konnte Claudia sich mittlerweile nicht mehr vorstellen. Wie sie Troost einschätzte, wusste er von der Affäre. Außerdem ging ihr Vanessas angeblich aktuelle Liaison, von der Arnheim gesprochen hatte, nicht aus dem Kopf. Was, wenn es diesen dritten Mann wirklich gab? Und er der Tropfen gewesen war, der das Fass zum Überlaufen gebracht hatte?

Claudia griff nach ihrem Handy und wählte Dahlbergs Nummer.

„Gut, dass du anrufst", sagte er, bevor sie etwas sagen konnte. „Ich nehm' heute frei."

„Okay, wenn die Fahnder etwas haben, werden die uns schon erreichen. Ich fahr nach Friedrichshagen und seh mich nochmal um."

„Wieso? Der Fall ist doch geklärt."

„Ich will wissen, was es mit dem dritten Mann auf sich hat."

„Wenn du dann besser schlafen kannst", murmelte Dahlberg und klang dabei, als sei er mit den Gedanken meilenweit entfernt. „Nur zu."

Claudia schnappte Jacke und Autoschlüssel, kramte das Türöffnerbesteck aus der Tischschublade und machte sich auf den Weg. Vor der Villa angekommen durchtrennte sie das Polizeisiegel, brachte den Spezialdietrich zum Einsatz und stand nach ein paar Sekunden in der Diele. Im Obergeschoss, in einer Kammer unter der Dachschräge standen Umzugskartons, die bei der

Durchsuchung nicht von Interesse gewesen waren. In einer Kiste mit der Aufschrift ALLERLEI befand sich allerlei: Schmuck, Gürtel, Hanteln, Süßstoffflaschen, Diätratgeber, nichts, was auf Heimlichkeiten hindeutete. Claudia zog einen Karton ohne Aufschrift zu sich heran. Zum Vorschein kamen Schraubgläser mit getrockneten Blütenblättern. Claudia las Fackellilie, Lotus, Frangipani, Osmanthus, Calendula, Arnika. Zumindest die letzteren kannte sie aus der Drogerie, Abteilung Naturkosmetik. Flaschen mit öligen Flüssigkeiten enthielten den Etiketten nach Phospholipide, Phytosterole, Squalene, Flavonoide, Carotinoide. Mixer, Mörser, Glaskolben, Spatel und Pipetten vervollständigten die Ausstattung. Das Ganze sah nach Zutaten für ein Hobbylabor aus. Vanessa war offensichtlich nicht nur das sexbesessene Monster gewesen.

Claudia schob die Kiste wieder unter die Schräge. Dabei fiel ihr Blick auf einen Schuhkarton mit der Aufschrift FOTOS. Sie nahm einen Packen heraus. Es gab Vanessa in allen Lebenslagen, im Urlaub in Shorts, die nackten, langen Beine in klobigen Wanderstiefeln, umgeben von Dschungelgrün. Am Strand im Bikini, beim Schwimmen, Tauchen oder Jet-Ski-Fahren, an der Bar, im Pool, auf dem Balkon. Bei Empfängen in traumhaften Kleidern, beim Shoppen in Berlin, Tennis spielend oder Rosen schneidend, mal mit einem überschäumenden Lachen, mal mit einem schmalen Lächeln. Claudia steckte ein Porträtfoto ein.

Ein weiterer Stapel bestand aus Schwarz-Weiß-Fotos. Gabriel auf einer Bühne, wie er eine Urkunde entgegennimmt, im Hintergrund eine große DDR-Fahne. Vanessa im Laborkittel, einen Glaskolben vor die Augen haltend. Beide im Hochzeitsdress vor einem historischen Gebäude, er breitschultrig, attraktiv und dominant, sie groß, schlank und blond. Ein einziges Foto aus jüngerer Zeit zeigte Gabriel allein, auf einem Baumstamm sitzend, die Füße im Sand vergraben. Hinter ihm weiße Dünen, in das rote Licht des Sonnenuntergangs getaucht. Er hat die Hände ineinander gelegt und lächelt wohlwollend in die Kamera, ein sympathischer Typ, der die letzten Strahlen eines Urlaubstages genießt. Doch der starke Nacken war verkrampft, die ganze Pose einstudiert. Claudia betrachtete die Aufnahme eingehend. Troosts Selbstbeherrschung hatte etwas Bedrohliches, der Mann war da schon ein Hochdruckkessel kurz vor der Explosion.

Sie kramte weiter und stieß auf eine Reihe Bilder, die Vanessa im Kreise einiger Frauen zeigten. Sie saßen auf roten Polsterbänken an weiß gedeckten Tischen und schienen sehr vertraut. Daneben zwei Sektkühler, in einem eine Flasche, im anderen ein großer Blumenstrauß, augenscheinlich eine Geburtstagsfeier. Im Hintergrund elegante Kellner mit langen Schürzen in Habachtstellung. Hinter den großen, halbrunden Fenstern waren Passanten und Autos zu erkennen. In die Scheiben war ein Name eingeritzt. Claudia entzifferte den spiegelverkehrten Schriftzug. Das Restaurant hieß BORMANNS. Vielleicht war das Vanessas Stammlokal gewesen? Vielleicht wussten die Freundinnen etwas über den geheimnisvollen Dritten? Jagdfieber erfasste Claudia, aber noch war sie nicht durch mit dem Karton.

Nächster Packen, Aufnahmen eines Festes in der schrägen Kantine. Sie erkannte den eleganten Doktor Schlecht, den Typen mit dem Pferdeschwanz, der nicht glauben konnte, dass jemand Winkler attraktiv fand, die Asiatin und den beleibten Wissenschaftler, der Pietät angemahnt hatte. Troost und Arnheim samt Gattinnen waren auch dabei. Und natürlich Doktor Winkler, der umgekommene Chefchemiker. Plötzlich stutzte Claudia. Was war das denn? Auf einigen Fotos waren Blicke zwischen Gerald Winkler und Vanessa Troost auszumachen. Sie legte die Aufnahmen im Halbkreis um sich. So verstohlen die Blicke auch waren, in der Menge waren sie ziemlich eindeutig. War er etwa der geheimnisvolle Dritte? Oder hatte es mit Vanessas Hobbylabor zu tun?

Wer hatte nochmal die Laborsache in den Fingern gehabt, fragte Claudia sich. Richtig, Jürgen Plopp und Günther Wiesenkraut. Sie zog das Handy aus der Hosentasche und tippte auf den Kontakt von Wiese.

„Sag mal", überfiel sie den Kollegen. „Könnte Naturkosmetik eine Konkurrenz für eine Firma wie JUNGBRUNNEN sein?"

„Kommt drauf an", antwortete Günther Wiesenkraut. „Wenn's um die Käuferschicht geht, die erdölbasierte Bestandteile ablehnt und plötzlich entdeckt, dass eine Firma immer noch Diethylether verwendet. Dann schon."

„Manno, du hörst dich an wie ein Fachmann."

Wiese stöhnte.

„Kein Wunder bei der Rückstandssuche auf einer Million Scherben. Wieso fragst du?"

„Ich hab da gerade etwas entdeckt in Bezug auf Vanessa Troost, die Ehefrau des Geschäftsführers, du hast von der entstellten Leiche bestimmt gehört. Sieht so aus, als sei sie drauf und dran gewesen, in Naturkosmetik zu machen."

„Ist ja ein Ding." Wiesenkraut klang aufgekratzt. „Wir haben auch etwas Verdächtiges gefunden. Auf einigen Scherben waren Spuren von hochexplosiven Peroxiden."

„Was heißt das jetzt wieder?"

„Kurz gesagt. Wenn man Diethylether lange genug an der Luft lässt, dann oxidieren die zu Peroxiden. Und die explodieren irgendwann, erst recht, wenn Bunsenbrenner im Spiel sind. Das kriegt man nur mit Fachkenntnissen hin." Wiesenkraut machte eine bedeutungsvolle Pause. „Übrigens, wir haben keine Hinweise auf Wirtschaftspionage gefunden und dieser Bulgare Milo Meschdunarotschki hat auch nichts damit zu tun. Es sieht jetzt so aus, dass Winkler plante, die Firma zu verlassen. Könnte sein, dass jemand das verhindern wollte. Wir checken in den nächsten Tagen die Chemiefritzen. Troost können wir ja nicht mehr fragen. Wie ist der euch eigentlich abhanden gekommen?"

„Wiese, verscheißern kann ich mich alleine."

Claudia legte auf, schob die Kartons wieder an ihren Platz und stieg die Kokosläufertreppe hinab. Eine Sexgeschichte oder ein beruflicher Deal, fragte sie sich auf dem Weg zum Dienstwagen. Sie nahm ihr Smartphone und gab BORMANNS in die Suchmaske ein. Der Edelschuppen befand sich in der Mohrenstraße in Mitte. Dort angekommen, parkte Claudia in zweiter Reihe, legte das Polizeischild hinter die Windschutzscheibe, stieg aus und betrat das Restaurant. Entlang einer Spiegelwand die roten Lederbänke, davor aufgereiht eingedeckte Tische, am Eingang ein Holzpodest, dahinter eine junge Frau. Eine Gruppe Kellner mit knöchellangen, weißen Tischtüchern um die Hüften unterhielt sich leise, es war noch nicht viel los. Nur ein Tisch war besetzt. Mit drei Frauen mittleren Alters, rothaarig, blond und dunkel, die glänzende Einkaufstaschen um sich drapiert hatten.

„Haben Sie reserviert?", fragte die Türdame und musterte sie kritisch.

Claudia zeigte ihren Ausweis. „Ich bin wegen eines Stammgastes hier. Vanessa Troost, sagt Ihnen das etwas?"

„Aber ja." Die Frau kam hinter dem Podest hervor. „Wir haben uns schon gefragt, wo sie abgeblieben ist. Was ist mit ihr?"

„Ich hatte gehofft, hier ein paar Bekannte von Frau Troost zu treffen", sagte Claudia, ohne auf die Frage einzugehen.

„Da haben Sie Glück." Die Angestellte deutete auf den Damentisch.

„Die da, sind heute früher vom Shoppen gekommen. Mit denen hat sie sich hier öfter getroffen. Jedenfalls bis vor vier Wochen. Ich kann Sie hinführen."

„Ich glaube, ich finde den Weg allein", sagte Claudia und ging auf die Gruppe zu. Die Tischbesatzung unterbrach ihr Gespräch und sah abweisend zu ihr auf.

„Kriminalhauptkommissarin Claudia Gerlinger, LKA Berlin."

Sie zeigte demonstrativ ihren Ausweis herum. Die Köpfe mit den ausgefeilten Haarschnitten nickten gnädig, die dezent geschminkten Augen blickten jetzt neugierig, was für eine aufregende Unterbrechung.

„Ich sammle Informationen zu Vanessa Troost", sagte Claudia.

„Hat sie was angestellt in Italien?", fragte der Rotschopf, die aufgeworfenen Lippen zu einem anzüglichen Grinsen verzogen. Die Blonde, die glatt als Zwilling von Vanessa durchgehen könnte, warf ihr einen tadelnden Blick zu. Claudia überlegte, wieweit sie das Trio informieren sollte. Bei Mord war das immer eine schwierige Ermessensfrage. Sie entschied sich erst einmal dagegen, immerhin waren das hier keine näheren Angehörigen.

„Was vermuten Sie denn, was sie angestellt haben könnte?"

Die Freundinnen sahen Claudia mit wissendem Blick an, sagten aber nichts. Eine verschworene Gemeinschaft, wie es schien, geübt in Täuschen, Tarnen und Tricksen. Sie zog das Foto mit Winkler hervor, legte es auf den Tisch und tippte mit dem Finger darauf.

„Haben Sie diesen Mann mal mit Vanessa gesehen? Oder sagt Ihnen der Name Gerald Winkler etwas?"

Eine nach der anderen nahm das Bild zur Hand, betrachtete es eingehend und schüttelte den Kopf. Das wirkte zwar echt, konnte aber auch gespielt sein. Hier kam sie nur mit einem Schockmoment weiter.

„Ich muss Ihnen leider mitteilen, dass Vanessa Troost tot ist."

Die Reaktion war nicht Entsetzen, sondern ungläubiges Staunen.

„Sie müssen sich irren", sagte die Dunkelhaarige. „Vanessa ist in Italien. Wollen Sie die Fotos sehen?"

Die Ladies kramten aufgeregt in ihren Handtaschen, fanden ihre Handys und wischten hektisch darauf herum. Gabriel hatte also auch die Freundinnen getäuscht. Noch ein Punkt in Vorausschau. Claudia wartete, bis sie sich beruhigt hatten.

„Also noch einmal. Kennen Sie den Mann?"

Doch die drei beteuerten, dass sie Winkler nie gesehen hatten und auch nichts über ihn wussten. Blieb nur noch die

Mutter. Claudia verabschiedete sich. Als sie das Lokal verließ, spürte sie die konsternierten Blicke im Rücken. Im Wagen gab sie die Adresse in Friedenau ein und fuhr los. Als sie vor dem Haus hielt, kam Frau Winkler gerade vom Einkaufen.

„Gibt es etwas Neues?", fragte sie, setzte die Plastikbeutel ab und knöpfte den Mantel auf, über der Oberlippe standen Schweißperlen.

„Leider nicht", sagte Claudia. „Aber ich möchte Ihnen gern etwas zeigen. Und kann ich Ihnen die abnehmen?" Ohne die Antwort abzuwarten, griff sie nach den Tragetaschen und stieg die Treppe hoch.

Das Wohnzimmer neu möbliert, neue Schrankwand, neuer Fernseher, neue Couch, sie nahmen nebeneinander darauf Platz. Claudia zog das Foto von Vanessa hervor.

„Haben Sie diese Frau mal mit Ihrem Sohn gesehen?"

Ohne ein Wort stand Frau Winkler auf. Als sie zurückkam, hatte sie etwas in der Hand. Sie reichte Claudia ein Foto. „Das steckte in einem Buch über die Chemie der Liebe." Sie wirkte ein ganz klein bisschen beleidigt, ihr Sohn hatte Geheimnisse gehabt.

Claudia nahm das Bild und warf einen Blick darauf. Sie öffnete den Mund und kriegte ihn nur langsam wieder zu. Es war eine freizügige Aufnahme, das blonde Haar war aufgesteckt, eine Strähne ringelte sich zwischen den Brüsten. Vanessa hatte den Kopf leicht geneigt und blickte kühl und verführerisch zugleich. Winkler war ganz offensichtlich der Aktuelle in Vanessas Sexportfolio gewesen. Und er hätte sich mit schlichten Urlaubsfotos nicht zufrieden gegeben. Er wäre zur Polizei gegangen. Claudias Gedanken überschlugen sich. Kaum im Treppenhaus, nahm sie ihr Handy und wählte Dahlbergs Nummer.

Dahlberg warf einen Blick auf das Display, Claudia rief an. Er drückte den Anruf weg, er wollte nicht schwindeln müssen, was sein Ausflugsziel anging. Plötzlich näherten sich Rücklichter, er konnte gerade noch bremsen. Der Stau reichte bis zum alten Wasserwerk Friedrichshagen, er steckte in der rechten Spur der Landsberger Allee fest. Die Stopplichter vor ihm leuchteten in dem zähen, weißen Winterdunst, der die Stadt gefangen hielt. Dahlberg ließ das Fenster herunter und zündete sich eine Zigarette an. Mindestens drei Dinge schienen jetzt wahrscheinlich zu sein.

Conrad von Godern war weiter im ganz rechten Fahrwasser unterwegs, das Agrarinstitut war dafür die Tarnung und Alina hatte Bogenthal nicht wegen Ausflugsplanungen in ihrem Autoatlas markiert. Dahlberg nahm an, dass der Nazi-Opa sie auf die Spur des Freiherrn gebracht hatte. Dabei musste sie auf etwas Aktuelles gestoßen sein, sonst würde der Verfassungsschutz das Gut nicht überwachen.

Im Schritttempo ging es weiter. Vorsichtig ließ Dahlberg den Stummel auf die Straße fallen. Vor Jahren hatte er einmal eine brennende Kippe weggeschnipst, die es postwendend wieder hereingeweht hatte, direkt zwischen seine Beine. Langsam näherte er sich der Kreuzung Siegfriedstraße. Da lag der Grund für den stockenden Verkehr, im wahrsten Sinne des Wortes. Ein Truck war in der Kurve liegen geblieben. Die Autoschlange musste sich auf der linken Spur vorbei quälen. Hinter der Kreuzung entspannte sich die Lage.

Zehn Minuten später hatte es Dahlberg aus Berlin heraus geschafft, rechts und links der Autobahn nassschwarze Felder, einige mit den grünlichen Schatten der Wintersaat, andere durchzogen von tiefen Furchen, in denen Regenwasser stand. Windkrafträder, deren Flügel reglos in den Himmel stachen, überragten finstere Kiefernflecken. Vor dem dunklen Grün das braune Laub kleiner Eichen. Es sah aus, als hätte der Wald Rost angesetzt.

Dorf Bogenthal war wie ausgestorben. Nur an der Bushaltestelle standen ein paar Jungs, vielleicht zwölf oder dreizehn Jahre alt. Für die schien die Zeit des Rumstromerns durch Wald und Flur schon vorbei zu sein. Im Rückspiegel sah Dahlberg einen Bus anhalten und die Jungen einsteigen. Er stoppte ebenfalls und stieg aus, um eine zu rauchen. Was für ein Nest, dachte Dahlberg, lehnte sich gegen die warme Motorhaube und musterte den Dorfkern. Die Autoscheinwerfer brachten etwas Wärme in das graue Bild. Über einem Teich hingen die schlappen Zweige einer Trauerweide. Ein schillernder Enterich richtete sich auf und schlug heftig mit den Flügeln, kleine Wellen strebten dem Ufer zu und wirbelten Nebelschwaden auf. So, wie Alina den Freiherrn aufgescheucht hatte. So sehr, dass er sie zum Schweigen bringen musste?

Dahlberg starrte auf den Weiher, der wieder still und undurchsichtig zwischen Feuerwehrturm und Kirche lag. Er schnippte die Kippe weg und setzte sich hinters Lenkrad, mal sehen, was ein Besuch der Tankstelle heute brachte.

Jerschow schob den Teller weg und sah auf seine Armbanduhr. „Los geht's", sagte er, stand auf und ging Richtung Rezeption, um ein Taxi zu bestellen. Alexanders Puls beschleunigte sich, der Tag, an dem Jerschow auf Abu Bashir treffen sollte, war gekommen.

In der Lobby standen einige Gäste um einen Fernseher herum. Alexander gesellte sich dazu. Es ging gerade um den hochoffiziellen Streit, ob der Islam nun zu Deutschland gehört oder nicht. Als ob das die Frage ist, dachte er, Religion war Privatsache. Und niemand hatte darüber zu befinden, was irgendwo dazugehörte oder nicht.

Als das Taxi losfuhr und sich auf dem Tauentzien in den Verkehr einfädelte, bemerkte Alexander zwei Wagen, die abwechselnd im Rückspiegel auftauchten. Dranbleiben, Jungs, dachte er. In dem Moment befahl Jerschow anzuhalten. Hatte er die Beschattung mitbekommen? Jedenfalls bezahlte er, stieg aus und winkte Alexander hinter sich her. Schweigend gingen sie die Leipziger Straße entlang. Nach zehn Minuten hielt Jerschow eine Taxe an.

Insgesamt wechselten sie die Wagen noch zweimal. Es ging stadtauswärts, immer weiter Richtung Osten. Die Verfolger waren längst abgeschüttelt, Alexander war wieder auf sich allein gestellt.

Die letzte Fahrt endete in einem Dorf namens Schwanenau vor einer Ausflugsgaststätte. Sie hieß ZUM HIRSCHEN und war geschlossen. Das Schild hing schief und rissig an der bröckelnden Fassade. Alexander und Jerschow stiegen aus und vertraten sich auf dem unebenen Parkplatz die Beine. Nach und nach kamen weitere Taxen an, spuckten ihre Fracht aus, wendeten und brausten davon. Zuletzt standen acht Personen vor der verrammelten Kneipe herum. Alle trugen ein zünftig-ländliches Outfit, alle sahen verkleidet aus. Die eine Hälfte war blass und wirkte europäisch, die andere schien aus dem Mittelmeerraum oder dem Nahen Osten zu stammen, unter ihnen Abu Bashir. Es ging also nicht nur um ihn und Jerschow, dachte Alexander, es schien sich um eine größer angelegte Sache zu handeln. Das war eine Überraschung, damit hatte er nicht gerechnet. Meier und Kielbaum offensichtlich auch nicht. Für sie war schon die Kontaktaufnahme zwischen dem Ägypter und dem Russen ein Knaller gewesen oder eher ein Mysterium.

Alexander hatte den angeblichen Agarspezialisten aus Kairo sofort erkannt, trotz Kostümierung mit Jägerhut und Lodenjacke. Der ihn aber offensichtlich nicht. Trotzdem wünschte er sich einem Moment lang, unsichtbar zu sein. Er verschwand hinter Jerschows breitem Kreuz und schlug den Trachtenkragen so weit nach unten, so dass die Tattoos sichtbar wurden. Plus Bart, plus Glatze, plus traditionsbewusster Aufzug, das musste doch reichen. Er erkannte sich ja selbst nicht mehr.

Schwarze Vans mit abdunkelten Scheiben fuhren vor, denen zwei stark gebaute Männer entstiegen. Sie sammelten die Handys ein und entfernten die Akkus, eine weitere Maßnahme gegen Ortungsversuche. Dann nahmen die Europäer in einem der Kleinbusse Platz, die Anderen in dem anderen.

Der Himmel hing über dem flachen Land wie ein feuchtes Küchentuch, am Horizont Wälder als schwarze Striche.

Normalerweise, spann Dahlberg seine Gedanken weiter, brachte ein Mord mehr Probleme als er löste. Also musste von Godern sich mit dem Copykill ziemlich sicher gefühlt haben. Wahrscheinlich hatte er die Zeitstempel auf den Leichenfotos registriert, sich ausgerechnet, dass die Sache aktuell war und das Tatmuster kopiert. Bis auf die Art des Erwürgens, die konnte er nicht sehen, das war der Fehler im System.

Ein Transparent über dem Eingang der Tankstelle versprach satte Rabatte, Kaffee nur ein Euro bei Bestellung eines Sandwichs. Drinnen im Shop stand die junge Frau hinter der Kasse, kurzes strubbeliges Haar, irgendwo zwischen tigergelb und wildschweinbraun. Er war der einzige Kunde. Sie sah von ihrer Zeitschrift auf. Die dunkel umrandeten Augen tasteten ihn ab und ein atemberaubend langsames ‚Ja bitte' verließ den dunkel geschminkten Mund, sie schien sich nicht an den ersten Besuch zu erinnern.

„Dit Sandwich, kann man dit essen."

„Logo."

Okay, er hatte den Ton getroffen. „Nehm ick. Und Kaffee."

Das Fräulein hantierte wie ferngesteuert an Mikrowelle und Kaffeemaschine und behielt ihn dabei im Blick, sie hatte es wohl nicht immer mit so braven Bürgern wie ihm zu tun. Dahlberg nahm das Bestellte entgegen und das Halloween-Überbleibsel eine entspanntere Haltung ein. Kauend und Kaffee schlürfend betrachtete er die reich bestückten Regale und die Flaschenbatterien in den Kühlschränken. Ihr leises Summen füllte den Raum. Mit dem letzten Schluck spülte Dahlberg den letzten Bissen hinunter.

„Langweilig?"

Das Mädel hob die schmal rasierten Brauen, es schien sehr langweilig zu sein. Er trat an einen Drehständer voller Henkelbecher mit Namen, seiner war nicht dabei.

„Wer kauft eigentlich Tassen an der Tanke?"

Die Tankwartin kam hinter der Bastion aus Schokoriegeln, Mentosschachteln, Feuerzeugen und Enteisungsspray hervor.

„Jeschenk in letzte Minute." Sie warf das melierte Haupt in den Nacken und gackerte los. Entweder dolle oder gar nicht, dachte Dahlberg und betrachtete den Gefühlsausbruch. Jetzt die Stimmung ausnutzen und auf Gut Bogenthal kommen.

„Wär nicht was Lokales besser?", fragte er.

„Wat'n, hier is doch nüscht mehr. Früher, da konnte man die Klosterruine besichtigen."

„Welche Klosterruine?", fragte Dahlberg, obwohl er natürlich wusste, was gemeint war. Vielleicht hatte das Mädel etwas von dem mitbekommen, was dort lief.

„Na, jetze isset so'n Agrarinstitut, sitzen Wessis drinne." Sie schüttelte sich übertrieben und zog ein angeekeltes Gesicht. „So'n Freiherr, einjebildeter Typ mit seine Trachtenjacke."

Dahlbergs Kopfhaut kribbelte. Er spürte, wie die Synapsen endgültig koppelten. Von Godern war der Mann, mit dem Alina sich in den Schöneberger Bars getroffen hatte. Er stellte sich die Situation vor, ein älterer Herr ohne besondere Merkmale im Banne einer schönen, jungen Frau in Minirock und High Heels mit Nieten an den Hacken. Irgendwie musste Alina es geschafft haben, sein Vertrauen zu erringen. Wahrscheinlich mit Anspielungen auf ihre angeblich gemeinsame Gesinnung, das Wissen darüber hatte sie ja. Irgendwann war der Freiherr so begeistert vom geistigen Gleichklang, dass er sie in das Geheimnis von Gut Bogenthal einweihte. Aber dann musste etwas passiert sein, das ihn misstrauisch gemacht hatte.

„Wat die da immer veranstalten in ihr Agrarinstitut", hörte er die Stimme des Tankfräuleins wie durch Watte an sein Ohr dringen. „Als wenn wir hier mit'n Klammerbeutel gepudert sind. Ick meine, wat die Landwirtschaft angeht."

Das Mädel hatte entweder Bauern in der Verwandtschaft oder Wessis gingen ihr prinzipiell gegen den Strich. Dahlberg wandte sich zum Gehen, wünschte einen aufregenden Tag und bekam einen vernichtenden Blick. Die startbereite Kippe in der Hand trat er ins Freie, zündete sie an und blies den Rauch in die klamme Luft.

Zwei schwarze Kleinbusse mit abgedunkelten Scheiben fuhren vorbei. Dahlberg sah ihnen nach. In der Ferne bogen sie rechts ab, in den Weg, der zum Gut führte, nur zum Gut. Sollte dort gerade heute eine Zusammenkunft von Goderns Zirkel stattfinden?

Alexander stieg aus und befand sich mit den anderen in einer Backsteinruine ohne Dach, rötlich-angenagte Mauern und leere Spitzbogenfenster, das Ganze diente als Parkplatz.

Ein unscheinbarer Mann tauchte auf und stellte sich als der Gastgeber Conrad von Godern vor. Er trug Knickerbocker aus stumpfem, grauem Leder, dicke Wollstrümpfe und einen Janker.

„Herzlich willkommen auf Gut Bogenthal", sagte er. „Wenn Sie mir bitte folgen wollen."

Die Tagungsteilnehmer setzten sich in Gang. Alexander tastete die Umgebung mit den Augen ab. Hinter einem breitgelagerten Gebäude mit Sprossenfenstern, rotem Ziegeldach und einer grünen Tür, die von zwei Bäumen flankiert wurde, die wie Keulen eines Riesen aussahen, erspähte er Scheunen und Stallungen. Dann erschien in seinem Gesichtsfeld ein großes, schmutzigweißes Halbrund. Alexander atmete auf. Da war sie, die Kontaktmöglichkeit. Denn das war keine Fernsehschüssel, das gehörte zu einem Satellitentelefon.

Die Gäste stiegen die drei Stufen zwischen den knubbeligen Bäumen empor und betraten einen Flur, dessen Boden in schwarz-weißem Schachbrettmuster gefliest war. Jerschow machte vor einem Aufsteller halt. Die Fäuste in der Rangerweste vergraben, starrte er auf die lateinischen Schriftzeichen. ‚Nachhaltige Bewirtschaftung von Schonungen' las Alexander und ‚Koexistenz von Tier- und Waldpflege durch Bejagung'. Er zuckte ratlos mit den Schultern, immer schön weiter so tun, als könne er die lateinische Schrift nicht lesen. Dann warf er einen desinteressierten Blick auf die nahöstliche Gruppe. Abu Bashir nahm gerade den Filzhut ab und reichte ihn langsam und verächtlich einem der hünenhaften Begleiter. Dann stülpte er sich ein weißes Häkelmützchen über, blickte milde durch seine Hornbrille, strich über den gepflegten Bart und zauberte ein Gebetskettchen hervor.

Aha, dachte Alexander, das Marxistische hatte sich wohl in den letzten Jahrzehnten verflüchtigt und die religiöse Seite gewonnen. Aber wie, verdammt nochmal, passten Jerschow und dieser traditionsbewusste Trachtenträger da rein?

Herr von Godern geleitete die Gäste in einen lang gestreckten, schummrigen Raum, an der Stirnseite ein Kaminfeuer, um den spiegelblanken Tisch dunkle Stühle. Steife Bänke entlang der Wände erinnerten an altertümliche Wartesäle oder Kirchengestühl. Im Feuerschein schienen sich die Deckenbalken zu bewegen. Auf einer Anrichte standen Platten mit Essbarem. Ein Samowar summte, eine Etagere mit Gebäck warf wabernde

Schatten, im Kamin knisterten die Scheite. Man hätte fast sagen können, es war gemütlich, wenn es nicht so ungemütlich gewesen wäre. Eine kühle Atmosphäre herrschte zwischen den beiden Gruppen.

Dahlberg stierte auf das Ortsausgangsschild. Unter dem Namenszug Bogenthal klebte ein Flyer. BIERNOTH nicht nur bei Biernot – Mittagstisch ab 5,90 – 1 km Meter geradeaus, der Wirt hatte aufgerüstet. Er warf die Kippe auf den Boden und trat die Glut aus. Was jetzt? Die Lage hatte sich geändert, Gut Bogenthal hatte Gäste. Eigentlich hatte er bei dem Freiherrn auf den Busch klopfen und sehen wollen, ob er etwas fand an Ungereimtheiten oder Ausflüchten. Das fiel jetzt wohl flach. Aber ein Blick musste sein.

Er setzte sich in den Wagen und fuhr los. Ein landwirtschaftliches Gefährt kam vom Acker und bog vor ihm auf die Landstraße ein, es nahm die ganze Straßenbreite ein. Dahlberg zuckelte hinterher. Das Gespann bog links ab, um noch ein Feld zu beackern, Dahlberg nach rechts. Er rumpelte über den Feldweg auf die Anlage zu. An zwei Bäumen auf einer Anhöhe hielt er an. Zwischen ihnen stand eine altersschwache Bank. Er holte das Fernglas aus dem Handschuhfach und sah hindurch. Still und abweisend umstanden die Mauern das Gut, darüber Kronen hoher Bäume. Nichts regte sich. Das Tor wirkte so verschlossen, wie es wahrscheinlich auch war. Dahlberg ließ den Blick über die Mauerkrone gleiten. Plötzlich schob sich ein weißes Halbrund in sein Blickfeld. Er ließ den Feldstecher sinken. Für eine TV-Schüssel war das zu groß, es konnte sich nur um Satellitentelefonie handeln. Und die war bestimmt nicht dazu da, den Nährstoffgehalt des hiesigen Bodens in die Welt zu senden. Oder weltweit für heimatliches Saatgut zu werben. Dahlberg wusste, dass Satellitenverbindungen immer noch relativ abhörsicher waren, wenn die Gespräche unter einer halben Stunde blieben. Solange dauerte das Dekodieren der Frequenzen.

Er nahm das Fernglas wieder hoch und stellte den Zoom ein. Jetzt war jede Glasscherbe auf der Mauer zu erkennen, jede reparierte Stelle. Und jede Kamera. Sie bewegten sich millimeterlangsam und tasteten die Umgebung ab. Gut Bogenthal wurde bewacht wie eine Festung.

Herr von Godern ließ seinen blassen Blick über die Runde schweifen und machte eine ausgreifend einladende Armbewegung.

„Meine Herren, bevor wir zur Tat schreiten ..." Seine vagen Gesichtszüge wirkten unvermittelt höhnisch. „... beziehungsweise zur Planung, bitte ich, sich zu stärken."

Jemand fragte nach der Art des Fleisches, es war Reh. Die Käppchenträger belegten mit Tellern und Teegläsern die Bänke, zwischen denen kleine Tischchen standen. Die Europäer verzogen sich Richtung Kamin und aßen im Stehen. Die Gelegenheit, das Telefon zu suchen.

Alexander trat auf den Flur. Am Ende des Ganges stand eine Tür einen Spalt offen. Er schlenderte in die Richtung und spähte hinein. Da war es, das Satellitentelefon, allerdings bewacht von einem der Kraftpakete. Er hatte außerdem vier Monitore vor sich, sie zeigten die Umgebung des Gutes. Der Mann bewegte einen Hebel, das Monitorbild zoomte. Auf ein Auto. Und einen Mann. Alexander überlief es heiß. Er sah einen Geist. Oder Eberhard Dahlberg. In Schwarz-Weiß, aber eindeutig.

Der Monitormann machte Anstalten aufzustehen. Gleich würde er die Beobachtung des Beobachters melden. Das durfte nicht geschehen. Außerdem musste er an das Telefon heran. Alexander klopfte und trat ein. Der Mann wandte sich um.

„Feijer?", fragte Alexander mit schwerem, russischen Akzent, machte eine Rauchbewegung und tat, als würde er eine Schachtel Zigaretten aus der Hosentasche ziehen. Der Typ streckte ihm ein brennendes Feuerzeug entgegen. Alexander trat näher. Der Schlag gegen die Kehlkopf saß. Ein kurzes Röcheln und der Kerl fiel krachend zu Boden. Jetzt noch das Rohhypnol und der Knabe würden sich an nichts erinnern, sich höchstens wundern und Schiss vor seinem Chef haben, weil er geschlafen hatte. Eilig zog Alexander das sogenannte Insulin-Etui hervor, jeden Moment konnte der andere Vierschrot auftauchen. Er nahm die Patrone, stieß dem Mann die Spitze in die Halsschlagader und drückte auf das hintere Ende. Dann griff er nach dem Telefonhörer und tippte hastig die Nummer ein. Nach Nennung des Codewortes wurde er verbunden. Meier war dran.

„Gut Bogenthal, eine Stunde Fahrt von der Berliner Stadtgrenze", begann Alexander die Informationen so schnell wie möglich runterzuspulen. „Aber nicht nur Jerschow und Abu Bashir. Scheint sowas wie arabisch-europäischer Gipfel zu sein. Und Bashir wirkt wie ein geistlicher Führer." Im Hintergrund hörte er Kielbaum ‚Prost Mahlzeit' sagen. „Fahrzeugwechsel war vor der Gaststätte ZUM HIRSCHEN in Schwanenau. Wird sich auf dem Rückweg sicher genauso vollziehen. Ende und aus."

Er legte auf und richtete den Blick auf die Monitore. Dahlberg stieg gerade in den Wagen, wendete und verschwand hinter der Anhöhe.

Alexander atmete erleichtert aus. Die Frage, was sein ehemaliger Partner hier machte, musste vorerst warten.

Nebelschleier zogen unentschlossen über die Äcker, stiegen am entfernten Waldrand über die Baumwipfel und zerfaserten himmelwärts. Es klarte auf. Irgendwann mussten die Vans das Gut doch wieder verlassen, dachte Dahlberg. Und er könnte ihnen folgen, vielmehr dem Wagen, in dem von Godern saß. Dazu musste er die Passagiere irgendwie zu Gesicht bekommen. Aber wie?

Er griff nach der Flasche Cola Light zwischen den Vordersitzen. Sie war warm geworden und schäumte beim Öffnen. Wie gebannt starrte er auf den braunen Schaum, der aus dem Flaschenhals quoll. Das war's, dachte er plötzlich, so konnte er die Wagen vielleicht zum Anhalten bewegen und einen Blick auf die Fahrgäste werfen.

„Sie schon wieder", sagte die junge Frau, als er die Tanke zum zweiten Mal betrat.

„Und Sie immer noch hier", entgegnete er. „Und immer noch nicht tot gelangweilt."

„Witzbold." Sie ließ ein schiefes Grinsen sehen. „Wat darf et denn jetzt sein?"

„Mein Kumpel sitzt auf dem Trockenen."

Dahlberg nahm einen Plastikkanister aus dem Regal und ging nach draußen. An der Zapfsäule Nummer 1 füllte er den Behälter. Die Tankstellenangestellte lehnte in der offenen Tür und sah ihm dabei zu.

„Den Kanister muss ick aber scannen", sagte sie, natürlich erst, als er fertig war. Dahlberg trug die fünf Liter in den Verkaufsraum und wuchtete sie auf den Tresen. Der Pieps des Scanners ertönte.

„Nummer eins, Super", sagte Dahlberg.

„Ick weeß, Sechssechzig. Noch wat?"

Dahlberg nahm eine kalte Cola Light für sich, er hatte mittlerweile einen Mordsdurst. Und eine Zweiliterflasche lauwarme für die Aktion. Zurück am Abzweig schüttete er die Hälfte der Plörre weg und füllte mit Benzin aus dem Reservekanister auf. Dann startete er den Motor und ging mit der Benzincolaflasche um den Wagen herum. Als er nach kräftigem Schütteln das Gemisch in den Auspuff spritzte, begann es heftig zu qualmen. Der Testlauf hatte schon mal geklappt. Dahlberg setzte sich auf einen Findling am Wegesrand, steckte sich eine Zigarette an und richtete sich aufs Warten ein.

Der Gastgeber hatte die Stirnseite des Tisches eingenommen.

Zu seiner Linken ein Dicker, der als Dolmetscher für Deutsch-Arabisch vorgestellt worden war, zur Rechten der Übersetzer für Englisch-Deutsch, ein blasser Mann, der wie ein Lehrer wirkte.

An den Längsfronten saßen sich der Nahe Osten und Europa gegenüber. Namen und Herkunftsländer zu nennen hatte man sich gespart. Das war schlecht, dachte Alexander, wenn sie die Tagungsteilnehmer später aufspüren wollten. Also musste er sich die Gesichter einprägen.

„Wir wissen, was uns trennt", begann von Godern mit schnarrender Stimme, „aber wir wissen auch, was uns eint."

Jetzt bloß nichts anmerken lassen, dass er schon das Deutsche verstanden hatte. Erst nachdem das Arabische durch war, murmelte Alexander die russische Fassung des merkwürdigen Satzes in Jerschows Ohr, während die Lehrergestalt für die Europäer ins Englische übersetzte. Was die Typen eint? Worauf lief das bloß hinaus?

„Denn wir haben einen gemeinsamen Feind", sagte von Godern, machte eine bedeutungsvolle Pause und sah von der einen Gruppe zur anderen. „Die Verdorbenheit der westlichen Welt, die Amerikanisierung der Völker und die Bannerträger dieser Unterwanderung, die Juden."

Mein Gott, aus welcher Mottenkiste kam der denn, dachte Alexander, wartete wieder ab und übersetzte den Quark. Jerschow brummte zustimmend.

„Die Juden", fuhr der Redner fort, „denen der Westen sogar einen eigenen Staat gegeben hat, Israel. Den sie euch, liebe Freunde, geraubt haben. Wie sie uns unser Geld rauben und unser Blut verderben."

Ach, daher wehte der Wind, der große Teufel Westen und Israel der kleine. Soll das der Kitt zwischen den offensichtlich feindlichen Brüdern sein? Die Anwesenden murmelten zustimmend.

Von Godern setzte sich. Abu Bashir stand auf und sah auf den Freiherrn hinunter.

„Sadiqi aleaziz", begann er. Alexander übersetzte.

„Dorogoi drug, lieber Freund."

„Es gibt ein Sprichwort", fuhr Bashir fort. „Der Feind meines Feindes ist mein Freund. So soll es denn sein. Segensreich ist Derjenige, Der Seinem Diener die Unterscheidung offenbart hat, damit er für die Weltenbewohner ein Warner sei."

Alexander übersetzte das Freund-Feind-Ding, den Rest sparte er sich.

„Danke, mein Freund", sagte von Godern. „Dann wollen wir mal konkret werden."

Nach zwei Stunden war das Meeting zu Ende. Alexander hatte Mühe, eisige Miene zu bewahren, obwohl ihm das Blut in den Adern gefror, was für eine Internationale.

„Damit rechnet niemand." Jerschow stand lachend auf. Alexander knurrte Einverständnis, passend zu seiner Rolle als kratzbürstiger, aber treuer russischer Nationalist. Die Angst, dass Abu Bashir ihn doch noch erkannte, flammte wieder auf. Doch er musste heil hier rauskommen, er war ein Datenträger. Immer wieder rekapitulierte er die Einzelheiten und die Physiognomien.

Der Monitormann tauchte auf, er machte einen leicht verstörten Eindruck. Kein Wunder, ihm fehlten über zwei Stunden Erinnerung, einschließlich der, wie es zu dem Totalausfall gekommen war.

Quer durch den langen dunklen Raum spürte Alexander plötzlich Abu Bashirs Blick. Er versuchte, nicht hinzusehen. Aus den Augenwinkeln sah er, wie der Mann auf ihn zukam. Alexander bemühte sich um eine freundlich-gelassene Miene.

„Ich kenne Sie irgendwoher, junger Mann", sagte Abu Bashir. „Ich weiß bloß noch nicht woher. Aber ich komme noch darauf."

Er wandte sich ab und verließ mit den Gesandten aus dem Morgenland den Raum. An Jerschows Seite und mit einigem Abstand schlenderte Alexander hinterher. Im Foyer tauschten die Araber die Häkelmützen wieder gegen Hüte. Plötzlich löste sich Abu Bashir von ihnen und ging gemessenen Schrittes zu ihm und Jerschow hinüber.

„Was will der denn?", fragte Jerschow.

„Jetzt weiß ich es wieder", sagte Abu Bashir. Alexander überlief es heiß und kalt. „Sie waren Wachmann in der Russischen Botschaft in Kairo. Hat der Mann ..." Er zeigte auf Jerschow. „Hat der Sie dort abgeworben?

Alexander nickte. Jerschow zog die Augenbrauen in die Höhe.

„Was hat er gesagt?"

Alexanders Gedanken überschlugen sich. Eine überzeugende und unverfängliche Auskunft musste her.

Doch bevor er etwas sagen konnte, grinste Abu Bashir Jerschow schelmisch an. „Embassy, Kairo, Security, good catch."

Endlich tauchten die Vans auf und näherten sich der Landstraße. Dahlberg startete den Motor, sprang aus dem Auto und öffnete die Motorhaube. Dann schnappte er sich die Flasche, ging zum Heck, schüttelte sie kräftig und spritzte das Gebräu in den Auspuff. Schwarzer Qualm quoll heraus. Die Wagen kamen näher. Die Arme in die Seiten gestemmt, das Gesicht zur Faust geballt, blickte Dahlberg auf den rauchenden Auspuff.

„Du alte Scheißkarre", schrie er laut.

Doch die Kleinbusse passierten das inszenierte Malheur, ohne auch nur das Tempo zu drosseln, geschweige denn anzuhalten und auszusteigen, so eine Scheiße. Und dann bog einer nach Berlin ab, der andere in die Gegenrichtung. Was sollte das jetzt? Und welchem sollte er folgen? Dahlberg entschied sich für Berlin, es schien ihm wahrscheinlicher, dass Godern in dem saß. Er wartete einen Moment und fuhr los, die Rauchfahne im Schlepptau.

Es begann zu dämmern. Am westlichen Horizont erschien ein rosa Streifen, der Osten färbte sich blaugrau. Wind kam auf, legte das Gestrüpp im Straßengraben flach und kräuselte die Wasseroberflächen der Regenreste auf den Feldern. In dem Ort Schwanenau, bei einer heruntergekommenen Gaststätte erblickte Dahlberg den Kleinbus. Davor, in einigem Abstand zueinander zwei Gruppen in jagdlicher oder ländlicher Kleidung. Wie hatten die alle da hineingepasst, fragte Dahlberg sich. Jedenfalls war Conrad von Godern dabei, er hatte also richtig entschieden. Er fuhr auf den hügeligen Parkplatz, stieg aus und fluchte laut.

„So eine Scheiße, so eine verdammte Scheiße. Was das wieder kostet." Dann zog er sein Handy hervor und tippte irgendwelche Zahlen ein.

„Ja, der Auspuff qualmt", schrie er ins Telefon. „Keine Ahnung, warum. Ja natürlich sofort, ich hab Termine." Ein Hüne, der nach Security aussah, grinste in sich hinein.

„Was? In drei Stunden?", blaffte Dahlberg ins Telefon. „Wieso zahle ich für euren Verein?"

Er steckte das Handy wieder weg, lehnte sich gegen den Kotflügel und verschränkte aufgebracht die Arme, ein Mann, der völlig in seinem Ärger über die Panne und den Pannendienst aufging. Ein Traktor tuckerte vorbei, es war der Landmann von vorhin. Dahlberg sah ihm nach, er gab sich Mühe auszusehen wie einer, der versucht, die Zeit totzuschlagen. Gelangweilt betrachtete er das Kneipenschild, zwei dilettantisch gemalte Hirsche, die den Schriftzug ZUM HIRSCHEN mit ihren Geweihen hielten. Die Schlaglöcher des Hilfsparkplatzes, die mit Regenwasser oder Ziegelbruch gefüllt waren, bekamen einen abfälligen Blick. Dabei streifte er immer wieder die Männer in den zünftigen Outfits.

Die eine Gruppe machte einen seltsamen Eindruck, die Bärte und die dunklen Gesichter passten irgendwie nicht zu ihrem Aufzug.

Dahlberg versuchte, etwas aufzuschnappen. Das einzige, was er heraushörte, sie sprachen nicht deutsch miteinander. Es war noch kein Flutlicht, aber eine Hundertwattbirne war es schon, die seine Gehirnwindungen beleuchtete. In Gut Bogenthal lief eine internationale Sache.

Der Van fuhr davon. Berliner Taxen kamen an, man stieg einzeln ein. Der Freiherr nahm das letzte. Dahlberg griff nach seinem Handy, wählte die Zentrale und gab die Betriebsnummer des Taxis durch. Nach wenigen Minuten leitete die Zentrale das Tracking auf sein Handy. Dahlberg stieg ein und startete den Wagen, der letzte Rauch entwich dem Auspuff. Das eingeschaltete Handy lag auf dem Beifahrersitz. Auf dem Rückweg nach Berlin zeigte es einige Stops an Ampeln an. Dann gab es einen längeren Aufenthalt in Mitte, Mollstraße 25. Da der Wagen danach zu einem Taxistand gefahren war, dürfte der Freiherr dort ausgestiegen sein.

Bei den Wohnblöcken angekommen, ging Dahlberg zu dem betreffenden Aufgang. Doch an keinem der Klingelschilder stand der Name von Godern. Vielleicht hatte er ja eine Wohnung unter falschem Namen. Dahlberg verschob die Erkundung auf den nächsten Morgen.

In der Blockhütte war es kalt und klamm. Der Wind brauste immer stärker, fegte durch das einzige, zerbrochene Fenster und pfiff zwischen den Ritzen der Tür, sie hielt sich gerade noch in den Angeln. An den Wänden hingen unbekannte Gerätschaften. Der Security-Typ lehnte an einer Art Werkbank und reinigte sich mit einem spitzen Messer die Fingernägel. Postuchin, oder wie immer er wirklich hieß, saß gefesselt und mit verbundenen Augen auf einem wackligen Stuhl. Jerschow stand vor ihm und überlegte. Einerseits konnte Abu Bashir sich geirrt haben. Andererseits, wenn nicht, warum hatte Postuchin seine Zeit an der Botschaft verschwiegen? Er riss ihm die Binde von den Augen.

„Zugleich in Kairo und in Moskau sein, ein ziemliches Kunststück, das muss ich schon sagen. Bin gespannt auf Ihre Erklärung."

Der Mann sah ihm ohne zu blinzeln in die Augen.

„Wenn Sie es genau wissen wollen. Ja, ich habe eine Zeitlang für eine Moskauer Wachschutzfirma gearbeitet. Überraschenderweise wurde ich in Kairo bei der Botschaft eingesetzt, wahrscheinlich wegen meiner Arabischkenntnisse. Übrigens eine gute Gelegenheit, ein paar der Kameraden dort umzudrehen." Postuchin grinste frech. „Klar, fragen Sie sich jetzt, warum ich nichts davon gesagt habe. Raten Sie mal. Ich wollte einen Job bei der Heimatfront, bei Ihnen, ganz einfach. Und den hätte ich mit der Geschichte nicht bekommen, stimmen Sie mir zu?"

Der Mann hatte recht, mit der Story hätte er sich Postuchin nicht mal angesehen. Jerschow dachte angestrengt nach. Was, wenn das ganze Theater, damals in Moskau und jetzt hier, die Show eines Gegners war. Die Heimatfront hatte genug Feinde, die ihn und seine Partei gestürzt sehen wollten. Er sah Postuchin an, der seinen Blick gelassen erwiderte.

„Für wen arbeiten Sie?"

„Für Sie, soweit ich weiß."

„Wer sind Ihre Auftraggeber?"

„Welche Auftraggeber? Wovon reden Sie?"

„Wie halten Sie Kontakt?"

„Kontakt? Ohne Handy?"

So ging es eine Weile. Auf jede Frage antwortete Postuchin mit einer Gegenfrage.

Jerschow reichte es. Er gab seinem Begleiter einen Wink. Der legte das Messer weg, baute sich vor dem Gefesselten auf und schlug ihm ins Gesicht, Postuchin fiel samt Stuhl um. Die Riese hob ihn auf und schlug noch einmal zu. Blut lief aus der Nase, die Lippe war aufgeplatzt und wurde dick.

„Wen haben Sie über das Treffen informiert?"

„Niemanden", röchelte Postuchin. „Wie denn?"

Jerschow näherte sich seinem Gesicht und stupste gegen die geschwollene Nase. Postuchin stöhnte auf.

„Für wen arbeiten Sie? Wer weiß von der Zusammenkunft?"

„Ich weiß nicht, was Sie von mir wollen", kam es blubbernd aus dem blutigen Mund.

Jerschow nickte seinem Begleiter zu und ging zur Tür. Der Sturm riss sie ihm fast aus der Hand. Er drückte sie von außen zu, setzte sich in den Van, machte die Zündung und die Sitzheizung an. Undeutlich hörte er das Klatschen von Schlägen, dann ein Rumpeln und Krachen, als wenn Möbel durch die Hütte geschleudert wurden. Er schaltete das Autoradio ein, eine warme Männerstimme hauchte etwas auf Deutsch, dann spielte jemand Klavier.

Jerschow ließ die letzten Tage Revue passieren. War Postuchin irgendwann mal allein? Eigentlich doch nie. Er kramte in seinem Gedächtnis. Doch, einmal in der Wellnessoase, als er selbst schon im Whirlpool war und sein Übersetzer sich noch umzog. Aber das waren nur Sekunden. Und heute war er einmal frische Luft schnappen. Und? Was sollte er da wie gemacht haben außer atmen? Die einzige Erklärung wäre ein versteckter Tracker, die Dinger waren heutzutage winzig.

Als er die Hütte wieder betrat, rieb der durchtrainierte Kerl sich gerade die Knöchel der rechten Hand. Postuchin hing verdreht auf dem Stuhl, den Kopf auf der Brust. Jerschow zog dem Ohnmächtigen die Schuhe aus, nahm eins der zahlreich vorhandenen Messer und hebelte die Absätze auf. Aber nichts, auch in den Sohlen nicht. Die aufzuschlitzen hatte einige Mühe gemacht.

„Was ist bloß los mit Ihnen?", gurgelte Postuchin plötzlich.

„Schnauze", sagte Jerschow, öffnete dessen Gürtelschnalle, zog den Gürtel heraus und trennte ihn auf. Auch hier kein Tracker.

„Ausziehen", bellte er und machte gleichzeitig eine kreisende Armbewegung über Postuchins Kopf. Der Deutsche verstand und wickelte den Gefangenen aus den Seilen. Postuchin stand auf, wobei er ein wenig schwankte, drehte sich um und hob die hinter dem Rücken gefesselten Hände. „Und wie?"

Der Wachmann schnitt das Klebeband durch. Unter seinen Argusaugen begann Postuchin, sich auszuziehen. Jerschow nahm ein Kleidungsstück nach dem anderen, tastete die Jacke ab, die Manschetten und den Kragen des Hemds, jede Naht, es war nichts zu finden.

„Weiter", schnauzte er. Postuchin rührte sich nicht.

„Den Rest auch."

Umständlich zog der Mann Unterhemd und Unterhose aus, immer eine Hand über dem Gemächt.

„Hände weg da", sagte Jerschow.

Langsam ließ der Mann die Hände sinken. Jerschow stierte gebannt auf den Penis, er war beschnitten. Das konnte doch nicht wahr sein, ein Jude. Ein Jude hatte sich in ihre Reihen geschlichen.

In Jerschows Kopf ging es rund. Der Mossad auf deutschem Boden? Die hätten so etwas drauf. Der russische Geheimdienst? Der hat die Oberschlaumeier schon früher gern beschäftigt.

Jerschow zündete sich eine Zigarette an und trat ganz nah an den nackten Mann heran.

„Wenn Sie hier lebend rauskommen wollen, reden Sie."

Alexander war nackt, aber noch nicht wieder gefesselt. Alle Knochen taten ihm weh, aber er fühlte noch Kraft in sich. Das Messer, mit dem Jerschow seine Sachen aufgetrennt hatte, lag zwei Meter entfernt auf dem Boden, er hatte es offensichtlich vergessen. Oder er setzte auf den starken Begleiter. Der allerdings starrte mit großen Augen auf die kleiner werdende Entfernung zwischen der Zigarette und Alexanders Oberschenkel.

Angst überspülte Alexander wie eine heiße Welle, die Erinnerung an die Stunden in dem Berliner Keller kochte hoch. Erst die Schläge, mit der Faust ins Gesicht, mit einem Stuhlbein auf die Knie, dann wieder ins Gesicht. Blut war ihm über die Augen gelaufen und er hatte im wahrsten Sinne rot gesehen. Später erzählte Dahlberg, dass die Leuchtstoffröhren rot gestrichen waren. Irgendwann hatte er nichts mehr gespürt, er war ohnmächtig geworden. Ein Schwall Wasser hatte ihn zurückgeholt. Und dann war die brennende Zigarette an der Reihe gewesen.

Nur noch ein paar Zentimeter, Alexander glaubte die Hitze schon zu spüren, den Schmerz, der ihn gleich durchbohren würde. Aber sein Gehirn weigerte sich anzuerkennen, was da auf ihn zukam. Er überlegte fieberhaft. Jerschow hatte keine Waffe, aber der Wachmann. Und im Moment waren dessen Hände und Zähne damit beschäftigt, neues Fesselmaterial von einer Rolle Klebeband abzureißen und die Streifen nebeneinander an der Bank unter dem Fenster aufzuhängen beziehungsweise mit einem Ende dranzupappen.

Die Glut kam näher.

„Raus mit der Sprache", sagte Jerschow. „Für wen arbeiten Sie?"

Alexander ließ sich zur Seite fallen, sprang auf und schnappte sich das Messer. Der Bodybuilder versuchte, das Band loszuwerden, doch es klebte an seinen Händen. Mit einer heftigen

Bewegung schüttelte er es ab und wollte nach der Waffe greifen, zu spät. Alexander war schon hinter ihm, hielt das Messer an seine Kehle und nahm die Knarre an sich. Das Ganze hatte vielleicht drei Sekunden gedauert. Jerschow stand da wie angenagelt. Alexander stieß den Wachmann von sich und entsicherte die Waffe. Ohne hinzusehen griff er mit der freien Hand nach dem Klebeband, winkte mit der Pistole in Richtung des Holzpfeilers, der in der Mitte der Hütte stand und warf Jerschow die Rolle zu.

„Einwickeln", sagte er auf Russisch und drängte das Muskelpaket an den Pfeiler. „Von oben bis unten."

Jerschow sah ihn hasserfüllt an und begann, den Mann zu verpacken. Nach wenigen Minuten war er ein Riesenkokon, nur der Kopf sah heraus. Dann stieß Alexander Jerschow auf den Stuhl, auf dem er gerade noch gesessen hatte und drückte dessen Beine auseinander.

„Jedes einzeln an ein Stuhlbein."

Jerschow bückte sich und begann, sich selbst an den Stuhl zu binden, Holz- und Wadenbeine wurden zu einer silbrigen Einheit aus reißfestem Band, Weglaufen unmöglich.

„Das werden Sie bereuen", presste er heraus.

Alexander riss ihm die Arme nach hinten und fesselte auch die Handgelenke. Dann zog er sich an, fixierte die Sohlen mit Klebeband am Oberleder seiner Schuhe und verließ die Blockhütte.

Marthe versuchte, Karlchen zum Treppensteigen zu bewegen. Doch er hatte keine Lust und ließ sich hängen. Ein Königreich für einen Fahrstuhl, dachte sie, rückte die Tasche über der Schulter zurecht und nahm das Kind auf den Arm. Vor ihnen raste Halbundhalb die Treppe hoch, seine Krallen machten ein klackendes Geräusch. Auf dem Absatz blieb er stehen und sah auf Marthe und Karlchen hinunter, das schwarzweiß geteilte Gesicht in Schräglage. Pauline, das Mathegenie und Alexanders frühere Mitbewohnerin, hatte den Hund frühmorgens vorbeigebracht. Vorübergehend, bis sie jemanden gefunden hätte, der ihn zu sich nehmen würde. Sohn und Hund hatten eine Weile gebraucht, um sich zu beschnuppern. Zwischen Vorsicht und Begeisterung schwankend hatten die beiden sich gemustert.

Er nahm die nächste Treppe in Angriff. Karlchen schrie „Wawa", er tobte die Stufen wieder hinunter, sprang an ihnen hoch und den Absatz wieder hinauf. Oben angekommen setzte Marthe Tasche und Kind ab und schloss die Wohnungstür auf. Die Nase am Boden ging Halbundhalb voran und landete vor dem Kühlschrank.

„Fresssack", sagte sie laut. Nach der Essensausgabe lümmelte sie sich auf die Couch und betrachtete die beiden neuen Freunde. Karlchen hatte ein Plastikbilderbuch zwischen den Fingern. Halbundhalb hockte neben ihm auf dem Teppich.

Das Tier war auch bei ihrem letzten Treffen an der Spree dabei gewesen, bevor Alexander Richtung Moskau verschwand. Es hatte die Ausflugsdampfer angebellt und sie selbst sich zwischen Hardy und Alexander an einen der warmen Steinquader gelehnt. Gegenüber der Hauptbahnhof, ein Riesenschiff aus Licht, gespiegelt in dem bleiern schwappenden Fluss. Und die Windlichter entlang des Uferstreifens eine Glühwürmchenhauptversammlung. Es war ein schöner Abend gewesen, trotz der mörderischen Hitze. Im Moment war ja nicht viel mit Ausgehen.

Marthe brachte das Kind zu Bett. Beim dritten Lied schlief es glücklicherweise ein. In der Küche zog sie die Schublade auf, das Besteck klapperte. Wo war denn das verdammte Teeei? Sie drehte sich um, es hing noch in der Kanne auf dem Stövchen. Gedankenverloren und ohne Lust auf Tee schob sie die Lade wieder zu. Ein Wein täte jetzt gut. Zu Hause hatte sie nichts, hier gab es keinen Alkohol mehr. Aber jetzt war ihr nach einem Glas, Hardy musste ja nichts davon wissen. Marthe ging ins Schlafzimmer und schnappte sich das Babyfon, Reichweite fünfhundert Meter, das reichte dicke. Karlchen schlief tief und fest. Sie nahm die Strickjacke, die auf dem Wäschekorb lag, und warf sie sich über. Halbundhalb sprang tänzelnd an ihr hoch. Sie sagte ‚Aus!' und ‚Platz!', worauf er sich gehorsam hinlegte, und verließ die Wohnung.

Die Kneipe gegenüber hatte geöffnet, sie hieß ja auch 24 STUNDEN, der Pächter hatte seine einzige Geschäftsidee zum Namen gemacht. Der Eingang versteckte sich unter einer Bröckelfassadenabfangvorrichtung. Drinnen hielt zwar noch der Putz, aber die Farbe, die den Namen nicht verdiente, hing in Flatschen von der Decke. Der Wirt am Zapfhahn brachte gerade sein Werk zu Ende und schob drei stillen Trinkern das nächste Bier hin. Marthe rief ihm ihre Bestellung zu, ein Schoppen Rotwein.

In der hintersten Ecke hing ein junges Pärchen aufeinander und knutschte. Sie wandte den Blick ab, setzte sich an einen Tisch in der Nähe des Eingangs und legte das Babyfon darauf. Es zog, ihr wurde kalt, die Strickjacke und die Schlappen waren nicht genug.

Der Wirt kam und stellte das Glas mit einem missbilligenden Blick neben das Babyfon. Marthe trank die Hälfte, ihr wurde etwas wärmer. Im Hintergrund ertönte die Stimme des Mädchens. Sie rief kichernd nach der Rechnung. Dann widmete sie sich wieder den Küssen. Die hatten noch einiges an Liebesleben vor sich, dachte Claudia. Das Glück, das Unglück, das Einssein und manchmal auch die Einsamkeit in der Zweisamkeit. Ihr Mann war keineswegs der große Schweiger, er wusste, dass ein Mindestmaß an Kommunikation von ihm erwartet wurde. Und sie wusste, dass seine gelassene Erscheinung eine Hülle war, dass Leid sein Wesen wie ein dunkles Wasser grundierte. Es hatte Monate gedauert, bis er ihr vom Tod seines Bruders erzählte, von seinen Schuldgefühlen, er hätte aufpassen müssen, er war der Ältere. Von der Scham über seine Wut auf Dietrich, weil immer er als der Große die Dresche abbekam. All das hatte er in Alkohol zu ertränken versucht. Als sie zusammenkamen, war es ihm gelungen, den Konsum einzuschränken. Bis zu dem Rückfall nach Alexanders Verschwinden. Die Erinnerung daran erfüllte sie heute noch mit Bangen und Beben. Sie sah die leeren Wodkaflaschen auf dem Fußboden vor sich, dazwischen aufgerissene, halbvolle Chipstüten, Teller mit Essensresten, Socken, Unterhosen und unzählige einzeln verpackte Bonbons, Kaffeebonbons, die gab's beim Vietnamesen dazu, zum Wodka. Hardy schwitzend und zitternd neben dem Bett. Und sich selbst, wie sie mit einer abrupten Bewegung auf dem Absatz kehrt macht.

Marthe schob das Glas von sich, stand auf und bezahlte am Tresen. Der Wirt nickte verständnisinnig.

Dahlberg stieg aus und sah nach oben. Aus dem Wohnzimmerfenster fiel milchig-gelbes Licht. Beim Vietnamesen stand eine kleine Schlange. Vor der Fensterklappe ein paar Teenies, die nicht wussten, was sie wollten und laut das Angebot diskutierten. Es roch nach Knoblauch und Sojasoße. Sein Magen knurrte, er hatte seit dem Sandwich an der Tanke nichts gegessen.

Aus der Kneipe gegenüber drang Gegröle. Die Leuchtschrift 24 STUNDEN warf einen Schimmer auf das Kopfsteinpflaster. Ein Fahrrad mit Anhänger hoppelte darüber. Die Sparlampen verteilten ihr sparsames rosa Licht. Endlich war er dran, er nahm Nudeln mit Ente.

Marthe kam ihm im Flur entgegen. „Ganz schön spät heute wieder."

Dahlberg umarmte sie mit dem freien Arm und hielt mit dem anderen die Plastiktüte mit der Aluschale hoch.

„Ich hab was zu essen mitgebracht."

„Ich hab schon." Sie sah ihn an. „Und willst du mich heute noch mal loslassen?"

Er löste den Griff und ließ das Mitgebrachte sinken.

„Was ist los?", fragte Marthe. „Siehst ja richtig gebeutelt aus."

„War nur ein langer Tag." Dahlberg zwang sich zu einem Lächeln.

Als sie das Wohnzimmer betraten, sprang ihm Halbundhalb entgegen, wie kam der denn hierher?

„Überraschung", sagte Marthe. „Hat Pauline heute vorbeigebracht. Stell dir vor, sie geht in die USA, nach Cambridge, ans MIT."

„Und was sollen wir mit dem Springinsfeld? So viel Auslauf, wie der braucht."

„Ist ja nur vorübergehend, bis sie jemanden gefunden hat."

„Na, dann", sagte er und stand auf, die Angelegenheit war ihm im Moment ziemlich egal.

Marthe verzog sich auf die Couch, stülpte Kopfhörer über und schloss die Augen. Halbundhalb hüpfte neben sie, drehte sich ein paarmal um die eigene Achse und ließ sich mit einem Seufzer fallen. Dahlberg packte die Chinanudeln aus und verschlang die Riesenportion. Dann nahm er seinen Laptop, verband ihn mit dem Handy, rief den Fernsehbericht über die Islamistenshow auf und importierte ihn. Er wollte die Aufnahme den Barkeepern zeigen, er wollte ganz sicher sein, dass Conrad von Godern Alinas Begleiter gewesen war. Dahlberg trat an die Couch, beugte sich vor und lüpfte einen der Kopfhörer, aus dem dramatische Klänge drangen.

„Ich muss nochmal weg."

„Was?", fragte Marthe laut.

„Ich muss noch mal weg. Was hörst du da eigentlich?"

„Enigma oder die drei Rätsel. Ganz toll."

Er ließ den Kopfhörer los, ihm reichte eins.

Als Dahlberg den ZUG DER ZEIT betrat, war schon einiges los. Die Glitzerkugel drehte sich und warf spitze Strahlen auf die Gäste. In der Holzklasse lärmte eine Gruppe junger Kerle. Die flauschigen D-Zug-Abteile waren von Pärchen besetzt, sie tuschelten und schmusten. Der Sound aus der Musikanlage war so gleichförmig wie suggestiv. Am Tresen war noch ein Platz frei. Dahlberg hievte sich auf den Hocker.

Der Glatzkopf vom letzten Besuch hatte Dienst. Und er erledigte ihn effizient und elegant. Mit einer fließenden Bewegung griff er hinter sich ins Regal nach einer Flasche, warf sie hoch, vollzog eine Pirouette und ließ den Inhalt mit langem Strahl in den Mixer schießen. Dann kam das Schütteln, linkes Ohr, rechtes Ohr. Was das sollte, war Dahlberg schon immer ein Rätsel, aber es sah sehr professionell aus. Der Barkeeper verteilte den Cocktail in zwei Stielgläser, schob sie zwei cool tuenden Mädels hin und sah Dahlberg an.

„Und was darf's bei Ihnen sein?"

Anstelle einer Antwort zog er das Handy hervor, startete das Video und scrollte vor bis zu Goderns Erscheinen.

„Ach, Sie sind's." Der Mann warf das Geschirrtuch über die Schulter. „Immer noch auf der Suche?"

Dahlberg nickte und drehte das Display zu ihm hin.

„Das ist er", sagte der Barmann. „Das ist der Typ. Kommt aber nicht mehr, die scharfe Braut auch nicht."

Alexander drängte sich durch die Massen auf dem Weihnachtsmarkt vor dem Hauptbahnhof. Kielbaum und Meier müssten gleich aufkreuzen, sie hatten es nicht weit von der Chausseestraße. Es roch es nach Bratwurst, Glühwein und Schnee. Altertümliche Holzbuden verbreiteten Heimeligkeit und Heimatduselei, etwas, mit dem er nichts anfangen konnte. Er peilte einen Imbissstand zwischen Maroniverkäufer und Handschuhhändler an und stellte sich in die Schlange. Er brauchte jetzt etwas Heißes, das schnell wärmte, und etwas in den Magen. Dafür reichte das Kleingeld, das er in der Mittelkonsole des Vans gefunden hatte. Mit einem Teil davon hatte er von einer Telefonzelle die Nummer angerufen, die nur in seinem Kopf gespeichert war, sein Codewort genannt, gewartet, bis die Stimmanalyse fertig war, und war durchgestellt worden. Es begann zu schneien. Und seine Füße waren sowieso schon Eisklumpen, ein Königreich für ein heißes Bad. Er dachte an die Kairoer Hitze, die Sonne über der Wüstenoase und an den Sommer mit Greta, vielleicht wurde ihm dann wärmer. Im Mentaltraining hatte das schon mal geklappt.

Es war ein Jahrhundertsommer gewesen, dieser Sommer 2003, bis zu fünfunddreißig Grad im Schatten. Er hatte ein Einserabitur in der Tasche und wollte studieren, wusste aber nicht, was. Greta war gerade von einem Auslandjahr in den USA zurück und hing auch in der Luft, ihr schwebte Kunst vor. Oder Geschichte, später mal. Sie hatten sich im Suicide Circus Club in der Dircksenstraße in Mitte kennengelernt. Was für ein Omen, hatte er später immer wieder gedacht. Wochenlang, nächte- und tagelang waren sie von Club zu Club getaumelt, E-Werk, Tresor, Matrix und hatten sich Techno und anderes reingezogen. Irgendwann hatte er bemerkt , dass Greta viel, viel, viel mehr als er konsumierte und dass sie immer länger brauchte, um runterzukommen. Also hatte er beschlossen, sie davon loszueisen.

Jemand schubste von hinten, Alexander prallte gegen den Vordermann, der Schmerz schoss von den Rippen zum Gehirn. Das Adrenalin, das die Schmerzen unterdrückt, das ihn aufrecht gehalten, das dafür gesorgt hatte, dass er mit dem Van unfallfrei zurück nach Berlin gekommen war, hatte sich verflüchtigt.

Eine Rippe unter dem Herzen tat besonders weh. Und das rechte Schlüsselbein. Und seine Kinnlade kam ihm vor, als wenn die Teile nicht mehr zusammenpassten. Er betastete mit der Zunge die Zähne, einer war locker, daneben ein Lücke, den fehlenden Zahn hatte er nach den ersten Schlägen ausgespuckt. Alexander atmete flach ein und aus und wartete, dass das Stechen vorüber ging.

Endlich war er dran. Das Getränk in der einen, die Bratwurst im Brötchen in der anderen, quetschte Alexander sich an den Rand der Bude und trank in winzigen Schlucken den glühendheißen Glühwein. Ihm wurde etwas wärmer. Dann verschlang er die Bratwurst. Von solchen Dingen hatten Greta und er sich während ihres Deutschlandtrips ernährt, nicht gerade gesund. Komm schon, ein Roadtrip, das ist doch was für dich, hatte er sie bearbeitet, hatte immer wieder davon angefangen, dass sie ihr eigenes Land nicht kannten, er nicht nach seiner langen Abwesenheit, aber sie auch nicht, und dass das ganz schlecht sei für jemanden, der Geschichte studieren wollte, oder Kunst. Irgendwann hatte er sie soweit gehabt, er wusste nicht, warum, vielleicht hatte sie selbst gemerkt, dass sie eine Auszeit brauchte. Anfang August machten sie los, in einem klapprigen Ford, dem Zweitwagen von Gretas Eltern. Übernachtet beziehungsweise einfach geschlafen hatten sie in Grünanlagen, am Strand, im Wald, einmal auf einem Friedhof. Die Temperatur fiel nie unter zwanzig Grad. Zwei Monate waren sie unterwegs, Schwäbische Alb, Wattenmeer, Allgäu, die Mecklenburger Seenplatte, die Hochalpen, die Eifel, der Spessart, der Taunus, die Rhön, Fichtelgebirge, Vogtland, Ober- und Niederlausitz, Elbsandsteingebirge, Schwarzwald, Wendland, Teufelsmoor und Ammerland, die Griese Gegend, der Harz mit den beiden Dörfern Elend und Sorge, deren Namen davon erzählten, wie schwer das Leben einst hier war. In Mecklenburg führte eine Straße nach Luttersdorf, die Zum Papenberg hieß. Und als sie von Parchim aus Richtung Ostsee unterwegs waren, kamen erst Rom und drei Kilometer später Lutheran vorbei. Wenn das nicht mit der Reformation und Gegenreformation zusammenhängt, hatte Greta gesagt, dann will ich Meier heißen, oder mit dem Dreißigjährigen Krieg. Der Osten hatte sich zu der Zeit schon ganz schön gemausert, Wismarer Backsteingotik, Dresdner Barock, das Mittelalter in Quedlinburg, Jugendstilhäuser in Eisenach, Holländerhäuser in Potsdam, der Dom von Naumburg, Goethes Gartenhaus in Weimar, Greta war begeistert. In der Leipziger Bachkirche erwischten sie ein kostenloses Orgelkonzert, die Kirchenbänke hatten vibriert. Geht ja durch Mark und Pfennig, hatte Greta gewitzelt, aber er hatte gesehen, wie erschüttert sie war. Sie durchquerten Deutschland von oben nach unten, von rechts nach links. Sie kamen durchs Schwabenländle, wo man alles konnte, nur kein Deutsch, wie man sich dort selbst verspottete, hörten die Norddeutschen, die den ganzen Tag ‚Moin, Moin' sagten und Meerwasser im Blut hatten, erlebten die Bayern, die in Cabrios durch München brausten und in Dörfern hinter Marienstatuen herliefen. Lernten das Rheinland kennen, in dem man nach fünf Minuten Liebelein genannt wurde und in der Kneipe nach einer Minute ein Kölsch serviert bekam, ob man wollte oder nicht, besuchten den Ruhrpott, wo Türken neben deutschen Kumpel täglich acht Stunden lang den zwanzig Kilo schweren Bohrhammer in die Kohle getrieben hatten und jetzt Häuser besaßen und Schrebergärten, und stießen im ehemaligen Osten auf den Satz ‚Es war nicht alles schlecht', ein Satz, den auch seine Eltern immer mal brachten. Greta, die auch aus Ostberlin stammte, hatte umgehend die Umkehrung zitiert: ‚Es war nicht alles gut.' Das klang wie nachträgliche Ablehnung, war aber ein vertracktes, irgendwie sehnsüchtiges Lob.

Der Glühwein war alle, Kielbaum und Meier ließen immer noch auf sich warten. Einige Besucher warfen Alexander mitleidige Blicke zu, kein Wunder bei seinem verbeulten Gesicht. Andere musterten verwundert seine seltsamen Schuhe. Die Lichtergirlanden und der goldglänzende Weihnachtsbaumturm spiegelten sich in der hohen Glasfront, hinter der Reisende warteten, gläserne

Fahrstühle hoch- und runterfuhren, Rolltreppen unaufhörlich ihre Runden drehten. Unvermittelt kam ihm der Budenzauber vor wie ein stiller Aufstand. Gegen das Überrolltwerden durch eine unverständliche Gegenwart und eine bedrohliche Zukunft.

Plötzlich stand Kielbaum neben ihm. Er musterte Alexander besorgt und argwöhnisch.

„Wie sehen Sie denn aus?", flüsterte er. „Was ist passiert?"

„Warten wir, bis Meier da ist", wehrte Alexander ab. „Muss ich nicht alles zweimal erzählen."

In dem Moment tauchte Meier auf und sah ihn entgeistert an.

„Was ist denn mit Ihnen los?"

„Später", sagte Alexander.

„Wie Sie meinen", sagte Kielbaum. „Also, worum ging es bei dem Treffen?"

„Um ein Spiel mit verteilten Rollen."

Seine Gegenüber machten ratlose Gesichter.

„Was für ein Spiel? Spannen Sie uns nicht auf die Folter." Kielbaum drückte den leeren Kaffeebecher zusammen und schmiss ihn heftig in den Abfallbehälter unter dem Tisch. Folter, dass er ausgerechnet dieses Wort benutzen musste.

„Gehen wir ein Stück", sagte Alexander, das Weihnachtsgedudel zerrte langsam an seinen Nerven. Schweigend schoben sie sich durch das Gedränge Richtung Spree und passierten die Betonpoller, die die Stadt als Schutz vor Anschlägen rund um den Weihnachtsmarkt aufgestellt hatte, sie waren als Riesengeschenke verpackt. Offene Grenzen, dachte Alexander, dafür eingemauerte Volksfeste? Eine Männergruppe mit roten Zipfelmützen versperrte den schmalen Steg über die Spree, grölte und stieß mit Henkelbechern an. Kielbaum versuchte, ihnen einen Weg hindurch zu bahnen. Ein heißer Schwapp Glühwein landete auf Alexanders Hand, es tat höllisch weh, das Gefühl, das er angesichts Jerschows brennender Zigarette über seinem Oberschenkel gehabt hatte, flammte durch seinen Körper. Er stieß den Mann vor die Brust. Der torkelte zurück. Dann reichte er die Tasse dem Nebenmann und machte einen bedrohlichen Schritt auf Alexander zu. Plötzlich spürte er Kielbaums eisernen Griff am Oberarm und hörte Meiers verbindliche Stimme, entschuldigen Sie, nichts für ungut, unser Freund hatte heute ein bisschen viel. Erst als sie die triste Freifläche des Spreebogens erreicht hatten, ließ Kielbaum los.

„Sind Sie irre, so ein Aufsehen zu machen", zischte er.

Alexander atmete flach, er hätte nicht gedacht, dass er so die Nerven verlieren konnte. Meier legte begütigend eine Hand auf seine Schulter und schob ihn vorwärts. Die Schweizer Botschaft und das Kanzleramt kamen in Sicht, dahinter das Abgeordnetenhaus und das Reichstagsgebäude. In der gläsernen Kuppel über dem Bundestagssaal waren winzige Menschen zu erkennen, die die Wendelschräge emporliefen.

„Nun erzählen Sie schon", sagte Kielbaum ungeduldig. „Was für ein Spiel mit verteilten Rollen?"

„Es ging um Bombenanschläge auf europäische Busbahnhöfe", begann Alexander. „Ausgeführt von eingeborenen Europäern, in Anspruch genommen von einem NEUEN KALIFAT."

Die beiden blieben stehen und sahen ihn an, als habe er den Verstand verloren.

„Zwischen acht und neun Uhr morgens", fuhr Alexander fort, „wenn besonders viele Busse zur Abfahrt bereit stehen, sollte jeweils ein durchschnittlicher, gewissermaßen unverdächtiger Mitteleuropäer mit dem Sprengstoffkoffer einchecken, das Gepäck wird bekanntermaßen weder kontrolliert noch gescannt. Dann sollte der Mann eine rauchen gehen und sich nach und nach entfernen, in dem morgendlichen Gedränge würde das niemandem auffallen. Bei der Zündung wäre er schon weit weg. Der Explosionsrückstau durch die Dächer und das viele Benzin würden zu einer Katastrophe unbekannten Ausmaßes führen. Die Bekennerschreiben sollten dann vom NEUEN KALIFAT kommen."

„Und was soll das Ganze?", presste Kielbaum heraus, Schock und Unglaube standen ihm ins Gesicht geschrieben.

„Abu Bashir meinte", sagte Alexander, selbst wieder von der Unwirklichkeit des Gehörten überwältigt. Er räusperte sich und sah Meier an, der aschfahl geworden war, eine Steigerung von Grauheit, die Alexander nicht für möglich gehalten hatte.

„Also er meinte, dass nach den Anschlägen die Feindseligkeiten gegen Moslems zunehmen würden. Dass diese sich daraufhin weiter in den Glauben und ihre Communities zurückziehen und sich – Zitat – um die Fahne des Propheten scharen. Dort seien sie schon viele, und würden dank ihrer Frauen immer mehr. Dann sei der Tag der Tage nicht mehr weit und die Umma der Gläubigen werde ganz Europa umfassen, wortwörtlich."

„Ist es auch Wahnsinn, so hat es doch Methode", sagte Meier leise. Kielbaum wirkte, als hätte er Zahnschmerzen.

„Und was erhofft sich die europäische Seite von dieser komischen Koalition?"

Alexander sah hinauf in das breitflächige Gesicht mit der unpassenden Brille.

„Natürlich das Gegenteil. Sie hoffen, dass die angestammte Bevölkerung ein hartes Vorgehen gegen Muslime fordert und ganz weit nach rechts rückt."

Schweigend gingen sie das Reichstagsufer entlang Richtung Friedrichstraße. Alexanders Begleiter verdauten seine Ausführungen.

„Das klappt auch so schon ganz gut", sagte Meier plötzlich mit bitterer Miene und deutete auf das Logo der ältesten deutschen Fernsehanstalt.

„Wie meinen Sie das?", fragte Alexander.

Meier blieb stehen und blickte ihm forschend ins Gesicht.

„Haben Sie das in Kairo wirklich nicht mitbekommen? Wie bei jedem Zweifel an der Flüchtlingspolitik die Nazikeule rausgeholt wurde?"

Alexander schüttelte den Kopf. „Ich musste Wirtschaftsvokabeln pauken."

„Und sich kidnappen lassen", warf Kielbaum ein und sah über ihn hinweg.

„Naja, mittlerweile spricht man von berechtigten Ängsten." Meier winkte ab. „Dass die das auch schon merken."

„Noch was über diese Supereuropäer?", fragte Kielbaum.

„Zum Schluss hat dieser von Godern noch etwas von Endkampf gefaselt", sagte Alexander. „Entweder obsiege die Widerstandskraft der europäischen Völker. Oder die Heerscharen Allahs. Dann hätte Europa verdient, in die Hände des Islam zu fallen."

„Der meint das wohl wie Hitler", murmelte Meier. „Wenn das deutsche Volk nicht siegen kann, verdient es den Untergang, Idiot."

Ganz schön gebildet, dachte Alexander. Sie überquerten die Weidendammbrücke.

„Und was ist jetzt mit Ihrem Gesicht passiert?", fragte Meier.

Alexander zögerte, aber es musste natürlich raus.

„Bashir hat mich doch noch erkannt."

„Was?", entfuhr es Kielbaum. „Haben Sie sich irgendwie verraten?"

„Nicht, dass ich wüsste." Alexander sah ihn scharf an. „Risiko im Außeneinsatz, erinnern Sie sich? Und ich sehe nun mal aus wie ich. Also", sagte er so sachlich, wie er nach dieser Unterstellung konnte. „Abu Bashir hat sein Englisch hervorgekramt und die Worte Botschaft und Kairo fallen lassen."

Meier schloss die Augen und strich sich über sein fahles Gesicht.

„Und das hat jemand mitgekriegt."

„Allerdings, sonst wäre ich nicht so verbeult. Jerschow stand nämlich neben uns. Er hat mich zusammen mit einem Wachmann in eine Hütte verfrachtet, der Typ hat ordentlich zugeschlagen."

Er sah zwischen Kielbaum und Meier hin und her, die ihn anstarrten, der eine wütend, der andere frustriert. Er betastete die Schwellungen und hob die Arme, die Handflächen nach oben.

„Aber wie Sie sehen, konnte ich mich befreien."

„Und? Wo ist Jerschow?", schnauzte Kielbaum. Meier tätschelte Alexanders Schulter.

„Zusammen mit einem Wachmann gut verschnürt in einer Jagdhütte in der Nähe des Gutes. Ich hab bis achthundert gezählt, also ungefähr vierzehn Fahrminuten im Umkreis. Ich musste mich übrigens ganz ausziehen, Jerschow hat einen Tracker gesucht. Und da hat er gesehen, was er nicht sehen sollte."

Kielbaum nickte, als wenn er auf so etwas gewartet, als wenn er erwartet hatte, dass mit Taub wieder etwas schiefgehen würde. Meier stieß ihn in die Seite.

„In seinem Wahn", schloss Alexander, „denkt er jetzt wahrscheinlich, dass russische Juden hinter ihm und der Heimatfront her sind."

Mittlerweile waren sie bei der Luisenstraße angelangt. Die beiden Geheimdienstler schwiegen. Alexander blieb stehen.

„Ach übrigens, Kriminalhauptkommissar Dahlberg vom LKA war beim Gut Bogenthal. Keine Ahnung, was er da wollte."

„Na super." Kielbaum stöhnte „Noch etwas, das uns die Arbeit erschwert?"

Ein junger Mann kam aus der Haustür Mollstraße 25. Dahlberg ging schnell auf ihn zu und spulte seinen Vorwand herunter.

„Ich suche einen Kollegen. Ich weiß, dass er hier wohnt. Aber ich hab den Nachnamen vergessen. Bei uns gibt's nur Vornamen. Um die fünfzig, mittelgroß, eher unauffällig. Ach so, trägt gern Tracht."

„Sie meinen Herrn Gernegroß?"

„Ne, also daran kann ich mich nicht erinnern."

„War'n Witz. Der Typ heißt Bäumer."

„Vielen Dank", sagte Dahlberg und trat vor das Klingelschild.

„Da werd ich mal sehen, ob er da ist."

„Viel Erfolg", sagte der Junge und entfernte sich. Dahlberg wartete, bis er um die Hausecke verschwunden war. Dann griff er nach dem Handy und rief Mikes Privatnummer an.

„Bis du in der Dienststelle?", fragte er, bevor Mike sich wundern konnte.

„Ja, wieso?"

„Du musst mir einen Gefallen tun."

„Schon wieder?", murrte der frühere Praktikant.

„Ja, ist wichtig."

Mike seufzte. „Worum geht es diesmal?", fragte er in gottergebenem Stimmfall.

„Tauch doch nochmal in die Leichenchatrooms. Ob ein Mann namens Bäumer die Seiten besucht hat. Mollstraße 25 in Mitte, falls das für die IP-Nummer von Nutzen ist."

Mike schwieg, er schien zu zögern. Doch dann sagte er: „Okay, ich ruf dich an."

Dahlberg machte sich auf den Weg zur Dienststelle. Auf halber Strecke meldete sich Mike.

„Treffer", flüsterte er. „Ein Bäumer hat die besagten Leichenfotos mehrmals aufgerufen. Nennt sich in den Chatrooms RitterTodundTeufel."

„Wie? Nochmal."

„Ritter, Tod und Teufel, alles zusammengeschrieben", buchstabierte Mike leise. „Bisschen größenwahnsinnig, der Mann, würde ich sagen."

„Scheint so", sagte Dahlberg. „Danke Mike, hast was gut bei mir."

Endlich, dachte er, endlich hatte er alle Fäden zusammen.

Die Frage war nur, was damit anfangen? Und wie erklären, auf welche Weise er darauf gekommen war?

Eine kalte Sonne schien. Die Grünanlage hinter der BND-Zentrale war von einer weißen Schicht bedeckt. Der Spazierweg und die Treppe hinunter waren frei, irgendjemand hatte Schnee geschippt. In der Hand einen Becher mit heißem Kaffee stieg Meier vorsichtig die Granitstufen hinunter. Vor einer verschneiten Bank blieb er stehen, wedelte den Schnee mit der freien Hand weg und setzte sich.

Die meisten Teilnehmer des Treffens waren im Knast, Jerschow und die anderen Europäer in ihren Heimatländern. Taub hatte exzellente Beschreibungen geliefert. Abu Bashir und einen Mann aus Tunesien hatte man gleich am Flughaben von Kairo beziehungsweise Tunis festgenommen. Die Mitverschwörer aus Libyen und Jemen allerdings waren von der Bildfläche verschwunden. Zum Glück konnten sie ohne ihre europäischen Partner auf Zeit nicht viel ausrichten, jedenfalls nicht im Moment.

Meier zog eine Papiertüte mit dem Schokomuffin aus der Manteltasche, riss sie auf, pellte das Backpapier ab und biss hinein.

Aber diesmal half der Zucker nicht gegen seine Frustration. Taub hatte seinen Job zwar erledigt, und dass Abu Bashirs Bemerkungen Jerschow misstrauisch gemacht hatten, war nicht seine Schuld. Aber das Ziel, dieser unerwarteten Achse des Bösen zu folgen und weitere Verbindungen aufzudecken, war trotzdem im Eimer. Andererseits wäre es sowieso ein riskantes Spiel gewesen, den Anschlagsplanungen bis kurz vor der Tat zu folgen und dann zuzuschlagen. Was, wenn sie den Briten oder den Skandinavier aus den Augen verloren hätten. Er trank den Kaffee aus, knüllte die Tüte zusammen, stopfte sie in den Pappbecher und stand auf. Vielleicht war es besser so, dachte er und stieg langsam und nachdenklich die Treppe hinauf. Die tausend Fenster des BND-Gebäudes reflektierten die Sonnenstrahlen, es sah aus, als ob es in Flammen stünde. Unwillkürlich musste er an die DENKFABRIK und den Brandstifter denken. Dem Freiherrn nur einen Gefallen tun wollen und ein Kulturzentrum anstecken, was für ein Idiot. Das Gespräch mit Kay Krumrey war bizarr gewesen. Ein stotternder Informant so schlichten Geistes, das war ihm noch nicht untergekommen, da hatten die Verfassungsschützer wieder mal ins Klo gegriffen. Letzten Endes war die Anwerbung mittels Erpressung nutzlos, Krumrey wusste nichts über die Zusammenkunft. Dafür war er anderweitig tätig geworden. Nach seiner wirren Erzählung hätte Godern öfter über einen Ramin Noury geschimpft, wie ein Nicht-Deutscher sich anmaßen könne, Helden wie Rommel in die Nähe dreckiger Araber zu stellen. Und prompt fühlte der Blödian sich aufgerufen zu großen Taten. Das hatte er nun davon, verbrannte Pfoten und Unterbringung an einem abgelegenen Ort. Angeklagt wurde Krumrey natürlich nicht. Die Gefahr, dass die Erpressung des Verfassungsschutzes herauskam, war zu groß. Denn der Knabe war rational nicht zu steuern, am Ende verplapperte der sich noch.

Der Oberste war auf hundertachtzig, er tigerte zwischen Schreibtisch, Grünpflanze und Fenster hin und her. Dahlberg hätte seine Anweisung nicht beachtet, schrie er, was er sich wieder einmal gedacht hätte, das sei doch nicht zu fassen, hätte er ihm nicht gesagt, er solle die Pfoten von Bogenthal lassen. So ging es eine Weile, dann winkte er ab, stoppte die Rumrennerei und setzte sich.

„Der BND verlangt nach Ihnen."

„Nicht der Verfassungsschutz?" Dahlberg war verwundert.

„Nein, nicht der Verfassungsschutz. Treffpunkt um zehn im Naturkundemuseum. Der Kollege kommt auf Sie zu."

BND? Hatte er etwa richtig vermutet, dass es sich um eine grenzüberschreitende Sache handelte?

Der Oberste schlug ungehalten eine Akte auf.

„Dann ist hoffentlich Ruhe im Karton", knurrte er. „Und jetzt verschwinden Sie schon."

Dahlberg verschwand, Cordula zog nur die Augenbrauen hoch. Er sah auf die Uhr über der Tür, Viertel nach neun. Es lohnte nicht mehr, bei seinen Leuten vorbeizuschauen.

In der Invalidenstraße parkte er auf dem Bürgersteig, direkt vor dem Säulenportal. Neben dem Eingang hingen Plakate. TRISTAN – BERLIN ZEIGT ZÄHNE stand auf dem linken. Mein Gott, nicht mal ein Saurier ging hier ohne Berlin über die Bühne? Auf dem rechten war unter dem Titel PARASITEN – LIFE UNDERCOVER ein Krabbeltier zu sehen. Undercover, das passte, so fühlte Dahlberg sich gerade.

Im Säulengang vor dem Museumsshop drängte sich eine zappelige Schulklasse, die Stimmen der Kinder hallten. Er löste eine Eintrittskarte und betrat den Kuppelsaal. Viele Besucher waren es nicht um diese Zeit. Ein gebeugter alter Mann, der aussah, als hätte er schon Moos angesetzt. Ein Pärchen, das mit großen Augen zum Glasdach hinaufsah. Und ein Schrank von einem Mann. Er stand vor dem Saurier, völlig versunken in die Betrachtung des riesigen Skeletts. Sein dunkelgrauer Mantel reichte bis zu den Knöcheln. Die Schultern wirkten wie ausgestopft, der reinste Golem. Nur die winzige goldene Brille passte nicht ins Bild. Dahlberg sah sich um. Und nun? Der Mann nickte ihm zwischen zwei Unterschenkelknochen zu. Den Blick an dem Urtier festgenagelt spazierte er um das Ausstellungsstück herum und kam neben Dahlberg zum Stehen.

„Normalerweise läuft das nicht so", sagte er leise. „Sie kennen das Kooperationsverbot zwischen den Diensten und der Polizei. Aber wir haben ein gemeinsames Objekt der Begierde."

„Welche Ehre", gab Dahlberg spöttisch zurück. Er beugte sich vor und studierte die Tafel zu seinen Füßen: ‚Das Skelett des Brachiosaurus ist das größte echte Saurierskelett, das weltweit in einem Museum zu sehen ist.'

„Warum sind Sie hinter Conrad von Godern her?", fragte der Geheimdienstler, als wenn er den Ton nicht bemerkt hätte.

Auskunft gegen Auskunft, dachte Dahlberg und kam wieder hoch.

„Und ihr, warum seid ihr ihm auf der Spur?"

Der große Mann fingerte umständlich die Brille von den Ohren, zog ein Taschentuch aus der Manteltasche, putzte vorsichtig die Gläser und setzte sie wieder auf.

„Er ist in etwas von internationalem Interesse verwickelt. Also, was haben Sie?"

„Quit pro quo", beharrte Dahlberg, so leicht ließ er sich nicht ausquetschen. „Was für eine Sache?"

Der BND-Mann sah ihn an, als überlegte er, wieviel er preisgeben konnte. Er holte Luft und atmete genervt aus.

„Zusammenarbeit zwischen europäischen Rechtsextremen und Islamisten."

Dahlberg war perplex, er konnte sich das nicht vorstellen.

War das dann Arabisch, das die Männer auf dem Parkplatz gesprochen hatten, fragte er sich. War Alina bei ihrer Spurensuche im Gestern auf eine Neuauflage gestoßen? Aber was sollte heute der Zweck einer solchen Kooperation sein?

Sein Gesprächspartner blitzte ihn durch seine Minibrille an.

„Kommt man nicht so ohne Weiteres drauf. Übrigens eine ziemlich unfriedliche Koexistenz."

„Feindliche Brüder?", murmelte Dahlberg fragend. „Und was haben die miteinander zu tun?"

„Das kann ich Ihnen nun wirklich nicht sagen."

Sie spazierten weiter, die Hände hinter dem Rücken, zwei Besucher beim Fachsimpeln.

„Also, warum?", begann der Mann von Neuem. „Und wie sind Sie auf Conrad von Godern gekommen?"

„Lange Geschichte", gab Dahlberg auf, er würde hier nichts Näheres über den bizarren Zusammenschluss erfahren. „Mitte Oktober hatten wir eine entstellte Leiche in Spandau. Kurz darauf eine zweite mit ähnlichem Tatmuster, identifiziert als Alina Klüver. Also gab es eine Serienkillertheorie."

„Die aber nicht zu halten war."

„Richtig", bestätigte Dahlberg die Annahme. „Aber bis dahin hat es eine Weile gedauert. Jedenfalls, nachdem Alinas Autoatlas uns nach Bogenthal geführt hatte, übernahm der Verfassungsschutz und wir hatten Ermittlungsverbot."

„Das Sie ignoriert haben."

„Um es kurz zu machen", fuhr Dahlberg fort, ohne auf die Bemerkung einzugehen. „Von der ersten Leiche waren Fotos ins Darknet gelangt. Und Godern hat die einschlägigen Chatrooms unter dem Namen RitterTodundTeufel besucht. Wahrscheinlich ist ihm da die Idee gekommen, wie er Alina beseitigen und die Serientäterspur legen konnte." Dahlberg blieb stehen und sah zu seinem Begleiter auf. „Dann gab es einen Brand in der DENKFABRIK, wo Alina Klüver an einer Ausstellung mitgearbeitet hatte, bei der es um das Dritte Reich und die arabische Welt ging. Und um die Folgen heute."

Der BND-Mann hörte aufmerksam zu, er wirkte nicht mehr von oben herab.

„Auch den Brand hat der Verfassungsschutz übernommen", machte Dahlberg weiter. „Allerdings hat mir die Witwe des Leiters eine Kopie der Ausstellungsinhalte zugespielt. Auf dem Video einer Islamistenveranstaltung war Conrad von Godern zu sehen, als Gast von rechtsaußen, zehn Jahre jünger, aber unverkennbar."

„Ganz schön hartnäckig." Der Geheimdienstler grinste. „Und ungehorsam. Sie haben also zwei und zwei zusammengezählt."

„Kann man so sagen. Alina musste einer großen Sache auf die Spur gekommen sein."

„Und von Godern hat sie deshalb aus dem Weg geräumt? Indem er den Mord an dem ersten Opfer kopiert hat?"

„Nehme ich an, auch weil wir wussten, dass Alina sich öfter mit einem unauffälligen älteren Mann in kuscheligen Anzügen getroffen hatte."

„Kuschelige Anzüge? Ernsthaft?"

„Oder Trachtenjacken, so haben die Barkeeper ihn beschrieben. Wie dem auch sei, sie haben von Godern auf dem Video wiedererkannt. Er hat übrigens unter dem Namen Bäumer eine Wohnung in der Mollstraße, vielleicht gibt es da gerichtsfeste Beweise."

„Also könnten wir den Freiherrn verhaften und ihm mit einer Mordanklage drohen?"

Dahlberg war verblüfft.

„Da wird der Verfassungsschutz nicht einverstanden sein."

„Wird er, wir klären das."

„Und was hat der BND davon?"

„Einen Kronzeugen."

Schweigend durchquerten sie die Abteilung der Wirbellosen.

„Heißt das, der Typ könnte mit Mord davon kommen?"

Der Geheimdienstmann sah ihn herausfordernd an.

„Bedenken Sie, was wir dafür bekommen."

Dann hielt er Dahlberg die Rechte hin, lächelte verständnisvoll und herablassend. „Sie halten sich jetzt heraus. Und absolutes Stillschweigen."

Da war sie wieder, die geheimdienstliche Arroganz.

„Hast du was zu Hause?", fragte der Oberste, ohne den Blick von der Straße zu nehmen, Schneetreiben beeinträchtigte die Sicht.

„Immer, wird gar nicht mehr alle, seit Hardy nicht mehr mitmacht", meinte Karl erfreut, er trank auch ganz gern einen und sein Ersatzsohn stand diesbezüglich nicht mehr zur Verfügung.

„Was ist denn los?" Karl sah ihn von der Seite an. „Willst du das Lenkrad rausreißen?"

„Was sonst, siehst du doch. An die Haare komme ich grad nicht ran."

Die Dieffenbachstraße, in der Karl seit Ewigkeiten wohnte, hielt etliche Schikanen bereit, die Fahrbahn mal hier, mal da verengt, die reinste Slalomstrecke, dazu Bodenwellen und Vorrang für Fahrradfahrer.

„Idioten", murmelte er und merkte, wie er wieder runterkam, das war nichts, was ihn wirklich aufregte. „Man kann's auch übertreiben mit der Verkehrsberuhigung."

Er hielt vor dem Haus und klappte die Außenspiegel ein. Karl stieg aus und öffnete das rissige Holztor. Der Oberste manövrierte den breiten Wagen durch die bescheuert enge Einfahrt. Der Bewegungsmelder ging an und beleuchtete den Hof mit etlichen Parkplätzen.

Die Stufen in dem Hinterhaus knarrten, am Geländer fehlten Streben, die Glühbirnen auf jedem Treppenabsatz waren voller Fliegenschiss, was ein schmutziges Licht zur Folge hatte. Karl stöhnte und schnaufte, ein Rätsel, warum er nicht in eine Wohnung mit Fahrstuhl zog. Und wiederum nicht. Denn hier hatte Karl mit Tara gelebt. Er selbst hatte sie nicht mehr kennengelernt, nur Fotos gesehen, gesehen, wie schön sie gewesen war, und gehört, wie sanft und zugleich temperamentvoll sie sein konnte, wie exotisch und in ihrer Hausfraulichkeit ziemlich deutsch.

Karl schloss auf. Als sie den Flur betraten, ächzten die alten Dielen unter seinem Gewicht. Er betätigte den Lichtschalter. Auch diese Lampe lieferte nur gedämpftes Licht. Genau wie die altmodische Deckenleuchte im Wohnzimmer.

„Kannst du nicht mal ein paar Lampen mehr anmachen?", sagte der Oberste.

„Kann ich", brummte Karl. „Brauchst nur was zu sagen."

„Mehr Licht, Dicker."

Er hörte Karl grinsen, von einer Stehlampe zur nächsten tapsen und dann Richtung Küche verschwinden. Der Oberste nahm ein Foto von der Anrichte. Es zeigte die ganze Familie, Karl, den Riesen, Tara, fast genauso groß, aber nur halb so breit, an ihn gelehnt, und die vier Kinder. Alle lachten, so dass die Gesichter ein wenig verwischt waren, als hätten sie nicht stillhalten können. Und genau das machte das Bild so lebendig.

Mit zwei Gläsern und einer offenen Flasche Rotwein kam Karl aus den Tiefen der Behausung, schenkte ein und warf sich mit der ganzen Wucht seiner Körpermasse in einen der beiden Sessel, die bei einem kleinen, runden, schwarzbraunen Tisch standen, er hielt tatsächlich stand

„Scheiß Tag, was?" Karl lächelte, er sah aus wie ein lieber, alter Hund.

Der Oberste nickte, setzte sich, trank das erste Glas auf einen Zug aus und hielt es Karl zum Nachschenken hin.

„Dahlberg war mal wieder auf Abwegen."

„Was du nicht sagst. Worum ging's?"

„Keine Ahnung", sagte Horst unwahrheitsgemäß, denn man hatte ihm immerhin mitgeteilt, dass es um das Zusammenwirken von Islamisten und Rechtsradikalen handelte, was sein Weltbild einigermaßen ins Wanken gebracht hatte. Im Detail wusste er natürlich nichts. War auch besser so, er schlief so schon schlecht.

Die Flasche leerte sich. Karl stand auf und ging schweren Schrittes in die Küche. Die Kühlschranktür klappte, ein Korken ploppte. Mit der nächsten Flasche in der einen und einem großen Teller in der anderen Hand tauchte Karl wieder auf.

„Kaltes Huhn", sagte er, stellte den Teller ab und goss ein. Dann warf er ihm eine Serviette zu, die er unter dem Tisch hervorgezaubert hatte. Sie aßen schweigend, der Oberste sprach dem Wein zu, es half ja nicht, in Schwermut zu versinken, lieber in Rotwein. Plötzlich hob Karl mit einer ironischen Geste sein Glas.

„Auf die drei großen G."

„Wie, die drei großen G?", fragte der Oberste. „Was soll das denn sein?"

„Generalverdacht, Generalamnestie und Generalamnesie", antwortete Karl.

„Karl, du sprichst in Rätseln."

Karl stand auf und umfing, das volle Glas in der Hand, mit einer großen Geste den Raum. Ein Schwapp Rotwein landete auf dem Teppich, er kümmerte sich nicht darum.

„Meine Theorie des derzeitigen Gesellschaftszustandes", sagte er in einem ungewohnten deklamatorischen Tonfall. Er hob die freie Hand und hielt den Daumen in die Höhe.

„Erstens Generalverdacht: An allem Schlimmen sind die Flüchtlinge schuld." Er steckte den Zeigefinger aus. „Zweitens Generalamnestie: Flüchtlinge sind an nichts Schlimmem schuld." Karl reckte den Mittelfinger vor. „Drittens Generalamnesie."

Der Oberste war ratlos, die ersten beiden Generalitäten hatte er verstanden, aber das? Er sah offensichtlich so verdattert aus, wie er sich fühlte, denn Karl beugte sich hinab und tippte ihm mit den drei Fingern vor die Brust.

„Ist doch klar", sagte er. „Die ersten leiden an Gedächtnisverlust, was die Nazizeit betrifft. Und die zweiten können sich nicht mehr erinnern, dass sie mal für Frauenrechte und freies Denken gekämpft haben."

Karl war heute richtig gesprächig, dachte der Oberste, musste am Alkohol liegen.

„Dann ist ja alles klar", brachte er noch einigermaßen deutlich hervor. „Also müssen eigentlich alle in die Irrenanstalt." Er prostete Karl zu und nahm einen weiteren großen Schluck. „Nur wir nicht."

Plötzlich war sein Freund breiter als sonst, er drückte auf sein linkes Auge.

„Was machst du denn da, Horst?" Karls Worte drangen wie durch Watte in sein Hirn. „Willst du dir das Auge ausstechen?"

„Ich seh schon doppelt", brachte er gerade noch verständlich hervor. „Ich will nicht doppelt sehen, du bist so schon dick genug. Und nenn mich nicht Horst."

Mit einem undefinierbar metallischen Geräusch schloss sich die Tür. Noch ein Schlüsselbundklappern, ein Schlüsseldrehen, und er war allein. Conrad von Godern sah sich in der Zelle um. Klo und Waschbecken waren aus Edelstahl, wie in Autobahntoiletten. Auf einer Metallplatte lag eine Matratze. Aus der Wand gegenüber ragte ein schmaler Tisch, davor ein Schemel, beides aus Stahl, beides festgeschraubt. Er setzte sich auf den Hocker und schloss die Augen, sie brannten. Er drückte die Handballen gegen die Lider, die Blendgranaten schienen wieder und wieder zu explodieren, weiße Blitze in rauchiger Luft. Im Nebel Gestalten mit riesigen Schultern, dunkle Masken statt Gesichter. Nachtmahre, hatte er gedacht.

Dann das Geschrei. Auf den Boden! Auf den Boden! Auf den Boden! Gleich darauf schnitten Kabelbinder in seine Handgelenke. Als der Qualm sich verzogen hatte, wurde er in die Höhe gezerrt und stand einem Vermummten gegenüber, ganz in Schwarz, mit Helm und Gesichtsschutz, Weste und Protektoren vor den Schienbeinen. Conrad von Godern stand auf und warf sich auf die Matratze. Sie war hart und unnachgiebig. Genau wie das Kopfkissen, das nach Jugendherberge roch und auch so dünn und klumpig war. Er zog die Beine an und die kratzige Decke über sich, vielleicht konnte er ein bisschen schlafen. Doch stattdessen tobte es in seinem Kopf. Unfassbar, wie die

Frau sich verstellt und ihm nach dem Munde geredet hatte. Von wegen die gleiche Gesinnung, von wegen zufällige Begegnung. Und sie hieß nicht mal Gerlinde, sondern Alina. Er konnte sich nicht mehr genau erinnern, ob es im ZUG DER ZEIT oder in der BAR 69 gewesen war. Er kam jedenfalls gerade von der Toilette zurück. Gerlinde, beziehungsweise Alina hatte die schlanken Beine übereinander geschlagen, was den Minirock noch weiter hochrutschen ließ. Die Brüste in dem engen Shirt hoben und senkten sich wie nach einem Hundertmeterlauf. Plötzlich ließ sie den Kopf ruckartig fallen, wie man es tat, wenn es eine unerträgliche Situation durchzustehen galt. Um den Mund stand ein angewiderter Zug. Und dann das übertriebene Strahlen, als sie seiner wieder gewahr wurde. Daraufhin hatte er der falschen Gerlinde hinterher recherchiert und herausgefunden, dass sie Alina Klüver hieß und einen Freund hatte. Das wäre zu verschmerzen gewesen. Die Mitarbeit in der DENKFABRIK nicht. Festzustellen, wes Geistes Kind dieser Ramin Noury war, hatte keine zehn Minuten gedauert. Eine ehemalige Studentin der Nahostwissenschaften, die die Berührungspunkte von Faschismus und Islamismus aufdecken half? Und die sich trotzdem mit ihm traf, ihm schöne Augen machte und ihn in seinen Reden bestärkte? Die konnte nur hinter dem Kontakt zum NEUEN KALIFAT her sein. Leider war er zu spät dahinter gekommen, leider hatte das verlogene Miststück da schon zu viel erfahren.

Dieses Zappeln und Röcheln, schön war das nicht. Und die Anwendung der Säure hatte ihn direkt Überwindung gekostet. Aber irgendetwas musste er auf den Leichenfotos übersehen haben. Andererseits, warum war die Kriminalpolizei nicht bei ihm aufgekreuzt? Ging es vielleicht doch um das Treffen? Der Vorfall mit Jerschows Dolmetscher war beunruhigend gewesen. Er konnte nur hoffen, dass der Russe und der Security-Spezialist die Sache bereinigt hatten.

Das Schließgeräusch ertönte.

„Aufstehen, Vernehmung", ertönte eine barsche Stimme.

Der Uniformierte eskortierte ihn einen Gang entlang, von dem in regelmäßigen Abständen Zellentüren abgingen. Die Schritte seines Begleiters hallten, er selbst machte schlurfende Geräusche, ohne Schnürsenkel schlappten seine Schuhe. Dann ging es eine Stahltreppe empor und über eine Gitterbrücke. Der Verhörraum empfing ihn mit gleißendem Licht. Von Godern hielt die Hand vor die Augen. Der Uniformierte stieß ihn in den Rücken.

„Setzen", sagte er grob und drückte ihn auf den Stuhl vor der Flutlichtlampe. Der Beamte verschwand. Conrad von Godern saß einem großen Mann mit kleiner Brille und einem schmalen mit grauem Gesicht gegenüber.

Schwer atmend schreckte Alexander hoch, was für ein Traum:

Er dolmetscht. Dabei steht er in einer Badewanne hinter einem Duschvorhang. Er soll den Gast seines Herren nicht sehen, sicher ist sicher. Plötzlich ist Ruhe, das Gespräch zu Ende, der Gast geht. Er selbst zittert hinter der undurchsichtigen Plane. Er hört, wie eine Pistole entsichert wird. Sein Herr sagt, sicher ist sicher. Ein Schuss fällt, er ist getroffen und windet sich in Todesqualen. Irgendwoher kannte er die Szene. Richtig, aus einem Spielfilm, Stalin und sein Dolmetscher, ganz großes Kino.

Alexander setzte sich auf, schwang die Beine aus dem Bett und sah sich in dem Apartment um, in dem er eine Woche auf seinen letzten Geheimauftrag gewartet hatte, eine Ewigkeit schien das her zu sein. Jetzt war es in grünes Licht getaucht. Es kam von Bauplanen, das Gebäude war während seiner Abwesenheit eingerüstet worden. Er trottete ins Bad und blickte in den Spiegel, sein Gesicht sah nicht gut aus. Er klatschte Rasierschaum auf die Wangen. Millimeterweise arbeitete er sich durch den Bart und umschiffte vorsichtig die Wunden. Sein altes Antlitz kam zum Vorschein, etwas beschädigt zwar, aber immerhin. Die Wangen brannten von der Rasur. Während er den Rasierer abspülte, betrachtete Alexander im Spiegelbild die Tattoos. RUHM und EHRE, von wegen. Niemand würde erfahren, dass er, Alexander Taub, geboren in Erkner bei Berlin, ein Meter fünfundachtzig groß, Haarfarbe schwarz, Augen braun, eine Katastrophe verhindert hatte. Er tupfte das Gesicht trocken. Jetzt mussten nur noch die Tätowierungen verschwinden, dann war er wieder ganz der Alte. Nein, nicht ganz. Etwas an ihm war härter und ernster. Er wickelte einen Schal um den Hals, bis die Tattoos bedeckt waren, warf die Jacke über und verließ das Apartment.

Am Alexanderplatz bestieg Alexander die Straßenbahnlinie 2 Richtung Norden. Draußen zog das Leben vorüber, ein Getränkelaster, der in zweiter Reihe stand, eine Kindergartengruppe in grellgelben Warnwesten, Fahrradfahrer, die sich zwischen Autos hindurch schlängelten. Er genoss den zivilen Anblick. An der Danziger Straße stieg er aus und überquerte die Kreuzung. Nach wenigen Schritten stand er vor einem riesigen Kopf und einer heroisch eingefrorenen Fahne, Ernst Thälmann in Bronze. Der Sockel des Denkmals war von verwaschenen Graffiti überzogen, die Künstler oder Täter, wie man wollte, hatten nicht viel Respekt vor dem Arbeiterführer. An der Seite klebten Plakate, Antifaschistische Aktion in Rot und Schwarz. Antiislamistische Aktion wäre auch nicht schlecht, schoss es ihm durch den Kopf, aber Kampf gegen Rechts war ja wichtiger. Nein, nein, nein, dachte er gleich darauf, heute nicht, verdammt noch mal, heute geht es mal um etwas ganz Alltägliches, um eine Wohnung. Zu vergeben in einem dieser Hochhäuser mit den dreieckigen Balkonen, im zwölften Stock.

Als er oben ankam, stauten sich die Interessenten schon. Alexander stellte sich an. Punkt zwölf Uhr drängelte sich ein korpulenter Mann durch die Massen und schloss auf. Die Schar ergoss sich in den Flur.

Alexander erhaschte einen Blick aus dem Fenster des Wohnzimmers, die Kugel des Fernsehturms überragte die Stadtlandschaft. Also ging der Raum Richtung Westen, also Abendsonne, also Abende in einem Relaxsessel, auf den die Abendsonne schien. Echt luxuriöse Gedanken.

Der Makler spulte seine Informationen ab, 56 Quadratmeter, zwei Zimmer, Küche, Bad, 800 Euro warm, nicht gerade ein Schnäppchen. Die Anwesenden beäugten sich argwöhnisch. Alexander schob sich mit dem Pulk Richtung Küche. Auf den Einbauschränken klebten Abziehbilder, Pittiplatsch, Schnatterinchen, Herr Fuchs und Frau Elster, das Sandmännchen, hier hatte man an Kindheitserinnerungen festgehalten. Im Bad war die Zeit ebenfalls stehengeblieben, olivgrüne Hängeschränke, Seifenschalen, Zahnputzbecherhalter, Handtuchhaken, Zeugnisse der DDR-Konsumgüterproduktion. Passenderweise referierte der Makler über die Erhaltung des Erbes.

„Die ganze Anlage steht unter Denkmalschutz, meine Damen und Herren. Das heißt, wer hier wohnt, braucht keine weitere Bautätigkeit zu befürchten. Außerdem werden die Grünanlagen neu gestaltet."

Die Zuhörer, vor allem studentisch aussehende Pärchen, schien das nicht zu interessieren, sie wollten sich eine preiswerte Wohnung teilen. Alexander kündigte Arbeitsvertrag und Einkommensbescheid für die nächsten Tage an. Der Makler betrachtete sein geschundenes Gesicht, schien aber interessiert, ein Beamtengehalt war eine sichere Sache.

Jo begann, die Stufen emporzusteigen. Er wollte ab jetzt jede Treppe nehmen, die vorbeikam. Und mit dem Fahrrad zur Arbeit fahren. Und überhaupt trainieren, dann wäre ihm das vielleicht nicht passiert, dann hätte er den Sturz vielleicht abfangen können.

Er wollte nicht wie sein Vater werden, der sich null an die viel gepriesene herzgesunde Lebensweise hielt. Sondern an Whisky, Zigarren und Winston Churchill. No sports! Wie oft hatte er das hören müssen, wenn der Herrgott gewollt hätte, dass wir schwimmen, hätte er Forellen aus uns gemacht. Und jetzt hatte der Herzspezialist Herzprobleme.

Er zog sich die letzten Stufen an dem verschnörkelten Geländer hoch, blieb auf dem Treppenabsatz stehen und stützte sich auf die Knie. Die Nahtstelle puckerte, war wohl doch keine so gute Idee, heute damit anzufangen. Als er das Büro betrat, sah Mahlmann auf. Ein mitfühlender Ausdruck stand in dem Puppengesicht mit den schwarzen Augenbrauen und dem roten Mund.

„Kollege von Gotthaus, Sie sind doch noch nicht auf dem Damm. Warum bleiben Sie nicht zu Hause und erholen sich?"

„Geht schon", sagte Jo, zog den Winterparka aus und hängte ihn an den schiefen Garderobenständer. „Und danke nochmal, dass Sie es den Typen gezeigt haben."

„Keine Ursache."

Claudia stürmte herein und knallte die Tür hinter sich zu. Sie wirkte aufgeregt und trotz müder Augen zufrieden. Mit einem sportlich Satz schwang sie sich auf ihren Schreibtisch.

„Wo ist eigentlich Dahlberg?"

Mahlmann stand auf.

„Kollege Dahlberg hat noch nicht von sich hören lassen."

„Und wie geht's dir?", wandte sie sich an Jo. „Müssen wir uns noch mehr Sorgen um deinen Kopf machen?"

Jo sah, wie Mahlmann unter sich blickte.

„Naja, warst wenigstens pünktlich." Sie grinste. „Vielleicht stärken Schläge auf den Hinterkopf bei manchen das Zeitgefühl."

„Danke", sagte Jo. Er war eingeschnappt, er hatte etwas mehr Mitgefühl erwartet. „Es war eine Gehirnerschütterung."

„Ist ja gut“, lachte Claudia und wandte sich Mahlmann zu. „Gibt es Neuigkeiten von Gabriel Troost?“

„Nichts“, sagte der Neue. „Auch von Interpol nichts. Er ist nicht auf den Flugpassagierlisten. Die Schiffsrouten verzeichnen auch keinen Gabriel Troost. Auch ein Auto hat er nicht geliehen. Die Kontrollen in Bussen und Zügen ebenfalls nichts. Ist auch schwierig bei der Personaldecke.“ Jo stöhnte innerlich. Mahlmann war voll in seinem umständlichen Vortragsmodus. „Also wenn jemand nicht gefunden werden will ...Ich hatte da mal einen Fall, also der war unglaublich. Der Täter hatte sich ganz in der Nähe ...“

Die Positionslichter waren ausgeschaltet, das GPS außer Betrieb. Gabriel Troost stellte das Steuerruder fest, Kurs norwegische Küste. Der Seegang warf die Jacht hin und her, hob sie hoch auf einen Wellenhügel, ließ sie fallen ins Tal. Gischt überrollte das Deck. Er ließ mit einer Hand das Ruder los, mit der anderen griff er nach der eisernen Reling. Erst dann löste er den Griff um das gebogene, durchfeuchtete Holz. Zentimeterweise tastete Troost sich zur Kabine vor, mit beiden Händen das nasse, eisige Metall der Reling umklammernd. Vor der Kajüte das gleiche Spiel, eine Hand lösen, mit der anderen den Türgriff packen. Der Sturm drückte gegen die Luke. Troost hatte Mühe, sie zu öffnen. Als er es endlich geschafft hatte, stürzte er zusammen mit einer Woge auf den Boden der Kajüte, die Tür schlug hinter ihm zu. Er verriegelte sie, zog Ölzeug und Stiefel aus und stellte die Pumpe an. Nach einer halben Stunde war das Wasser halbwegs verschwunden. Mit einer Flasche Whisky setzte Troost sich auf eine der Bänke, stemmte die Füße auf die gegenüberliegende und nahm einen großen Schluck.

Er dachte an das letzte Meeting mit Winkler. Die Frau des Chefs vögeln, darauf hatte der Typ sich was eingebildet. Und das Genie hatte nicht mal gemerkt, dass Vanessa die Laborratte nur benutzte, um ihn zu verletzen. Dabei wusste er, dass das nicht der einzige Grund war. Vanessa war drauf und dran gewesen, sich auch beruflich mit Winkler zusammenzutun, ihn zu verlassen.

Gabriel Troost erinnerte sich an seine Wut, als sie ihre Pläne eröffnete.

Was dann passierte, war hinter einem roten Nebel verborgen. Später, er wusste nicht mehr, ob nach Minuten oder Stunden, wurde ihm klar, was er getan hatte. Vanessa war tot.

Und Winkler hätte Alarm geschlagen. Der dumme Hund hätte sich gewundert, wenn er nichts mehr von Vanessa gehört hätte und wäre schnurstracks zur Polizei gerannt.

Der Wellengang nahm weiter zu, der Bootsrumpf knirschte, ein schwerer Brecher ließ die Kajüte zittern. Wenn es wenigstens bei Arnheim geblieben wäre, dachte Gabriel Troost. Aber nein, sie musste ihm ja die größtmögliche Demütigung zufügen. Die angeblichen Nachrichten von Vanessa an Manfred zu schicken, hatte ihm trotzdem Genugtuung verschafft. Wenn sie aufeinander trafen, konnte er dessen Angst, dass seine Frau von dem Verhältnis erfuhr, förmlich riechen. Von ihrer Familie steckte eine Menge Geld in der Firma.

Er setzte die Flasche an. Der Alkohol brannte. Und wirkte. Er sah Vanessa mit verätztem Gesicht und der brandroten Scham vor sich. Und sich selbst, über sie gebeugt, Zweige zusammenraffend und über den Körper schichtend. Aber die Polizei hatte sie trotzdem schnell gefunden, schneller, als er gedacht hatte. Die Zeit hatte trotzdem gereicht, um Vanessas Reise zu inszenieren, ihren Wagen nach Italien zu schaffen und die Handyfotos zu verschicken.

Troost machte sich lang, die Berg- und Talfahrt ging weiter. Die feine Holztäfelung der Kajüte verschwamm vor seinen Augen, die messingglänzenden Bullaugen tanzten, durch die

Scheibe der Kabinentür war schemenhaft das Steuerrad zu sehen, es drehte sich wie irre.

Wie die Polizei allerdings auf Frau Häberle gekommen war, blieb ein Rätsel. Jedenfalls hatte diese dusselige Kuh von Haushälterin ihn mit ihren Lobhudeleien reingeritten. Der Rumpf der Jacht begann zu knirschen. Troost trank die Flasche aus und ließ sie fallen. Sie rollte scheppernd hin und her. Aus einem seltsamen Impuls heraus tätschelte er den Lederbezug der Bank wie einen Hunderücken, gutes Stück, die Jacht, die sein Vater ihm vermacht hatte. Hatte ihm die Sache leicht gemacht. Nach dem 22-Uhr-Rundgang war er von der Marina rüber zum Firmengelände geschippert, hatte den Motor ausgestellt und war lautlos bis zur Kaimauer geglitten. Die roten Begrenzungslichter des Turms hatten geblinkt und die Nachtbeleuchtung der Verbindungsbrücke zum Forschungstrakt ihr bleiches Licht verbreitet. Auf der Laboretage hatten die Standby-Lämpchen geglimmert und die großen Kühlschränke kaum hörbar gesummt. Im Versorgungsraum zog er Kittel und Handschuhe an, band eine Gummischürze um und setzte die Kappe mit dem klappbaren Gesichtsschutz auf. Was wollen Sie, fragte Winkler, als er eintrat. Guten Abend sagen, hatte er geantwortet, wie Sie sehen, ich bin wieder im Labor. Na, hoffentlich erinnern Sie sich noch an den Lehrstoff, hatte der Typ zurückgegeben. Den Gesichtsschutz herunterklappen, die mitgebrachte Scherbe aus der Kitteltasche ziehen und sie Winkler in den Hals stoßen, in Troosts Erinnerung war das eine einzige fließende Bewegung. Danach hatte er eine Flasche hochkonzentriertes Diethylether zwischen den Kolben ausgegossen und die Bunsenbrenner auf höchste Stufe gestellt. Als es knallte, war er schon schon meilenweit weg. Die blutbespritzte Schutzkleidung hatte er auf drei Plastiksäcke verteilt und diese in öffentlichen Mülleimern entsorgt.

Troost setzte sich auf und spähte durch das winzige Fenster, die Felsen von Sandefjord näherten sich. Er würde gewinnen und endgültig verlieren. Er würde verlieren, obwohl er gewonnen hatte. Vanessa kam nicht wieder.

„Da bist du ja endlich“, rief Claudia und sprang vom Tisch. Dahlberg zog seine Jacke aus und warf sie auf den Schreibtisch. Er fühlte sich wie durch den Wolf gedreht, der Ausflug und seine Folgen steckten ihm in den Knochen und im Kopf. Mahlmann sah wie immer frisch gebügelt aus. Jo wirkte gnatzig, er hatte den Kopf mit dem Verband in eine Hand gestützt und starrte vor sich hin. Und Claudia sah ihn frohlockend an. Dahlberg musste sich zur Konzentration zwingen, seine Gedanken waren noch bei dem geheimen Treffen.

„Was gibt es denn so Dringendes? Etwa Neuigkeiten über Troosts Verbleib?“

„Leider nicht“, meldete sich Mahlmann.

Dahlberg wandte sich Claudia zu.

„Und? Ist was rausgekommen in Troosts Villa?“

„Und ob.“ Sie senkte den Blick, musterte ihre Bikerstiefel, dann die Stulpen, gefolgt von den kurz geschnittenen Fingernägeln.

„Komm schon“, sagte Dahlberg. „Mach’s nicht so spannend.“

„Überraschung“, sagte Claudia, um Understatement bemüht, die Genugtuung war trotzdem nicht zu überhören. „Winklers sogenannter Unfalltod war keiner, jemand hat die Explosion absichtlich herbeigeführt.“

Jo sprang auf, stolperte über seine langen Haxen und hielt sich gerade noch an der Tischkante fest. „Was?“

Mahlmann begann, auf der Tastatur herumzuhacken, er hoffte offensichtlich auf Informationen aus den Tiefen des Polizeisystems.

„Ist ja ein Ding", murmelte Dahlberg, nahm einen Besucherstuhl und setzte sich rittlings darauf. „Hilf mir mal auf die Sprünge. Haben Ploppy und Wiese dir Bescheid gesagt?"

„Nein, ich hab Wiesenkraut angerufen. Um es kurz zu machen. In Vanessas Kisten waren Grundstoffe und Utensilien für die Herstellung von Naturkosmetik. Da hab ich mich gefragt, ob das eine Konkurrenz für JUNGBRUNNEN hätte werden können. Also hab ich bei Wiese angerufen und der erzählt mir, dass die Explosion doch kein Unfall war. Und dass nur ein Fachmann die Kettenreaktion inszeniert haben konnte."

Dahlberg war ein bisschen sauer, wann bitte hatten Plopp und Wiesenkraut vorgehabt, sie zu informieren?

„Schön und gut. Oder schlecht. Und was heißt das?"

„Wart doch mal, die Geschichte geht noch weiter." Claudia löste die verschränkten Arme und schob energisch ihre Stulpen hoch. „In einem von ihren Umzugskartons waren Fotos, unter anderem von einer Firmenfeier. Und das war der Hammer." Sie nahm Mahlmann ins Visier, sah Jo ins Gesicht und kehrte zu Dahlberg zurück. „Arnheim hat uns doch erzählt, dass sie noch ein Verhältnis hatte. Der geheimnisvolle Dritte, erinnerst du dich?"

„Ja doch, wie oft willst mich das noch fragen?"

„Auf allen Fotos gab es ziemlich eindeutige Blicke zwischen Gerald Winkler und Vanessa Troost. Ich glaube, er ist, also war der dritte Mann."

„Und wie kannst du dir da so sicher sein?", entgegnete Dahlberg. „Vielleicht haben sie nur geflirtet."

Claudia beugte sich vor, griff in die rechte Oberschenkeltasche, zog ein Foto hervor und reichte es ihm.

„Das hat die Mutter von Winkler gefunden. War versteckt in einem Buch über die Chemie der Liebe."

„Chemie der Liebe." Jo verdrehte die Augen. „Ich glaub's nicht."

Dahlberg pfiff durch die Zähne, ganz schön aufreizend, die kühle Blonde. Zufall oder Zusammenhang, das war hier die Frage.

Er war jedenfalls wieder bei der Sache. In der anderen konnte er sowieso nichts mehr tun. Erwartungsvoll sah er Claudia an.

„Und was heißt das jetzt?", kam es von Mahlmann, der seine Recherche aufgegeben hatte.

„Liegt doch auf der Hand", sagte Claudia. „Winkler wäre der Einzige gewesen, dem etwas an Vanessas Italienreise spanisch vorgekommen wäre. Immer nur Urlaubsbilder, so war deren Verhältnis nicht. Der hätte das umgehend gemeldet und die Geschichte mit der Reise wäre aufgeflogen, bevor Troost seine Nebelwände aufbauen konnte. Wahrscheinlich hätte Winkler ihn gleich noch beschuldigt."

„Und der kannte die Rundgangzeiten der Wachleute", sagte Dahlberg nachdenklich. „Er wusste, wann Winkler mit seinen nächtlichen Experimenten zugange war. Wahrscheinlich hat der Ärmste nicht geahnt, dass es ihm gleich an den Kragen gehen würde, als Troost das Labor betrat."

„Beziehungsweise an den Hals", warf Jo ein.

„Mann, Jo." Claudia atmete genervt und zugleich belustigt ein und aus.

„Schöner Kollateralschaden", machte Jo ungerührt weiter. „Das beste Pferd im Stall beseitigen, damit es nicht zur Polizei galoppiert."

„Was hast du denn genommen?", sagte Claudia. „Die Originalität quillt dir ja aus allen Poren."

Dahlberg sah Jo an, auf seine verdrehte Weise hatte der Junge es auf den Punkt gebracht.

„Die treulose Ehefrau und auch gleich den Nebenbuhler", murmelte er.

„Nennt man Overkill", sagte Jo.

Claudia stieß erneut Luft aus. „Kann man die Kommentarfunktion eigentlich abschalten?"

„Und wie hat Troost das angestellt? Die Security hat doch Stein und Bein geschworen, dass niemand außer Winkler auf dem Gelände war."

Alexander betastete sein Gesicht, die Schwellungen waren zurückgegangen, nur wenn er drauf drückte, tat es noch weh. Aber wenigstens waren RUHM und EHRE entfernt worden. Mit Betäubung, nachdem der geheime Tattoospezialist etwas von großflächig Weglasern gesagt hatte. Er zog die Joppe an, wickelte einen dicken Schal um den Hals mit den Pflastern und verließ das Appartement. Heute war es so weit. Ab heute war er wieder ein einfacher Polizist. Na, nicht ganz so einfach, immerhin Kriminalhauptkommissar.

Vor dem Haus breitete gerade der Blumenhändler aus dem Erdgeschoss Adventsgestecke aus. Als Alexander vorbei ging, sah er auf und lächelte. Alexander lächelte zurück. Lächle und dir geht es gut. Wenn es so einfach wäre angesichts des Wissens, das er in Zukunft mit sich herumtragen musste. Er atmete tief ein und spürte ein scharfes, eisiges Stechen, das nicht nur von der kalten Luft kam. Wenn er an die Begegnung mit Dahlberg dachte, überfiel ihn ein beklemmendes Gefühl. Er konnte ihn nicht fragen, was er in Bogenthal gemacht hatte, ohne sich selbst nackig zu machen. Und bei dem Gedanken, über die vergangenen drei Jahre lügen zu müssen, war ihm auch mulmig zumute.

Auf dem Weg zur S-Bahn-Station Alexanderplatz kam er an einem Bettler vorbei, der auf einem Rucksack saß und ein Schild vor sich stehen hatte, LETZTER BETTLER VOR DER S-BAHN. Der ist gut, dachte er und warf einen Euro in den zerknautschen Kaffeebecher. Neben dem Mann standen aufgereiht Leihräder.

Eigentlich könnte er mit dem Fahrrad zur Dienststelle zu fahren, der Wetterbericht hatte immerhin einen trockenen Tag angekündigt. Und die Bewegung würde guttun, sein Hintern hatte ja nichts abbekommen. Alexander betrat die Leihstation im S-Bahn-Bogen. Sie hatten nur noch Damenräder. Er brauchte eine Weile, um den Sattel höher zu stellen. Sicherheitshalber kaufte er einen Regenumhang, verstaute ihn in der Umhängetasche und radelte los. Die Straße Unter den Linden war von braunem Matsch und Bauplanken gesäumt. Nur die kahlen Bäume trugen noch die letzten Spuren des ersten Schnees. Im Tiergarten war die Stille überwältigend. Alexander hielt an und horchte. Von fern war das Rauschen des Verkehrs nur noch zu ahnen. Ein leichter Wind säuselte in den kahlen Wipfeln und strich über das Wasser der Teiche. Dann das Zwitschern einer Baummeise, das eher ein Fiepen war, ein braver Hund mit Herrchen, ein lautloser Jogger, eine Frau mit Kinderwagen, sonst nichts. Jetzt fing es doch wieder an zu schneien, vielmehr zu schneeregnen, dicke, feuchte Flocken segelten herab. Alexander fummelte sich in den Umhang und fuhr schnell weiter. Bald wurde es auch unter der Plane feucht. Er schwitzte, kleine Schweißbäche liefen den Rücken herunter, passierten den Hosenbund und sammelten sich in der Ritze. Langsam aber sicher durchweichten die Schuhe. Feucht von innen und außen kam er in der Keithstraße an. Die Fahrradständer waren leer und er der einzige Idiot auf zwei Rädern. Als er an der grauen Steinfassade des Dienstgebäudes vorbeiging, spürte er einen verstohlenen Blick, der von der Croissanterie gegenüber kam. Aber die beiden Männer, die da saßen, waren ihm unbekannt.

Am Empfang entledigte Alexander sich umständlich des Regenschutzes.

„Ach, der Kollege Taub. Wir haben Ihnen wohl gefehlt?“, sagte der Wachhabende mit dem süffisanten Unterton, den Alexander kannte.

„Geht so“, gab er zurück, ihm war nicht nach Smalltalk, schon gar nicht nach solchem. „Ich brauch' einen Besucherausweis, der Chef erwartet mich.“

Mit spitzen Fingern reichte der Beamte ihm die Plastikkarte. Nachdenklich stieg Alexander die Treppen zum Lift empor. Das mulmige Gefühl war längst zur Beklemmung geworden. Was, wenn Jerschow das Telefonat, das ihm nach seiner Verhaftung zustand, genutzt hatte, um seinen Anwalt unter der Hand über den falschen Postuchin zu informieren. Als die Fahrstuhltür aufging, stand Cordula vor ihm, den Arm voller Akten. Sie strahlte ihn an.

„Du bist zu früh", sagte sie laut und fröhlich.

„Besser als zu spät", gab Alexander grinsend zurück und hoffte, dass er so heiter wie möglich rüberkam.

Unter der Stuckdecke der Chefetage verstreuten die historischen Deckenleuchten ihr mildes Licht. Die Kandelaber an den Wänden schienen höhnisch zu blinzeln. Ihn fröstelte. Und das kam nicht nur von den nassen Jeans, die an den Waden klebten, oder den Füßen, die sich wie kalte Fische anfühlten.

Als Alexander eintrat, stand der Oberste auf.

„Sie sind ja ganz verfroren. Keinen Wetterbericht gehört?", sagte er statt einer Begrüßung. Alexander sah an sich herunter.

„Doch, deswegen ja." Er rubbelte sich über die Oberarme und zog den Schal fester um den Hals. Der Oberste kam hinter dem Schreibtisch hervor. Sie schüttelten sich die Hände.

„Haben Sie vor, diesmal für länger zu bleiben? Sie haben ja keine Ahnung, was mich das für Nerven gekostet hat. Bei jedem Ersatzkandidaten hat Dahlberg gemauert."

„Kann ich mir vorstellen", sagte Alexander und zwang sich zu einem wissend-ironischen Lächeln.

Auf dem Flur ertönten Stimmen. Die eine gehörte dem Obersten. Und die andere, fragte sich Jo. Hatte er schon Halluzinationen oder war das Alexander? Die Tür wurde aufgerissen.

„Er ist wieder da, unser Houdini, Meister im Verschwinden und Auftauchen", trötete der Oberste beim Eintreten und schob Alexander vor sich her. Jo stand auf, zumindest mit seinen Ohren war alles in Ordnung. Einen riesigen Schal um den Hals stand Alexander vor ihnen. Die schwarzen, grau gesprenkelten Haare standen stoppelig in die Höhe, der Bartschatten wirkte rosig und empfindlich, das Gesicht war härter als früher und etwas lädiert.

Claudia und Dahlberg erhoben sich in Zeitlupe. Mahlmann blieb sitzen und schlug die Augen nieder.

„Ich kann auch wieder gehen", krächzte Alexander mit einem frechen Grinsen. Als Dahlberg auf ihn zuging, wich sein Blick aus. Sie umarmten sich. Claudia und Jo schlossen sich an. Niemand sagte etwas.

„Schön, schön", unterbrach der Oberste die allgemeine Verlegenheit. „Dann mal an die Arbeit, Herrschaften."

„Es gibt viel zu tun, lassen wir's liegen", murmelte Jo und kicherte, der Ersatzmann würde wieder verschwinden. Obwohl Mahlmann nicht mehr so viel redete wie am Anfang, war Jo froh, ihn loszuwerden. Mit seiner übereifrigen, humorlosen Art ging er ihm auf die Nerven, Beinstellerei hin oder her.

„Der junge Herr von Gotthaus belieben zu scherzen?" Der Oberste kniff die Augen zusammen. „Sie haben es vielleicht noch nicht mitbekommen. Wenn hier jemand Witze reißt, dann bin ich das."

Eigentlich wird's Zeit, dass sich das ändert, dachte Jo und zog die Schultern hoch. Der Oberste machte Anstalten zu gehen. An der Tür drehte er sich noch einmal um und warf Jo einen verwunderten Blick zu. Alexander stand unschlüssig in der Zimmermitte, zu seinen Füßen breitete sich eine feuchte Lache aus.

„Funktionierende Trockner nur bei den Ladies, wie gehabt", sagte Dahlberg in geschäftsmäßigem Ton, als sei Alexander nur kurz weg gewesen, als sei es die natürlichste Sache der Welt, dass er nach drei Jahren hier im Zimmer stand und tropfte.

„Und wann fängst du offiziell wieder an?", fragte Jo.

„Übermorgen", antwortete er. „Und jetzt gehe ich mich erstmal trocknen."

Es war kalt, aber ein Tisch und zwei Stühle standen noch vor der Croissanterie gegenüber der Dienststelle. Drinnen holte Alexander einen Grog und einen Tee. Draußen hatte Dahlberg sich schon eine der orangefarbenen Decken umgelegt und rauchte. Er wollte etwas Privates besprechen. Alexander tauchte wieder auf, setzte das Tablett ab, wickelte eine Decke um die Beine und zog den Schal fester. Dann ließ er sich auf den Klappstuhl fallen und sah sich um, als wenn er etwas suchte. Aber vielleicht erfreute er sich nur am Anblick seines alten und neuen Arbeitsplatzes.

„Du hast also Sehnsucht gehabt", konstatierte Dahlberg und drückte die Zigarette aus.

„Das kannst du laut sagen", sagte Alexander und legte die Hände um das heiße Glas. „Hätte nicht gedacht, dass der Job dermaßen geisttötend ist."

„Und das hast du nicht gewusst?"

„Du, am Anfang war das ganz spannend, schöne Millionärstöchter bewachen oder eine Millionenvilla, solche Sachen."

„Und dann?"

„Dann war es nur noch Langeweile hoch drei."

„Na, jetzt bist du ja wieder da. War übrigens Rettung in letzter Minute."

„Echt jetzt?"

„Echt. Mahlmann fing schon an, sich häuslich einzurichten. Und der kann dir echt ein Ohr abkauen."

„Apropos häuslich, wie läuft's im Moment?"

Dahlberg war erleichtert, dass Alexander von sich aus fragte.

„Schwierig", antwortete er. „Wir haben einen zusätzlichen Hausgast." Er blickte in Alexanders erstauntes Gesicht. „Halbundhalb. Pauline hat ihn oder sie, es ist doch eine sie, oder? Jedenfalls hat sie Halbundhalb bei uns abgeladen. Sie ist Richtung USA abgedampft und hat niemanden gefunden, der den Hund nimmt. Aber es geht nicht. Marthe fängt nächste Woche wieder an zu arbeiten. Und du weißt ja, Notarzteinsätze, das wird mit Karlchen schwierig genug." Dahlberg zündete sich die nächste Zigarette an, er dachte an die Einsätze, wenn er Marthe und Karlchen tagelang nicht zu Gesicht bekam. Dann war der Anrufbeantworter bei ihnen im Bunde der Dritte. „Also, ich wollte dich fragen, ob du nicht …?"

Alexander hob den Hintern, zuppelte die Decke hoch bis zur Brust und zog den Schal über den Mund. Er wirkte seltsam unruhig, Dahlberg konnte sich nicht vorstellen, dass es wegen seines Ansinnens war.

„Ich weiß nicht, so ganz allein?", sagte er, den Blick auf die andere Straßenseite gerichtet. „Was, wenn wir wieder Tag und Nacht auf Achse sind?"

„Du kriegst bestimmt wieder eine Sondererlaubnis für die Dienststelle", drängte Dahlberg. „Komm schon."

„Ich überleg's mir", murmelte Alexander geistesabwesend und befreite sich aus der Umhüllung. „Wird langsam kalt."

Dahlberg deutete auf seinen Schal. „Irgendwie siehst du damit aus wie ein Hipster."

„Ehrlich?" Alexander griff sich an den Hals. „In Moskau ist das ganz normal." Er stand auf. „Und jetzt muss ich zu einem Makler, hoffentlich kriege ich die Wohnung."

„Wo denn?"

„Thälmannpark."

„Dann hast du aber Glück. Und denk drüber nach, Halbundhalb war doch deine eigentliche Lebensgefährtin."

Claudia saß auf der Couch, der Laptop rödelte schon ewig, wie jeden Abend, wenn alle zu Hause waren. Sie fühlte sich ein bisschen zweigeteilt. Einerseits freute sie sich über Alexanders Rückkehr, andererseits war sie frustriert, weil sie nicht wussten, wie Troost in der betreffenden Nacht auf das Firmengelände gelangt sein könnte.

Sibylle erschien im Türrahmen. Sie hatte sich ausnahmsweise etwas gekauft, einen Regenmantel. Regensachen seien schwer zu nähen, man würde die Nähte nicht dicht kriegen. Der Mantel war second hand und zeigte ein wildes Blumenmuster. Sie sah aus wie eine Tischdecke aus den 70er Jahren.

„Na, wie findest du ihn?", fragte Sibylle und erstarrte in einer ironischen Modelgeste, die Hand mit abgespreiztem kleinen Finger affektiert ans Kinn gelegt.

„Wenn du zur Verwirrung der Bevölkerung beitragen willst", sagte Claudia mit ironischer Schmachtstimme.

Janina tauchte auf, graue verschlissene Jeans, Lurex-Top, Nietengürtel schräg über der Hüfte, flache Achtzigerjahrestiefeletten an den Füßen, die Spitzen abgestoßen, sie war der eigentliche Gebrauchtwarenfreak in ihrem Weiberhaushalt. Claudia sah zu ihrer Tochter hoch. Sie hatte längere Zeit im Bad zugebracht, ohne wesentliche Auswirkungen auf ihr Aussehen. Sie war blass wie immer und wie immer hingen die Haare lang und strähnig herab. „Ooch, geil", sagte sie begeistert in Sibylles Richtung. „Wo hast du den denn her? Geiles Muster."

„Gib ihn ihr nicht", sagte Claudia. „Sie kann nicht alles haben, worauf ihr gieriges Auge fällt."

„Du hast es gehört." Sibylle zog den Mantel aus, wobei das Wachstuch seltsam und künstlich knirschte. Janina schmollte gespielt und warf ihren Oversizemantel über.

„Na gut, dann bin ich eben mal weg."

„Nicht später als zehn, dass das klar ist", rief Claudia ihr hinterher. „Und halt die Augen offen, du weißt schon."

Der Laptop hatte den Stream immer noch nicht geladen. Claudia machte den Fernseher an. Die Nachrichten waren schon bei Sonstiges angekommen, eine Gasexplosion in einem Wohnhaus in Niedersachsen, Zugausfälle wegen Schneeverwehungen, schwerer Sturm über dem Skagerrak. Ein Mann war an der norwegischen Küste angespült worden. Er hatte keine Papiere bei sich, aber ein Kleidungsstück trug das Logo eines deutschen Herstellers. An den Felsen vor Sandefjord war außerdem eine Motorjacht zerschellt.

Endlich baute sich die Serienfolge auf. Claudia schaltete den Fernseher aus, steckte Kopfhörer in die Ohren und klickte auf Play. Ein rosaroter angesengter Teddy mit nur einem Glasauge trieb in einem Pool. Ein Mordszenario, das sie nicht betraf, das war jetzt genau das Richtige.

Alexander hatte den Rundgang beendet, den Arbeitsvertrag unterschrieben, Waffe, Dienstausweis und Computerpasswort bekommen und überall den fidelen Heimkehrer gemimt. Er hatte mit Cordula geschwatzt und erfahren, dass der Oberste sich nicht groß geändert hatte, und auch bei Wertstein vorbeigeschaut, der ziemlich dick geworden war und wie immer brummig dreinblickte.

Als er das Büro wieder betrat, standen Teller mit Lebkuchen, Stollen und Spekulatius, eine Thermoskanne, eine Flasche Prosecco, Tassen und Gläser auf der freien Fläche neben dem Drucker. Daneben der Kollege, der eine Zeitlang seinen Platz eingenommen hatte. Claudia und Jo saßen kauend auf ihren Schreibtischen. Sie sah aus wie eine Kampfsportlerin, die sie in seiner Erinnerung auch war. Ganz in Schwarz, Muskelshirt, Cargohose, Schnürstiefel, schwarze Stulpen, die allerdings mit gestickten Rosen.

„Wie ich sehe, beschreitet Sibylle neue Wege, dich zu bestricken."

Claudia boxte ihn lachend in die Seite. Er musste sich zusammenreißen, um nicht laut aufzustöhnen, sie hatte eine malträtierte Rippe getroffen. Jo sah auch ein bisschen derangiert aus, unter den Augen waren die Reste von Hämatomen zu sehen, sein Hinterkopf war von einem großen Pflaster bedeckt.

„Was ist denn mit dir passiert?"

„Rückwärts aus einer Kneipe gestolpert, der Trottel", antwortete Dahlberg anstelle des Jungen und verzog gespielt böse das Gesicht. Jo baumelte verlegen mit den Füßen, die in Moonboots steckten. Dahlberg goss sich einen Kaffee ein.

„Kollege Mahlmann schmeißt eine Abschiedsrunde. Und? Schon eine neue Aufgabe?", wandte er sich an den Mann.

Der Kollege senkte den Kopf. „Ich mache demnächst einen Lehrgang: Verhörtechniken bei psychisch gestörten Tätern."

„Viel Erfolg dabei." Dahlberg hob die Tasse und prostete ihm zu. „Vielleicht brauchen wir Sie ja mal." Er sah Claudia und Jo an.

„Das wär doch was."

Vor allem Jo hörte gar nicht mehr auf mit dem Nicken, offensichtlich war Mahlmann seinem Ruf gerecht geworden und alle drei waren froh, dass der Kollege wegging und er wieder da war.

„Lassen Sie das Geschirr ruhig stehen", sagte Mahlmann und wandte sich zum Gehen. „Ich hole es nachher ab. Sie haben sicher zu tun."

Jo ließ sich von der Tischkante gleiten. „Man sieht sich."

„Und immer schön die Ohren offenhalten", rief Claudia und winkte. „Ich meine, bei den Vorlesungen."

Die Hand an der Klinke, drehte der scheidende Mitarbeiter sich noch einmal um. „Keine Angst, ich habe schon verstanden."

Langsam schob er sich auf den Flur und schloss leise die Tür.

Jo nahm die halbleere Flasche Prosecco, goss sich ein Glas voll und trank es aus.

„Boah eh, ich dachte schon, der geht nie."

„Ist gut", sagte Claudia. „Nun bist du ihn ja los."

Alexander nahm seinen alten Schreibtisch in Beschlag. Bis auf Büromaterial waren die Schubfächer leer. Im untersten lag ein nagelneuer Knetball. Er nahm ihn heraus und sah fragend in die Runde.

„Der alte war doch hinüber", sagte Dahlberg. „Und ich wusste, dass du wiederkommst."

„Ich nicht", grinste Alexander und knetete den Ball. „Aber danke."

Claudia wuchtete einen dicken Aktenordner auf seinen Tisch.

„Unsere beiden Fälle, lies dich mal ein. Am besten zuerst die Ermittlungsakte zum Mord an Vanessa Troost, das ist die dicke. Ihr Ehemann, wahrscheinlich der Mörder, ist flüchtig. Die andere kann warten, die ist sowieso unvollständig. Was fehlt, hat der Verfassungsschutz. Oder auch nicht."

War das etwa der Fall, fragte Alexander sich, der Dahlberg vor die Tore von Bogenthal geführt hatte? Trotzdem schlug er erst einmal die Akte Vanessa auf. Er war gerade bei der Erleuchtung angekommen, die die Serienkillerthese zu Fall gebracht hatte, als Claudia ein Stöhnen von sich gab. Wie auf Kommando standen Dahlberg und Jo auf und bauten sich hinter ihrem Computer auf. Alexander folgte ihnen.

Der Bildschirm zeigte einen Mann, der auf einem Felsen lag, Beine und Arme seltsam verdreht. Eine verquollene Wunde zog sich über das halbe Gesicht. Am Hals und an der Stirn blühten Hämatome. Die geschlossenen Augen waren geschwollen.

„Das ist er", murmelte Dahlberg, er wirkte wie vor den Kopf geschlagen.

„Das ist Gabriel Troost", ergänzte Claudia, an Alexander gewandt.

„Also die Flucht ist ja ganz schön schiefgegangen, oder?", meldete Jo sich und erntete einen strafenden Blick von Claudia.

„Gibt's dazu auch eine Info?", fragte Alexander.

„Gibt's. In Englisch."

Claudia klickte das Foto weg und ein Text erschien. Sie drehte sich zu Jo um.

„Könntest du das mal ..."

„Ach nee ...", sagte Jo und griente. Dann beugte er sich vor und übersetzte.

„Interpol spricht von einer Jacht, die im Skagerrak in schweren Sturm geraten und an der Küste von Sandefjord zerschellt ist. Den Mann auf dem Foto hat es an das felsige Ufer gespült. Die norwegischen Kollegen hätten außerdem die Vermutung geäußert, dass der Bootsführer absichtlich in den Sturm gesteuert sei, er hätte auf mehrfaches Anfunken nicht reagiert."

Jo richtete sich wieder auf. „Ist ja ein Ding. Troost hatte eine Jacht?"

„Offensichtlich." Dahlberg verschränkte die Arme. „Und damit hätte er vielleicht unbemerkt ans Firmengelände kommen können."

Alexander verstand eigentlich nur Bahnhof. Oder vielmehr, dass hier etwas ordentlich in die Hose gegangen war.

„Ich kann mir nicht vorstellen", sagte Claudia, als sie durch das Kraftwerk Rummelsburg Richtung Oberschöneweide fuhren, „dass ein so organisierter Mann wie Troost den Wetterbericht vorher nicht gecheckt hat, der ist da absichtlich rein."

„Um mit Pauken und Trompeten unterzugehen", ergänzte Dahlberg mit einem genervten Seitenblick „Aber vorher hat er es uns noch mal so richtig gezeigt. Dass er derjenige ist, der bestimmt, wann Schluss ist."

„Das auch." Claudia sah nachdenklich aus dem Fenster. „Aber vielleicht ist ihm klar geworden, dass er ohne Vanessa auch nicht leben konnte."

„Du und deine Tiefenpsychologie", murmelte Dahlberg.

Die Kleingartenanlage, in der sie sich beim ersten Mal verfahren hatten, war winterfest gemacht, die Beete mit Tannenreisern abgedeckt, die Datschen verrammelt, keine Seele zu sehen. Und die Sandkuhlen schienen seit der vergangenen Regenzeit noch tiefer geworden zu sein. Diesmal war ihr Ziel der Jachthafen.

Es lagen nur noch wenige Segler und Motorboote vor Anker. Einen Steinwurf entfernt ragte der Turm der Firma auf. Vom Steg kam ihnen ein älterer Mann im Blaumann entgegen.

„Sie wünschen?"

Dahlberg zeigte seinen Ausweis.

„Wissen Sie, ob ein Gabriel Troost hier einen Liegeplatz hat?"

Der Mann war plötzlich ganz aufgeregt.

„Also meine Schuld ist das nicht. Ich habe Herrn Troost x-mal aufgefordert, sie umzumelden. Läuft aber immer noch auf den Namen seines verstorbenen Schwiegervaters."

Deshalb wussten sie also nichts von dem Boot.

„Darum geht es nicht", sagte Dahlberg.

„Worum dann? Herr Troost ist auf Tour."

„Wie weit ist es eigentlich bis zum Firmengelände der Kosmetikfirma?", fragte Dahlberg

„Dreihundert Meter, warum?"

Mein Gott, immer diese Gegenfragen, dachte Claudia.

„Wissen Sie, ob man da anlegen kann?"

„Keine Ahnung, glaube nicht."

Sie verabschiedeten sich und fuhren zum Firmengelände. Hinter dem Schlagbaum erschien ein durchtrainierter Mittfünfziger in dunkelblauer Securitymontur.

„Ach nee, wieda ma die Polissei, habt wohl nüscht zu tun?"

Claudia schnaubte leise, der Jargon ging ihr auf die Nerven.

„Jefahr in Verzuch, mach ma uff", berlinerte Dahlberg übertrieben und streckte die Hand mit dem Ausweis durchs Fenster.

Der Balken hob sich, der Hüter der Zufahrt machte eine ausholend wichtige Winkbewegung, er hatte die Parodie nicht mitbekommen. Vor dem Entwicklungsgebäude standen einige Weißkittel, rauchten mit hochgezogenen Schultern, tuschelten und warfen ihnen verstörte Blicke zu, die Nachricht von Troosts Tod hatte sie wohl schon erreicht. Der dunkle Backsteinturm kam Claudia heute richtig finster vor. Auf dem Pflaster davor tauten Schneereste. Auch die steinerne Uferkante hinter der schicken Kantine war zum Teil noch vereist. Ein Baum hatte zwischen zwei Blöcken Wurzeln geschlagen. Er ragte schräg übers Wasser.

Vorsichtig kniete sie sich hin und rüttelte am Stamm.

„Ist stabil genug. Also hier kann man anlegen."

„Ganz schön riskant." Dahlberg schüttelte den Kopf. „Zum Firmengelände schippern, anlegen, zum Entwicklungsgebäude schleichen, Winkler die Scherbe in den Hals stoßen, die Kettenreaktion in Gang setzen. Und das alles zwischen zwei Rundgangzeiten."

Claudia zuckte mit den Schultern. „Schätze, der kennt die Faulheit seiner Pappenheimer. Und außerdem jeden Winkel hier. Wahrscheinlich war er, als das Labor in die Luft flog, längst über alle Berge." Sie kam wieder hoch. „Ich hab Hunger."

Alexander schlug die Akte Alina Klüver zu. Wenigstens hatte er jetzt eine Ahnung, wie Dahlberg auf Bogenthal gekommen war. Was für eine Besessenheit, was für ein Mädel, dachte er, untergegangen im Sturm der Erkenntnis. Er konnte sich denken, dass sie hinter dem Freiherrn und der unheiligen Allianz her gewesen war. Das stand allerdings nicht in der Akte der Kripo, die endete mit dem offiziellen Besuch In Bogenthal.

Er stand auf. „Gibt's eigentlich Herrmännsche noch? Ich könnte einen Happen vertragen."

Jo entfaltete seine Glieder und erhob sich ebenfalls. „Na klar, wollen wir runter zu ihm?"

Alexander wickelte den Schal um und zog die Wollmütze, die er unter seinen Sachen gefunden hatte, tief in die Stirn.

Jo sah ihn gespielt besorgt an. „Wir gehen nicht auf Polarexpedition."

„Ich weiß", beschwichtigte Alexander ihn. „Aber bei mir ist eine Erkältung im Anmarsch."

Bevor er hinter Jo auf die Straße trat, scannte er die Umgebung, es schien alles normal zu sein.

In dem Kellerlokal herrschte die alte Souterrainmuffigkeit, der ausgetretene Holzboden war feucht und zerkratzt vom Sand und Split, den die durstigen und hungrigen Kollegen von draußen mitbrachten. Die Fotos über den abgestoßenen Paneelen waren so blass wie eh und je. Und die Messingstange um den Tresen glänzte auch wie immer. Der runde, blanke Stammtisch war gerade frei, sie setzten sich. Alexander sah sich um.

„Viel hat sich hier ja nicht verändert."

„Doch, guck mal da." Jo zeigte auf den Tresen. Statt des Glases mit Soleiern stand ein Dampferhitzer mit Würstchen neben der Zapfanlage. „Frankfurter. Aber Berliner Buletten gibt's auch noch. Und neuerdings jeden Tag irgendwas Hessisches."

Ein paar Kollegen stiegen vorsichtig die Treppe hinunter und klopften im Vorbeigehen auf den Tisch, na, da bist du ja wieder.

Herrmännsche schob seinen dicken Bauch neben Alexander und stellte unaufgefordert ein Bier vor ihn hin.

„Ein Willkommensgruß vom Zapfhahn."

„Herrmännsche, es ist drei Uhr."

„Na und? Kannst es ruhig zugeben, das hast du vermisst. Immer nur Wodka, ist doch auch nichts."

„Du, in Moskau gibt's auch Bier", sagte Alexander und griff nach dem Glas. „Ob du's glaubst oder nicht."

„Aber nicht so gutes", entgegnete der Wirt.

Ein kalter Windhauch zeigte neue Gäste an. Dahlberg und Claudia kamen die Treppe hinunter. Ihre Gesichter waren ernst, irgendwo zwischen Jetzt-wissen-wir-Bescheid und So-eine-Scheiße.

Alexander stand am Fenster, zu seinen Füßen die glitzernde Stadt. Die roten Warnlichter an der Spitze des Fernsehturms blinkten. Er sah hinunter. Ein Witzbold hatte den gigantischen Thälmannkopf mit Lichterketten geschmückt. Und auf seiner Etage hingen prächtige Adventskränze an den Türen. Mietvertrag und Schlüsselübergabe, alles war ganz schnell gegangen, er hatte die Wohnung. Und war sogar schon im Möbelhaus gewesen.

Auf dem Weg zu seiner neuen Bleibe hatte er wieder das Gefühl gehabt, beobachtet zu werden. Morgen musste er mit Meier und Kielbaum darüber sprechen. Aber jetzt war erst einmal der neue Schrank dran. Es klingelte, das musste Dahlberg sein, hoffentlich mit den passenden Gerätschaften zum Zusammenschrauben. Die Einzelteile standen im zukünftigen Schlafzimmer bereit. Alexander öffnete und ein schwarz-weißer Blitz schoss an ihm vorbei, kam zurück, umkreiste ihn und sprang zum Abschluss an ihm hoch.

„Da seid ihr ja", sagte Alexander. „Dann kommt mal rein."

Dahlberg stellte den Werkzeugkoffer ab und zog die Jacke aus. Halbundhalb gab ein Fiepen von sich. Alexander kniete sich hin und knuddelte das weiße und das schwarze Ohr.

„Wir zwei beide auch wieder vereint. Was sagst du dazu?"

Der Hund jaulte auf und hob artig eine Pfote. Dahlberg stieß einen erleichterten Seufzer aus und hob den Handwerkskoffer hoch. „Und wo ist jetzt das Objekt der Begierde?"

Die MDF-Platten lehnten erwartungsvoll an der Wand, die Tütchen mit den Schrauben und die Schrauben in den Tütchen waren vollzählig und die Anleitung halbwegs verständlich. Dahlberg versenkte eine Kreuzschlitzschraube nach der anderen, Alexanders erster eigener Schrank nahm Gestalt an. Nach einer Stunde waren sie fertig, bugsierten das schwere Teil an den vorgesehenen Platz und betrachteten ihr Werk.

„Passt, wackelt und hat Luft an beiden Seiten", sagte Dahlberg. Sie setzten sich auf die nackte Matratze. Alexander rutschte zurück und lehnte sich an die Wand. „Bonkonfortionös."

Dahlberg lachte. „Mensch, das habe ich ja ewig nicht gehört. Machst du jetzt auf Urberliner?" Er steckte sich eine Zigarette an. „Und? Durch mit den Akten?"

Alexander nickte. „Bei Alina Klüver steht, dass sie vielleicht Ausflüge ins Berliner Umland gemacht hat, Bogenthal oder so ähnlich? Was ist denn aus der Spur geworden?"

„Verlief offiziell im Sande."

„Ach, offiziell?" Alexander sah ihn spöttisch an. „Und inoffiziell?" Dahlberg ließ scheinbar gelangweilt die Lider herab. Wie früher. Wie immer, wenn er drauf und dran war, etwas Wichtiges zu verkünden. Oder zu verbergen.

„Nichts, hat der Verfassungsschutz übernommen." Dahlberg nahm die Vergatterung durch Kielbaum offensichtlich ernst. Na, toll, jetzt hatten sie beide Geheimnisse voreinander.

Dahlberg stand auf und packte das Werkzeug zusammen.

„Dann will ich mal wieder. Bis morgen, in alter Frische."

Er verschwand, Alexander war allein mit Halbundhalb. Das Tier schielte zu ihm hoch, Augenweiß blitzte auf. Alexander ließ sich in den Relaxsessel fallen, der am Nachmittag geliefert worden war, und stieß sich mit den Füßen ab. Halbundhalb versuchte, den Umdrehungen mit den Augen zu folgen, er sah aus wie ein Tennisschiedsrichter, der dem Ball folgt. Dann sprang er in den halbleeren Karton zu seinen Füßen, rappelte darin herum und tauchte mit einem plattgedrückten Pantoffel im Maul wieder auf, das schwarz-weiß geteilte Gesicht wie abgeschnitten über dem Rand. Geschickt hüpfte er wieder heraus und legte Alexander den goldbestickten Latschen mit den aufgerollten Spitzen vor die Füße, ein Geschenk von Selin, er war sich darin wie der kleine Muck vorgekommen. In der anderen Kiste befanden sich die Sachen, die er bei dem finalen Wüstenausflug getragen hatte, das Khakihemd mit Schweißflecken, dazu die Hose, die verspiegelte Sonnenbrille, mit Sprung im linken Glas, der Tropenhelm, den der Attaché ihm aufgezwungen hatte. Er hatte keine Ahnung, ob ihm der Anblick etwas ausmachen würde.

Er wappnete sich, die Elternbesuche waren anstrengend, schön, aber anstrengend. Alexanders letzter Heimaturlaub war ein Jahr her. Einmal pro Jahr, hatte Kielbaum gesagt, mehr sei nicht drin. Der Aufwand war tatsächlich jedesmal groß gewesen: Urlaubsantrag in der Botschaft einreichen, von Kairo nach Moskau fliegen, dort ganz offiziell ein Visum für Deutschland beantragen, nach drei Tagen Warten, was einer internen Beschleunigung des Vorgangs zu verdanken war, ganz normal einen Flug nach Berlin buchen.

Am Eingang der U5 bot ein Stand DRUNKEN CAKES feil, eine Schicht Lebkuchen, eine Schicht alkoholisierte Biskuits, wieder Lebkuchen, darauf hochprozentige Rosinenmasse, gewissermaßen Alkohol zum Essen, wie der Standbetreiber, ein langhaariges, sächselndes Unikum versicherte. Alexander nahm einen ganzen.

„Aber gerne, mei Gudsder, nur nisch so viel of eenmol naschen", sagte der Mann und reichte ihm die Papiertasche.

In Friedrichsfelde stieg Alexander aus. Bis zu den Elfgeschossern am Tierpark waren es nur wenige Schritte. Hier wohnten seine Eltern seit ihrer Rückkehr aus Moskau. Seit dem Ende ihrer Diplomatenlaufbahn. Seit das diplomatische Korps der DDR abgewickelt worden war. Die Eltern waren damals erst vierzig, aber keiner wurde übernommen.

Alexander hatte kaum geklingelt, da ertönte der Summer und Mutters Stimme. „Komm rauf, komm rauf."

Er fuhr in die neunte Etage und wurde noch vor der Wohnungstür von Elternliebe und Elternsorge in die Zange genommen. Mutter hing an seinem Hals, Vater stand um Fassung bemüht daneben. Lachend wand Alexander sich aus der Umklammerung und hielt die Tragetasche hoch.

„Besoffener Lebkuchenkuchen für alle."

Mutter ging in die Küche, um ihn aufzuschneiden. Vater ließ sich in seinen angestammten Sessel fallen. Chefsessel hatten sie als Kinder gelästert, wenn das Familienoberhaupt mal wieder gezeigt hatte, wo es lang ging, seiner Meinung nach. Alexander musterte das Arrangement aus Lacktellern mit russischen Märchenmotiven, Kaffeegläsern in zierlichen Haltern und dem Chanukka-Leuchter, der war neu. Vater folgte seinem Blick.

„Wusstest du schon, dass Moslems die neuen Juden sind?"

Es ging also los, Vater war auf Diskurskurs.

„Großartig, nicht? Sprengen sich und die halbe Welt in die Luft, aber sind die neuen Juden. Haben ja auch jeden Tag Massenerschießungen vor der Nase. Und die Verbrennungsöfen rauchen Tag und Nacht."

Vater sah ihn herausfordernd an. Eigentlich war ihm als altem Kommunisten die jüdische Herkunft nicht wichtig gewesen, für ihn zählten Klassenfragen. Das schien sich geändert zu haben. Alexander war auch gottlos aufgewachsen, hatte aber mit fünfzehn entschieden, sich beschneiden zu lassen. Nicht aus Überzeugung, sondern um die Eltern zu ärgern. Und ein kleines bisschen, um die Toten der Familie zu ehren. Wenn du wüsstest, was noch so abgeht, dachte er, diese Koalition kannst nicht mal du dir vorstellen.

„Hör auf, Papa, sag lieber, wie es dir geht."

„Na, wie schon, wenn man solche Sachen liest. Vor einer Woche haben sie wieder israelische Fahnen verbrannt und ‚Tod Israel' gebrüllt, hier in Berlin."

„Jakob, kommst du mal", ertönte Mutters Ruf aus der Küche, sie konnte Stimmungen durch meterdicke Wände spüren. Gehorsam stand Vater auf und ging in die Küche. Alexander hörte sie mit gesenkten Stimmen diskutieren.

Der Abend wurde noch schön, Vater drang nicht weiter in ihn. Es gab Glühwein zum Kuchen und Geschichten über die Stasi-Aufpasser in den Botschaften und wie man sie ausgetrickst hatte. Über seine Schwester, die nach Israel geheiratet hatte, und seinen Bruder, der lieber Tag und Nacht an neuen Apps herumbastelte als sich eine Frau zu suchen.

Alexander fühlte so etwas wie Frieden. Irgendwann fragte seine Mutter, ob er nicht über Nacht bleiben wolle. Es sei doch schon spät und der Wetterbericht habe einen Schneesturm angekündigt. Vor Jahren hatte sie mit den alten Jugendmöbeln ein Gästezimmer ausgestattet, reichlich dekoriert mit Erinnerungsstücken. Ein bisschen grauste es Alexander, da zu schlafen. Aber er stimmte zu, wenn du willst, Mama, bleibe ich über Nacht. Gegen zwölf schwankte er Richtung Bett. Es war schon aufgeschlagen, auf dem Kopfkissen saß allen Ernstes sein alter Teddy. Der einzige, der von seiner Plüschtiersammlung übrig geblieben war. Alle anderen hatte er damals in eine Solispende gegeben. Und sich mit heißem Herzen vorgestellt, wie die armen Kinder sich freuten. Er zog sich aus und legte sich hin. Aber der Schlaf wollte nicht kommen, die Erinnerungen an die vergangenen Wochen kreisten in seinem Kopf. Er stand auf, zog sich wieder an und verließ auf leisen Sohlen die stille, elterliche Wohnung.

Komisch, ein salziger Geschmack auf der Zunge, Alexander befühlte seine Lippen und betrachtete dann den blutigen Finger. Wenn das nicht zum Kichern war, besoffen in einer friedlichen Berliner Nacht und er holte sich eine blutige Lippe. Naja, der Verteilerkasten war im Weg gewesen. Wind kam auf, Flocken wirbelten herum. Im rötlichen Schein der Straßenlampen sahen sie ein bisschen blutig aus. Wo war eigentlich die U-Bahn? Ach Quatsch, die fuhr ja gar nicht mehr. Ein Laternenpfahl kam auf ihn zu. Alexander umarmte ihn. Zu viel Glühwein, dachte irgendwer in seinem Kopf. Oder zu viel kalte Luft. Ein regelrechter Schneesturm begann, die Straße entlang zu fegen. Eiskristalle prasselten ihm ins Gesicht. Aber das war nicht so schlimm wie Sandkörner, die nicht schmolzen, sondern in jede Ritze drangen. Die die Haut wund machten und noch nach Tagen in den Ohren saßen. Er war mit dem Wirtschaftsattaché auf dem Weg zu den Gasfeldern in der Kattarasenke gewesen, als ein Trupp Kamelreiter sie stoppte. Und die wollten nicht nach dem Weg fragen, das war klar, hier ging es um Lösegeld. Kurz darauf kam ein Sandsturm auf, drei Stunden Geheule und Geprassel. Die Kidnapper suchten hinter ihren Kamelen Schutz. Er hockte mit dem Attaché am Jeep und sah zu, wie der Sand um sie herum unaufhörlich stieg. Die Wüstensöhne brauchten keine Sorge zu haben, dass ihnen die Beute abhanden kam. Was folgte, waren acht Wochen Gefangenschaft, in denen er darauf wartete, dass irgendwer zahlte. Das Mutterunternehmen in Moskau jedenfalls nicht, Berufsrisiko Kidnapping, das hatte er unterschrieben. Die russische Regierung auch nicht, die löste nur den Attaché aus. Acht Wochen in einer Lehmhütte, auf einer Strohmatte. An Flucht war nicht zu denken bei der Umgebung aus Salz, Sand und Hitze. Nach zwei Monaten landete ein Hubschrauber neben der Hüttenansammlung unter Palmen und er durfte einsteigen, die deutsche Regierung hatte ihn ausgelöst. Nach einigem diplomatischen Ärger, die Russen waren natürlich sauer, dass die Deutschen einen V-Mann in ihrer Kairoer Botschaft installiert hatten. Der Auftrag war damit zur allgemeinen Unzufriedenheit beendet gewesen.

Alexander stieß sich von der Laterne ab und torkelte weiter. Eine Gestalt kam die Straße entlang, das Gesicht kam ihm bekannt vor. Der Mann griff in den offenen Mantel und zog etwas Langes hervor. Zweimal ertönte das Plopp des Schalldämpfers. Es ist viel lauter, als man denkt, dachte Alexander im Fallen.

„Choroschi pojezdki", sagte eine Stimme und er wusste, wem sie gehörte, wusste, wer der Schütze war. Der Foltermeister der Ikonenmafia hatte ihm gerade eine gute Reise gewünscht. Die Bande hatte offensichtlich nicht vergessen, dass sein Undercovereinsatz einige Mitglieder in den Knast gebracht hatte. Und sie hatten die erste Gelegenheit, Rache zu nehmen, genutzt.

Aber wieso war der Typ schon wieder draußen, fragte Alexander sich, während der Schmerz in sein Gehirn schoss. Der hatte doch zehn Jahre gekriegt.

„Idi k chertu", versuchte er zu sagen, fahr zur Hölle. Doch er hörte nur ein seltsames Gurgeln. Ihm wurde kalt, dann heiß. Er hatte Durst, einen Riesendurst. Es gibt nicht genug zu trinken und es ist heiß. Und es stinkt, wir stinken, waschen ist nicht. Auch duschen nicht, auch duschen nicht, duschen auch nicht, Gott sei Dank. Wenn die Surensöhne seinen Schniedel zu

Gesicht bekommen, ist es aus, ein waschechter Russe ist nicht beschnitten.

Alexander spürte seine Arme und Beine nicht mehr, dafür tat sein Bauch furchtbar weh, er schloss die Augen. Das also ist das Ende, dachte er. Er sah Greta vor sich, die Drogenfreunde, die sie immer wieder in den Sumpf zogen, die Klinik, die Medikamente, die sie stumpf und empfindungslos machten, die sie nicht mehr nehmen wollte und irgendwann auch nicht mehr nahm. Er hörte sie flüstern, wie komm ich da raus? Und dann das dumpfe Klatschen, das er selbst gar nicht gehört, das sich später aber immer wieder in seine Träume drängte hatte, so klingt das, Alexander Taub, wenn ein Mensch aus großer Höhe auf Gehwegplatten aufschlägt.

Die Schneekanone spuckte einen glitzernden Strahl aus. Am Straßenrand türmte sich der Schnee. Dahlberg fuhr im Schritt hinter dem Winterdienstfahrzeug her. Erst die Hektik nach dem Aufstehen und jetzt würde er auch noch zu spät kommen.

Marthe hatte ihren ersten Tag auf dem Notarztwagen, Karlchen den ersten bei einer Tagesmutter. Dementsprechend chaotisch war der Morgen verlaufen. Dahlberg wusste nicht recht, wie ihm zumute war. Trotz seiner Freude über Alexanders Rückkehr war er unzufrieden. Wenn Conrad von Godern sich auf den Deal einließ, bekam Alina nicht die Gerechtigkeit, die sie verdiente. Ihr Tod blieb ein ungesühntes Verbrechen, dachte er und fand den Gedanken gar nicht hochtrabend.

Und das Duell mit Troost hatten sie auch verloren. Der Mann war in gewisser Weise als Sieger aus dem Zweikampf hervorgegangen. Ein toller Sieg, dachte Dahlberg. Gab es dafür nicht einen Begriff? Für einen Sieg, der den Sieger teuer zu stehen kam? Es lag ihm auf der Zunge.

Als er das Büro betrat, schrieb Claudia etwas am Computer, wahrscheinlich den Bericht über die Wahrscheinlichkeit, dass Gabriel Troost auch Winkler, seinen Chefchemiker, umgebracht hatte. Und darüber, wie er es bewerkstelligt haben könnte. Jo hatte die Arme im Nacken verschränkt und starrte Löcher in die Luft. Alexander war noch nicht da, wahrscheinlich bei den Eltern versackt. Hältste nur aus mit Alkohol, hatte er gelästert.

„Sag mal, Jo, du hattest doch Latein?"

Jo rollte zur Seite. „Ja, warum?"

„Wie hieß nochmal ein Sieg, der zu teuer erkauft wurde?"

„Pyrrhussieg, ist Griechisch", sagte Jo und rollte zurück.

Dahlberg machte den Computer an. Während das Gerät hochfuhr, tauchte der Oberste auf.

„Gestern Nacht", sagte er, ohne jemanden anzusehen, „ist auf Alexander Taub geschossen worden. Er liegt im Koma."

Undeutliche Bilder stiegen auf, schoben sich ineinander, verblassten oder bekamen brandige Ränder, stoben auseinander, zerbröselten. Dann kreiste ein Hubschrauber über einer weiten gleißenden Ebene, eine Gestalt fiel heraus, fiel und fiel. Durch Wolkentürme und Gewitterfronten, vorbei an einem Regenbogen und der Sonne, der Erde entgegen. Der Aufschlag ließ die Umgebung erzittern. Die Traumkamera zoomte heran und zeigte Alexanders regloses Gesicht, glitt über den blutigen Brustkorb und die zerschmetterten Beine zu den nackten, zerschundenen Füßen. Dahlberg schreckte hoch. Marthe lag halb auf ihm, als wenn sie ihn nie wieder weglassen wollte.

Zum Schluss

Diese Geschichte ist ein Produkt der Phantasie. Die Handlung ist frei erfunden, Ähnlichkeiten mit lebenden Personen sind purer Zufall. Allerdings gibt es einige verbürgte Fakten und Zitate, auf die hiermit hingewiesen sei.

S. 95
Das Gedicht stammt von dem Vordenker des türkischen Nationalismus Ziya Gökalp aus dem Jahr 1912. Der heutige Staatspräsident Recep Tayyip Erdogan zitierte es 1998 bei einer Rede als Bürgermeister von Istanbul. Nachzulesen in zahllosen Medienberichten.

S. 130
Die Zitate aus den arabischsprachigen Zeitungen entstammen dem Buch „Halbmond und Hakenkreuz/Das dritte Reich, die Araber und Palästina" von Klaus-Michael Mallmann und Martin Cüppers, erschienen 2006 in der Wissenschaftlichen Buchgesellschaft Darmstadt.

S. 137
Die Übersetzungen der Koransuren sind nachzulesen unter www.islam.de, der Website des Zentralrats der Muslime in Deutschland.

S. 297
Die Veranstaltung der Hizb ut-Tarir fand am 28.10.2002 in der Technischen Universität Berlin stat. Mehrere Zeitungen und das Fernsehen berichteten. Ein Jahr später wurde der Verein in Deutschland verboten.